·典藏·

郁达夫

小说

浙江出版联合集团
浙江文艺出版社

目录

中 篇 小 说

迷　羊

一

一九××年的秋天，我因为脑病厉害，住在长江北岸的A城里养病。正当江南江北界线上的这A城，兼有南方温暖的地气和北方亢燥的天候。入秋以后，天天只见蓝蔚的高天，同大圆幕似的张在空中。东北西三面城外高低的小山，一例披着了翠色，在阳和的日光里返射。微凉的西北风吹来，往往带着些秋天干草的香气。我尤爱西城外和长江接着的一个棱形湖水旁边的各小山。早晨起来，拿着几本爱读的书，装满一袋花生水果香烟，我每到这些小山中没有人来侵犯的地方去享受静瑟的空气。看倦了书，我就举起眼睛来看山下的长江和江上的飞帆。有时候深深地吸一口烟，两手支在背后，向后斜躺着身体，缩小了眼睛，呆看着江南隐隐的青山，竟有三十分钟以上不改姿势的时候。有时候伸着肢体，仰卧在和暖的阳光里，看看无穷的碧落，一时会把什么思想都忘记，我就同一片青烟似的不自觉着自己的存在，悠悠的浮在空中。像这样的懒游了一个多月，我的身体渐渐就强壮起来了。

中国养脑病的地方很多，何以庐山不住，西湖不住，偏要寻到这一个交通不十分便利的A城里来呢？这里有一个原因的。自从先君去世以后，家景萧条，所以我的修学时代，全仗北京的几位父执，倾囊救助。父亲虽则不事生产，潦倒了一生，但是他交的几位朋友，却都是慷慨好义，爱人如己的君子，所以我自十几岁离开故乡以后，他们供给我的学费，每年至少也有五六百块钱的样子。这一次有一位父亲生前最知己的伯父，在A省驻节，掌握行政全权。暑假之后，我由京汉车南下，乘长江轮船赴上海，路过A城，上岸去一见，他居然留我在署中作伴，并且委了我一个挂名的咨议，每月有不劳而获的两百块钱俸金好领。这时候我刚在北京的一个大学里毕业，暑假前因为用功过度，患了一种失眠头晕的恶症，见他留我的意很殷诚，我也就猫猫虎虎的住下了。

A城北面去城不远，有一个公园。公园的四周，全是荷花水沼。园中的房舍，系杂筑在水荇青荷的田里。天候晴爽，时有住在城里的富绅闺女和苏扬的幺妓，来此闲游。我因为生性孤僻，并且想静养脑病，所以在A地住下之后，马上托人关说，就租定了一间公园的茅亭，权当寓舍。然而人类是不喜欢单调的动物，独居在湖上，日日与清风明月相周旋，也有时要感到割心的不快。所以在湖亭里蛰居了几天，我就开始作汗漫的闲行，若不到西城外的小山丛里去俯仰看长江碧落，便也到城中市上，去和那些闲散的居民夹在一块，寻一点小小的欢娱。

是到A城以后，将近两个月的一天午后，太阳依旧是明和可爱，碧落依旧是澄静高遥，在西城外各处小山上跑得累了，我就拖了很重的脚，走上接近西门的大观亭去，想在那里休息一下，再进城上酒楼去吃晚饭。原来这大观亭，也是A城的一个名所，底下有明朝一位忠臣的坟墓，上面有几处高敞的亭台。朝南看去，越过飞逸的长江，便可看见江南的烟树。北面窗外，就是那个三角形的长湖，湖的四岸，都是杂树低冈，那一天天色很清，湖水也映得格外的沉静，格外的蓝碧。我走上大观亭楼上的时候，正厅及槛旁的客座已经坐满了，不得已就走入间壁的厢厅里，靠窗坐下，在躺椅上躺了一忽，半天的疲乏，竟使我陷入了很舒服的假寐之境。睡了不晓多少时候，在似梦非梦的境界上，我的耳畔，忽而打来了几声女孩儿的话声。虽听不清是什么话，然而这话声的主人，的确不是A城的居民，因为语音粗硬，仿佛是淮扬一带的腔调。

我在北京，虽则住了许多年，但是生来胆小，一直到大学毕业，从没有上过一次妓馆。平时虽则喜欢读读小说，画画洋画，然而那些文学界艺术界里常常听见的什么恋爱，什么浪漫史，却与我一点儿缘分也没有。可是我的身体构造，发育程序，当然和一般的青年一样，血管里也有热烈的血在流动，官能性器，并没有半点缺陷，二十六岁的青春，时时在我的头脑里筋肉里呈不稳的现象，对女性的渴慕，当然也是有的。并且当出京以前，还有几个医生，将我的脑病，归咎在性欲的不调，劝我多交几位男女朋友，可以消散消散胸中堆积着的忧闷。更何况久病初愈，体力增进，血的循环，正是速度增加到顶点的这时候呢？所以我在幻梦与现实的交叉点上，一听到这异性的喉音，神经就清醒兴奋起来了。

从躺椅上站起，很急速地擦了一擦眼睛，走到隔一重门的正厅里的时候，我看见厅前门外回廊的槛上，凭立着几个服色奇异的年轻的幼妇。

她们面朝着槛外，在看扬子江里的船只和江上的斜阳，背形服饰，一眼看来，都是差不多的。她们大约都只有十七八岁的年纪，下面着的，是刚在流行的大脚裤，颜色仿佛全是玄色，上面的衣服，却不一样。第二眼再仔细看时，我才知道她们共有三人，一个是穿紫色大团花缎的圆角夹衫，一个穿的是深蓝素缎，还有一个是穿着黑华丝葛的薄棉袄的。中间的那个穿蓝素缎的，偶然间把头回望了一望，我看出了一个小小椭圆形的嫩脸，和她的和同伴说笑后尚未收敛起的笑容。她很不经意地把头朝回去了，但我却在脑门上受了一次大大的棒击。这清冷的A城内，拢总不过千数家人家，除了几个妓馆里的放荡的幺妓而外，从未见过有这样豁达的女子，这样可爱的少女，毫无拘束地，三五成群，当这个晴和的午后，来这个不大流行的名所，赏玩风光的。我一时风魔了理性，不知不觉，竟在她们的背后，正厅的中间，呆立了几分钟。

茶博士打了一块手巾过来，问我要不要吃点点心，同时她们也朝转来向我看了，我才涨红了脸，慌慌张张的对茶博士说：“要一点！要一点！有什么好吃的？”大约因为我的样子太仓皇了吧？茶博士和她们都笑了起来。我更急得没法，便回身走回厢厅的座里去。临走时向正厅上各座位匆匆的瞥了一眼，我只见满地的花生瓜子的残皮，和几张桌上空空的杂乱摆着的几只茶壶茶碗。这时候许多游客都已经散了，“大约在这一座亭台里流连未去的，只有我和这三位女子了吧！”走到了座位，在昏乱的脑里，第一着想起来的，就是这一个思想。茶博士接着跟了过来，手里肩上，搭着几块手巾，笑眯眯地又问我要不要什么吃的时候，我心里才镇静了一点，向窗外一看，太阳已经去小山不盈丈了，即便摇了摇头，付清茶钱，同逃也似的走下楼来。

我走下扶梯，转了一个弯走到楼前向下降的石级的时候，举头一望，看见那三位少女，已经在我的先头，一边谈话，一边也在循了石级，走回家去。我的稍稍恢复了一点和平的心里，这时候又起起波浪来了，便故意放慢了脚步，想和她们离开远些，免得受人家的猜疑。

毕竟是日暮的时候，在大观亭的小山上一路下来，也不曾遇见别的行人。可是一到山前的路上，便是一条西门外的大街，街上行人很多，两旁尽是小店，尽跟在年轻的姑娘们的后面，走进城去，实在有点难看。我想就在路上雇车，而这时候洋车夫又都不知上哪里去了，一乘也没有瞧见；想放大了胆子，索性赶上前去，追过她们的头，但是一想起刚才在大观亭上的那种丑态，又恐被她们认出，再惹一场笑话，心里忐忑不定，诚惶诚恐地跟在她们后面，走进西门的时候，本来是黝暗狭小的街上，已经泛流着暮景，店家就快要上灯了。

西门内的长街，往东一直可通到城市的中心最热闹的三牌楼大街，但我因为天已经晚了，不愿再上大街的酒馆去吃晚饭，打算在北门附近横街上的小酒馆里吃点点心，就出城回到寓舍里去，正在心中打算，想向西门内大街的叉路里走往北去，她们三个，不知怎么的，已经先我转弯，向北走上坡去了。我在转弯路口，又迟疑了一会，便也打定主意，往北的弯了过去。这时候我因为已经跟她们走了半天了，胆量已比从前大了一点，并且好奇心，也在开始活动，有“索性跟她们一阵，看她们到底走上什么地方去”的心思。走过了司下坡，进了青天白日的旧时的道台衙门，往后门穿出，由杨家拐拐往东去，在一条横街的旅馆门口，她们三人同时举起头来对了立在门口的一位五十来岁的姥姥笑着说：“您站在这儿干吗？”这是那位穿黑衣的姑娘说的，的确是天津话。这时候我已走近她们的身边了，所以她们的谈话，我句句都听得很清楚。那姥姥就拉着了那黑衣姑娘说：“台上就快开锣了，老板也来催过，你们若再迟回来一点儿，我就想打发人来找你们哩，快吃晚饭去吧！”啊啊，到这里我才知道她们是在行旅中的髦儿戏子，怪不得她们的服装，是那样奇特，行动是那样豁达的。天色已经黑了，横街上的几家小铺子里，也久已上了灯火。街上来往的人迹，渐渐的稀少了下去。打人家的门口经过，老闻得出油煎蔬菜的味儿和饭香来，我也觉着有点饥饿了。

说到戏园，这斗大的A城里，原有一个。不过常客很少的这戏园，在A城的市民生活上，从不占有什么重大的位置。有一次，我从北门进城来，偶尔在一条小小的曲巷口，从澄清的秋气中听见了几阵锣鼓声音，顺便踏进去一看，看见了一间破烂的屋里，黑黝黝的聚集了三四十人坐在台前。坐的桌子椅子，当然也是和这戏园相称的许多白木长条。戏园内光线也没有，空气也不通，我看了一眼，心里就害怕了，即便退了出来。像这样的戏园，当然聘不起名角的，来演的顶多大约是些行旅的杂凑班或是平常演神戏的水陆班子。所以我到了A城两个多月，竟没有注意过这戏园的角色戏目。这一回偶然遇到了那三个女孩儿，我心里却起了一种奇异的感想，所以在大街上的一家菜馆里坐定之后，就教伙计把今天的报拿了过来。一边在等着晚饭的菜，一边拿起报来就在灰黄的电灯下看上戏园的广告上去。果然在第二张新闻的后半封面上，用了二号活字，排着“礼聘超等名角文武须生谢月英本日登台，女伶泰斗”的几个字。在同排上还有“李兰香著名青衣花旦”、“陈莲奎独一无二女界黑头”的两个配角。本晚她们所演的戏是最后一出《二进宫》。

我在北京的时候，胡同虽则不去逛，但是戏却是常去听的。那一天晚上一个人在菜馆里吃了一点酒，忽然动了兴致，付帐下楼，就决定到戏园里去坐它一坐。日闻所见的那几位姑娘，当然也是使我生出这异想来的一个原因。因为我虽在那旅馆门口，听见了一二句她们的谈话，然而究竟她们是不是女伶呢？听说寄住在旅馆里的娼妓也很多，她们或许也是卖笑者流吧？并且若是她们果真是女伶，那么她们究竟是不是和谢月英在一班的呢？若使她们真是谢月英一班的人物，那么究竟谁是谢月英呢？这些无关紧要，没有价值的问题，平时再也不会上我的脑子的问题，这时候大约因为我过的生活太单调了，脑子里太没有什么事情好想了，一路上用牙签括着牙齿，俯倒了头，竟接二连三的占住了我的思索的全部。在高低不平的灰暗的街上走着，往北往西的转了几个弯，不到十几分钟，就走到了那个我曾经去过一次的倒霉的戏园门口。

幸亏是晚上，左右前后的坍败情形，被一盏汽油灯的光，遮掩去了一点。到底是礼聘的名角登台的日子，门前卖票的栅栏口，竟也挤满了许多中产阶级的先生们。门外路上，还有许多游手好闲的第四阶级的民众，张开了口在那里看汽油灯光，看热闹。

我买了一张票，从人丛和锣鼓声中挤了进去，在第三排的一张正面桌上坐下了。戏已经开演了好久，这时候台上正演着第四出的《泗洲城》。那些女孩子的跳打，实在太不成话了，我就咬着瓜子，尽在看戏场内的周围和座客的情形。场内点着几盏黄黄的电灯，正面厅里，也挤满了二三百人的座客。厅旁两厢，大约是二等座位，那是尽是些穿灰色制服的军人。两厢及后厅的上面，有一层环楼，楼上只坐着女眷。正厅的一二三四排里，坐了些年纪很轻，衣服很奢丽的，在中国的无论哪一个地方都有的时髦青年。他们好像是常来这戏园的样子，大家都在招呼谈话，批评女角，批评楼上的座客，有时笑笑，有时互打瓜子皮儿，有时在窃窃作密语。《泗洲城》下台之后，台上的汽油灯，似乎加了一层光，我的耳畔，忽然起了一阵喊声。原来是《小上坟》上台了，左右前后的那些唯美主义者，仿佛在替他们的祖宗争光彩，看了淫艳的那位花旦的一举一动，就拼命的叫噪起来，同时还有许多哄笑的声音。肉麻当有趣，我实在被他们弄得坐不住了，把腰部升降了好几次，想站起来走，但一边想想看，底下横竖没有几出戏了，且咬紧牙齿忍耐着，就等它一等吧！

好容易挨过了两个钟头的光景，台上的锣鼓紧敲了一下，冷了一冷台，底上就是最后的一出《二进宫》了。果然不错，白天的那个穿深蓝素缎的姑娘扮的是杨大人。我一见她出台，就不知不觉的涨红了脸，同时耳畔又起了一阵雷也似的喊声，更加使我头脑昏了起来。她的扮相真不坏，不过有胡须戴在那里，全部的脸子，看不清楚，但她那一双迷人的眼睛，时时往台下横扫的眼睛，实在有使这一班游荡少年惊魂失魄的力量。她嗓音虽不洪亮，但辨字辨得很清，气也接得过来，拍子尤其工稳。在这一个小小的A城里，在这一个坍败的戏园里，她当然是可以压倒一切了。不知不觉的中间，我也受了她的催眠暗示，一直到散场的时候止，我的全副精神，都灌注在她一个人的身上，其他的两个配角，我只知道扮龙国太的，便是白天的那个穿紫色夹衫的姑娘，扮千岁爷的，定是那个穿黑衣黑裤的所谓陈莲奎。

她们三个人中间，算陈莲奎身材高大一点，李兰香似乎太短小了，不长不短，处处合宜的，还是谢月英，究竟是名不虚传的超等名角。

那一天晚上，她的扫来扫去的眼睛，有没有注意到我，我可不知道。但是戏散之后，从戏园子里出来，一路在暗路上摸出城去，我的脑子里尽在转念的，却是这几个名词：

噢！超等名角！

噢！文武须生！

谢月英！谢月英！

好一个谢月英！

二

闲人的头脑，是魔鬼的工场，我因为公园茅亭里的闲居生活单调不过，也变成了那个小戏园的常客了，诱引的最有力者，当然是谢月英。

这时候节季已进了晚秋，那一年的A城，因为多下了几次雨，天气已变得很凉冷了。自从那一晚以后，我每天早晨起来，在茅亭的南窗外阶上躺着享太阳，一只手里拿一杯热茶，一只手里拿一张新闻，第一注意阅读的，就是广告栏里的戏目，和那些A地的地方才子（大约就是那班在戏园内拚命叫好的才子吧）所做的女伶的身世和剧评。一则因为太没有事情干，二则因为所带的几本小说书，都已看完了，所以每晚闲来无事，终于还是上戏园去听戏，并且谢月英的唱做，的确也还过得去，与其费尽了脚力，无情无绪地冒着寒风，去往小山上奔跑，倒还不如上戏园去坐坐的安闲，于是在晴明的午后，她们若唱戏，我也没有一日缺过席，这是我见了谢月英之后，新改变的生活方式。

寒风一阵阵的紧起来，四周辽阔的这公园附近的荷花树木，也都凋落了。田塍路上的野草，变成了黄色，旧日的荷花池里，除了几根零残的荷根而外，只有一处一处的潴水在那里迎送秋阳，因为天气凉冷了的缘故，这十里荷塘的公共园游地内，也很少有人来，在淡淡的夕阳影里，除了西飞的一片乌鸦声外，只有几个沉默的佃家，站在泥水中间挖藕的声音。我的茅亭的寓舍，到了这时候，已经变成了出世的幽栖之所，再住下去，怕有点不可能了。况且因为那戏园的关系，每天晚上，到了夜深，要守城的警察，开门放我出城，出城后，更要在孤静无人的野路上走半天冷路，实在有点不便，于是我的搬家的决心，也就一天一天的坚定起来了。

像我这样的一个独身者的搬家问题，当然是很简单，第一那位父执的公署里，就可以去住。第二若嫌公署里繁杂不过，去找一家旅馆，包一个房间，也很容易。可是我的性格，老是因循苟且，每天到晚上从黑暗里摸回家来，就决定次日一定搬家，第二天一定去找一个房间，但到了第二天的早晨，享享太阳，喝喝茶，看看报，就又把这事搁起了。到了午后，就是照例的到公署去转一转，或上酒楼去吃点酒，晚上又照例的到戏园子去，像这样的生活，不知不觉，竟过了两个多星期。

正在这个犹豫的期间里，突然遇着了一个意想不到的机会，竟把我的移居问题解决了。

大约常到戏园去听戏的人，总有这样的经验的吧？几个天天见面的常客，在不知不觉的中间，很容易联成朋友。尤其是在戏园以外的别的地方突然遇见的时候，两人就会老朋友似的招呼起来。有一天黑云飞满空中，北风吹得很紧的薄暮，我从剃头铺里修了面出来，在剃头铺门口，突然遇见了一位衣冠很潇洒的青年。他对我微笑着点了一点头，我也笑了一脸，回了他一个礼，等我走下台阶，立着和他并排的时候，他又笑眯眯地问我说："今晚上仍旧去安乐园么？"到此我才想起了那个戏园，——原来这戏园的名字叫安乐园——和在戏台前常见的这一个小白脸。往东的和他走了二三十步路，同他谈了些女伶做唱的评话，我们就在三叉路口分散了。那一天晚上，在城里吃过晚饭，我本不想再去戏园，但因为出城回家，北风刮得很冷，所以路过安乐园的时候，便也不自意识地踏了进去，打算权坐一坐，等风势杀一点后再回家去。谁知一入戏园，那位白天见过的小白脸就跑过来和我说话了。他问了我的姓名职业住址后，对我就恭维起来，我听了虽则心里有点不舒服，但遇在这样悲凉的晚上，又处在这样孤冷的客中，有一个本地的青年朋友，谈谈闲话，也并不算坏，所以就也和他说了些无聊的话。等到我告诉他一个人独寓在城外的公园，晚上回去——尤其是像这样的晚上——真有些胆怯的时候，他就跳起来说："那你为什么不搬到谢月英住的那个旅馆里去呢？那地方去公署不远，去戏园尤其近。今晚上戏散之后，我就同你去看看，好么？顺便也可去看看月英和她的几个同伴。"

他说话的时候，很有自信，仿佛谢月英和他是很熟似的。我在前面也已经说过，对于逛胡同，访女优，一向就没有这样的经验，所以听了他的话，竟红起脸来。他就嘲笑不像嘲笑，安慰不像安慰似的说：

“你在北京住了这许多年，难道这一点经验都没有么？访问访问女戏子，算什么一回事？并不是我在这里对你外乡人吹牛皮，识时务的女优到这里的时候，对我们这一辈人，大约总不敢得罪的。今晚上你且跟我去看看谢月英在旅馆里的样子吧！”

他说话的时候，很表现着一种得意的神情，我也不加可否，就默笑着，注意到台上的戏上去了。

在戏园子里一边和他谈话，一边想到戏散之后，究竟还是去呢不去的问题，时间却过去得很快，不知不觉的中间，七八出戏已经演完，台前的座客便嘈嘈杂杂的立起来走了。

台上的煤气灯吹熄了两张。只留着中间的一张大灯，还在照着杂役人等的扫地，叠桌椅。这时候台前的座客也走得差不多了，锣鼓声音停后的这破戏园内的空气，变得异常的静默萧条。台房里那些女孩子们嘻嘻叫唤的声气，在池子里也听得出来。

我立起身来把衣帽整了一整，犹豫未决地正想走的时候，那小白脸却拉着我的手说：

“你慢着，月英还在后台洗脸哩，我先和你上后台去瞧一瞧吧！”

说着他就拉了我爬上戏台，直走到后台房里去。台房里还留着许多扮演末一出戏的女孩们，正在黄灰灰的电灯光里卸装洗手脸。乱杂的衣箱，乱杂的盔帽，和五颜六色的刀枪器具，及花花绿绿的人头人面衣裳之类，与一种杂谈声、哄笑声紧挤在一块，使人一见便能感到一种不规则无节制的生活气氛来。我羞羞涩涩地跟了这一位小白脸，在人丛中挤过了好一段路，最后在东边屋角尽处，才看见了陈莲奎谢月英等的卸装地方。

原来今天的压台戏是《大回荆州》，所以她们三人又是在一道演唱的。谢月英把袍服脱去，只穿了一件粉红小袄，在朝着一面大镜子擦脸。她腰里紧束着一条马带，所以穿黑裤子的后部，突出得很高。在暗淡的电灯光里，我一看见了她这一种形态，心里就突突的跳起来了，又哪里经得起那小白脸的一番肉麻的介绍呢？他走近了谢月英的身后，拿了我的右手，向她的肩上一拍，装着一脸纯肉感的嘻笑对她说：

“月英！我替你介绍一位朋友。这一位王先生，是我们省长舒先生的至戚，他久慕你的盛名了，今天我特地拉他来和你见见。”

谢月英回转头来，“我的妈呀”的叫了一声，佯嗔假喜的装着惊恐的笑容，对那小白脸说：

“陈先生，你老爱那么的动手动脚，骇死我了。”

说着，她又回过眼来，对我斜视了一眼，口对着那小白脸，眼却瞟着我的说：

“我们还要你介绍么？天天在台前头见面，还怕不认得么？”我因为那所谓陈先生拿了我的手拍上她的肩去之后，一面感着一种不可名状的电气，心里同喝醉了酒似的在起混乱，一面听了她那一句动手动脚的话，又感到了十二分的羞愧。所以她的频频送过来的眼睛，我只涨红了脸，伏倒了头，默默的在那里承受。既不敢回看她一眼，又不敢说出一句话来。

一边在髦儿戏房里特别闻得出来的那一种香粉香油的气味，不知从何处来的，尽是一阵阵的扑上鼻来，弄得我吐气也吐不舒服。

我正在局促难安，走又不是，留又不是的当儿，谢月英仿佛想起了什么似的，和在她边上站着、也在卸装梳洗的李兰香咬了一句耳朵。李兰香和她都含了微笑，对我看了一眼。谢月英又朝李兰香打了一个招呼，仿佛是在促她承认似的。李兰香笑了笑，点了一点头后，谢月英就亲亲热热的对我说：

“王先生，您还记得么？我们初次在大观亭见面的那一天的事情？”

说着她又笑了起来。

我涨红的脸上又加了一阵红，也很不自然地装了脸微笑，点头对她说：

“可不是吗？那时候是你们刚到的时候吧？”

她们听了我的说话声音，三个人一齐朝了转来，对我凝视。那高大的陈莲奎，并且放了她同男人似的喉音，问我说：

“您先生也是北京吗？什么时候到这儿来的？”

我嗫嚅地应酬了几句，实在觉得不耐烦了——因为怕羞得厉害——所以就匆匆地促那一位小白脸的陈君，一道从后门跑出到一条狭巷里来。临走的时候，陈君又回头来对谢月英说：

“月英，我们先到旅馆里去等你们，你们早点回来，这一位王先生要请你们吃点心哩！”

手里拿了一个包袱，站在月英等身旁的那个姥姥，也装着笑脸对陈君说：

“陈先生！我的白干儿，你别忘记啦！”

陈君也呵呵呵呵的笑歪了脸，斜侧着身子，和我走了出来。一出后门，天上的大风，还在乌乌的刮着，尤其是漆黑漆黑的那狭巷里的冷空气，使我打了一个冷痉。那浓艳的柔软的香温的后台的空气，到这里才发生了效力，使我生出了一种后悔的心思，悔不该那么急促地就离开了她们。

我仰起来看看天，苍紫的寒空里澄练得同冰河一样，有几点很大很大的秋星，似乎在风中摇动。近边有一只野犬，在那里迎着我们鸣叫。又乌乌的劈面来了一阵冷风，我们却摸出了那条高低不平的狭巷，走到了灯火清荧的北门大街上了。

街上的小店，都已关上了门，间着很长很远的间隔，有几盏街灯，照在清冷寂静的街上。我们踏了许多模糊的黑影，向南的走往那家旅馆里去，路上也追过了几组和我们同方向走去的行人。这几个人大约也是刚从戏园子里出来，慢慢的走着，一边他们还在评论女角的色艺，也有几个在幽幽地唱着不合腔的皮簧的。

在横街上转了弯，走到那家旅馆门口的时候，旅馆里的茶房，好像也已经被北风吹冷，躲在棉花被里了。我们在门口寒风里立着，两人都默默的不说一句话，等茶房起来开大门的时候，只看见灰尘积得很厚的一盏电灯光，照着了大新旅馆的四个大字，毫无生气，毫无热意的散射在那里。

那小白脸的陈君，好像真是常来此地访问谢月英的样子。他对了那个放我们进门之后还在擦眼睛的茶房说了几句话，那茶房就带我们上里进的一间大房里去了。这大房当然是谢月英她们的寓房，房里纵横叠着些衣箱洗面架之类。朝南的窗下有一张八仙桌摆着，东西北三面靠墙的地方，各有三张床铺铺在那里，东北角里，帐子和帐子的中间，且斜挂着一道花布的帘子。房里头收拾得干净得很，桌上的镜子粉盒香烟罐之类，也整理得清清楚楚，进了这房，谁也感得到一种闲适安乐的感觉。尤其是在这样的晚上，能使人更感到一层热意的，是桌上挂在那里的一盏五十支光的白热的电灯。

陈君坐定之后，叫茶房过来，问他有没有房间空着了。他抓抓头想了一想，说外进还有一间四十八号的大房间空着，因为房价太大，老是没人来住的。陈君很威严的吩咐他去收拾干净来，一边却回过头来对我说：

“王君！今晚上风刮得这么厉害，并且吃点点心，谈谈闲话，总要到一两点钟才能回去。夜太深了，你出城恐怕不便，还不如在四十八号住它一晚，等明天老板起来，顺便就可以和他办迁居的交涉，你说怎么样？”

我这半夜中间，被他弄得昏头昏脑，尤其是从她们的后台房里出来之后，又走到了这一间娇香温暖的寝房，正和受了狐狸精迷的病人一样，自家一点儿主张也没有了，所以只是点头默认，由他在那里摆布。

他叫我出去，跟茶房去看了一看四十八号的房间，便又命茶房去叫酒菜。我们走回到后进谢月英的房里坐定之后，他又翻来翻去翻了些谢月英的扮戏照相出来给我看。一张和李兰香照的《武家坡》，似乎是在A地照的，扮相特别的浓艳，姿势也特别的有神气。我们正在翻看照相，批评她们的唱做的时候，门外头的车声杂谈声，哄然响了一下，接着果然是那个姥姥，背着包袱，叫着跑进屋里来了。

“陈先生，你们候久了吧？那可气的皮车，叫来叫去都叫不着，我还是走了回来的呢！她们倒还是我快，你说该死不该死？”

说着，她走进了房，把包袱藏好在东北角里的布帘里面，以手往后面一指说：

“她们也走进门来了！”

她们三人一进房来之后，房内的空气就不同了。陈君的笑话，更是层出不穷，说得她们三人，个个都弯腰捧肚的笑个不了。还有许多隐语，我简直不能了解的，而在她们，却比什么都还有趣。陈君只须开口题一个字，她们的正想收敛起来的哄笑，就又会勃发起来。后来弄得送酒菜来的茶房，也站着不去，在边上凑起热闹来了。

这一晚说说笑喝喝酒，陈君一直闹到两点多钟，方才别去，我就在那间四十八号的大房里，住了一晚。第二天起来，和帐房办了一个交涉，我总算把我的迁居问题，就这么的在无意之中解决了。

三

这一间房间，倒是一间南房。虽然说是大新旅馆的最大的客房，然而实际上不过是中国旧式的五开间厅屋旁边的一个侧院，大约是因为旅馆主人想省几个木匠板料的钱，所以没有把它隔断。我租定了这间四十八号房之后，心里倒也快活得很，因为在我看来，也算是很麻烦的一件迁居的事情，就可以安全简捷地解决了。

第二天早晨十点钟前后，从夜来的乱梦里醒了过来，看看房间里从阶沿上射进来的阳光，听听房外面时断时续的旅馆里的茶房等杂谈行动的声音，心里却感着了一种莫名其妙的喜悦。所以一起来之后，我就和旅馆老板去办交涉，请他低减了房金，预付了他半个月的房钱，便回到城外公园的茅亭里去把衣箱书籍等件，搬移了过来。

这一天是星期六，安乐园午后本来是有日戏的，但我因为昨晚上和她们胡闹了一晚，心里实在有点害羞，怕和她们见面，终于不敢上戏园里去。所以吃完中饭以后，上公署去转了一转，就走回了旅馆，在房间里坐着呆想。

晚秋的晴日，真觉得太挑人爱，天井里窥俯下来的苍空，和街市上小孩们的欢乐的噪声，尽在诱动我的游思，使我一个人坐在房里，感到了许多压不下去的苦闷。勉强的想拿出几本爱读的书来镇压放心，可是读不了几页，我的心里，就会想到北门街上的在太阳光里来往的群众，和在地戏台前头紧挤在一块的许多轻薄少年的光景上去。

在房里和囚犯似的走来走去的走了半天，我觉得终于是熬忍不过去了，就把桌上摆着的呢帽一拿，慢慢的踱出旅馆来。出了那条旅馆的横街，在丁字路口，正在计算还是往南呢往北的中间，后面忽而来了一支手，在我肩上拍了两拍，我骇了一跳，回头来一看，原来就是昨晚的那位小白脸的陈君。

他走近了我的身边，向我说了几句恭贺乔迁的套话以后，接着就笑说：

“我刚上旅馆去问过，知道你的行李已经搬过来了，真敏捷啊！从此你这近水楼台，怕有点危险了。”

呵呵呵呵的笑了一阵，我倒被他笑得红起脸来了，然而两只脚却不知不觉的竟跟了他走向北去。

两人谈着，沿了北门大街，在向安乐园去的方面走了一段，将到进戏园去的那条狭巷口的时候，我的意识，忽而回复了转来，一种害羞的疑念，又重新罩住了我的心意，所以就很坚决的对陈君说：

“今天我可不能上戏园去，因为还有一点书籍没有搬来，所以我想出城再上公园去走一趟。”

说完这话，已经到了那条巷口了，锣鼓声音也已听得出来，陈君拉了我一阵，劝我戏散之后再去不迟，但我终于和他分别，一个人走到了北门，走到那荷田中间的公园里去。

大约因为是星期六的午后的原因，公园的野路上，也有几个学生及绅士们在那里游走。我背了太阳光走，到东北角的一间茶楼上去坐定之后，眼看着一碧的秋空，和四面的野景，心里尽在跳跃不定，仿佛是一件大事，将要降临到我头上来的样子。

卖茶的伙计，因为住久相识了，过来说了几句闲话之后，便自顾自的走下楼去享太阳去了，我一个人就把刚才那小白脸的陈君所说的话从头细想了一遍。

说到我这一次的搬家，实在是必然的事实，至于搬上大新旅馆去住，也完全是偶然的结果。谢月英她们的色艺，我并没有怎么样的倾倒佩服，天天去听她们的戏，也不过是一种无聊时的解闷的行为，昨天晚上的去访问，又不是由我发起，并且戏散之后，我原是想立起来走的。想到了这种种否定的事实，我心里就宽了一半，刚才那陈君说的笑话，我也以这几种事实来作了辩护。然而辩护虽则辩了，而心里的一种不安，一种想到戏园里去坐它一二个钟头的渴想，仍复在燃烧着我的心，使我不得安闲。

我从茶楼下来，对西天的斜日迎走了半天，看看公园附近的农家在草地上堆叠干草的工作，心里终想走回安乐园去，因为这时候谢月英她们恐怕还在台上，记得今天的报上登载在那里的是李兰香和谢月英的末一出《三娘教子》。

一边在作这种想头，一边竟也不自意识地一步一步走进了城来。沿北门大街走到那条巷口的时候，我竟在那里立住了。然而这时候进戏园去，第一更容易招她们及观客们的注意，第二又觉得要被那位小白脸的陈君取笑，所以我虽在巷口呆呆立着，而进去的决心终于不敢下，心里却在暗暗抱怨陈君，和一般有秘密的人当秘密被人家揭破时一样。

在巷口立了一阵，走了一阵，又回到巷口去了一阵，这中间短促的秋日，就苍茫地晚了。我怕戏散之后，被陈君捉住，又怕当谢月英她们出来的时候，被她们看见，所以就急急的走回到旅馆里来。这时候，街上的那些电力不足的电灯，也已经黄黄的上了火了。

在旅馆里吃了晚饭，我几次的想跑到后进院里去看她们回来了没有，但终被怕羞的心思压制了下去。我坐着吸了几支烟，上旅馆门口去装着闲走无事的样子走了几趟，终于见不到她们的动静，不得已就只好仍复照旧日的课程，一个人慢慢从黄昏的街上走到安乐园去。

究竟是星期六的晚上，时候虽则还早，然而座客已经在台前挤满了。我在平日常坐的地方托茶房办了一个交涉插坐了进去，台上的戏还只演到了第三出。坐定之后，向四边看了一看，陈君却还没有到来，我一半是喜欢，喜欢他可以不来说笑话取笑我。一半也在失望，恐怕他今晚上终于不到这里来，将弄得台前头叫好的人少去一个，致谢月英她们的兴致不好。

戏目一出一出的演过了，而陈君终究不来，到了最后的一出《逼宫》将要上台的时候，我心里真同洪水暴发时一样，同时感到了许多羞惧，喜欢，懊恼，后悔等起伏的感情。

然而谢月英、陈莲奎终究上台了，我涨红了脸，在人家喝彩的声里瞪着两眼，在呆看她们的唱做。谢月英果然对我瞟了几眼，我这时全身就发了热，仿佛满院子的看戏的人都已经识破了我昨晚的事情在凝视我的样子。耳朵里嗡嗡的响了起来。锣鼓声杂噪声和她们的唱戏的声音都从我的意识里消失了过去，我只在听谢月英问我的那句话，“王先生，您还记得么，我们初次在大观亭见面的那一天的事情?”接着又昏昏迷迷的想起了许多昨晚上她的说话，她的动作，和她的着服平常的衣服时候的声音笑貌来。覃覃覃覃的一响，戏演完了，我正同做了一场热病中的乱梦之后的人一样，急红了脸，夹着杂乱，一立起就拼命的从人丛中挤出了戏院的门。“她们今晚上唱的是什么？我应当走上什么地方去？现在是什么时候了?”的那些观念，完全从我的意识里消灭了，我的脑子和痴呆者的脑子一样，已经变成了一个一点儿皱纹也没有的虚白的结晶。

在黑暗的街巷里跑来跑去不知跑了多少路，等心意恢复了一点平稳，头脑清醒一点之后，摸走回来，打开旅馆的门，回到房里去睡的时候，近处的雄鸡，的确有几处在叫了。

说也奇怪，我和谢月英她们在一个屋顶下住着，并且吃着一个锅子的饭，而自我那一晚在戏台上见她们之后，竟有整整的三天，没有见到她们。当然我想见她们的心思是比什么都还要热烈，可是一半是怕羞，一半是怕见了她们之后，又要兴奋得同那晚从戏园子里挤出来的时候一样，心里也有点恐惧，所以故意的在避掉许多可以见到她们的机会。自从那一晚后，我戏园里当然是不去了，那小白脸的陈君，也奇怪得很，在这三天之内，竟绝迹的没有上大新旅馆里来过一次。

自我搬进旅馆去后第四天的午后两点钟的时候，我吃完午饭，刚想走到公署里去，忽而在旅馆的门口遇到了谢月英。她也是一个人在想往外面走，可是有点犹豫不决的样子，一见了我，就叫我说：

"王先生！你上哪儿去呀？我们有几天不见了，听说你也搬上这儿来住了，真的么？"

我因为旅馆门口及厅上有许多闲杂人在立着呆看，所以脸上就热了起来，尽是含糊嗫嚅地回答她说"是！是！"她看了我这一种窘状，好像是很对我不起似的，一边放开了脚，向前走出门来，一边还在和我支吾着说话，仿佛是在教我跟上去的意思。我跟着她走出了门，走上了街，直到和旅馆相去很远的一处巷口转了弯，她才放松了脚步，和我并排走着，一边很切实地对我说：

"王先生！我想上街去买点东西，姥姥病倒了，不能和我出来，你有没有时间，可以和我一道去？"

我的被搅乱的神志，到这里才清了一清，听了她这一种切实的话，当然是非常喜欢的。所以走出巷口，就叫了两乘洋车，陪她一道上大街上去。

正是午后刚热闹的时候，大街上在太阳光里走着的行人也很拥挤，所以车走得很慢。我在车上，问了她想买的是什么，她就告诉我说：

"天气冷了，我想新做一件皮袄。皮是带来了，可是面子还没有买好。偏是姥姥病了，李兰香也在发烧，是和姥姥一样的病，所以没有人和我出来，莲奎也不得不在家里陪她们。"

说着我们的车，已经到了A城最热闹的那条三牌楼大街了。在一家绸缎洋货铺门口下了车，我给车钱的时候，她回过头来对我很自然地呈了一脸表示感谢的媚笑。我从来没有陪了女人上铺子里去买过东西，所以一进店铺，那些伙计们挤拢来的时候，我又涨红了脸。

她靠住柜台，和伙计在说话，我一个人尽是红了脸躲在她的背后不敢开口。直到缎子拿了出来，她问我关于颜色花样等意见的时候，我才羞羞缩缩地挨了上去，和她并排地立着。

剪好了缎子，走出店门，我问她另外有没有什么东西买的时候，她又侧过脸来，对我斜视了一眼，笑着对我说：

“王先生！天气这么的好，你想上什么地方去玩去不想？我这几天在房里看她们的病可真看得闷起来了。”

听她的话，似乎李兰香和姥姥，已经病了两三天了，病症仿佛是很重的流行性感冒。我到此地才想起了这几天报上不见李兰香配戏的事情，并且又发见了到大新旅馆以后三天不曾见她们面的原委。两人在热闹的大街上谈谈走走，不知不觉竟走到了出东门去的那条大街的口上，一直走出东门，去城一二里路，有一个名刹迎江寺立着，是A城最大的一座寺院，寺里并且有一座宝塔凭江，可以拾级攀登，也算是A城的一个胜景。我于是乎就约她一道出城，上这一个寺里去逛去。

四

迎江寺的高塔，返映着眩目的秋阳，突出了黄墙黑瓦的几排寺屋，倒影在浅淡的长江水里。无穷的碧落，因为高塔的一触，更加显出了它面积的浩荡，悠闲自在，似乎在笑祝地上人世的经营，在那里投散它的无微不至的恩赐。我们走出东门后，改坐了人力车，在寺前阶下落车的时候，早就感到了一种悠游的闲适气分，把过去的愁思和未来的忧苦，一切都抛在脑后了。谢月英忘记了自己是一个女优，一个以供人玩弄为职业的妇人，我也忘记了自己是为人在客。从石级上一级一级走进山门去的中间，我们竟向两旁坐在石级上行乞的男女施舍了不少的金钱。

走进了四天王把守的山门，向朝江的那位布袋佛微微一笑，她忽而站住了，贴着我的侧面，轻轻的仰视着我问说：

“我们香也不烧，钱也不写，像这样的白进来逛，可以的么？”

“那怕什么！名山胜地，本来就是给人家游逛的地方，怕它干吗！”

穿过了大雄宝殿，走到后院的中间，那一座粉白的宝塔上部，就压在我们的头上了，月英同小孩子似的跳了起来，嘴里叫着，“我们上去吧！我们上去吧！”一边她的脚却向前跳跃了好几步。

塔院的周围，有几个乡下人在那里膜拜。塔的下层壁上，也有许多墨笔铅笔的诗词之类，题在那里。壁龛的佛像前头，还有几对小蜡烛和线香烧着，大约是刚由本地的善男信女们烧过香的。

塔弄里很黑，一盏终年不熄的煤油灯光，照不出脚下的行路来。我在塔前买票的中间，她似乎已经向塔的内部窥探过了，等我回转身子找她进塔的时候，她脸上却装着了一脸疑惧的苦笑对我说：

“塔的里头黑得很，你上前吧！我倒有点怕！”

向前进了几步，在斜铺的石级上，被黑黝黝的空气包住，我忽而感到了一种异样的感情。在黑暗里，我觉得我的脸也红了起来。闷声不响，放开大步向前更跨了一步，拍塔的一响，我把两级石级跨作了一级，踏了一脚空，竟把身子斜睡下来了。“小心！”的叫了一声，谢月英抢上来把我挟住，我的背靠在她的怀里，脸上更同火也似的烧了起来。把头一转，我更闻出了她“还好么？还好么？”在问我的气息。这时候，我的意识完全模糊了，一种羞愧，同时又觉得安逸的怪感情，从头上散行及我的脚上。我放开了一只右手，在黑暗里不自觉的摸探上她的支在我胸前的手上去。一种软滑的，同摸在麦粉团上似的触觉，又在我的全身上通了一条电流。一边斜靠在壁上，一边紧贴上她的前胸，我默默的呆立了一二分钟。忽儿听见后面又有脚步声来了，把她的手紧紧地一捏，我才立起身来，重新向前一步一步的攀登上塔。走上了一层，走了一圈，我也不敢回过头来看她一眼，她也默默地不和我说一句话，尽在跟着我跑，这样的又是一层，又走了一圈。一直等走到第五层的时候，觉得后面来登塔的人，已经不跟在我们的后头了，我才走到了南面朝江的塔门口去站住了脚。她看我站住了，也就不跟过来，故意留在塔的外层，在朝西北看A城的烟户和城外的乡村。

太阳刚斜到了三十度的光景，扬子江的水面，颜色绛黄，绝似一线着色的玻璃，有许多同玩具似的帆船汽船，在这平稳的玻璃上游驶，过江隔岸，是许多同发也似的丛林，树林里也有一点一点的白色红色的房屋露着。在这些枯林房屋的背后，更有几处淡淡的秋山，纵横错落，仿佛是被毛笔画在那里的样子。包围在这些山影房屋树林的周围的，是银蓝的天盖，澄清的空气，和饱满的阳光。抬起头来也看得见一缕两缕的浮云，但晴天浩大，这几缕微云对这一幅秋景，终不能加上些儿阴影。从塔上看下来的这一天午后的清景，实在是太美满了。

我呆立了一会，对这四周的风物凝了一凝神，觉得刚才的兴奋渐渐儿的平静了下去。在塔的外层轻轻走了几步，侧眼看看谢月英，觉得她对了这落照中的城市烟景也似乎在发痴想。等她朝转头来，视线和我接触的时候，两人不知不觉的笑了一笑，脚步也自然而然地走了拢来。到了相去不及一二尺的光景，同时她也伸出了一只手来，我也伸出了一只手去。

在塔上不知逗留了多少时候，只见太阳愈降愈低了，俯看下去，近旁的村落里，也已经起了炊烟。我把她胛下夹在那里的一小包缎子拿了过来，挽住她的手，慢慢的走下塔来的时候，塔院里早已阴影很多，是仓皇日暮的样子了。

在迎江寺门前，雇了两乘人力车，走回城里来的当中，我一路上想了许多想头：

“已经是很明白的了，我对她的热情，当然是隐瞒不过去的事实。她对我也绝不似寻常一样的游戏般的播弄。好，好，成功，成功。啊啊！这一种成功的欢喜，我真想大声叫唤出来。”

车子进城之后，两旁路上在暮色里来往的行人，大约看了我脸下的笑容，也有点觉得奇怪，有几个竟立住了脚，在呆看着我和走到我前面的谢月英。我这时候羞耻也不怕，恐惧也没有，满怀的秘密，只想叫车夫停住了车，跳下来和他们握手，向他们报告，报告我这一回在塔上和谢月英两个人消磨过去的满足的半天，我觉得谢月英，已经是我的掌中之物了。我想对那一位小白脸的陈君，表示我在无意之中得到了他所想得而得不到的爱的左券。我更想在戏台前头，对那些拼命叫好的浮滑青年，夸示谢月英的已属于我，请他们不必费心。想到了这种种满足的想头，我竟忘记了身在车上，忘记了日暮的城市，忘记了我自己的同游尘似的未定的生活。等车到旅馆门口的时候，我才同从梦里醒过来的人似的回到了现实的世界，而谢月英又很急的从门口走了进去，对我招呼也没有招呼，就在我的面前消失了。手里捏了一包她今天下午买来的皮袄材料，我却如痴了似的又不得不立住了脚。想跟着送进去，只恐怕招李兰香她们的疑忌，想不送进去，又怕她要说我不聪明，不会侍候女人。在乱杂的旅馆厅上迟疑了一会，向进里进去的门口走进走出的走了几趟，我终究没有勇气，仍复把那一包缎子抱着，回到了我自己的房里。

电光已经亮了，伙计搬了饭菜进来。我要了一壶酒，在灯前独酌，一边也在作空想，“今天晚上她在台上，看她有没有什么表示。戏散之后，我应该再到她的戏房里去一次。……啊啊，她那一只柔软的手！”坐坐想想，我这一顿晚饭，竟吃了一个多钟头。因为到戏园子去还早，并且无论什么时候去，坐位总不会没有的，所以我吃完晚饭之后，就一个人踱出了旅馆，打算走上北面城墙附近的一处空地里去，这空地边上有一个小池，池上也有一所古庙，庙的前后，却有许多杨柳冬青的老树生着，斗大的这A城里，总算这一个地方比较得幽僻点，所以附近的青年男女学生，老是上这近边来散步的。我因为今天日里的际遇实在好不过，一个人坐在房里，觉得有点可惜，所以想到这一个清静的地方去细细里的享乐我日里的回想。走出了门，向东走了一段，在折向北去的小弄里，却遇见了许多来往的闲人。这一条弄，本来是不大有人行走的僻弄，今天居然有这许多人来往，我心里正在奇怪，想，莫非有什么事情发生了么？一走出弄，果然不错，前面弄外的空地里，竟有许多灯火，和小孩老妇，挤着在寻欢作乐。沿池的岸上，五步一堆，十步一集，铺着些小摊，布篷和杂耍的围儿，在高声的邀客。池岸的庙里，点得灯火辉煌，仿佛是什么菩萨的生日的样子。

走进了庙里去一看，才晓得今天是旧历的十一月初一，是这所古庙里的每年的谢神之日。本来是不十分高大的这古庙廊下，满挂着了些红纱灯彩，庙前的空地上，也堆着了一大堆纸帛线香的灰火，有许多老妇，还拱了手，跪在地下，朝这一堆香火在喃喃念着经咒。

我挤进了庙门，在人丛中争取了一席地，也跪下去向上面佛帐里的一个有胡须的菩萨拜了几拜，又立起来向佛柜上的签筒里抽了一支签出来。

香的烟和灯的焰，熏得我眼泪流个不住，勉强立起，拿了一支签，摸向东廊下柜上去对签文的时候，我心里忽而起了一种不吉的预感，因为被人一推，那支签竟从我的手里掉落了。拾起签来，到柜上去付了几枚铜货，把那签文拿来一读，果然是一张不大使人满意的下下签：

宋勒李使君灵签第八十四千　　下下
银烛一曲太妖娇　　肠断人间紫玉箫
漫向金陵寻故事　　啼鸦衰柳自无聊

我虽解不通这签诗的辞句，但看了末结一句“啼鸦衰柳自无聊”，总觉得心里不大舒服。虽然是神鬼之事，大都含糊两可，但是既然去求问了它，总未免有一点前因后果。况且我这一回去的求签，系出乎一番至诚之心，因为今天的那一场奇遇，太使我满意了，所以我只希望得一张上上大吉的签，在我的兴致上再加一点锦上之花，到此刻我才觉得自寻没趣了。

怀了一个不满的心，慢慢的从人丛中穿过了那池塘，走到戏园子去的路上，我疑神疑鬼的又追想了许多次在塔上的她的举动。——她对我虽然没有什么肯定的表示，但是对我并没有恶意，却是的的确确的。我对她的爱，她是可以承受的一点，也是很明显的事实。但是到家之后，她并不对我打一个招呼，就跑了进去，这又是什么意思呢？——想来想去想了半天，结果我还是断定这是她的好意，因为在午后出来的时候，她曾经看见了我的狼狈的态度的缘故。

想到了这里，我的心里就又喜欢起来了，签诗之类，只付之一笑，已经不在我的意中。放开了脚步，我便很急速地走到戏园子里去。

在台前头坐下，当谢月英没有上台的两三个钟头里面，我什么也没有听到，什么也没有看见，只在追求今天日里的她的幻影。

她今天穿的是一件银红的外国呢的长袍，腰部做得很紧，所以样子格外的好看。头上戴着一顶黑绒的鸭舌女帽，是北方的女伶最喜欢戴的那一种帽子。长圆的脸上，光着一双迷人的大眼，双重眼睑上挂着的有点斜吊起的眉毛，大约是因为常扮戏的原因吧？嘴唇很弯很曲，颜色也很红。脖子似乎太短一点，可是不碍，因为她的头本来就不大，所以并没有破坏她全身的均称的地方。啊啊，她那一双手，那一双轻软肥白，而又是很小的手！手背上的五个指脊骨上的小孔。

我一想到这里，日间在塔上和她握手时的那一种战栗，又重新逼上我的身来。摇了一摇头，举起眼来向台上一看，好了好了，是末后倒过来的第二出戏了，这时候台上在演的，正是陈莲奎的《探阴山》，底下就是谢月英的《状元谱》。我把那些妄念辟了一辟清，把头上的长发用手理了一理，正襟危坐。重把注意的全部，设法想倾注到戏台上去，但无论如何，谢月英的那双同冷泉井似的眼睛，总似在笑着招我，别的物事，总不能印到我的眼帘上来。

最后是她的戏了，她的陈员外上台了，台前头起了一阵叫声。她的眼睛向台下一扫，扫到了我的头上，果然停了几秒钟。眼睛又扫向没边去了，东边就又起了一阵狂噪声。我脸涨红了，急等她再把眼睛扫回过来，可是等了几分钟，终究不来，我急起来了，听了那东边的几个浮薄青年的叫声，心里只是不舒服，仿佛是一锅沸水在肚里煎滚。那几个浮薄青年尽是叫着不已，她也眼睛只在朝他们看，这时候我心里真想把一只茶碗，丢掷过去。可是生来就很懦弱的我，终于不敢放开喉咙来叫唤一声，只是张着怒目，在注视台上，她终于把眼睛回过来了，我一霎时就把怒容收起，换了一副笑容。像这样的悲哀喜乐，起伏交换了许多次数，我觉得心的紧张，怎么也持续不了了，所以不等她的那出戏演完，就站起来走出了戏园。

门外头依旧是寒冷的黑夜，微微的凉风吹上我的脸来，我才感觉到因兴奋过度而涨得绯红的两颊。在清冷的巷口，立了几分钟，我终于舍不得这样的和她别去，所以就走向了北，摸到通后台的那条狭巷里去。

在那条漆黑漆黑的狭巷里，果然遇见了几个下台出来的女伶，可是辨不清是谁，就匆匆的擦过了。到了后台房的门口。两扇板门只是虚掩在那里。门中间的一条狭缝，露出了一道灯光来，那些女孩子们在台房里杂谈叫噪的声音，也听得很清。我几次想伸手出去，推开门来，可是终于在门上摸了一番，仍旧将双手缩了回来。又过了几分钟，有人自里边把门开了。我骇了一跳，就很快的躲开，走向西去。这时候我心里的一种愤激羞惧之情，比那天自戏园出来，在黑夜的空城里走到天亮的晚上，还要压制不住。不得已只好在漆黑不平的路上，摸来摸去，另寻了一条狭路，绕道走上了通北门的大道。绕来绕去，不知白走了多少路，好容易寻着了那大街，正拐了弯想走到旅馆中去的时候，后面一阵脚步声，接着就来了几乘人力车。我把身子躲开，让车过去，回转头来一看，在灰黄不明白的街灯光里，又看见了她——谢月英的一个侧面来。

本来我是打算今晚上于戏散之后把白天的那包缎子送去，顺便也去看看姥姥李兰香她们的病的，可是在这一种兴奋状态之下，这事情却不可能了，因为兴奋之极，在态度上言语上，不免要露出不稳的痕迹来的。所以我虽则心里只在难过，只在妄想，再去见她一面，而一双已经走倦了的脚，只在冷清的长街上慢步，慢慢的走回旅馆里去了。

五

大约是几天来的睡眠不足，和昨晚上兴奋之后的半夜深夜游行的结果，早晨醒转来的时候，觉得头有点昏痛，天井里的淡黄的日光，已经射上格子窗上来了。鼻子往里一吸，只有半个鼻孔，还可以通气，其他的部分，都已塞得紧紧，和一只铁锈住的唧筒没有分别。朝里床翻了一个身，背脊和膝盖骨上下都觉得酸痛得很，到此我晓得是已经中了风寒了。

午前的这小旅馆里的空气，静寂得非常，除有几处脚步声和一句两句断续的话声以外，什么响动也没有。我想勉强起来穿着衣服，但又翻了一个身，觉得身上遍身都在胀痛，横竖起来也没有事情，所以就又昏昏沉沉的睡着了。非常不安稳的睡眠，大约隔一二分钟就要惊醒一次，在半睡半醒的中间，看见的尽是些前后不接的离奇的幻梦。我看见已故的父亲，在我的前头跑，也看见庙里的许多塑像，在放开脚步走路，又看见和月英两个人在水边上走路，月英忽而跌入了水里。直到旅馆的茶房，进房搬中饭脸水来的时候，我总算完全从睡眠里脱了出来。

头脑的昏痛，比前更加厉害了，鼻孔里虽则呼吸不自在，然而呼出来的气，只觉得烧热难受。

茶房叫醒了我，撩开帐子来对我一望，就很惊恐似的叫我说：

"王先生！你的脸怎么会红得这样？"

我对他说，好像是发烧了，饭也不想吃，叫他就把手巾打一把给我。他介绍了许多医生和药方给我，我告诉他现在还想不吃药，等晚上再说，我的和他说话的声气也变了，仿佛是一面敲破的铜锣，在发哑声，自家听起来，也有点觉得奇异。

他走出去后，我把帐门钩起，躺在枕上看了一看斜射在格子窗上的阳光，听了几声天井角上一棵老树上的小鸟的鸣声，头脑倒觉得清醒了一点。可是想起了昨天的事情，又有点糊涂懵懂，和谢月英的一道出去，上塔看江，和戏院内的种种情景。上面都像有一层薄纱蒙着似的，似乎是几年前的事情。咳嗽了一阵，想伸出头去吐痰，把眼睛一转，我却看见了昨天月英买的那一包材料，还搁在我的枕头边上。

比较得清楚地，再把昨天的事情想了一遍，我又不知几时昏昏的睡着了。

在半醒半睡的中间，我听见有人在外边叫门。起来开门出去，却看见谢月英含了微笑，说要出去。我硬是不要她出去，她似乎已经是属于我的人了。她就变了脸色，把嘴唇突了起来，我不问皂白，就一个嘴巴打了过去。她被我打后，转身就往外跑，我也拼命的在后边追。外边的天气，只是暗暗的，仿佛是十三四的晚上，月亮被云遮住的暗夜的样子。外面也清静得很，只有她和我两个在静默的长街上跑。转弯抹角，不知跑了多少时候，前面忽而来了一个人不是人，猿不像猿的野兽。这野兽的头包在一块黑布里，身上什么也不穿，可是长得一身的毛。它让月英跳过去后，一边就扑上我的身来。我死劲的挣扎了一回，大声的叫了几声，张开眼睛来一看，月英还是静悄悄的坐在我的床面前。

“啊！你还好么？”

我擦了一擦眼睛，很急促地问了她一声。身上脸上，似乎出了许多冷汗，感觉得异常的不舒服。她慢慢的朝了转来，微笑着问我说：

“王先生，你刚才做了梦了吧！我听你在呜呜的叫着呢！”

我又举起眼睛来看了看房内的光线，和她坐着的那张靠桌摆着的方椅，才把刚才的梦境想了过来，心里着实觉得难以为情。完全清醒了以后，我就半羞半喜的问她，什么时候进这房里来的？她们的病好些了么？接着就告诉她，我也感冒了风寒，今天不愿意起来了。

“你的那块缎子。”我又继续着说，“你这块缎子，我昨天本想送过来的，可是怕被她们看见了要说话，所以终于不敢进来。”

“嗳嗳，王先生，真对不起，昨儿累你跑了那么些个路，今天果然跑出病来了。我刚才问茶房来着，问他你的住房在哪一个地方，他就说你病了。觉得很难受么？”

“谢谢，这一忽儿觉得好得多了，大约也是伤风吧。刚才才出了一身汗，发烧似乎不发了。”

“大约是这一忽儿的流行病吧，姥姥她们也就快好了，王先生，你要不要那一种白药片儿吃？”

“是阿斯必淋片不是？”

“好像是的，反正是吃了要发汗的药。”

“那恐怕是的，你们若有，就请给我一点，回头我好叫茶房照样的去买。”

“好，让我去拿了来。”

“喂，喂，你把这一包缎子顺便拿了去吧！”

她出去之后，我把枕头上罩着的一块干毛巾拿了起来，向头上身上盗汗未干的地方擦了一擦，神志清醒得多了。可是头脑总觉得空得很，嘴里也觉得很淡很淡。

月英拿了阿斯必淋片来之后，又坐落了，和我谈了不少的天。到此我才晓得她是李兰香的表妹，是皖北的原籍，像生长在天津的。陈莲奎本来是在天津搭班的时候的同伴，这一回因为一在汉口和恩小枫她们合不来伙，所以应了这儿的约，三个人一道拆出来上A地来的。包银每人每月贰百块。那姥姥是她们——李兰香和她——的已故的师傅的女人，她们自己的母亲——老姊妹两人，还住在天津。另外还有一个管杂务等的总管，系住在安乐园内的，是陈莲奎的养父，她们三人的到此地来，亦系由他一个人介绍交涉的，包银之内他要拿去二成。她们的合同，本来是三个月的期限，现在园主因为卖座卖得很多，说不定又要延长下去。但她很不愿意在这小地方久住，也许到了年底，就要和李兰香上北京去的，因为北京民乐茶园也在写信来催她们去合班。

在苦病无聊的中间，听她谈了些这样的天，实在比服药还要有效，到了短日向晚的时候，我的病已经有一大半忘记了。听见隔墙外的大挂钟堂堂的敲了五点，她也着了急，一边立起来走，一边还咕噜着说：

“这天真黑得快，你瞧，房里头不已经有点黑了么？啊啊，今天的废话可真说得太久了，王先生，你总不至于讨嫌吧？明儿见！”

我要起来送她出门，她却一定不许我起来，说：

“您躺着吧，睡两天病就可以好的，我有空再来瞧你。”

她出去之后，房里头只剩了一种寂寞的余温和将晚的黑影，我虽则躺在床上，心里却也感到了些寒冬日暮的悲哀。想勉强起来穿衣出去，但门外头的冷空气实在有点可怕，不得已就只好合上眼睛，追想了些她今天说话时的神情风度，来伴我的孤独。

她今天穿的，是一件酱色的棉袄，底下穿的，仍复是那条黑的大脚棉裤。头部半朝着床前，半侧着在看我壁上用图钉钉在那里的许多外国画片。我平时虽在戏台上看她的面形看得很熟，但在这样近的身边，这样仔细长久的得看她卸装后的素面，这却是第一回。那天晚上在她们房里，因为怕羞的原故，不敢看她，昨天在塔上，又因为大自然的烟景迷人，也没有看她仔细，今天的半天观察，可把她面部的特征都读得烂熟了。

她的有点斜挂上去的一双眼睛，若生在平常的妇人的脸上，不免要使人感到一种淫艳恶毒的印象，但在她，因为鼻梁很高，在鼻梁影下的两只眼底又圆又黑的缘故，看去觉得并不奇特。尤其是可以融和这一种感觉的，是她鼻头下的那条短短的唇中，和薄而且弯的两条嘴唇，说话的时候，时时会露出她的那副又细又白的牙齿来，张口笑的时候，左面犬齿里的一个半藏半露的金牙，也不使人讨嫌。我平时最恨的是女人嘴里的金牙，以为这是下劣的女性的无趣味的表现，而她的那颗深藏不露的金黄小齿，反足以增加她嬉笑时的妩媚。从下嘴唇起，到喉头的几条曲线，看起来更耐人寻味，下嘴唇下是一个很柔很曲的新月形，喉头是一柄圆曲的镰刀背，两条同样的曲线，配置得很适当的重叠在那里。而说话的时候，这镰刀新月线上，又会起水样的微波。

她的说话的声气，绝不似一个会唱皮簧的歌人，因为声音很纾缓，很幽闲，一句话和一句话的中间，总有一脸微笑，和一眼斜视的间隔。你听了她平时的说话，再想起她在台上唱快板时的急律，谁也会惊异起来，觉得这二重人格，相差太远了。

经过了这半天的昵就，又仔细观察了她这一番声音笑貌的特征，我胸前伏着的一种艺术家的冲动，忽而激发了起来。我一边合上双眼，在追想她的全体的姿势所给与我的印象，一边心里在决心，想于下次见她面的时候，要求她为我来坐几次，我好为她画一个肖像。

电灯亮起来了，远远传过来的旅馆前厅的杂沓声，大约是开晚饭的征候。我今天一天没有取过饮食，这时候倒也有点觉得饥饿了，靠起身坐在被里，放了我叫不响的喉咙叫了几声，打算叫茶房进来，为我预备一点稀饭，这时候隔墙的那架挂钟，已经敲六点了。

六

本来以为是伤风小病，所以药也不服，万想不到到了第二天的晚上，体热又忽然会增高来的。心神的不快，和头脑的昏痛，比较第一日只觉得加重起来，我自家心里也有点惧怕。

这一天是星期六，安乐园照例是有日戏的，所以到吃晚饭的时候止，谢月英也没有来看我一趟。我心里虽则在十二分的希望她来坐在我的床边陪我，然而一边也在原谅她，替她辩解，昏昏沉沉的不晓睡到了什么时候了，我从睡梦中听见房门开响。

挺起了上半身，把帐门撩起来往外一看，黄冷的电灯影里，我忽然看见了谢月英的那张长圆的笑脸，和那小白脸的陈君的脸相去不远。她和他都很谨慎的怕惊醒我的睡梦似的在走向我的床边来。

“喔，戏散了么？”我笑着问他们。

“好久不见了，今晚上上这里来，听月英说了，我才晓得了你的病。”

“你这一向上什么地方去了？”

“上汉口去了一趟。你今天觉得好些么？”

我和陈君在问答的中间，谢月英尽躲在陈君的背后在凝视我的被体热蒸烧得水汪汪的两只眼睛。我一边在问陈君的话，一边也在注意她的态度神情。等我将上半身伏出来，指点桌前的凳子请他们坐的时候，她忽而忙着对我说：

“王先生，您睡吧，天不早了，我们明天日里再来看你。您别再受上凉，回头倒反不好。”

说着她就翻转身轻轻的走了，陈君也说了几句套话，跟她走了出去。这时候我的头脑虽已热得昏乱不清，可是听了她的那句“我们明天日里再来看你”的“我们”，和看了陈君跟她一道走出房门去的样子，心里又莫名其妙的起了一种怨愤，结果弄得我后半夜一睡也没有睡着。

大约是心病和外邪交攻的原因，我竟接连着失了好几夜的眠，体热也老是不退。到了病后第五日的午前，公署里有人派来看我的病了。他本来是一个在会计处办事的人，也是父执舒的一位远戚。看了我的消瘦的病容，和毫没有神气的对话，他一定要我去进病院。

这A城虽则也是一个省城，但病院却只有由几个外国宣教师所立的一所。这所病院地处在A城的东北角一个小高岗上，几间清淡的洋房，和一丛齐云的古树，把这一区的风景，烘托得简洁幽深，使人经过其地，就能够感出一种宗教气味来。那一位会计科员，来回往复费了半日的工夫，把我的身体就很安稳的放置在圣保罗病院的一间特等房的床上了。

病房是在二层楼的西南角上，朝西朝南，各有两扇玻璃窗门，开门出去，是两条直角相遇的回廊。回廊槛外，西面是一个小花园，南面是一块草地，沿边种着些外国梧桐，这时候树叶已经凋落，草色也有点枯黄了。

进病院之后的三四天内，因为热度不退，终日躺在床上，倒也没有感到病院生活的无聊，到了进院后将近一个礼拜的一天午后，谢月英买了许多水果来看了我一次之后，我身体也一天一天的恢复原状起来，病院里的生活也一天一天的觉得寂寞起来了。

那一天午后，刚由院长汉医生来诊察过，他看看我的体温表，听听我胸前背后的呼吸，用了不大能够了解的中国话对我说：

“我们，要恭贺你，恭贺你不久，就可以出去这里了。”

我问他可不可以起来坐坐走走，他说，“很好很好”，我于他出去之后，就叫看护生过来扶我坐起，并且披了衣裳，走出到玻璃窗门口的一张躺椅上坐着，在看回廊栏杆外面树梢上的太阳。坐了不久，就听见楼下有女人在说话，仿佛是在问什么的样子。我以病人的纤敏的神经，一听见就直觉的知道这是来看我的病的，因为这时候天气凉冷，住在这一所特等病房里的病人没有几个，我所以就断定这一定是来看我的。不等第二回的思索，我就叫看护生去打个招呼，陪她进来。等到来一看，果然是她，是谢月英。

她穿的仍复是那件外国呢的长袍，颈项上围着一块黑白的丝围巾，黑绒的鸭舌帽底下，放着闪闪的两眼，见我的病后的衰容，似乎是很惊异的样子。进房来之后，她手里捧着了一大包水果，动也不动的对我呆看了几分钟。

“啊啊，真想不到你会上这里来的！”

我装着笑脸，举起头来对她说。

“王先生，怎么，怎么你会瘦得这一个样儿？”

她说这一句话的时候，脸上的那脸常漾着的微笑也没有了，两只眼睛，尽是直盯在我的脸上。像这一种严肃的感伤的表情，我就是在戏台上当她演悲剧的时候，也还没有看见过。

我朝她一看，为她的这一种态度所压倒，自然而然的也收起了笑容，噤住了说话，对她看不上两眼，眼里就扑落落的滚下了两颗眼泪来。

她也呆住了，说了那一句感叹的话之后，仿佛是找不着第二句话的样子。两人沉默了一会，倒是我觉得难过起来了，就勉强的对她说：

“月英！我真对你不起。”

这时候看护生不在边上，我说着就摇摇颤颤的立起来想走到床上去。她看了我的不稳的行动，就马上把那包水果丢在桌上，跑过来扶我。我靠住了她的手，一边慢慢的走着，一边断断续续的对她说：

“月英，你知不知道，我这病，这病的原因，一半也是，也是为了你呀！”

她扶我上了床，帮我睡进了被窝，一句话也不讲的在我床边上坐了半天。我也闭上了两眼，朝天的睡着，一句话也不愿意讲，而闭着的两眼角上，尽在流冰冷的眼泪。这样的沉默了不知多少时候，我忽而脸上感到了一道热气，接着嘴唇上，身体上就来了一种重压。我和麻醉了似的，从被里伸出了两只手来，把她的头部抱住了。

两人紧紧的抱着吻着，我也不打开眼睛来看，她也不说一句话，动也不动的又过了几分钟，忽而门外面脚步声响了。再拼命的吸了她一口，我就把两手放开，她也马上立起身来很自在的对我说：

“您好好的保养吧，我明儿再来瞧你。”

等看护生走到我床面前送药来的时候，她已经走出房门。走在回廊上了。

自从这一回之后，我便觉得病院里的时刻，分外的悠长，分外的单调。第二天等了她一天，然而她终于不来，直到吃完晚饭以后，看见寒冷的月光，照到清淡的回廊上来了，我才闷闷的上床去睡觉。

这一种等待她来的心思，大约只有热心的宗教狂者，盼望基督再临的那一种热望，可以略比得上，我自从她来过后的那几日的情意，简直没有法子能够形容出来。但是残酷的这谢月英，我这样热望着的这谢月英，自从那一天去后，竟绝迹的不来了。一边我的病体，自从她来了一次之后，竟恢复得很快，热退后不上几天，就能够吃两小碗的干饭，并且可以走下楼来散步了。

医生许我出院的那一天早晨，北风刮得很紧，我等不到十点钟的会计课的出院许可单来，就把行李等件包好，坐在回廊上守候。挨一刻如一年的过了四五十分钟，托看护生上会计课去催了好几次，等出院许可单来了，我就和出狱的罪囚一样，三脚两步的走出了圣保罗医院的门。坐人力车到大新旅馆门口的时候，我像同一个女人约定密会的情人赶赴会所去的样子，胸腔里心脏跳跃得厉害，开进了那所四十八号房，一股密闭得很久的房间里的闷气，迎面的扑上我的鼻来，茶房进来替我扫地收拾的中间，我心里虽则很急，但口上却吞吞吐吐的问他，“后面的谢月英她们起来了没有？”他听了我的问话，地也不扫了，把屈了的腰伸了一伸，仰起来对我说：

“王先生，你大约还没有晓得吧？这几天因为谢月英和陈莲奎吵嘴的原因，她们天天总要闹到天明才睡觉，这时候大约她们睡得正热火哩！”

我又问他，她们为什么要吵嘴。他歪了一歪嘴，闭了一只眼睛，作了一副滑稽的形容对我说：

“为什么呢？总之是为了这一点！”

说着，他又以左手的大指和二指捏了一个圈给我看。依他说来，似乎是为了那小白脸的陈君。陈君本来是捧谢月英的，但是现在不晓怎么的风色一转，却捧起陈莲奎来了。前几天，陈君为陈莲奎从汉口去定了一件绣袍来，这就是她们吵嘴的近因。听他的口气，似乎这几天谢月英的颜色不好，老在对人说要回北京去，要回北京去。可是合同的期间还没有满，所以又走不脱身。听了这一番话，我才明白了前几天她上病院里来的时候的脸色，并且又了解了她所以自那一天后，不再来看我的原因。

等他扫好了地，我简单把房里收拾了一下，心里忐忑不定地朝桌子坐下来的时候，桌上靠壁摆着的一面镜子，忽而毫不假借地照出了我的一副消瘦的相貌来。我自家看了，也骇了一跳，我的两道眉毛，本来是很浓厚美丽的，而在这一次的青黄的脸上竖着，非但不能加上我以些须男性的美观，并且在我的脸上影出了一层死沉沉的阴气。眼睛里的灼灼的闪光，在平时原可以表示一种英明的气概的，可是在今天看起来，仿佛是特别的在形容颜面全部的没有生气了。鼻下嘴角上的胡影，也长得很黑，我用手去摸了一摸，觉得是杂杂粒粒的有声音的样子。失掉了第二回再看一眼的勇气，我就立起身来把房门带上，很急的出门雇车到理发铺里去。

理完了发，又上公署前的澡堂去洗了一个澡，看看太阳已经直了，我也便不回旅馆，上附近的菜馆去喝了一点酒，吃了一点点心。有意的把脸上醉得微红。我不待酒醒，就急忙的赶回到旅馆里来。进旅馆后，正想走进自己的房里去再对镜看一看的时候，那茶房却迎了上来，又歪了歪嘴，含着有意的微笑对我说：

“王先生，今天可修理得很美了。后面的谢月英也刚起来吃过了饭，我告诉她你已经回来，她也好像急急乎要见你似的。哼，快去快去，快把这新修的白面去给她看看！”

我被他那么一说，心里又喜又气，在平时大约要骂他几句，就跑回到家里去躲藏着，不敢再出来的，可是今天因为那几杯酒的力量，竟把我的这一种羞愧之心驱散，朝他笑了一脸，轻轻骂了一句“混蛋”，也就公然不客气地踏进了里进的门，去看谢月英去了。

七

进了谢月英她们的房里去一看，她们三人中间的空气，果然险恶得很。那一回和陈君到她们房里来的时候，我记得她们是有说有笑，非常融和快乐的，而今朝则月英还是默默的坐在那里托姥姥梳辫，陈莲奎背朝着床外斜躺在床上。李兰香一个人呆坐在对窗的那张床沿上打呵欠，看见我进去了，倒是她第一个立起来叫我，陈莲奎连身子也不朝过来。我看见了谢月英的梳辫的一个侧面，心里已经是混乱了，嘴里虽则在和李兰香攀谈些闲杂的天，眼睛却尽在向谢月英的脸上偷看。

我看见她的侧面上，也起了一层红晕，她的努力侧斜过来的视线，也对我笑了一脸。

和李兰香姥姥应答了几句，等我坐定了一忽，她的辫子也梳好了。回转身来对我笑了一脸，她第一句话就说：

“王先生，几天不看见，你又长得那么丰满了，和那一天的相儿，要差十岁年纪。”

“嗳嗳，真对不起，劳你的驾到病院里来看我，今天是特地来道谢的。

那姥姥也插嘴说：

“王先生，你害了一场病，倒漂亮得多了。”

“真的么？那么让我来请你们吃晚饭吧，好作一个害病的纪念。”

我问她们几点钟到戏园里去，谢月英说今晚上她因为嗓子不好想告假。

在那里谈这些闲话的中间，我心里只在怨另外的三人，怨她们不识趣，要夹在我和谢月英的中间，否则我们两人早好抱起来亲一个嘴了。我以眼睛请求了她好几次，要求她给我一个机会，好让我们两个人尽情的谈谈衷曲。她也明明知道我这意思，可是和顽强不听话的小孩似的，她似乎故意在作弄我，要我着一着急。

问问她们的戏目，问问今天是礼拜几，我想尽了种种方法，才在那里勉强坐了二三十分钟，和她们说了许多前后不接的杂话，最后我觉得再也没有话好说了，就从坐位里立了起来，打算就告辞出去。大约谢月英也看得我可怜起来了，她就问我午后有没有空，可不可以陪她出去买点东西。我的沉下去的心，立时跳跃了起来，就又把身子坐下，等她穿换衣服。

她的那件羊皮袄，已经做好了，就穿了上去。底下穿的，也是一条新做的玄色大绸的大脚棉裤。那件皮袄的大团花的缎子面子，系我前次和她一道去买来的，我觉得她今天的特别要穿这件新衣，也有点微妙的意思。

陪她在大街上买了些化妆品类，毫无情绪的走了一段，我就提议请她去吃饭，先上一家饭馆去坐它一两个钟头，然后再着人去请李兰香她们来。我晓得公署前的一家大旅馆内，有许多很舒服的房间，是可以请客坐谈的，所以就和她走转了弯，从三牌楼大街，折向西去。

上大旅馆去择定了一间比较宽敞的餐室，我请她上去，她只在忸怩着微笑，我倒被她笑得难为情起来了，问她是什么意思。她起初只是很刁乖的在笑，后来看穿了我的真是似乎不怪她的意思，她等茶房走出去之后，才走上我身边来拉着我的手对我说：

“这不是旅馆么？男女俩，白天上旅馆来干什么？”

我被她那么一说，自家觉得也有点不好意思，可是因为她说话的时候，眼角上的那种笑纹太迷人了，就也忘记了一切，不知不觉的把两手张开来将她的上半身抱住。一边抱着，一边我们两个就自然而然的走向上面的炕上去躺了下来。

几分钟的中间，我的身子好像掉在一堆红云堆里，把什么知觉都麻醉尽了。被她紧紧的抱住躺着，我的眼泪尽是止不住的在涌流出来。她和慈母哄孩子似的一边哄着，一边不知在那里幽幽的说些什么话。

最后的一重关突破了，我就觉得自己的一生，今后是无论如何和她分离不开了，我的从前的莫名其妙在仰慕她的一种模糊的观念，方才渐渐的显明出来，具体化成事实的一件一件，在我的混乱的脑里旋转。

她诉说这一种艺人生活的苦处，她诉说A城一班浮滑青年的不良，她诉说陈莲奎父女的如何欺凌侮辱她一个人，她更诉说她自己的毫无寄托的半生。原来她的母亲，也是和她一样的一个行旅女优，谁是她的父亲，她到现在还没有知道。她从小就跟了她的师傅在北京天津等处漂流。先在天桥的小班里吃了五六年的苦，后来就又换上天津来登场。她师傅似乎也是她母亲的情人中的一个，因为当他未死之前，姥姥是常和她母亲吵嘴相打的。她师傅死后的这两三年来，她在京津汉口等处和人家搭了几次班，总算博了一点名誉，现在也居然能够独树一帜了，她母亲和姥姥等的生活，也完全只靠在她一个人的身上。可是她只是一个女孩子，这样的被她们压榨，也实在有点不甘心。况且陈莲奎父女，这一回和她寻事，姥姥和李兰香胁于陈老头儿的恶势，非但不出来替她说一句话，背后头还要来埋怨她，说她的脾气不好。她真不想再过这样的生活了，想马上离开A地到别处去。

我被她那么的一说，也觉得气愤不过，就问她可愿意和我一道而去。她听了我这一句话，就举起了两只泪眼，朝我呆视了半天，转忧为喜的问我说：

“真的么？”

“谁说谎来？我以后打算怎么也和你在一块儿住。”

“那你的那位亲戚，不要反对你么？”

“他反对我有什么要紧。我自问一个人就是离开了这里，也尽可以去找事情做的。”

“那你的家里呢？”

“我家里只有我的一个娘，她跟我姊姊住在姊夫家里，用不着我去管的。”

“真的么？真的么？那我们今天就走吧！快一点离开这一个害人的地方。”

“今天走可不行，哪里有那么简单，你难道衣服铺盖都不想拿了走么？”

“几只衣箱拿一拿有什么？我早就预备好了。”

我劝她不要那么着急，横竖是预备着走，且等两三天也不迟，因为我也要向那位父执去办一个交涉。这样的谈谈说说，窗外头的太阳，已经斜了下去，市街上传来的杂噪声，也带起向晚的景象来了。

那茶房仿佛是经惯了这一种事情似的，当领我们上来的时候，起了一壶茶，打了两块手巾之后，一直到此刻，还没有上来过。我和她站了起来，把她的衣服辫发整了一整，拈上了电灯，就大声的叫茶房进来，替我们去叫菜请客。

她因为已经决定了和我出走，所以也并不劝止我的招她们来吃晚饭。可是写请客单子写到了陈莲奎的名字的时候，她就变了脸色叱着说：

“这一种人去请她干吗！”

我劝她不要这样的气量狭小，横竖是要走了，大家这样的欢聚一次，也好留下纪念。一边我答应她于三天之内，一定离开A地。

这样的两人坐着在等她们来的中间，她又跑过来狂吻了我一阵，并且又切切实实地骂了一阵陈莲奎她们的不知恩义。等不上三十分钟，她们三人就一道的上扶梯来了。

陈莲奎的样子，还是淡淡漠漠的，对我说了一声“谢谢”，就走往我们的对面椅子上去坐下了。姥姥和李兰香，看了谢月英的那种喜欢的样子，也在感情上传染了过去，对我说了许多笑话。

吃饭喝酒喝到六点多钟，陈莲奎催说要去要去，说了两次。谢月英本说要想临时告假的，但姥姥和我，一道的劝她勉强去应酬一次，若要告假，今晚上去说，等明天再告假不迟。结果是她们四人先回大新旅馆，我告诉她们今晚上想到衙门去一趟办点公事，所以就在公署前头和她们分了手。

在黑阴阴的几盏电灯底下，穿过了三道间隔得很长的门道，正将走到办公室中去的时候，从里面却走出了那位前次送我进病院的会计科员来，他认明是我，先过来拉了我的手向我道贺，说我现在的气色很好了。我也对他说了一番感谢的意思，并且问他省长还在见客么？他说今天因为有一所学校，有事情发生了，省长被他们学生教员纠缠了半天，到现在还没有脱身。我就问他可不可以代我递一个手折给他，要他马上批准一下。他问我有什么事情，我就把在此地仿佛是水土不服，想回家去看一看母亲，并且若有机会，更想到外洋去读几年书，所以先想在这里告一个长假，临去的时候更要预支几个月薪水，要请他马上批准发给我才行等事情说了一说。我说着他就引我进去见了科长，把前情转告了一遍。科长听了，也不说什么，只叫我上电灯底下去将手折缮写好来。

我在那里端端正正的写了一个多钟头，正将写好的时候，窗外面一声吆喝，说，省长来了。我正在喜欢这机会来得凑巧，手折可以自家亲递给他了，但等他进门来一见，觉得他脸上的怒气，似乎还没有除去。他对科长很急促的说了几句话后，回头正想出去的时候，眼睛却看见了在旁边端立着的我。问了我几句关于病的闲话，他一边回头来又问科长说：

“王咨议的薪水送去了没有？”

说着他就走了。那最善逢迎的科长，听了这一句话，就当作了已经批准的面谕一样，当面就写了一张支票给我。

我拿了支票，写了一张收条，和手折一同留下，临走时并且对他们谢了一阵，出来走上寒空下的街道的时候，心里又莫名其妙的起了一种感慨。我觉得这是我在A城衙门口走着的最后一次了，今后的飘泊，不知又要上什么地方去寄身。然而一想到日里的谢月英的那一种温存的态度，和日后的能够和她一道永住的欢情，心里同时又高跳了起来。

故意人力车也不坐，我慢慢的走着，一边在回想日里的事情，一边就在打算如何的和谢月英出奔，如何的和她偷上船去，如何的去度避世的生活，一种喜欢作恶的小孩子的爱秘密的心理，使我感到了加倍的浓情，加倍的满足，我觉得世界上的幸福，将要被我一个人来享尽的样子。

八

萧条的寒雨，凄其滴答，落满了城中。黄昏的灯光，一点一点的映在空街的水潴里，仿佛是泪人儿神瞳里的灵光。以左手张着了一柄洋伞，右手紧紧地抱住月英，我跟着前面挑行李的夫子，偷偷摸摸，走近了轮船停泊着的江边。

这一天午后，忙得坐一坐，说一句话的工夫都没有，乘她们三人不在的中间，先把月英的几只衣箱，搬上了公署前的大旅馆内。问定了轮船着岸的时刻，我便算清了大新旅馆的积帐，若无其事的走出上大旅馆去。和月英约好了地点，叫她故意示以宽舒的态度，和她们一道吃完晚饭，等她们饭后出去，仍复上戏园去的时候，一个人悠悠自在的走出到大街上来等候。

我押了两肩行李，从省署前的横街里走出，在大街角上和她合成了一块。

因为路上怕被人瞥见，所以洋伞擎得特别的低，脚步也走得特别的慢，到了江边码头船上去站住，料理进舱的时候，我的额上却急出了一排冷汗。

嗡嗡扰扰，码头上的人夫的怒潮平息了。船前信号房里，丁零零零下了一个开船的命令，水夫在呼号奔走，船索也起了旋转的声音，汽笛放了一声沉闷的大吼。

我和她关上了舱门，向小圆窗里，头并着头的朝岸上看了些雨中的灯火，等船身侧过了A城市外的一条横山，两人方才放下了心，坐下来相对着作会心的微笑。

“好了!”

“可不是么？真急死了我，吃晚饭的时候，姥姥还问我明天上不上台哩!”

“啊啊，月英……”

我叫还没有叫完，就把身子扑了过去，两人抱着吻着摸索着，这一间小小的船舱，变了地上的乐园，尘寰的仙境，弄得连脱衣解带，铺床叠被的余裕都没有。船过大通港口的时候，我们的第一次的幽梦，还只做了一半。

说情说意，说誓说盟，又说到了“这时候她们回到了大新旅馆，不晓得在那里干什么?”“那小白脸的畜生，好抱了陈莲奎在睡觉了吧?”“那姥姥的老糊涂，只配替陈莲奎烧烧水的。”我们的兴致愈说愈浓，不要说船窗外的寒雨，不能够加添我们的旅愁，即便是明天天会不亮，地球会陆沉，也与我们无干无涉。我只晓得手里抱着的是谢月英的养了十八年半的丰肥的肉体，嘴上吮吸着的，是能够使凡有情的动物都会风魔麻醉的红艳的甜唇，还有底下，还有底下……啊啊，就是现在教我这样的死了，我的二十六岁，也可以算不是白活。人家只知道是千金一刻，呸呸，就是两千金，万万金，要想买这一刻的经验，也哪里能够?

那一夜，我们似梦非梦，似睡非睡的闹到天亮，方才抱着了合了一合眼。等轮船的机器声停住，窗外船舷上人声嘈杂起来的时候，听说船已经到了芜湖了。

上半天云停雨停，风也毫末不起，我和她只坐在船舱里从那小圆窗中在看江岸的黄沙枯树，天边的灰云层下，时时有旅雁在那里飞翔。这一幅苍茫暗淡的野景，非但不能够减少我们闲眺的欢情，我并且希望这轮船老是在这一条灰色的江上，老是像这样的慢慢开行过去，不要停着，不要靠岸，也不要到任何的目的地点，我只想和她，和谢月英两个，尽是这样的漂流下去，一直到世界的尽头，一直到我俩的从人世中消灭。

江行如梦，通过了许多曲岸的芦滩，看见了一两堆临江的山寨，船过采石矶头，已经是午后的时刻了。茶房来替我们收拾行李，月英大约是因为怕被他看出是女伶的前身，竟给了他五块钱的小帐。

从叫嚣杂乱的中间，我们在下关下了船。因为自从那一天决定出走到如今，我和她都还没有工夫细想到今后的处置，所以诸事不提暂且就到瀛台大旅社去开了一个临江的房间住下。

这是我和她在岸上旅馆内第一次的同房，又过了荒唐的一夜。第二天天放晴了，我们睡到吃中饭的时候，方才蓬头垢面的走出床来。

她穿了那件粉红的小棉袄，在对镜洗面的时候，我一个人穿好了衣服鞋袜，仍复仰躺在波纹重叠的那条被上，茫茫然在回想这几天来的事情的经过。一想到前晚在船舱里，当小息的中间，月英对我说的那句“这时候她们回到了大新旅馆，不晓得在那里干什么？”的时候，我的脑子忽然清了一清，同喝醉酒的人，忽然吃到了一杯冰淇淋一样，一种前后连络，理路很清的想头，就如箭也似的射上我的心来了。我急遽从床上立了起来，突然的叫了一声：

“月英！”

“喔唷，我的妈呀，你干吗？骇死我啦！”

“月英，危险危险！”

她回转头来看我尽是对她张大了两眼在叫危险危险，也急了起来，就收了脸上的那脸常在漾着的媚笑催着我说：

“什——么呀？你快说啊！”

我因为前后连接着的事情很多，一句话说不清楚，所以愈被她催，愈觉得说不出来，又叫了一声“危险危险”。她看了我这一副空着急而说不出话来的神气，忽而哺的一声笑了出来。一只手里还拿着那块不曾绞干的手巾，她忽而笑着跳着，走近了我的身边，抱了我的头吻了半天，一边吻一边问我，究竟是为了什么。

“喂，月英，你说她们会不会知道你是跟了我跑的?”

“知道了便怎么啦?”

“知道了她们岂不是要来追么?”

“追就由她们来追，我自己不愿意回去，她们有什么法子?”

“那就多么麻烦哩!”

“有什么麻烦不麻烦，我反正不愿意跟她们回去!”

“万一她们去告警察呢?”

“那有什么要紧！她们能够管我么?”

“你老说这些小孩子的话，我可就没有那么简单，她们要说我拐了你走了。”

“那我就可以替你说，说是我跟你走的。”

“总之，事情是没有那么简单，月英，我们还得想一个法子才行。”

“好，有什么法子你想吧!”

说着她又走回到镜台前头去梳洗去了。我又躺了下去，呆呆想了半天，等她在镜子前头自己把半条辫子梳好的时候，我才坐起来对她说:

“月英，她们发见了你我的逃走，大约总想得到是坐下水船上这里来的，因为上水船要到天亮边才过A地，并且我们走的那一天，上水船也没有。”

她头也不朝传来，一边梳着辫，一边答应了我一声“嗯”。

“那么她们若要赶来呢，总在这两天里了。”

“嗯。”

“我们若住在这里，岂不是很危险么?”

“嗯，你底下名牌上写的是什么名字?”

“自然是我的真名字。”

“那叫他们去改了就对了啦!”

“不行不行!”

“什么不行哩?”

“在这旅馆里住着，一定会被她们瞧见的，并且问也问得出来。”

“那我们就上天津去吧！”

“更加不行。”

“为什么更加不行哩？”

“你的娘不在天津么？她们在这里找我们不着，不也就要追上天津去的么？经她们四五个人一找，我们哪里还躲得过去？”

“那你说怎么办哩？”

“依我呀，月英，我们还不如搬进城去吧。在这儿店里，只说是过江去赶火车去的，把行李搬到了江边，我们再雇一辆马车进城去，你说怎么样？”

“好吧！”

这样的决定了计划，我们就开始预备行李了。两个吃了一锅黄鱼面后，从旅馆里出来把行李挑上江边的时候，太阳已经斜照在江面的许多桅船汽船的上面。午后的下关，正是行人拥挤，满呈着活气的当儿。前夜来的云层，被阳光风势吞没了去，清淡的天空，深深的覆在长江两岸的远山头上。隔岸的一排洋房烟树，看过去像西洋画里的背景，只剩了狭长的一线，沉浸在苍紫的晴空气里。我和月英坐进了一辆马车，打仪凤门经过，一直的跑进城去，看看道旁的空地疏林，听听车前那只瘦马的得得得得有韵律的蹄声，又把一切的忧愁抛付了东流江水，眼前只觉得是快乐，只觉得是光明，仿佛是走上了上天的大道了。

九

进城之后，最初去住的，是中正街的一家比较得干净的旅馆。因为想避去和人的见面，所以我们拣了一间那家旅馆的最里一进的很谨慎的房间，名牌上也写了一个假名。

把衣箱被铺布置安顿之后，几日来的疲倦，一时发足了，那一晚，我们晚饭也不吃，太阳还没有落尽的时候，月英就和我上床去睡了。

快晴的天气，又连续了下去，大约是东海暖流混入了长江的影响吧。当这寒冬的十一月里，温度还是和三月天一样，真是好个江南的小春天气。进城住下之后我们就天天游逛，夜夜欢娱，竟把人世的一切经营俗虑，完全都忘掉了。

有一次我和她上鸡鸣寺去，从后殿的楼窗里，朝北看了半天斜阳衰草的玄武湖光。从古同泰寺的门楣下出来，我又和她在寺前寺后台城一带走了许多山路。正从寺的西面走向城堞上去的中间，我忽而在路旁发见了一口枯草丛生的古井。

“啊！这或者是胭脂井吧！”

我叫着就拉了她的手走近了井栏圈去。她问我什么叫胭脂井，我就同和小孩子说故事似的把陈后主的事情说给她听：

“从前哪，在这儿是一个高明的皇帝住的，他相儿也很漂亮，年纪也很轻，做诗也做得很好。侍候他的当然有许多妃子，可是这中间，他所最爱的有三四个人。他在这儿就造了许多很美很美的宫殿给她们住。万寿山你去过了吧？譬如同颐和园一样的那么的房子，造在这儿，你说好不好？”

“那自然好的。”

“嗳，在这样美，这样好的房子里头啊，住的尽是些像你——”

说到了这里，我就把她抱住，咬上她的嘴去。她和我吮吸了一回，就催着说：

“住的谁呀？”

“住的啊，住的尽是些像你这样的小姑娘——”

我又向她脸上摘了一把。

“她们也会唱戏的么？”

这一问可问得我喜欢起来了，我抱住了她，一边吻一边说：

“可不是么？她们不但唱戏，还弹琴舞剑，做诗写字来着。”

“那皇帝可真有福气！”

“可不是么？他一早起来呀，就这么着一边抱一个，喝酒，唱戏，做诗，尽是玩儿。到了夜里哩，大家就上火炉边上去，把衣服全脱啦，又是喝酒，唱戏的玩儿，一直的玩到天明。”

“他们难道不睡觉的么？”

“谁说不睡来着，他们在玩儿的时候，就是在那里睡觉的呀！”

“大家都在一块儿的？”

“可不是么？”

“她们倒不怕羞？”

“谁敢去羞她们？这是皇帝做的事情，你敢说一句么？说一句就砍你的脑袋！”

“啊唷喝！”

“你怕么？”

“我倒不怕，可是那个皇帝怎么会那样能干儿？整天的和那么些个姑娘们睡觉，他倒不累么？”

“他自然是不累的，在他底下的小百姓可累死了。所以到了后来呀——”

“后来便怎么啦？”

“后来么，自然大家都起来反对他了啦，有一个韩擒虎带了兵就杀到了这里来。”

“可是南阳关的那个韩擒虎？”

“我也不知道，可是那韩擒虎杀到了这里，他老先生还在和那些姑娘们喝酒唱戏哩！”

“啊唷！”

“韩擒虎来了之后，你猜那些妃子们就怎么办啦？”

“自然是跟韩擒虎了啦！”

我听了她这一句话，心口头就好像被钢针刺了一针。噤住了不说下去，我却张大了眼对她呆看了许多时候。她又哄笑了起来，催问我“后来怎么啦？”我实在没有勇气说下去了，就问她说：

“月英！你怎么会腐败到这一个地步？”

“什么腐败呀？那些妃子们干的事情，和我有什么相干？”

“那些妃子们，却比你高得多，她们都跟了皇帝跳到这一口井里去死了。”

她听了我的很坚决的这一句话，却也骇了一跳，“啊——呀”的叫了一声，撇开了我的围抱住她的手，竟踉踉跄跄的倒退了几步，离开了那个井栏圈，向后跑了。

我追了上去，又围抱住了她，看了她那惊恐的相貌，便也不知不觉的笑了起来，轻轻的慰抚着她的肩头对她说：

“你这孩子！在这样的青天白日的底下，你还怕鬼么？并且那个井还不知道是不是胭脂井哩！”

像这样的野外游行，自从我们搬进城去以后，差不多每天没有息过。南京的许多名山胜地如燕子矶、明孝陵、扫叶楼、莫愁湖等处，简直处处都走到了，所以觉得时间过去得很快，在城里住了一个多礼拜，只觉得是过了二天三天的样子。

到了十一月也将完了的几天前，忽然吹来了几阵北风，阴森的天气，连续了两天，旧历的十二月初一，落了一天冷雨，到半夜里，就变了雪珠雪片了。

我们因为想去的地方都已经去过了，所以就在房里生了一盆炭火，打算以后就闭门不出，像这样的度过这个寒冬。头几天，为了北风凉冷，并且房里头炭火新烧，两个人围炉坐坐谈谈，或在被窝里歇歇午觉，觉得这室内的生活，也非常的有趣。可是到了五六天之后，天气老是不晴，门外头老是走不出去，月英自朝到晚，一点儿事情也没有，只是缩着手坐着，打着呵欠，在那里呆想，我看过去，她仿佛是在感着无聊的样子。

我所最怕看的，是她于午饭之后，呆坐在围炉边上，那一种拖长的冷淡的脸色，叫她一声，她当然还是装着微笑，抬起头来看我，可是她和我上船前后的那一种热情的紧张的表情，一天一天的稀薄下去了。

尤其是上床和我睡觉的时候，从前的那种燃烧，那种兴奋，那种热力，变成了一种做作的，空虚的低调和播动，我在船上看见的她那双黑宝石似的放光的眼睛，和她的同起了剧甚的痉挛似的肢体，不知消散到哪里去了。

我当阴沉的午后，在围炉边上，看她呆坐在那里，心里就会焦急起来，有一次我因为隐忍不过去了，所以就叫她说：

"月英啊！你觉得无聊得很吧？我们出去玩儿去吧？"

她对我笑着，回答我说：

"天那么冷，出去干吗？倒还不如在房里坐着烤火的好。这样下雨的天，上什么地方去呢？"

我闷闷的坐着，一个人就想来想去的想，想想出一个法子来使她高兴。晚上又只好老早的上床，和她胡闹了一晚，一边我又在想各种可以使她满足的方法。

第二天早晨她还睡在那里的时候，我一个人爬出了床，冒了寒风微雨，上大街上去买了一架留声机器来。

买的片子，当然都是合她的口味的片子，以老谭汪雨田等的为主，中间也有几张刘鸿声、孙菊仙、汪笑侬的。

这一种计策，果然成功了，初买来的两天之中，她简直一停也不停的摇转了两天。到了第三天，她要我跟了片子唱。我以粗笨的喉音，不合拍的野调，竟哄她笑了一天。后来到了我也唱得有点合拍起来的时候，她却听厌了似的尽在边上袖手旁观，只看我拼命的在那里摇转，拼命的在那里跟唱。有的时候，当唱片里的唱音很激昂的高扬一次之后，她虽然也跟着把那颓拖下去的句子唱一二句，可是前两天的她那一种热情，又似乎没有了。

在玩这留声机器的把戏的当中，天气又变了晴正。寒气减退了下去，日中太阳出来的中间，刮风的时候很少，我们于日斜的午后，有时也上夫子庙前或大街上去走走。这一种街市上的散步，终究没有野外游行的有趣，大抵不过坐了黄包车去跑一两个钟头，回来就顺便带一点吃的物事和新的唱片回来，此外也一无所得。

过了几天，她脸上的那种倦怠的形容，又复原了，我想来想去，就又想出了一个方法来，就和她一道坐轻便火车出城去到下关去听戏。

下关的那个戏园，房屋虽则要比A地的安乐园新些，可是，唱戏的人，实在太差了，不但内行的她，有点听不进去，就是不十分懂戏的我，听了也觉得要身上起栗。

我一共和她去了两趟，看了她临去的时候的兴高采烈，和回来的时候的意气消沉，心里又觉得重重的对她不起，所以于第二次自下关回来的途中，我因为想对她的那种委靡状态，给一点兴奋的原因，就对她说了一句笑话：

“月英，这儿的戏实在太糟了，你要听戏，我们就上上海去吧，到上海去听它两天戏来，你说怎么样?”

这一针兴奋针，实在打得有效，她的眼睛里，果然又放起那种射人的光来了。在灰暗的车座里，她也不顾旁边的有人没有人，把屁股紧紧的向我一挤，一只手又狠命的捏了我一把，更把头贴了过来，很活泼的向我斜视着，媚笑着，轻轻的但又很有力量的对我说：

“去吧，我们上上海去住它两天吧，一边可以听戏，一边也可以去买点东西。好，决定了，我们明天的早车就走。”

这一晚我总算又过了沉醉的一晚，她也回复了一点旧时的热意与欢情，因为睡觉的时候，我们还在谈着大都会的舞台里的名优的放浪和淫乱。

十

第二天又睡到日中才起来，她也似乎为前夜的没有节制的结果乏了力，我更是一动也不愿意动。

吃了午饭，两人又只是懒洋洋的躺着，不愿意起身，所以上海之行，又延迟了一日。

晚上临睡的时候，先和茶房约定，叫他于火车开前的一个半钟头就来叫醒我们，并且出城的马车，也叫他预先为我们说好。

月英的性急，我早已知道了，又加以这次是上上海去的寻快乐的旅行，所以于早晨四点钟的时候，她就发着抖，起来在电灯底下梳洗，等她来拉我起来的时候，东天也已经有点茫茫的白了。

忍了寒气，从清冷的长街上被马车拖出城来，我也感到了一种鸡声茅店的晓行的趣味。

买票上车，在车上也没有什么障碍发生，沿火车道两旁的晴天野景，又添了我们许多行旅的乐趣。车过苏州城外的时候，她并且提议，当我们于回去的途中，在苏州也下车来玩它一天，因为前番接连几天在南京的胜地巡游的结果，这些野游的趣味已经在她的脑里留下了很深的印象了。

十二点过后，车到了北站，她虽则已经在上海经过过一次，可是短短的一天耽搁，上海对她，还是同初到上海来的人一样，处处觉得新奇，事事觉得和天津不同。她看见道旁立着的高大的红头巡捕，就在马车里拉了我的手轻轻的对我笑着说：

“这些印度巡捕的太太，不晓得怎么样的?”

我暗暗的在她腿上摘了一把，她倒哈哈的大笑了起来。到四马路一家旅馆里住定了身，我们不等午饭的菜蔬搬来，就叫茶房去拿了一份报来，两人就抢着翻看当日的戏目。因为在南京的时候，除吃饭睡觉外，我们什么报也不看，所以现在上海有哪几个名角在登台，完全是不晓得的。

看报的结果，我们非但晓得了上海各舞台的情形，并且晓得洋冬至已到，大马路四川路口的几家外国铺子，正在卖圣诞节的廉价。月英于吃完午饭之后，就要我陪她去买服饰用品去，我因为到上海来一看，看了她的那种装饰，也有点觉得不大合时宜了，所以马上就答应了她，和她一道出去。

在大马路上跑了半天，结果她买了一顶黑绒的法国女帽，和四周有很长很软的鸵鸟毛缝在那里的北欧各国女人穿的一件青呢外套。因为她的身材比外国女人矮小，所以在长袍子上穿起来，这外套正齐到脚背。她的高高的鼻梁，和北方人里面罕有的细白的皮色上，穿戴了这些外国衣帽，看起来的确好看，所以我就索性劝她买买周全，又为她买了几双肉色的长统丝袜和一双高底的皮鞋。穿高底皮鞋，这虽还是她的第一次，但因为舞台上穿高底靴穿惯的原因，她穿着答答的在我前头走回家来，觉得一点儿也没有不自然，一点儿也没有勉强的地方。

这半天来的购买，我虽则花去了一百多块钱，可是看了她很有神气的在步道上答答的走着，两旁的人都回过头来看她的光景，我心坎里也感到了不少的愉快和得意。她自己更加不必说了，我觉得自从和她出奔以后，除在船舱里的一天一晚不算外，她的像这样喜欢满足的样子，这要算是第一次。

我和她走回旅馆里来的时候，旅馆里的茶房，也看得奇异起来了，他打脸汤水来之后，呆立着看了一忽对我说：

“太太穿外国衣服的时候真好看！”

我听了这一句话，心理更是喜欢得不了，所以于茶房走出去后，就扑上她的身去，又和她吻了半天。

匆忙吃了一点晚饭，我先叫茶房去丹桂第一台定了两个座儿，晚饭后，又叫茶房去叫了梳头的人来，为月英梳了一个上海正在流行的头。

我们进戏院去的时候，时间虽则还早，但座儿差不多已经满了。幸而是先叫茶房来打过招呼的，我们上楼去问了按目，就被领到了第一排的花楼去就座。这中间月英的那双答答的高底皮鞋，又出了风头，前后的看戏者的眼睛，一时都射到她的身上脸上来，她和初出台被叫好的时候一样，那双灵活的眼睛，也对大家扫了一扫，我看了她脸上的得意的媚笑，心里同时起了一种满足和嫉妒的感情。

那一晚最叫座的戏，是小楼的《安天会》，可是不懂戏的上海的听者，看小培和梅兰芳下台之后，就纷纷的散了。在这中间，因为花楼的客座里起了动摇，池子里的眼睛，一齐转向了上来，我觉得这许多眼睛，似乎多在凝视我们，在批评我和美丽的月英的相称不相称。一想到此我倒也觉得有点难以为情，觉得脸上仿佛也红了一红。

戏散之后，我们上酒馆去吃了一点酒菜点心，从寒冷空洞、有许多电灯照着的长街上背月走回旅馆来，跑上也遇见了许多坐包车的高等妓女。我私下看看她们，又回头来和月英一比，觉得月英的风格要比她们高出数倍。

到了旅馆里，我洗了手脸，觉得一天的疲倦，都积压上来了，所以不等着月英，就先上去睡去。后来月英进被来摇我醒来，已经是在我睡了一觉之后，我看了她的灵闪的眼睛，知道她还没有睡过，“可怜你这乡下小丫头，初到城里来见了这繁华世界，就兴奋到这一个地步！”我一边这样的取笑她，一边就翻身转来，压上她的身去。

在上海住了三天，小楼等的戏接连听了两晚，到了第三天的早晨，我想催她回南京去了，可是她还似乎没有看足，硬要我再住几天。

我们就一天换一个舞台的更听了几天，是决定明天一定要回南京去的前一夜，因为月色很好，我就和她走上了×世界的屋顶，去看上海的夜景。

灯塔似的S. W两公司的尖顶，照耀在中间，附近尽是些黑黝黝的屋瓦和几条纵横交错的长街。满月的银光，寒冷皎洁的散射在这些屋瓦长街之上。远远的黄浦滩头，有几处高而且黑的崛起的屋尖，像大海里的远岛，在指示黄浦江流的方向。

月英登了这样的高处，看了这样的夜景，又举起头来看看千家同照的月华，似乎想起了什么心事，在屋顶上动也不动响也不响的立了许多时候。我虽则捏了她的手，站在她的边上，但从她的那双凝望远处的视线看来，她好像是已经把我的存在忘记了的样子。

一阵风来，从底下吹进了几声哀切的弦管声音到我们的耳里，她微微的抖了一抖，我就用一只手拍上她的肩头，一只手围抱着她说：

“月英！我们下去吧，这儿冷得很。底下还有坤戏哩，去听她们一听，好么?”

寻到了楼下的坤戏场里，她似乎是想起了从前在舞台上的时候的荣耀的样子，脸上的筋肉，又松懈欢笑了开来。本来我只想走一转就回旅馆去睡的，可是看了她的那种喜欢的样儿，又不便马上就走，所以就挨上台前头去拣了两个座位来坐下。

戏目上写在那里的，尽是些胡子的戏，我们坐下去的时候，一出半武场的《别窑》刚下台，底下是《梅龙镇》了，扮正德的戏单上的名字是小月红。她看了这名字，用手向月字上一指，对我笑着说：

“这倒好像是我的师弟。”

等这小月红上台的时候，她用两手把我的手捏了一把，身子伏向前去，脱出了两只眼睛看了个仔细，同时又很惊异的轻轻叫了一声：

“啊，这不是夏月仙么？”

她的这一种惊异的态度，触动了四边的看戏的人的好奇心，大家都歪了头，朝她看起来了，因而台上的小月红，也注意到了她。小月红的脸上，也一样的现了一种惊异的表情，向我们看了几眼，后来她们俩居然微微的点头招呼起来了。

她惊喜得同小孩似的把上半身颠了几颠。一边笑着招呼着，一边她捏紧了我的两手尽在告诉我说：

“这夏月仙，是在天桥儿的时候，和我合过班的。真奇怪，真奇怪，她怎么会改了名上这儿来的呢？”

“噢！和你合过班的？真是他乡遇故知了，你可以去找她去。等她下台的时候，你去找她去吧！”

我也觉得奇怪起来，奇怪她们这一次的奇遇，所以又问她说：

“你说在天桥儿的时候是和她在一道的，那不已经是四五年前的事情了么？”

“可不是么？怕还不止四五年来着。”

“倒难得你们都还认得！”

“她简直是一点儿也没有改，还是那么小个儿的。”

“那么你自己呢？”

“那我可不知道。”

“大约总也改不了多少吧？她也还认得你。可是，月英，你和我的在一块儿，被她知道了，会不会有什么事情出来？”

“不碍，不碍，她从前和我是很要好的，叫她不说，她决不会说出去的。”

这样的谈着笑着，她那出《梅龙镇》也竟演完了，我就和月英站了起来，从人丛中挤出，绕到后台房里去看夏月仙去。月英进后台房去的时候，我立在外面候着，只听见了几声她俩的惊异的叫声。候了不久，那卸装的小月红，就穿着一件青布的罩袍，后面跟着一个跟包的小女孩，和月英一道走出台房来了。

走到了我的面前，月英就嬉笑着为我们两人介绍了一下，我因为和月英的这一番结识的结果，胆子也很大了，所以就叫月英请小月红到我们的旅馆里去坐去。出了×世界的门，她就和小月红坐了一乘车，我也和那跟包的小孩合坐了一乘车，一道的回到旅馆里来。

十一

那本名夏月仙的小月红，相貌也并不坏，可是她那矮小的身材，和不大说话，老在笑着的习惯，使我感到了一层畏惧。匆匆在旅馆里的一夕谈话，我虽看不出她的品性思虑来，可是和月英高谈一阵之后，又戚促戚促的咬耳朵私笑的那种行为，我终究有点心疑。她坐了二十多分钟，我请她和那跟包的小孩吃了些点心，就告辞走了。月英因此奇遇，又要我在上海再住一天，说明天早晨，她要上夏月仙家去看她，中午更想约她来一道吃饭。

第二天午前，太阳刚晒上我们的那间朝东南的房间窗上，她就起来梳了一个头。梳洗完后，她因为我昨夜来的疲劳未复，还不容易起来，所以就告诉我说，她想一个人出去，上夏月仙家去。并且拿了一支笔过来，要我替她在纸上写一个地名，好叫人看了，教她的路。夏月仙的住址，是爱多亚路三多里的十八号。

她出去之后，房间里就静悄悄的死寂了下去。我被这沉默的空气一压，心里就感到了一种莫名其妙的恐怖，“万一她出去了之后，就此不回来了，便怎么办呢？”因为我和她，在这将近一个月的当中，除上便所的时候分一分开外，行住坐卧，一刻也没有离开过。今朝被她这么的一去，起初还带有几分游戏性质的这一种幻想，愈想愈觉得可能。愈觉得可怕了。本来想乘她出去的中间，安闲的睡它一觉的，然而被这一个幻想来一搅，睡魔完全被打退了。

“不会的，不会的，哪里会有这样的事情呢？”像这样的自家宽慰一番，自笑自的解一番嘲，回头那一个幻想又忽然会变一个形状，很切实的很具体的迫上心来。在被窝里躺着，像这样的被幻想扰恼，横竖是睡不着觉的，并且自月英起来以后，被窝也变得冰冷冰冷了，所以我就下了一个决心，走出床来，起来洗面刷牙。

洗刷完后，点心也不想吃，一个人踱着坐着，也无聊赖，不得已就叫茶房去买了一份报来读。把国内外的政治电报翻了一翻，眼睛就注意到了社会记事的本埠新闻上去。拢总只有半页的这社会新闻里，“背夫私逃”“叔嫂通奸”“下堂妾又遇前夫”等关于男女奸情的记事，竟有四五处之多。我一条一条的看了之后，脑里的幻想，更受了事实的衬托，渐渐儿的带起现实味来了。把报纸一丢，我仿佛是遇了盗劫似的帽子也不带便赶出了门来。出了旅馆的门，跳上了门前停在那里兜买卖的黄包车，我就一直的叫他拉上爱多亚路的三多里去。可是拉来拉去，拉了半天，他总寻不到这三多里的方向。我气得急了，就放大了喉咙骂了他几句，叫他快拉上×世界的附近去。这时在太阳光底下来往的路人很多，大约我脸上的气色有点不对吧，擦过的行人，都似乎在那里对我凝视。好容易拉到了×世界的近旁，向行人一问，果然知道了三多里就离此不远了。

到了三多里的那条狭小的弄堂门口，我从车上跳了下来。一边喘着气，按着心脏的跳跃，一边又寻来寻去的寻了半天第十八号的门牌。

在一间一楼一底的龌龊的小楼房门口，我才寻见了两个淡黑的数目18，字写在黄沙粉刷的墙上。急急的打门进去，拉住了一个开门出来的中老妇人，我就问她：“这儿可有一个姓夏的人住着？”她坚说没有。我问了半天，告诉她这姓夏的是女戏子，是在×世界唱戏的，她才点头笑说：“你问的是小月红吧？她住在二楼上，可是我刚看见她同一位朋友走出去了。”我急得没法，就问她：“楼上还有人么？”她说：“她们是住在亭子间里的，和小月红同住的，还有一位她的师傅和一个小女孩的妹妹。”

我从黝黑的扶梯弄里摸了上去，向亭子间的朝扶梯开着的房门里一看，果然昨天那小女孩，还坐在对窗的一张小桌子边上吃大饼，这房里只有一张床，灰尘很多的一条白布帐子，还放落在那里。那小女孩听见了我的上楼来的脚步声音，就掉过头来，朝立在黑暗的扶梯跟前的我睇视了一回，认清了是我，她才立起来笑着说：

“姊姊和谢月英姊姊一道出去了，怕是上旅馆里去的，您请进来坐一忽儿吧！”

我听了这一句话，方才放下了心，向她点了一点头，旋转身就走下扶梯，奔回到旅馆里来。

跑进了旅馆门，跑上了扶梯，上我们的那间房门口去一看，房门还依然关在那里，很急促的对拿钥匙来开门的茶房问了一声：“女人回来了没有？”茶房很悠徐的回答说：“太太还没有回来。”听了他这一句话，我的头上，好像被一块铁板击了一下。叫他仍复把房门锁上，我又跳跑下去，到马路上去无头无绪的奔走了半天。走到S公司的面前，看看那个塔上的大表，长短针已将叠住在十二点钟的字上了，只好又同疯了似的走回到旅馆里来。跑上楼去一看，月英和夏月仙却好端端的坐在杯盘摆好的桌子面前，尽在那里高声的说笑。

“啊！你上什么地方去了？”

我见了月英的面，一种说不出来的喜欢和一种马上变不过来的激情，只冲出了这一句问话来，一边也在急喘着气。

她看了我这感情激发的表情，止不住的笑着问我说：

“你怎么着？为什么要跑了那么快？”

我喘了半天的气，拿出手帕来向头上脸上的汗擦了一擦，停了好一会，才回复了平时的态度，慢慢的问她说：

“你上什么地方去了？我怕你走失了路，出去找你来着。月英啊月英，这一回我可真上了你的当了。”

“又不是小孩子，会走错路走不回来的。你老爱干那些无聊的事情。”

说着她就斜嗔了我一眼，这分明是卖弄她的媚情的表示，到此我们三人才合笑起来了。

月英叫的菜是三块钱的和菜，也有一斤黄酒叫在那里，三个人倒喝了一个醉饱。夏月仙因为午后还要去上台，所以吃完饭后，就匆匆的走了。我们告诉她搭明天的早车回南京去，她临走就说明儿一早就上北站来送我们。

下午上街去买了些香粉雪花膏之类的杂用品后，因为时间还早，又和月英上半淞园去了一趟。

半淞园的树木，都已凋落了，游人也绝了迹。我们进门去后，只看见了些坍败的茶棚桥梁，和无人住的空屋之类。在水亭里走了一圈，爬上最高的假山亭去的中间，月英因为着的是高底鞋的原因，在半路上绊跌了一次，结果要我背了似的扶她上去。

毕竟是高一点儿的地方多风，在这样阳和的日光晒着的午后，高亭上也觉得有点冷气逼人。黄浦江的水色，金黄映着太阳，四边的芦草滩弯曲的地方，只有静寂的空气，浮在那里促人的午睡。西北面老远的空地里，也看得见一两个人影，可是地广人稀，仍复是一点儿影响也没有。黄浦江里，远远的更有几只大轮船停着，但这些似乎是在修理中的破船，烟囱里既没有烟，船身上也没有人在来往，仿佛是这无生的大物，也在寒冬的太阳光里躺着，在那里假寐的样子。

月英向周围看了一圈，听枯树林里的小鸟宛转啼叫了两三声，面上表现着一种枯寂的形容，忽儿靠上了我的身子，似乎是情不自禁的对我说：

“介成！这地方不好，还没有×世界的屋顶上那么有趣。看了这里的景致，好像一个人就要死下去的样子，我们走吧。”

我仍复扶背了她，走下那小土堆来。更在半淞园的土山北面走了一圈，看了些枯涸了的同沟儿似的泥河和几处不大清洁的水渚，就和她走出园来，坐电车回到了旅馆。

若打算明天坐早车回南京，照理晚上是应该早睡的，可是她对上海的热闹中枢，似乎还没有生厌，吃了晚饭之后，仍复要我陪她去看月亮，上×世界去。

我也晓得她的用意，大约她因为和夏月仙相遇匆匆，谈话还没有谈足，所以晚上还想再去见她一面，这本来是很容易的事情，我所以也马上答应了她，就和她买了两张门票进去。

晚上小月红唱的是《珠帘寨》里的配角，所以我们走走听听，直到十一点钟才听完了她那出戏。戏下台后，月英又上后台房去邀了她们来，我们就在×世界的饭店里坐谈了半点多钟，吃了一点酒菜，谈次并且劝小月红明天不必来送。

月亮仍旧是很好，我们和小月红她们走出了×世界叙了下次再会的约话，分手以后，就不坐黄包车步行踏月走了回来。

月英俯下头走了一程，忽而举起头来，眼看着月亮，嘴里却轻轻的对我说：

“介成，我想……”

“你想怎么啦？”

“我想，……我们，我们像这样的下去，也不是一个结局，……”

“那怎么办呢？”

“我想若有机会，仍复上台去出演去。”

“你不是说那种卖艺的生活，是很苦的么？”

“那原是的，可是像现在那么的闲荡过去，也不是正经的路数。况且……”

我听到了此地，也有点心酸起来了。因为当我在A地于无意中积下来一点贮蓄，和临行时向A省公署里支来的几个薪水，也用得差不多了，若再这样的过去一月，那第二个月的生活就要发生问题，所以听她讲到了这一个人生最切实的衣食问题，我也无话可说，两人都沉默着，默默的走了一段路。等将到旅馆门口的时候，我就靠上了她的身边，紧紧捏住了她的手，用了很沉闷的声气对她说：

“月英，这一句话，让我们到了南京之后，再去商量吧。”

第二天早晨我们虽则没有来时那么的兴致，但是上了火车，也很满足的回了南京，不过车过苏州，终究没有下车去玩。

十二

从上海新回到南京来的几日当中，因为那种烦剧的印象，还粘在脑底，并且月英也为了新买的衣裳用品及留声机器唱片等所惑乱，旁的思想，一点儿也没有生长的余地，所以我们又和上帝初创造我们的时候一样，过了几天任情的放纵的生活。

几天过后月英更因为想满足她那一种女性特有的本能，在室内征服了我还不够，于和暖晴朗的午后，时时要我陪了她上热闹的大街上，或可以俯视钓鱼巷两岸的秦淮河上的茶楼去显示她的新制的外套，新制的高跟皮鞋，和新学来的化妆技术。

她辫子不梳了，上海正在流行的那一种均称不对，梳法奇特的所谓维奴斯——爱神——头，被她学会了。从前面看过去，左侧有一剪头发蓬松突起，自后面看去，也没有一个突出的圆球，只是稍为高一点的中间，有一条斜插过去的深纹的这一种头，看起来实在也很是好看。尤其是当外国女帽除下来后，那一剪左侧的头发，稍微下向，更有几丝乱发，从这里头拖散下来的一种风情，我只在法国的画集里，看见过一两次，以中国的形容词来说，大约只有"太液芙蓉未央柳"的一句古语，还比较得近些。

本来对东方人的皮肤是不大适合的一种叫"亚媲贡"的法国香粉，淡淡的扑上她的脸上，非但她本来的那种白色能够调活，连两颊的那种太姣艳的红晕，也受了这淡红带黄的粉末的辉映，会带起透明的情调来。

还有这一次新买来的黛螺，用了小毛刷上她的本来有点斜挂上去的眉毛上，和黑子很大的鼻底眼角上一点染，她的水晶晶的两只眼睛，只教转动一动，你就会从心底里感到一种要耸起肩骨来的凉意。

而她的本来是很曲很红的嘴唇里，这一回又被她发见了一种同郁金香花的颜色相似的红中带黑的胭脂。这一种胭脂用在那里的时候，从她口角上流出来的笑意和语浪，仿佛都会带着这一种印度红的颜色似的，你听她讲话，只须看她的这两条嘴唇的波动，即使不听取语言的旋律，也可以了解她的真意。

我看了她这种种新发明的装饰，对她的肉体的要求，自然是日渐增高，还有一种从前所没有的既得患失的恐怖，更使我一刻也不愿意教她从我的怀抱里撕开，结果弄得她反而不能安居室内，要我跟着她日日的往外边热闹的地方去跑。

在人丛中看了她那种满足高扬，处处撩人的样子，我的嫉妒心又自然而然的会从肚皮里直沸起来，仿佛是被人家看一眼她身上的肉就要少一块似的，我老是上前落后的去打算遮掩她，并且对了那些饿狼似的道旁男子的眼光，也总装出很凶猛的敌对样子来反抗。而我的这一种嫉妒，旁人的那一种贪视，对她又仿佛是有很大的趣味似的，我愈是坐立不安的要催她回去，旁人愈是厚颜无耻的对她注视，她愈要装出那一种媚笑斜视和挑拨的举动来，增进她的得意。

我的身体，在这半个月中间，眼见得消瘦了下去，并且因为性欲亢进的结果，持久力也没有了。

有一次也是晴和可爱的一天午后，我和她上桃叶渡头的六朝揽胜楼去喝了半天茶回来，因为内心紧张，嫉妒激发的原因，我一到家就抱住了她，流了一脸眼泪，尽力的享受了一次我对她所有的权利。可是当我精力耗尽的时候，她却幽闲自在，毫不觉得似的用手向我的头发里梳插着对我说：

“你这孩子，别那么疯，看你近来的样子，简直是一只疯狗。我出去走走有什么？谁教你心眼儿那么小？回头闹出病来，可不是好玩意儿。你怕我怎么样？我到现在还跑得了么？”

被她这样的慰抚一番，我的对她的所有欲，反而会更强起来，结果又弄得同每次一样，她反而发生了反感，又要起来梳洗，再装刷一番，再跑出去。

跑出去我当然是跟在她的后头，旁人当然又要来看她，我的嫉妒当然又不会止息的。于是晚上就在一家菜馆里吃晚饭，吃完晚饭回家，仍复是那一种激情的骤发和筋肉的虐使。

这一种状态，循环往复地日日继续了下去，我的神经系统，完全呈出一种怪现象来了。

晚上睡觉，非要紧紧地把她抱着，同怀胎的母亲似的把她整个儿的搂在怀中，不能合眼；一合眼去，就要梦见她的弃我而奔，或被奇怪的兽类，挟着在那里奸玩。平均起来，一天一晚，像这样的梦，总要做三个以上。

此外还有一件心事。

一年的岁月，也垂垂晚了，我的一点积贮和向A省署支来的几百块薪水，算起来，已经用去了一大半以上，若再这样的过去，非但月英的欲望，我不能够使她满足，就是食住，也要发生问题。去找事情哩，一时也没有眉目，况且在这一种心理状态之下，就是有了事情，又哪里能够安心的干下去?

这一件心事，在嫉妒完时，在乱梦觉后，也时时罩上我的心来，所以到了阴历十二月的底边，满城的炮竹，深夜里正放得热闹的时候，我忽然醒来，看了伏在我怀里睡着、和一只小肥羊似的月英的身体，又老要莫名其妙的扑落扑落的滚下眼泪来，神经的弱衰，到此已经达到了极点了。

一边看看月英，她的肉体，好像在嘲弄我的衰弱似的，自从离开A地以后，愈长愈觉得丰肥鲜艳起来了。她的从前因为熬夜不睡的原因，长得很干燥的皮肤，近来加上了一层油润，摸上去仿佛是将手浸在雪花膏缸里似的，滑溜溜的会把你的指头腻住。一头头发，也因为日夕的梳篦和香油香水等的灌溉，晚上睡觉的时候，散乱在她的雪样的肩上背上，看起来像鸦背的乌翎，弄得你止不住的想把它们含在嘴里，或抱在胸前。

年三十的那一天晚上，她说明朝一早，就要上庙里去烧香，不准我和她同睡。并且睡觉之前，她去要了一盆热水来，要我也和她一道洗洗干净。这一晚，总算是我们出走以来，第一次的和她分被而卧，前半夜我翻来覆去，怎么也睡不安稳。向她说了半天，甚至用了暴力把她的被头掀起，我想挤进去，挤进她的被里去，但她拼死的抵住，怎么也不答应我。后来弄得我的气力耗尽，手脚也软了，才让她一个人睡在外床，自己只好叹一口气，朝里床躺着，闷声不响，装作是生了气的神情。

我在睡不着装生气的中间，她倒嘶嘶的同小孩子似的睡着了。我朝转来本想乘其不备，就爬进被去的，可是看了她那脸和平的微笑，和半开半闭的眼睛，我的卑鄙的欲念，仿佛也受了一个打击。把头移将过去，只在她的嘴上轻轻地吻了一吻，我就为她的被盖了盖好，因而便好好的让她在做清净的梦。

我守着她的睡态，想着我的心事，在一盏黄灰灰的电灯底下，我一年将尽的这残夜明时，不知不觉，竟听它敲了四点，敲了五点，直到门外街上有人点放开门炮的早晨。

是几时睡着的，我当然不知道，睡了多少时候，我也没有清楚，可是眼睛打开来一看，我只觉得寂静的空气，围在我的四周，寂静，寂静，寂静，连门外头的元日的太阳光，都似乎失掉了生命的样子。

我惊骇起来了，跳出床来一看，火盆里的炭，也已烧残了八九，只有许多雪白雪白的灰，还散积在盆的当中。一个铁杆的三脚架上，有一锅我天天早晨起来喜欢吃的莲子炖在那里。回头向四边更仔细的一看，桌子上也收拾得干干净净，和平时并没有什么分别。再把她的镜箱盒子的抽斗抽将开来一看，里头的梳子篦子和许多粉盒粉扑之类，都不见了，下层盒里，我只翻出了一张包莲子的黄皮纸来。我眼睛里生了火花，在看那几行粗细不匀，歪斜得同小孩子写的一样的字的时候，一声绝叫，在喉咙头咽住，我的全身的血液，都像是凝结住了。

介成，我想走，上什么地方，可还不知道。你不用来追我，我随身只带了你的那只小提包。衣服之类，全还没有动，钱也只拿了五十块。你爱吃的那碗莲子，我给你烤在火上，你自己的身体要小心保养。

月英

“啊啊！她走了，她果然走了！”

这样的想了一想，我的断绝了连络的知觉，又重新恢复了转来，一股同蒸气似的酸泪，直涌了出来。我踉跄往后退了几步，倒在外床她叠好在那里的那条被上。两手紧紧抱着了这一条被，我哭着哭着哭着，哭了一个尽情。

眼泪流干了，胸中也觉得宽畅了一点的时候，我又立了起来，把房里的东西检点了一检点。可是拿着了她曾经用过的东西，把一场一场的细节回想起来，刚止住的眼泪又不自禁地流下来了。一边流着眼泪，一边我看出了她当走的时候东西果真一点儿也没有拿去。

除了我和她这一回在上海买的一只手提皮箧，及二三件日用的衣服器具外，她的衣箱，她的铺盖，都还好好的放在原处。

一串钥匙，她为我挂在很容易看见的衣钩上，我的一只藏钞票洋钱的小皮箧，她开了之后，仍复为我放在箱子盖上。把内容一看，外层的十几块现洋和三四张十元的钞票她拿走了，里层的一本邮政储金的簿子和一张汇丰银行的五十元钞票，仍旧剩在那里。

我急忙开房门出去一看，看见院子里的太阳还是很高，放了渴竭的喉咙，我就拼命的叫茶房进来。

茶房听了我着急的叫声，跑将进来对我一看，也呆住了，问我有什么事情，我想提起声来问他，她是什么时候走的，可是眼泪却先湿了我的喉咙。茶房也看出了我的意思，就也同情我似的柔声告我说：

“太太今天早晨出去的时候，就告诉我说：‘你好好的侍候老爷，我要上远处去一趟来。现在老爷还睡着哪，你别惊醒了他；若炭火熄了，再去添上一点。莲子也炖上了，小心别让它焦。’只这么几句话。我问她什么时候回来，她说没有准儿。有什么事情了么？”

“她，她，是什么时候走的？”

“很早哩！怕还没有到九点。”

“现在，现在是什么时候了？”

“三点还没有到吧！”

“好，你，你去倒一点洗脸水来给我。”

茶房出去之后，我就又哭着回到了房里，呆呆对她的箱子看了半天，我心上忽儿闪过了一道光明的闪电。

“她又不是死了，哭她干吗？赶紧追上去，追上去去寻她着来，反正她总还走得不远的。去，马上去，去追吧。”

我想到了这里，心里倒宽起来了。收住了眼泪，把翻乱的衣箱等件叠回原处之后，我挺起身来，把衣服整了一整，一边捏紧了拳头向胸前敲了几下，一边自己就对自己起了一个誓：

“总之我在这世界上活着一天，我就要寻她一天。无论如何，我总要去寻她着来！”

十三

门外头是一派快晴的新年气象。

长街上的店门，都贴满了春联，也有半开的，有的完全关在那里。来往的行人，全穿了新制的马褂袍子，也有拱手在道贺的。

鼓乐声，爆竹声，小孩的狂噪声，扑面的飞来，绝似夏天的急雨。这中间还有抄牌喊赌的声音。毕竟行人比平时要少，清冷的街上，除了几个点缀春景的游人而外，满地只是烧残了的爆竹红尘。

我张了两只已经哭红了的倦眼，踉跄走出了旅馆的门，就上马车行去雇马车去。但是今天是正月初一，马夫大家在休息着，没有人肯出来拖我去下关。最后就没有法子，只好以很昂的价，坐了一乘人力车出城。

太阳已经低斜下去了，出了街市的尽处，那条清冷的路上，竟半天遇不着一个行人，一辆车子。

将晚的时候，我的车到了下关车站，到卖票房去一看，门关得紧紧，站上的人员，都已去喝酒打牌去了。我以最谦恭的礼貌，对一位管杂役的站员，行了一个鞠躬礼，央求他告诉我今天上天津或上海去的火车有没有了。

他说今天是元旦，上上海和上天津的火车，都只有早晨的一班。

我又谦声和气，恨不得拜下去似的问他：

“今天早晨的车，是几点钟开的?”

“津浦是六点，沪宁是八点。”

说着他仿佛是很讨厌我的絮烦似的，将头朝向了别处。我又对他行了一个敬礼，用了最和气的声气问他说：

“对不起，真真对不起，劳你驾再告诉我一点，今天上上海去的车上，可有一位戴黑绒女帽，穿外国外套的女客?”

“那我哪儿知道，车上的人多得很哩!”

“对不起，真真对不起，我因为女人今天早晨跑了，——唉，——跑了，所以……”

这些不必要的说话，我到此也同乡愚似的说了出来，并且底下就变成了泪声，说也说不下去了。那站员听了我的哭声，对我丢了一眼轻视的眼角，仿佛是把我当作了一个卖哀乞食的恶徒。这时候天已经有点黑了，那站员便走了开去。我不得已也只得一边以手帕擦着鼻涕，一边走出站来。

车站外面，黄包车一乘也没有，我想明天若要乘早车的话，还是在下关过夜的好，所以一边哭着，一边就从锣鼓声里走向了有很多旅馆开着的江边。

江边已经是夜景了，从关闭在那里的门缝里一条一条的有几处露出了几条灯火的光来。我一想起初和月英从A地下来的时候的状况，心里更是伤心，可是为重新回忆的原因，就仍复寻到了瀛台大旅社去住。

宽广空洞的瀛台大旅社里，这时候在住的客人也很少，我住定之后，也不顾茶房的急于想出去打牌，就拉住了他，又问了些和问那站员一样的话。结果又成了泪声，告诉他以女人出走的事情，并且明明知道是不会的，又禁不住的问他今天早晨有没有见到这样这样的一位女人上车。

这茶房同逃也似的出去了之后，我更想起了城里的茶房对我说的话来。今天早晨她若是于八九点钟走出中正街的说话，那她到下关起码要一个钟头，无论如何总也将近十点的时候，才能够到这里，那么津浦车她当然是搭不着的，沪宁车也是赶不上的。啊啊，或者她也还在这下关耽搁着，也说不定，天老爷呀天老爷，这一定是不错的了，我还是在这里寻她一晚吧。想到了这里，我的喜悦又涌上心来了，仿佛是确实知道她在下关的一样。

我饭也不吃，就跑了出来，打算上各家旅馆去，都一家一家的去走寻它遍来。

在黑暗不平的道上走了一段，打开了几家旅馆的门来去寻了一遍，问了一遍，他们都说像这样这样的女人并没有来投宿。他们叫我看旅客一览表上的名姓，那当然是没有的，因为我知道她，就是来住，也一定不会写真实的姓名的。

从江边走上了后街，无论大的小的旅馆，我都卑躬屈节的将一样的话问了寻了，结果走了十六七家，仍复是一点儿影响也没有。

夜已经深了，店家大家上门的上门，开赌的开赌，敲年锣鼓的在敲年锣鼓了。我不怕人家的鄙视辱骂，硬的又去敲开门来寻问了几家。有一处我去打门，那茶房非但不肯开门，并且在一个小门洞里简直骂猪骂狗的骂了我一阵。我又以和言善貌，陪了许多的不是，仍复将我要寻问的话，背了一遍给他听，他只说了一声“没有！”白滩的一响，很重的就把那小门关上了。

我又走了几处，问了几家，弄得元气也丧尽，头也同分裂了似的痛得不止，正想收住了这无谓的搜寻，走回瀛台旅社来休息的时候，前面忽而来了一辆很漂亮的包车，从车灯光里一看，我看见了同月英一样的一顶黑绒女帽，和一件周围有鸵鸟毛钉着的外套，车上坐着的人的脸还没有看清，那车就跑过去了，我旋转了身，就追了上台去，一边更放大了胆，举起我那带泪声的喉音，“月英！月英！”的叫了几声。

前面的车果然停住了，我喜欢得同着了鬼似的跳了起来，马上跳将上去一看，在车座里坐着的，是一个比月英年纪更小，也是很可爱的小姑娘。她分明是应了局回来的妓女，看了我的样子也惊了一跳，我又含泪的向她陪了许多不是，把月英的事情简单的向她说了一说。她面上虽则也像在向我表同情，可是那不做好的车夫，却啐了我一声，又放开大步向前跑走了。

走回到瀛台旅馆里来，已经是半夜了，我一个人翻来覆去，想月英的这回出走，愈想愈觉得奇怪。她若嫌我的没有钱哩，当初就不该跟我。她若嫌我的相儿丑哩，则一直到她出走的时候止，爱我之情是的确有的。况且当初当我和她相识的时候，看她的举动，听她的言语，都不像完全是被动的样子。若说她另外有了情人哩，则在这一个多月中间，我和她还没有离开一夜过。那个A地的小白脸的陈君哩，从前是和她的确有过关系的，可是现在已经早不在她的心里了，又何至于因此而弃我哩？或者是想起了她在天津的娘了吧？或者是想起了李兰香和那姥姥了吧？但这也不会的，因为本来她对她们就没有什么很深的感情。那么是为了什么呢？为了什么呢？我想来想去，总想不出她的所以要出走的理由来。若硬的要说，或者是她对于那种放荡的女优生活，又眼热起来了，或者是因为我近来过于爱她了。但是不会的，也不会的，对于女优生活的不满意，是她自己亲口和我说的。我的过于爱她，她近来虽则时时有不满意的表示，但世上哪有对于溺爱自己者反加以憎恶的人？

我更想想和她过的这一个多月的性爱生活，想想她的种种热烈地强要我的时候的举动和脸色，想想昨晚上洗身的事情和她的最后的那一种和平的微笑的睡脸，一种不可名状的悲苦，从肚底里一步一步的压了上来，“啊啊，今后是怎么也见她不到了，见她不到了！”这么的一想，我的胸里的苦闷，就变了呜呜的哭声流露出来。愈想止住发声不哭响来，悲苦愈是激昂，结果一声声的闷声，反而愈大。

这样的苦闷了一晚，天又白灰灰的亮了，车站上机关车回转的声音，也远远传了几声过来，到此我的头脑忽而清了一清。

“究竟怎么办呢？”

若昨晚上的推测是对的说话，那说不定她今天许还在南京附近，我只须上车站去等着，等她今天上车的时候，去拉她回来就对了。若她已经是离开了南京的说话，那她究竟是上北的呢？下南的呢？正想到了这里，江中的一只轮船，婆婆的放了一声汽笛。

我又昏乱了，因为昨晚上推想她走的时候，我只想到了火车，却没有想到从这里坐轮船，也是可以上汉口，下上海去的。

急忙叫茶房起来，打水给我洗了一个脸，我帐也不结，付了他三块大洋，就匆匆跑下楼来，跑上江边的轮船码头去。

上码头船上去一问，舱房里只有一个老头儿躺在床上，在一盏洋油灯底下吃烟。我又千对不起万对不起的向他问了许多话。他说元旦起到初五止是封关的，可是昨天午后有一只因积货迟了的下水船，船上有没有搭客，他却没有留心。

我决定了她若是要走，一定是搭这一只船去的，就谢了那老头儿许多回数，离开了那只码头的趸船。到岸上来静静的一想，觉得还是放心不下，就又和几个早起的工人旅客，走向了西，买票走上那只开赴浦口的连络船去，因为我想万一她昨天不走，那今天总逃不了那六点和八点的两班车的，我且先到浦口去候它一个钟头，再回来赶车去上海不迟。

船起了行，灰暗的天渐渐地带起晓色来了。东方的淡蓝空处，也涌出了几片桃红色的云来，是报告日出的先驱。天上的明星，也都已经收藏了影子，寒风吹到船中，船沿上的几个旅客，一例的喀了几声。我听到了几声从对岸传过来的寒空里的汽笛，心里又着了急，只怕津浦车要先我而开，恨不得弃了那只迟迟前进的渡轮，一脚就跨到浦口车站去。

船到了浦口，太阳起来了，几个萧疏的旅客，拖了很长的影子，从跳板上慢慢走上了岸。我挤过了几组同方向走往车站去的行人，便很急的跑上卖票房前的那个空洞的大厅里去。

大厅上旅客很少，只有几个夫役在那里扫地打水。我抓住了一个穿制服的车站上的役员，又很谦恭的问，他有没有看见这样这样的一个妇人。他把头弯了一弯，想了一想，又摇头说“没有！”更把嘴巴一举，叫我自家上车箱里去寻寻看。

我一乘一乘，从后边寻到前边，又从前边寻到后面，妇人旅客，只看见了三个。一个是乡下老妇人，一个是和她男人在一道的中年的中产者，分明是坐车去拜年去的，还有一个是西洋人。

呆呆的立在月台上的寒风里，我看见和我同船来的旅客一组一组的进车去坐了，又过了几分钟，唧零零零的一响，火车就开始动了。我含了两包眼泪，在月台上看车身去远了，才走出站来，又走上渡轮，搭回到下关来。

到下关车站，已经是七点多了。究竟是沪宁车，在车站上来往的人也拥挤得很。我买了一张车票进去，先在月台上看来看去的看了半天，有好几次看见了一个像月英的妇人，但赶将上去一看，又落了一个空。

进车之后，我又同在浦口车站上的时候一样，从前到后，从后到前的看了两遍，然而结果，仍旧是同在浦口的时候一样。

这一天车误了点，直到两点多钟才到苏州。在车座里闷坐着，我想的尽是些不吉的想头。因为我晓得她在上海只有一个小月红认识，所以我在我的幻想上，就把小月红当作了一个王婆。我在幻想她如何的为月英拉客，又如何的为月英介绍舞台的老板。又想到了那个和她在一张床上睡的所谓师傅的如何从中取利，更如何的和月英通奸，想到了这里几乎使我从车座里跳了起来。幸而正当我苦闷得最难受的时候，车也到了北站了，我就一直的坐车寻到三多里的小月红家里去。

十四

上海的马路上，也是一样的鼓乐喧天的泛流着一派新年的景象。不过电车汽车黄包车等多了几乘，行人的数目多了一点，其余的样子，店门都关上的街市上的样子，还是和南京一样。

我寻到了爱多亚路的三多里，打开了十八号的门，也忘记了说新年的贺话，一直的就跑上了那间我曾经来一次过的亭子间中。

进去一看，小月红和那小女孩都不在，只有一位相貌狞恶的四十来岁的北老，穿了一件黑布的羊皮袍子，对窗坐着在拉胡琴。

我对他叙了礼，告诉他以前次来过的谢月英是我的女人。我话还没有说完，他却很惊异的问我说：

“噢，你们还没有回南京去么？”

我又告诉他，回是回去了，可是她又于昨天早晨走了。接着我又问他，她到这里来过没有，并且问小月红有没有晓得，月英究竟是上哪里去的。

他摇摇头说：

“这儿可没有来过，或者小月红知道也未可知，等她回来的时候，让我问问她看。”

我问他小月红上哪里去了，他说她去唱戏，还没有回来。我为了他的这一句“或者小月红知道也未可知”就又充满了希望，笑对他说：

“她大约是在×世界吧？让我上那儿去寻她去。”

他说：

“快是快回来了，可是你去×世界玩玩也好。”

他并不晓得我的如落火毛虫一样的焦急，还以为我想去逛×世界，我心里虽则在这么想，但嘴上却很恭敬的和他告了别，走了出来。

毕竟是新年的第二日，×世界的游人，真可以说是满坑满谷。我挤过了许多人，也顾不得面子不面子，竟直接的跑到了后台房里，和守门的人说，一定要见一见小月红。她唱的戏还没有上台，然而头面已经扮缚好了。台房里的许多女孩子，因为我直冲了进去，拉着了小月红在絮絮寻问，所以大家都在斜视着朝我们看。问了半天，她仍旧是莫名其妙，我看了她的那一种表情，和头回她师傅的那一种样子，也晓得再问是无益的了，所以只告诉她我仍复住在四马路的那家旅馆里，她以后万一听到或接到月英的消息，请她千万上旅馆里来告诉我一声。末了我的说话又变成了泪声，当临走的时候，并且添了一句说：

“我这一回若寻她不着，怕就不能活下去了。”

走出了×世界我仍复上四马路的那家旅馆去开了一个房间。又是和她曾经住过的这旅馆，这一回这样的只身来住，想起旧情，心里的难过，自然是可以不必说了。独坐在房间里细细的回想了一阵那一天早晨，因为她上小月红那里去而空着急的事情，又横空的浮上了心来。

“啊啊，这果然成了事实了，原来爱情的确是灵奇的，预感的确是有的。”

这样痴痴呆呆的想了半天，房里的电灯忽然亮了，我倒骇了一跳，原来我用两只手支住了头，坐在那里呆想，竟把时间的过去，日夜的分别都忘掉了。

茶房开进门来，问我要不要吃饭，我只摇摇头，朝他呆看看，一句话也不愿意说。等他带上门出去的时候，我又感到了一种无限的孤独，所以又叫他转来问他说：

“今天的报呢？请你去拿一份来给我。”

因为我想月英若到了上海，或者乘新年的热闹，马上去上了台也说不定，让我来看一看报上的戏目，究竟有没有像她那样的名字和她所爱唱的戏目载在报上。可是茶房又笑了一笑回答我说：

“今天是没有报的，要正月初五起，才兹有报。”

到此我又失了望。但这样的坐在房里过夜，终究是过不过去的，所以我就又问茶房，上海现在有几处坤剧场。他想了一想，报了几处，但又报不完全，所以结果他就说：

“有几处坤剧场，我也不大晓得，不过你要调查这个，却很容易，我去把旧年的报，拿一张来给你看就是了。”

他把去年年底的旧报拿来之后，我就将戏目广告上凡有坤剧的戏院地点都抄了下来，打算一家一家的去看它完来。因为我晓得月英若要去上台，她的真名字决不会登出来的，所以我想费去三四天工夫，把上海所有的坤角都去看它一遍。

从此白天晚上，我又只在坤角上演的戏院里过日子了。可是这一种看戏，实在是苦痛不过。有几次我看见一个身材年龄扮相和她相像的女伶上台，便脱出了眼睛，把身子靠上前去凝视。可是等她的台步一走，两三句戏一唱，我的失望消沉的样子，反要比不看见以前更加一倍。

在台前头枯坐着，夹在许多很快乐的男女中间，我想想去年在安乐园的情节，想想和月英过的这将近两个月的生活，肚里的一腔热泪，正苦在无地可以发泄，哪里还有心思听戏看戏呢？可是因为想寻着她来的原因，想在这大海里捞着她的原因，又不得不自始至终的坐在那里，一个坤角也不敢漏去不看。

看戏的时候，因为眼睛要张得很大，注意着一个个更番上来的女优，所以时间还可以支吾过去。但一到了戏散场后，我不得不拖了一双很重的脚和一颗出血的心一个人走回旅馆来的时候，心里头觉得比死刑囚走赴刑场去的状态，还要难受。

晚上睡是无论如何睡不着了，虽然我当午前戏院未开门的时候，也曾去买了许多她所用过的香油香水和亚媲贡香粉之类的化妆品来，倒在床上香着，可是愈闻到这一种香味，愈要想起月英，眼睛愈是闭不拢去。即有时勉强的把眼睛闭上了，而眼帘上面，在那里历历旋转的，仍复是她的笑脸，她的肉体，她的头发和她的嘴唇。

有时候，戏院还没有开门，我也尝走到大马路北四川路口的外国铺子的样子间前头去立着。可是看了肉色的丝袜，和高跟的皮鞋，我就会想到她的那双很白很软的肉脚上去，稍一放肆，简直要想到她的丝袜统上面的部分或她的只穿了鞋袜，立在那里的裸体才能满足。尤其是使我熬忍不住的，是当走过四马路的各洗衣作的玻璃窗口的时候，不得不看见的那些娇小弯曲的女人的春夏衣服。因为我曾经看见过她的亵衣，看见过她的把衬衫解了一半的胸部过的，所以见了那些曾亲过女人的芗泽的衣服，就不得不想到最猥亵的事情上去。

这样的日子，一天一天的过去了，我早晨起来，就跑到那些卖女人用品的店门前或洗衣作前头去呆立，午后晚上，便上一家一家的坤戏院去看转来。可是各处的坤戏院都看遍了，而月英的消息还是杳然。旧历的正月已经过了一个礼拜，各家报馆也在开始印行报纸了。我于初五那一天起，就上各家大小报馆去登了一个广告：“月英呀，你回来，我快死了。你的介成仍复住在四马路××旅馆里候你！”可是登了三天报，仍复是音信也没有。

种种方法都想尽了，末了就只好学作了乡愚，去上城隍庙及红庙等处去虔诚祷告，请菩萨来保佑我。可是所求的各处的签文，及所卜的各处的课，都说是会回来的，会回来的，你且耐心候着吧。同时我又想起了在A地所求的那一张签，心里实在是疑惑不定，因为一样的菩萨，分明在那里作两样的预言。

我因为悲怀难遣，有时候就买了许多纸帛锭锞之类，跑到上海附近的郊外的墓田里去。寻到一块文人的墓碑，我就把她当作了月英的坟墓，拜下去很热烈的祝祷一番，痛哭一番。大约是这一种祷祝发生了效验了吧，我于一天在上海的西郊祭奠祷祝了回来，忽而在旅馆房门上接到了一封月英自南京的来信。信的内容很简单，只说“报上的广告看见了，你回来！”我喜欢极了，以为上海的鬼神及卜课真有灵验，她果然回来了。

我于是马上再去买了许多她所爱用的香油香粉香水之类，包作了一大包，打算回去可以作礼物送她，就于当夜坐了夜车，赶回南京去，因为火车已经照常开车了。

在火车上当然是一夜没有睡着。我把她的那封信塞在衣裳底下的胸前，一面开了一瓶她最爱洒在被上的海利奥屈洛普的香水，摆在鼻子前头。闭上眼睛，闻闻香水，我只当是她睡在我的怀里一样，脑里尽在想她当临睡前后的那种姿态言语。

天还没有亮足，车就到了下关，在马车里被摇进城去的中间，我心里的跳跃欢欣，比上回和她一道进城去的时候，还要巨大数倍。

我一边在看朝阳晒着的路旁的枯树荒田，一边心里在默想见她之后，如何的和她说头一句话，如何的和她算还这几天的相思帐来。

马车走得真慢，我连连的催促马夫，要他为我快加上鞭，到后好重重的谢他。中正街到了，我只想跳落车来，比马更快的跑上旅馆里去，因为愈是近了，心里倒反愈急。

终究是到了，到了旅馆门口了。我没有下车，就从窗口里大声的问那立在门口接客的帐房说：

“太太回来了么？”

那帐房看见是我，就迎了过来说：

“太太来过了，箱子也搬去了，还有行李，她交我保存在那房里，说你是就要来的。”

我听了就又张大了眼睛，呆立了半天。帐房看我发呆了，又注意到了我的惊恐失望的形容，所以就接着说：

“您且到房里去看看吧，太太还有信写在那里。”

我听了这一句话，就又和被魔术封锁住的人仍旧被解放时的情形一样，一直的就跑上里进的房里去。命茶房开进房门去一看，她的几只衣箱，果真全都拿走了，剩下来的只是我的一只皮箱，一只书橱，和几张洋画及一叠画架。在我的箱子盖上，她又留了一张字迹很粗很大的信在那里：

介成：我走的时候，本教你不要追的，你何以又会追上上海去的呢？我想你的身体不好，和你住在一道，你将来一定会因我而死。我觉得近来你的身体，已大不如前了，所以才决定和你分开，你也何苦呢？

我把我的东西全拿去了，省得你再看见了心里难受。你的物事我一点儿也不拿，只拿了一张你为我画而没有画好的相去。

介成，我这一回上什么地方去是不一定的，请你再也不要来追我。

再见吧，你要保重你自己的身体。

月英

“啊啊，她的别我而去，原来是为了我的身体不强！”

我这样的一想，一种羞愤之情，和懊恼之感，同时冲上了心头。但回头一想，觉得同她这样的别去，终是不甘心的，所以马上就又决定了再去追寻的心思。我想无论如何总要寻着她来再和她见一面谈一谈。我收拾了一收拾行李，就叫茶房来问说：

“太太是什么时候来的？”

“是三四天以前来的。”

“她在这儿住了一夜么？”

“嗳，住了一夜。”

“行李是谁送去的？”

“是我送去的。”

“送上了什么地方？”

“她是去搭上水船的。”

啊啊，到此我才晓得她是上A地去的，大约一定是仍复去寻那个小白脸的陈去了吧。我一边在这样的想着，一边也起了一种恶意，想赶上A地去当了那小白脸的面再去辱骂她一场。

先问了问茶房，他说今天是有上水船的，我就不等第二句话，叫他开了帐来，为我打叠行李，马上赶出城去。

船到A地的那天午后，天忽而下起微雪来了。北风异常的紧，A城的街市也特别的萧条。我坐车先到了省署前的大旅馆去住下，然后就冒雪坐车上大新旅馆去。

旅馆的老板，一见我去，就很亲热的对我拱了拱手，先贺了我的新年，随后问我说：

“您老还住在公署里么？何以脸色这样的不好，敢不又病了么？”

我听他这一问，就知道他并不晓得我和月英的事情，他仿佛还当我是没有离开过A地的样子。我就也装着若无其事的面貌问他说：

“住在这儿的几个女戏子怎么样了？”

“啊啊，她们啊，她们去年年底就走了，大约已经有一个多月了吧？”

我和他谈了几句闲天，顺便就问了他那一位小白脸陈君的住址，他忽而惊异似的问我说：

“您老还不知道么？他在元旦那一天吐狂血死了。咳，这一位陈先生，真可惜，年纪还很轻哩！”

我突然听了这一句话，心口里忽而凉了一凉，一腔紧张着的嫉妒和怨愤，也忽而松了一松，结果几礼拜来的疲劳和不节制，就从潜隐处爬了出来，征服了我的身体。勉强踉跄走出了旅馆门，我自己也意识到了我的肉体的衰竭和心脏的急震。在微雪里叫了一乘黄包车，叫他把我拉上圣保罗病院去的中间，我觉得我的眼睛黑了。

仰躺在车上，我只微微觉得有一股冷气，从脚尖渐渐直逼上了心头。我觉得危险，想叫一声又叫不出口来，舌头也硬结住了。我想动一动，然而肢体也不听我的命令。忽儿我觉得脑门上又飞来了一块很重很大的黑块，以后的事情，我就不晓得了。

后　叙

五六年前头，我在A地的一个专门学校里教书。这风气未开的A城里，闲来可以和他们谈谈天的，实在没有几个人。

在同一个学校里教英文的一位美国宣教师，似乎也在感到这一种苦痛，所以我在A城住不上两个月，他就和我变成了很好的朋友。

秋季始业后将近三个月的一个晴朗的午后，我在一间朝南的住房里煮咖啡吃，忽而他也闯了进来。他和我喝喝咖啡，谈谈闲天，不知不觉竟坐了一个多钟头。门房把新到的我的许多外国杂志送进来了，我就送了几份给他，教他拆开来看，同时我自家也拿起了一份英国印行的关系文学艺术的月刊，将封面拆了，打开来读。

翻了几页，我忽而看见了一个批评本年巴黎沙隆画展的文章，中间有一段，是为一个入选的中国留学生的画名《失去的女人》捧场的，此画的作者，不晓是哪几个中国字，但外国名字是C. C. Wang. 我看了几行，就指给我的那位美国朋友看，并且对他说：

“我们中国留学生的画，居然也在巴黎的沙隆画展里入选了。”

他看见了那个名字，忽而吊起了眼睛想了一想，仿佛是在追想什么似的。想了两三分钟，他又忽而用手拍了一拍桌子，对我叫着说：

“我想起了，这画家是我认识的。”

我听了也觉得奇怪起来，就问他是在美国认识的呢？还是在欧洲认识的？因为我这位美国朋友，从前也曾到过欧洲的。他很喜欢的笑着说：

“也不是在美国，也不是在欧洲，是在这儿遇见的。”

我倒愈加被他弄昏了，所以要他说说明白。他就张着嘴笑着说：

“这是我们医院里的一位患者。三四年前，他生了心脏病，昏倒在雪窠里，后来被人送到了我们的医院里来。他在医院里住了五个多月，因为我是每礼拜到医院里去传道的，所以后来也和他认识了。我看他仿佛老是愁眉不展，忧郁很深的样子，所以得空也特别和他谈些教义和《圣经》之类，想解解他的愁闷。有一次和他谈到了祈祷和忏悔，我说，我们的愁思，可以全部说出来，交给一个比我们更伟大的牧人的，因为我们都是迷了路的羊，在迷路上有危险，有恐惧，是免不了的。只有赤裸裸地把我们所负担不了的危险恐惧告诉给这一个牧人，使他为我们负担了去，我们才能够安身立命。教会里的祈祷和忏悔，意义就在这里。他听了我这一段话，好像是很感动的样子，后来过了几天，我于第二次去访他的时候，他先和我一道的祷告，祷告完后，他就在枕头底下拿出了一篇很长很长的忏悔录来给我看。这篇忏悔录，稿子还在我那里，我下次可以拿来给你看的，真写得明白详细。他出院之后，听说就到欧洲去了，我想这一定就是他，因为我记得我曾经在一本姓名录上写过这一个 C. C. Wang. 的名字。”

过了几天，他果然把那篇忏悔录的稿子拿了来给我看，我当时读后，也感到了一点趣味，所以就问他要了来藏下了。

前面所发表的，是这一篇忏悔录的全文，题名的“迷羊”两字是我为他加上去的。

一九二七年十二月二十九日达夫志

（据《迷羊》，北新书局1928年版）

南　迁

一　南方

你若把日本的地图展开来一看，东京湾的东南，能看得见一条葫芦形的半岛，浮在浩渺无边的太平洋里，这便是有名的安房半岛！

安房半岛，虽然没有地中海内的长靴岛的风光明媚，然而成层的海浪，蔚蓝的天色，柔和的空气，平软的低峦，海岸的渔网，和村落的居民，也很具有南欧海岸的性质，能使旅客忘记他是身在异乡。若用英文来说，便是一个Hospitable，inviting dream-land of the romantic age（中世浪漫时代的，乡风纯朴，山水秀丽的梦境）了。

东南的斜面沿着了太平洋，从铫子到大原，成一半月弯，正可当作葫芦的下面的狭处看。铫子是葫芦下层的最大的圆周上的一点，大原是葫芦的第二层膨胀处的圆周上的一点。葫芦的顶点一直的向西曲了。就成了一个大半岛里边的小半岛，地名西岬村。西岬村的顶点便是洲崎，朝西的横界在太平洋和东京湾的中间，洲崎以东是太平洋，洲崎以北是东京湾。洲崎遥遥与伊豆半岛、相摸湾相对；安房半岛的住民每以它为界线，称洲崎以东沿着太平洋一带为外房，洲崎以北沿着东京湾的一带为内房。原来半岛的住民通称半岛为房州，所以内房外房，便是内房州外房州的缩写。房州半岛的葫芦形的底面，连着东京，所以现在火车，从东京两国桥驿出发，内房能直达到馆山，外房能达到胜浦。

二 出京

千九百二十年的春天，二月初旬的有一天的午后，东京上野精养轩的楼上朝公园的小客室里，有两个异乡人在那里吃茶果。一个是五十岁上下的西洋人，头顶已有一块秃了。皮肤带着浅黄的黑色，高高的鹰嘴鼻的左右，深深洼在肉里的两只眼睛，放出一种钝韧的光来。瞳神的黄黑色，大约就是他的血统的证明，他那五尺五寸的肉体中间，或者也许有姊泊西（Gypsy）的血液混在里头，或者也许有东方人的血液混在里头的，但是生他的母亲，可确是一位爱尔兰的美妇人。他穿的是一套半旧的灰黑色的哔叽的洋服，带着一条圆领，圆领底下就连接着一件黑的小紧身，大约是代waist-goat（腰褂）的。一个是二十四五岁的青年，身体也有五尺五寸多高，我们一见就能知道他是中国人，因为他那清瘦的面貌，和纤长的身体，是在日本人中间寻不出来的。他穿着一套藤青色的哔叽的大学制服，头发约有一寸多深，因为蓬蓬直立在他那短短的脸面的上头，所以反映出一层忧郁的形容在他面上。他和那西洋人对坐在一张小小的桌上，他的左手，和那西洋人的右手是靠着朝公园的玻璃窗。他们讲的是英国话，声气很幽，有一种梅兰刻烈（melancholy）的余韵，与窗外的午后的阳光，和头上的万里的春空，却成了一个有趣的对照，若把他们的择要翻译出来，就是：

“你的脸色，近来更难看了，我劝你去转换转换空气，到乡下去静养几个礼拜。”西洋人。

“脸色不好么？转地疗养，也是很好的，但是一则因为我懒得行动，二则一个人到乡下去也寂寞得很，所以虽然寒冷得非常，我也不想到东京以外的地方去。”青年。

说到这里，窗外吹过一阵夹沙夹石的风来，玻璃窗振动了一下，响了一下，风就过去了。

“房州你去过没有?”西洋人。

“我没有去过。”青年。

“那一个地方才好呢！是突出在太平洋里的一个半岛，受了太平洋的暖流，外房的空气是非常和暖的，同东京大约要差十度的温度，这个时候，你若到太平洋岸去一看，怕还有些女人，赤裸裸的跳在海里捉鱼呢！一带山村水郭，风景又是很好的，你不是很喜欢我们英国的田园风景的么？你上房州去就对了。”

“你去过了么?”

“我是常去的，我有一个女朋友住在房州，她也是英国人，她的男人死了，只一个人住在海边上。她的房子宽大得很，造在沙岸树林的中间；她又是一个热心的基督教徒，你若要去，我可以替你介绍的，她非常欢喜中国人，因为她和她的男人从前也在中国做过医生的。”

“那么就请你介绍介绍，出去旅行一次，或者我的生活的行程，能改变得过来也未可知。”

另外还有许多闲话，也不必去提及。

到了四点的时候，窗外的钟声响了。青年按了电铃，叫侍者进来，拿了一张五元的纸币给他。青年站起来要走的时候看看那西洋人还兀的不动，青年便催说：“我们去罢!”

那西洋人便张圆了眼睛问他说：

“找头呢?”

“多的也没有几个钱，就给了他们茶房罢了。”

“茶房总不至要五块钱的。你把找头拿来捐在教会的传道捐里多好啊!”

“罢了，罢了，多的也不过一块多钱。”

那西洋人还不肯走，青年就一个人走出房门来，西洋人一边还在那里轻轻的絮说，一边看见青年走了，也只能跟了走出房门，下楼，上大门口去。在大门口取了外套，帽子，走出门外的时候，残冬的日影，已经落在西天的地平线上，满城的房屋，都沉在薄暮的光线里了。

夜阴一刻一刻的张起她的翼膀来，那西洋人和青年在公园的大佛前面，缓步了一忽，远近的人家都点上电灯了。从上野公园的高台上向四面望去，只见同纱囊里的萤火虫一样，高下人家的灯火，在那晚烟里放异彩。远远的风来，带着市井的嘈杂的声音。电车的车轮声传近他们两个耳边的时候，他们才知道现在是回家去的时刻了。急急的走了一下，他们已经走到了公园前的大街上的电车停车处，恰好向西的有一乘电车到来，他们两人就用了死力，挤了上去，因为这是工场休工的时候，劳动者大家都要乘了电车，回到他们的小小的住屋里去，所以车上挤得不堪。

青年被挤在电车的后面，几乎吐气都吐不出来。电车开车的时候，上野的报时的钟声又响了。听了这如怨如诉的薄暮的钟声，他的心思又忽然消沉起来：

“这些可怜的有血肉的机械，他们家里或许也有妻子的。他们的衣不暖食不饱的小孩子有什么罪恶，一生出地上，就不得不同他们的父母，受这世界上的磨折！或者在猪圈似的贫民窟的门口有同饿鬼似的小孩儿，在那里等候他们的父亲回来。这些同饿犬似的小孩儿，长到八九岁的时候，就不得不去作小机械去。渐渐长大了，成了一个工人，他们又不得不同他们的父祖曾祖一样，将自家的血液，去补充铁木的机械的不足去。吃尽了千辛万苦，从幼到长，从生到死，他们的生活没有半点变更。唉，这人生究竟有什么趣味，劳动者呀劳动者，你们何苦要生存在世上？这多是有权势的人的坏处，可恶的这有权势的人，可恶的这有权势的阶级，总要使他们斩草除根的消灭尽了才好。”

他想到这里，就自家嘲笑起自家来：

“呵呵，你也被日本人的社会主义感染了。你要救日本的劳动者，你何不先去救救你自家的同胞呢？在军人和官僚的政治的底下，你的同胞所受的苦楚，难道比日本的劳动者更轻么？日本的劳动者，虽然没有财产，然而他们的生命总是安全的。你的同胞，乡下的农夫，若因纳捐输粟的事情，有一点违背，就不得不被军人来虐杀了。从前做大盗，现在做军官的人，进京出京的时候，若说乡下人不知道，在他们的专车停着的地方走过，就不得不被长枪短刀来斫死了。大盗的军阀的什么武装自动车，在街上冲死了百姓，还说百姓不好，对于死人的家庭，还要他们赔罪罚钱。你同胞的妻女，若有美的，就不得不被军人来奸辱了。日本的劳动者到了日暮回家的时候，也许有他的妻女来安慰他的，那时候他的一天的苦楚，便能忘在脑后，但是你的同胞如何？不问是不是你的结发妻小，若那些军长师长委员长县长等类要她去作一房第八九的小妾，你能拒绝么？有诉讼事件的时候，你若送裁判官的钱，送了比你的对争者少一点，或是在上级衙门里没有一个亲戚朋友，虽然受了冤屈，你难道能分诉得明白么？……”

想到这里的时候，青年的眼睛里，就酸软起来。他若不是被挤在这一群劳动者的中间，怕他的感情就要发起作用来，恰好车到了本乡三丁目，他就推推让让的跟了几个劳动者下了电车。立在电车外边的日暮的大道上，寻来寻去的寻了一会，他才看见那西洋人的秃头，背朝着了他，坐在电车中间的椅上。他走到电车的中央的地方，垫起了脚，从外面向电车的玻璃窗推了几下，那秃头的西洋人才回转头来，看见他立在车外的凉风里，那西洋人就从电车里面放下车窗来说：

“你到了么？今天可是对你不起。多谢多谢。身体要保养些。我……”

“再会再会；我已经到了。介绍信请你不要忘记了……”

话没有说完，电车已经开了。

三　浮萍

二月二十三日的午后二点半钟，房州半岛的北条火车站上的第四次自东京来的火车到了，这小小的乡下的火车站上，忽然热闹了一阵。客人也不多，七零八落的几个乘客，在收票的地方出去之后，火车站上仍复冷清起来。火车站的前面停着一乘合乘的马车，接了几个下车的客人，留了几声哀寂的喇叭声在午后的澄明的空气里，促起了一阵灰土，就在泥成的乡下的天然的大路上，朝着了太阳，向西的开出去了。

留在火车站上呆呆的站着的只剩了一位清瘦的青年，便是三礼拜前和一个西洋宣教师在东京上野精养轩吃茶果的那一位大学生。他是伊尹的后裔，你们若把东京帝国大学的一览翻出来一看，在文科大学的学生名录里，头一个就能见他的名姓籍贯：

伊人，中华留学生，大正八年入学。

伊人自从十八岁到日本之后一直到去年夏天止，从没有回国去过。他的家庭里只有他的祖母是爱他的。伊人的母亲，因为他的父亲死得太早，所以竟变成了一个半男半女的性格，他自小的时候她就不知爱他，所以他渐渐的变成了一个厌世忧郁的人。到了日本之后，他的性格竟愈趋愈怪了，一年四季，绝不与人往来，只一个人默默的坐在寓室里沉思默想。他所读的都是那些在人生的战场上战败了的人的书，所以他所最敬爱的就是略名 B. V. 的 James Thomson，H. Heine，Leopaldi，Ernest Dowson 那些人。他下了火车，向行李房去取来的一只帆布包，里边藏着的，大约也就是这几位先生的诗文集和传记等类。他因为去年夏天被一个日本妇人欺骗了一场，所以精神身体，都变得同落水鸡一样。晚上梦醒的时候，身上每发冷汗，食欲不进，近来竟有一天不吃什么东西的时候。因为怕同去年那一个妇人遇见，他连午膳夜膳后的散步也不去了。他身体一天一天的瘦弱下去，他的面貌也一天一天的变起颜色来了。到房州的路程是在平坦的田畴中间，辟了一条小小的铁路，铁路的两旁，不是一边海一边山，便是一边枯树一边荒地。在红尘软舞的东京，失望伤心到极点的神经过敏的青年，一吸了这一处的田园空气，就能生出一种快感来。伊人到房州的最初的感觉，自然是觉得轻快得非常。伊人下车之后看了四边的松树和丛林，有几缕薄云飞着的青天，宽广的空地里浮荡着的阳光和车站前面的店里清清冷冷坐在帐桌前的几个纯朴的商人，就觉得是自家已经到了十八世纪的乡下的样子。亚力山大·斯密司著的《村落的文章》里的Dreamthorp[①]（By Alexander Smith）好象是被移到了这东海的小岛上的东南角上来了。

伊人取了行李，问了一声说：

“这里有一位西洋的妇女，你们知道不知道的？”

行李房里的人都说：

“是C夫人么？这近边谁都知道她的，你但对车夫讲她的名字就对了。”

伊人抱了他的一个帆布包坐在人力车上，在枯树的影里，摇摇不定的走上C夫人的家里去的时候，他心里又生了一种疑惑：

“C夫人不晓得究竟是怎么的一个人，她不知道是不是同E某一样，也是非常节省鄙吝的。”

可怜他自小就受了社会的虐待，到了今日，还不敢信这尘世里有一个善人。所以他与人相遇的时候，总不忘记警戒，因为他被世人欺得太甚了。在一条有田园野趣的村路上弯弯曲曲的跑了三十分钟，树林里露出了一个木造的西洋馆的屋顶来。车夫指着了那一角屋顶说：

“这就是C夫人的住屋！”

车到了这洋房的近边，伊人看见有一圈小小的灌木沿了那洋房的庭园，生在那里，上面剪得虽然不齐，但是这一道灌木的围墙，比铁栅瓦墙究竟风雅，他小的时候在洋画里看见过的那阿凤河上的斯曲拉突的莎士比的古宅，又重新想了出来，开了那由几根木棒做的一道玲珑的小门进去，便是住宅的周围的庭园，园中有几处常青草，也变了颜色，躺在午后的微弱的太阳光里。小门的右边便是一眼古井，两只吊桶，一高一低的悬在井上的木架上。从门口一直向前沿了石砌的路进去，再进一道短小的竹篱，就是C夫人的住房，伊人因为不便直接的到C夫人的住房里，所以就吩咐车夫拿了一封

① 梦里村。

E某的介绍书往厨房门去投去。厨房门须由石砌的正路叉往右去几步，人若立在灌木围住的门口，也可以看见这厨房门的。庭园中，井架上，红色的木板的洋房壁上都洒满了一层白色无力的午后的太阳光线，四边空空寂寂，并无一个生物看见，只有几只半大的雌雄鸡，呆呆的立在井旁，在那里惊看伊人和他的车夫。

车夫在厨房门口叫了许久，不见有人出来。伊人立在庭园外的木栅门口，听车夫的呼唤声反响在寂静的空气里，觉得声大得很。约略等了五分钟的样子，伊人听见背后忽然有脚步响，回转头来一看，看见一个五十来岁的日本老妇人，蓬着了头红着了脸走上伊人这边来。她见了伊人便行了一个礼，并且说：

“你是东京来的伊先生么？我们东家天天在这里盼望你来呢！请你等一等，我就去请东家出来。”

这样的说了几句，她就慢慢的挨过了伊人的身前，跑上厨房门口去了。在厨房门口站着的车夫把伊人带来的介绍信交给了她。她就跑进去了。不多一忽，她就同一个五十五六的西洋妇人从竹篱那面出来，伊人抢上去与那西洋妇人握手之后，她就请伊人到她的住房内去，一边却吩咐那日本女人说：

“把伊先生的行李搬上楼上的外边的室里去！”

她一边与伊人说话，一边在那里预备红茶。谈了三十分钟，红茶也吃完了，伊人就到楼上的一间小房里去整理行李去。把行李整理了一半，那日本妇人上楼来对伊人说：

“伊先生！现在是祈祷的时候了！请先生下来到祈祷室里来罢。”

伊人下来到祈祷室里，见有两个日本的男学生和三个女学生已经先在那里了。C夫人替伊人介绍过之后对伊人说：

“我们每天从午后三点到四点必聚在一处唱诗祈祷的。祈祷的时候就打那一个钟作记号。（说着她就用手向檐下指了一指。）今天因为我到外面去了不在家，所以迟了两个钟头，因此就没有打钟。”

伊人向四围看了一眼，见第一个男学生头头发长得很，同狮子一样的披在额上，戴着一双极近的钢丝眼镜，嘴唇上的一圈胡须长得很黑，大约已经有二十六七岁的样子。第二个男学生是一个二十岁前后的青年，也戴一双平光的银丝眼镜，一张圆形的粗黑脸，嘴唇向上的。两个人都是穿的日本的青花便服，所以一见就晓得他们是学生。女学生伊人不便观察，所以只对了一个坐在他对面的年纪十六七岁的人，看了几眼，依他的一瞬间的观察看来，这一个十六七岁的女学生要算是最好的了，因为三人都是平常的相貌，依理而论，却够不上水平线的。只有这一个女学生的长方面上有一双笑靥，所以她笑的时候，却有许多可爱的地方。读了一节《圣经》，唱了两首诗，祈祷了一回，会就散了。伊人问那两个男学生说：

“你们住在近边么？”

那长发的近视眼的人，恭恭敬敬的抢着回答说：

“是的，我们就住在这后面的。”

那年轻的学生对伊人笑着说：

“你的日本话讲得好得很，起初我们以为你只能讲英国话，不能讲日本话的。”

C夫人接着说：

“伊先生的英国语却比日本语讲得好，但是他的日本语要比我的日本语好得多呢！”

伊人红了脸说：

“C夫人！你未免过誉了。这几位女朋友是住在什么地方的？”

C夫人说：

“她们都住在前面的小屋里，也是同你一样来养病的。”

这样的说着，C夫人又对那几个女学生说：

“伊先生的学问是非常有根底的，礼拜天我们要请他说教给我们听哩！”

再会再会的声音，从各人的口中说了出来。来会的人都散去了。夜色已同死神一样，不声不响地把屋中的空间占领了。伊人别了C夫人仍回到他楼上的房里来，在灰暗的日暮的光里，整理了一下，电灯来了。

六点四十分的时候，那日本妇人来请伊人吃夜饭去，吃了夜饭，谈了三十分钟，伊人就上楼去睡了。

四 亲和力

第二天早晨，伊人被窗外的鸟雀声唤醒，起来的时候，鲜红的日光已射满了沙岸上的树林，他开了朝南的窗，看看四围的空地丛林，都披了一层健全的阳光，横躺在无穷的苍空底下。他远远的看见北条车站上，有一乘机关车在那里喷烟，机关车的后面，连接着几辆客车货车，他知道上东京去的第一次车快开了。太阳光被车烟在半空中遮住，他看见车烟带着一层红黑的灰色，车站的马口铁的屋顶上，横斜的映出一层黑影来。从车站起，两条小小的轨道渐渐的阔大起来在他的眼下不远的地方通过，他觉得磨光的铁轨上，隐隐地反映着同蓝色的天鹅绒一样的天空，他看看四边，觉得广大的天空，远近的人家，树林，空地，铁道，村路都饱受了日光，含着了生气，好象在那里微笑的样子，他就深深地吸了一口清新的空气，觉得自家的肠腑里也有些生气回转起来，含了微笑，他轻轻的对自家说：

"春到人间了，啊，Frühling ist gekommen！[①]"

呆呆的站了好久，他才拿了牙刷牙粉肥皂手巾走下楼来到厨下去洗面去。那红眼的日本妇人见了他，就大声地说：

"你昨天晚上睡得好不好？我们的东家出去传道去了，九点半钟的圣经班她是定能回来的。"

洗完了面，回到楼上坐了一忽，那日本妇人就送了一杯红茶和两块面包和白糖来。伊人吃完之后，看看C夫人还没有回来，就跑出去散步去。从那一道木棒编成的小门里出去，沿了昨天来的那条村路向东的走了几步，他看见一家草舍的回廊上，有两个青年在那里享太阳，发议论。他看看好象是昨天见过的两个学生，所以就走了进去。两个青年见他进来，就恭恭敬敬的拿出垫子来，叫他坐

① 果实到手了。

了。那近视长发的青年，因为太恭敬过度了，反要使人发起笑来。伊人坐定之后，那长发的近视眼就含了微笑，对他呆了一呆，嘴唇动了几动，伊人知道他想说话了，所以就对他说：

“你说今天的天气好不好？”

"Es. Es. beri gud. beri gud. and how longu hab been in Japan?"

（“是，是，好得很，好得很，你住在日本多久了？”）

那一位近视眼，突然说出了几句日本式的英国话来，伊人看看他那忽尖忽圆的嘴唇的变化，听听他那舌根底下好像含一块石子的发音，就想笑出来，但是因为是初次见面，又不便放声高笑，所以只得笑了一笑，回答他说：

"About eight years, quite a long term, isn't it?"

（“差不多八年了，已经长得很呢，是不是？”）

还有那一位二十岁前后的青年看了那近视眼说英文的样子，就笑了起来，一边却直直爽爽的对他说：

“不说了罢，你那不通的英文，还不如不说的好，哈哈……”那近视眼听了伊人的回话，又说：

"Do you undastand my Ingulish?"

（“你懂得我讲的英文么？”）

"Yes, of course, I do, but..."

（“那当然是懂的，但是……”）

伊人还没有说完，他又抢着说：

"Alright, alright, leto us speaku Ingulish heea-aftar."

（“很好很好，以后我们就讲英文罢。”）

那年轻的青年说：

“伊先生，你别再和他歪缠了，我们向海边上去走走罢。”

伊人就赞成了，那年轻的青年便从回廊上跳了下来，同小丑一样的故意把衣服整了一整，把身体向左右前后摇了一摇，对了那近视眼恭恭敬敬的行了一礼，说：

"Gudo-bye！ Mista K. gudo-bye!"

伊人忍不住的笑了起来，那近视眼的K也说：

"Gudo-bye, Mista B. gudo-bye Mista Yi."

走过了那草舍的院子，踏了松树的长影，出去二三步就是沙滩了。清静的海岸上并无人影，洒满了和煦的阳光。海水反射着太阳光线，好象在那里微笑的样子。沙上有几行行人的足迹印在那里。远远的向东望去，有几处村落，有几间渔舍浮在空中，一层透明清洁的空气，包在那些树林屋脊的上面。西边湾里有一处小市，浮在海上，市内的人家，错错落落的排列在那里，人家的背后，有一带小山，小山的背后，便是无穷的碧落。市外的湾口有几艘帆船停泊着，那几艘船的帆樯，却能形容出一种港市的感觉来。年轻的B说：

“那就是馆山，你看湾外不是有两个小岛同青螺一样的浮在那里么？一个是鹰岛，一个是冲岛。”

伊人向B所说的方向一看，在薄薄的海气里，果然有两个小岛浮在那里，伊人看那小岛的时候，忽然注意到小岛的背景的天空里去。他从地平线上一点一点的抬头起来，看看天空，觉得蓝苍色的天体，好像要溶化了的样子，他就不知不觉的说：

“唉，这碧海青天！”

B也仰起头来看天，一边对伊人说：

“伊先生！看了这青淡的天空，你们还以为有一位上帝，在这天空里坐着的么？若说上帝在那里坐着，怕在这样晴朗的时候，要跌下地来呢！”

伊人回答说：

“怎么不跌下来？你不曾看过弗兰斯著的Thais（泰衣斯）么？那绝食断欲的圣者，就是为了泰衣斯的肉体的缘故，从天上跌下来的呀。”

“不错不错，那一位近视眼的神经病先生，也是很妙的。他说他要去进神学校去，每天到了半夜三更就放大了嗓子，叫起上帝来。

“‘主吓，唉，主吓，神吓，耶稣吓！’

“象这样的乱叫起来，到了第二天，去问他昨夜怎么了？他却一声不响，把手摇几摇，嘴歪几歪。再过一天去问他，他就说：

“‘昨天我是一天不言语的，因为这也是一种修行，一礼拜之

内我有两天是断言的。不讲话的，无论如何，在这两天之内：总不开嘴的。'

"有的时候他赤足赤身的跑上雨天里去立在那里，我叫他，他默默地不应，到了晚上他却喀喀的咳嗽起来，你看这样寒冷的天气，赤了身到雨天里去，哪有不伤风的道理？到了这二天，我问他究竟为什么要上雨天里去，他说这也是一种修行。有一天晚上因为他叫'主吓！神吓'叫得太厉害了，我在梦里头被他叫醒，在被里听听，我也害怕起来。以为有强盗来了，所以我就起来，披了衣服，上他那一间房里去看他，从房门的缝里一瞧，我就不得不笑起来。你猜怎么着，他老先生把衣服脱了精光，把头顶倒在地下，两只脚靠了墙壁跷在上面，闭了眼睛，作了一副苦闷难受的脸色，尽在那里瞎叫。

"'主吓，神吓，天吓，上帝吓！'

"第二天我去问，他却一句话也不答，我知道这又是他的断绝言语的日子，所以就不去问他了。"

B，形容近视眼K的时候，同戏院的小丑一样，做脚做手的做得非常出神，伊人听一句笑一阵，笑得不了。到后来伊人问B说：

"K何苦要这样呢！"

"他说他因为要预备进神学校去，但是依我看来，他还是去进疯狂病院的好。"

伊人又笑了起来。他们两人的健全的笑声，反响在寂静的海岸的空气里，更觉得这一天的天气的清新可爱了。他们两个人的影子，和两双皮鞋的足迹在海边的软沙发上印来印去的走了一回，忽听见晴空里传了一阵清朗的钟声过来，他们知道圣经班的时候到了，所以就走上C夫人的家里去。

到C夫人家里的时候，那近视眼的K，和三个女学生已经围住了C夫人坐在那里了，K见了伊人和B来的时候，就跳起来放大了嗓子用了英文叫着说：

"Hulleo, where hab you been?"

（"喂！你们上哪儿去了？"）

三个女学生和C夫人都笑了起来，昨天伊人注意观察过的那个女学生的一排白白的牙齿，和她那面上的一双笑靥，愈加使她可爱了。伊人一边笑着，一边在那里偷看她。各人坐下来，伊人又占了昨天的那位置，和那女学生对面地坐着。唱了一首赞美诗，各人就轮读起《圣经》来。轮到那女学生读的时候，伊人便注意看她那小嘴，她脸上自然而然的起了一层红潮。她读完之后，伊人还呆呆的在那里看她嘴上的曲线；她抬起头来的时候，她的视线同伊人的视线冲混了。她立时涨红了脸，把头低了下去。伊人也觉得难堪，就把视线集注到他手里的《圣经》上去。这些微妙的感情流露的地方，在座的人恐怕一个人也没有知道。圣经班完了，各人都要散回家去，近视眼的K，又用了英文对伊人说：

"Mista Yi, leto us take a walk."

（“伊先生，我们去散步罢。”）

伊人还没有回答之先，他又对那坐在伊人对面的女学生说：

"Miss. O. you will join us, wouldn't you?"

（“O蜜司，你也同我们去罢。”）

那女学生原来姓O，她听了这话，就立时红了脸，穿了鞋，跑回去了。

C夫人对伊人说：

“今天天气好得很，你向海边上去散散步也很好的。”

K听了这话，就叫起来说：

"Es, es, alright alright."

（“不错不错，是的是的。”）

伊人不好推却，只得同K和B三人同向海边上去。走了一回，伊人便说走乏了要回家来。K拉住了他说：

"Leto us pray!"（“让我们来祷告罢。”）

说着K就跪了下去，伊人被他惊了一跳，不得已也只能把双膝曲了。B却一动也不动地站在那里看。K又叫了许多主吓神吓上帝吓。叫了一忽，站起来说：

"Gud-bye Gud-bye!"（“再会再会。”）

一边说，一边就回转身来大踏步的走开了，伊人摸不出头绪来，一边用手打着膝上的沙泥，一边对B说：

“是怎么一回事，他难道发怒了么？”

B说：

“什么发怒，这便是他的神经病吓！”

说着，B又学了K的样子，跪下地去，上帝吓，主吓，神吓的叫了起来。伊人又禁不住的笑了。远远的忽有唱赞美诗的声音传到他们的耳边上来。B说：

“你瞧什么发怒不发怒，这就是他唱的赞美诗吓。”

伊人问B是不是基督教徒。B说：

“我并不是基督教徒，因为定要我去听《圣经》，所以我才去。其实我也想信一种宗教，因为我的为人太轻薄了，所以想得一种信仰，可以自重自重。”

伊人和他说了些宗教上的话，又各把自己的学籍说了。原来B是东京高等商业学校的学生，去年年底染了流行性感冒，到房州来是为病后人保养来的。说到后来，伊人问他说：

“B君，我住在C夫人家里，觉得不自由得很，你那里的主人，还肯把空着的那一间房借给我么？”

“肯的肯的，我回去就同主人去说去，你今天午后就搬过来罢。那一位C夫人是有名的吝啬家，你若在她那里住久了，怕要招怪呢！”

又在海边走了一回，他们看看自家的影子渐渐儿的短起来了，快到十二点的时候，伊人就别了，回到C夫人的家里来。

吃午膳的时候。伊人对C夫人把要搬往后面的K，B，同住去的话说了。C夫人也并不挽留，吃完了午膳，伊人就搬往后面的别室里去了。

把行李书籍整顿了一整顿，看看时候已经不早了，伊人便一个人到海边上去散步去。一片汪洋的碧海，竟平坦得同镜面一样。日光打斜了，光线射在松树的梢上，作成了几处阴影。午后的海岸，风景又同午前的不同。伊人静悄悄的看了一回，觉得四边的风景怎么也形容不出来。他想把午前的风景比作患肺病的纯洁的处女，午后的风景比作成熟期以后的嫁过人的丰肥的妇人。然而仔细一想，又觉得比得太俗了。他站着看一忽，又俯了头走一忽，一条初春的海岸上，只有他一个人和他的清瘦的影子在那里动着。他向西的朝着了太阳走了一回，看看自家已经走得远了，就想回转身来走回家去，低头一看，忽看见他的脚底下的沙上有一条新印的女人的脚印印在那里。他前前后后的打量了一回，知道这脚印的主人必在这近边的树林里。并没有什么目的，他就跟了那一条脚步印朝南的走向岸上的松树林里去。走不上三十步路，他看见树影里的枯草上有一条毡毯，几本书和妇人杂志等摊在那里。因为枯草长得很，所以他在海水的边上竟看不出来，他知道这定是属于那脚印的主人的，但是这脚印的主人不知上哪里去了。呆呆的站了一忽，正想走转来的时候，他忽见树林里来了一个妇人，他的好奇心又把他的脚缚住了，等那妇人走近来的时候，他不觉红起脸来，胸前的跳跃怎么也按不下去，所以他只能勉强把视线放低了，眼看了地面，他就回了那妇人一个礼，因为那时候，她已经走到他的面前来了，她原来就是那姓O的女学生。他好象是自家的卑陋的心情已经被看破了的样子，红了脸对她赔罪说：

“对不起得很，我一个人闯到你的休息的地方来。”

“不……不要……”

他看她也好象是没有什么懊恼的样子，便大着胆问她说：

“你府上也是东京么？”

“学校是在东京的上野……但是……家乡是足利。”

“你同C夫人是一向认识的么？”

“不是的……是到这里来之后认识的。……”

“同K君呢？”

“那一个人……那一个人是糊涂虫！”

“今天早晨他邀你出来散步，是他对我的好意，实在唐突得很，你不要见怪了，我就在这里替他赔一个罪罢。”

伊人对她行了一个礼，她倒反觉难以为情起来，就对伊人说：

“说什么话，我……我……又不在这里怨他。”

“我也走得乏了，你可以让我在你的毡毯上坐一坐么？”

“请，请坐！”

伊人坐下之后，她尽在那里站着，伊人就也站了起来说：

“我可失礼了，你站在那里，我倒反而坐起来。”

“不是这样的，不是这样的，我因为坐久了，所以不愿意再坐呢。”

“这样我们再去走一忽罢。”

“怕被人家看见了。”

“海边上清静得很，一个人也没有。”

她好象是无可无不可的样子。伊人就在前头走了，她也慢慢的跟了来。太阳已经快斜到三十度的角度了，他和她沿了海边向西的走去，背后拖着了两个纤长的影子。东天的碧落里，已经有几片红云，在那里报将晚的时刻，一片白白的月亮也出来了。默默地走了三五分钟，伊人回转头来问她说：

“你也是这病么？”

一边说着一边就把自家的左手向左右肩的锁骨穴指了一下，她笑了一笑便低下头去，他觉得她的笑里有无限的悲凉的情意，含在那里。默默的又走了几步，他觉得被沉默压迫不过了，又对她说：

“我并没有什么症候，但是晚上每有虚汗出来，身体一天一天地清瘦下去，一礼拜前，我上大学病院去求诊的时候，医生教我休学一年，回家去静养，但是我想以后只有一年三个月了，怎么也不愿意再迟一年，所以今年暑假前我还想回东京去考试呢！”

“若能注意一点，大约总没有什么妨碍的。”

“我也是这么的想，毕业之后，还想上南欧去养病去呢！”

“罗马的古墟原是好的，但是由我们病人看来，还是爱衣奥宁海岸的小岛好呀！”

“你学的是不是声乐？”

“不是的，我学的是钢琴，但是声乐也学的。”

“那么请你唱一个小曲儿罢。”

“今天嗓子不好。”

“我唐突了，请你恕我。”

“你又要多心了，我因为嗓子不好，所以不能唱高音。”

“并不是会场上，音的高低，又何必去问它呢！”

“但是这样被人强求的时候，反而唱不出来的。”

“不错不错，我们都是爱自然的人，不唱也罢了。”

“走了太远了，我们回去罢。”

“你走乏了么?”

“乏倒没有，但是草堆里还有几本书在那里，怕被人看见了不好。”

“但是我可不曾看你的书.”

“你怎么会这样多心的，我又何尝说你看过来！”

“唉，这疑心病就是我半生的哀史的证明呀！”

“什么哀史?”

伊人就把他自小被人虐待，到了今日还不曾感得一些热情过的事情说了。两人背后的清影，一步一步的拖长起来，天空的四周，渐渐儿的带起紫色来了。残冬的余势，在这薄暮的时候，还能感觉得出来，从海上吹来的微风，透了两人的冬服，刺入他和她的高热的心里去。伊人向海上一看，见西北角的天空里一座倒擎的心样的雪山，带着了浓蓝的颜色，在和软的晚霞里作会心的微笑，伊人不觉高声的叫着说：

“你看那富士！”

这样的叫了一声，他不知不觉的伸出了五个指头去寻她那只同玉丝似的手去，他的双眼却同在梦里似的，还悬在富士山的顶上。

几个柔软的指头和他那冰冷的手指遇着的时候，他不觉惊了一下，伸转了手，回头来一看，恰好她也正在那里转过她的视线来。两人看了一眼，默默地就各把头低去了。站了一忽，伊人就改换了声音，光明正大的对她说：

“你怕走乏了吧，天也快晚了，我们回转去罢。”

“就回转去罢，可惜我们背后不能看太阳落山的光景。”

伊人向西天一看，太阳已经快落山去了。回转了身，两人并着的走了几步，她说："影子真长！"

"这就是太阳落山的光景呀！"

海风又吹过一阵来，岸边起了微波，同飞散了的金箔似的，浪影闪映出几条光线来。

"你觉得凉么，我把我的外套借给你好么？"

"不凉……女人披了男人的外套，象什么样子呀！"

又默默的走了几步，他看看远岸已经有一层晚霞起来了。他和K，B，住的地方的岸上树林外，有几点黑影，围了一堆红红的野火坐在那里。

"那一边的小孩儿又在那里生火了。"

"这正是一幅画呀！我现在好象唱得出歌来的样子：

Kennst du das Land, wo die Zitronen blühn.
Im dunkeln Laub die Gold-Orangen glühn,
Ein sanfter Wind vom blauen Himmel weht,
Die Myrte still und hoch der Lorbeer steht?

"底下的是重复句，怕唱不好了！

Kennst du es wohl?
    Dahin! Dahin
Möcht' ich mit dir, O mein Geliebte，ziehn!"

她那悲凉微颤的喉音，在薄暮的海边的空气里悠悠扬扬的浮荡着，他只觉得一层紫色的薄膜把他的五官都包住了。

"Kennst du das Haus, auf Säulen ruht sein Dach,
Es glänzt der Saal, es schimmert das Gemach,
Und Marmorbilder Stehn und sehn mich an:
Was hat man dir, du armes Kind, getan?"[①]

四边的空气一刻一刻的浓厚起来。海面上的凉风又掠过了他那火热的双颊，吹到她的头发上去。他听了那一句歌，忽然想起了去年夏天欺骗他的那一个轻薄的妇人的事情来。

---

① 此处几段歌词，见本文末歌德的《迷娘的歌》。

“你这可怜的孩子呀，他们欺负了你么，唉！”

他自家好象是变了迷娘（Mignon），无依无靠的一个人站在异乡的日暮的海边上的样子。用了悲凉的声调在那里幽幽唱曲的好象是从细浪里涌出来的宁妇（Nymph）魅妹（Mermaid）。他忽然觉得“生的闷脱儿”（sentimental）起来，两颗同珍珠似的眼泪滚下他的颊际来了。

"Kennst du es wohl?
　　Dahin! Dahin
Möcht' ich mit dir, o mein Beschützer, ziehn!

Kennst du den Berg und sein Wolkensteg;
Das Maultier sucht im Nebel seinen Weg;
In Höhlen wohnt der Drachen alte Brut;
Es stürzt der Fels ünd über ihn die Flut:
Kennst du ihn wohl?
　　Dahin! Dahin
Geht unser Weg, o Vater, lass uns ziehn!"

她唱到了这一句，重复的唱了两遍。她那尾声悠扬同游丝似的哀寂的清音，与太阳的残照，都在薄暮的空气里消散了。西天的落日正挂在远远的地平线上，反射出一天红软的浮云，长空高冷的，带起银蓝的颜色来，平波如镜的海面，也加了一层橙黄的色彩，与四围的紫气溶作了一团。她对他看了一眼，默默的走了几步，就对他说：

“你确是一个‘生的闷脱列斯脱’（sentimentalist）！”他的感情脆弱的地方，怕被她看破，就故意的笑着说：

“说什么话，这一个时期我早已经过去了。”

但是他颊上的两颗珠泪，还未曾干落，圆圆的泪珠里，也反映着一条缩小的日暮的海岸。走到她放毡毯书籍的地方，暮色已经从松树枝上走下来，空中悬着的半规上弦的月亮，渐渐儿的放起光来了。

“再会再会！”

“再会……再……会！”

五 月光

伊人回到他住的地方，看见B一个人呆呆的坐在廊下看那从松树林里透过来的黝暗的海岸。听了伊人的脚步声，B就回转头来叫他说：

“伊君！你上什么地方去了，我们今天唱诗的时候只有四个人。你也不去，两个好看的女学生也不来，只有我和K君和一位最难看的女学生。C夫人在那里问你呢！”

“对不起得很，我因为上馆山去散步去了，所以赶不及回来。你已经吃过晚饭了么？”

“吃过了。浴汤也好了，主人在那里等你洗澡。”

洗了澡，吃了晚饭，伊人就在电灯底下记了一篇长篇的日记。把迷娘（Mignon）的歌也记了进去，她说的话也记了进去，日暮的海岸的风景，悲凉的情调，他的眼泪，她的纤手，富士山的微笑，海浪的波纹，沙上的足迹，这一天午后他所看见听见感得的地方都记了进去。写了两个多钟头，他愈写愈加觉得有趣，写好之后，读了又读，改了又改，又费去了一个钟头，这海岸的村落的人家，都已沉沉的酣睡尽了。寒冷静寂的屋内的空气压在他的头上肩上身上，他回头看看屋里，只有壁上的他那扩大的影子在那里动着，除了屋顶上一声两声的鼠斗声之外，更无别的音响振动着空气。火钵里的火也消了，坐在屋里，觉得难受，他便轻轻的开了门，拖了草履，走下院子里去，初八九的上弦的半月，已经斜在西天，快落山了。踏了松树的影子，披了一身灰白的月光，他又穿过了松林，走到海边上去。寂静的海边上的风景，比白天更加了一味凄惨洁净的情调。在将落未落的月光里，踏来踏去的走了一回，他走上白天他和她走过的地方去。差不多走到了的时候，他就站住了，曲了身去看白天他两人的沙滩上的足迹去。同寻梦的人一样，他总寻不出两人的足印来。站起来又向西的走了一忽，伏倒去一寻，他自家的橡皮草履的足迹寻出来了。他的足迹的后边一步一步跟上去的她的足迹也寻了出来。他的胸前觉得似在跳跃的样子，《圣经》里的两节话忽然被他想出来了。

> But I say unto you, that whosoever looketh on a woman to lust after her hath committed adultery with her already in his heart.
>
> And if thy right eye offend thee, pluck it out, and cast it from thee; for it is profitable for thee that one of thy members should perish, and not that thy whole body should be cast into hell.①
>
> *Matthew* 5.28—29

伊人虽已经与妇人接触过几次，然而在这时候，他觉得他的身体又回到童贞未破的时候去了的一样，他对O的心，觉得真是纯洁高尚，并无半点邪念的样子，想到了这两节《圣经》，他的心里又起起冲突来了。他站起来闭了眼睛，默默的想了一回。他想叫上帝来帮助他，但是他的哲学的理智性怎么也不许他祈祷，闭了眼睛，立了四五分钟，摇了一摇头，叹了一口气，他仍复走了回来。一边走他一边把头转向南面的树林里去。那边并无灯火看得出来，只有一层蒙蒙的月光，罩在树林的上面，一块树林的黑影，教人想到神秘的事迹上去。他看了一回，自家对自家说：

"她定住在这树林的里边，不知她睡没有睡，她也许在那里看月光的。唉，可怜我的一生，可怜我的'long defeat life'（长失败的生涯）!"

月亮又低了一段，光线更灰白起来，海面上好象有一只船在那里横驶的样子，他看了一眼，灰白的光里，只见一只怪兽似的一个

① 《马太福音》第五章28—29节：但是我告诉你们，看见妇女而生邪念的，在心里已经跟她犯奸淫了。假如你的右眼使你失足，把它挖出来扔掉；损失身体的一部分比整个身体陷入地狱要好得多。

黑影在海上微动，他忽觉得害怕起来。一阵的凉风又横海的掠上他的颜面，他打了一个冷痉，就俯了首三脚两步的走回家来了。睡了之后，他觉得有女人的声音在门外叫他的样子。仔细听了一听，这确是唱《迷娘的歌》的声音。他就跑出来跟了她上海边上去。月亮正要落山的样子，西天尽变了红黑的颜色。他向四边一看，觉得海水树林沙滩也都变了红黑色了。他对她一看，见她脸色被四边的红黑色反映起来，竟苍白得同死人一样。他想和她说话，但是总想不出什么话来。她也只含了两眼清泪，在那里默默的看他。两人在沉默的中间，动也不动的看了一忽，她就回转身向树林里走去。他马上追了过去，但是到树林的口头的时候，他忽然遇着了去年夏天欺骗他的那个淫妇，含着了微笑，从树林里走了出来。啊的叫了一声，他就想跑到家里来，但是他的两脚，怎么也不能跑，苦闷了一回，他的梦才醒了。身上又发了一身冷汗，那一晚他再也不能睡了。去年夏天的事情，他又回想了出来。去年夏天他的身体还强健得很，在高等学校卒了业，正打算进大学去，他的前途还有许多希望在那里。我们更换一个高一级的学校或改迁一个好一点的地方的时候感得的那一种希望心和好奇心，也在他的胸中酝酿。那时候他的经济状态，也比现在宽裕，家里汇来的五百元钱，还有广大半存在银行里。他从他的高等学校的N市，迁到了东京，在芝区的赤仓旅馆里住了一个礼拜，有一天早晨在报上看见了一处招租的广告。因为广告上出租的地方近在第一高等学校的前面，所以去大学也不甚远。他坐了电车，到那个地方去一看，是一家中流人家。姓N的主人是一个五六十岁的强壮的老人，身体伟巨得很，相貌虽然狞恶，然而应对却非常恭敬。出租的是楼上的两间房子，伊人上楼去一看，觉得房间也还清洁，正坐下去，同那老主人在那里讲话的时候，扶梯上走上了一个二十三四的优雅的妇人来。手里拿了一盆茶果，走到伊人的面前就恭恭敬敬跪下去对伊人行了一个礼。伊人对她看了一眼，她就含了微笑，对伊人丢了一个眼色。伊人反倒觉得害起羞来，她还是平平常常的好象得了胜利似的下楼去了。伊人说定了房间，就走下楼来。出门的时候，她又跪在门口，含了微笑在那里送他。他虽然不能仔仔细细的观察，然而就他一眼所及的地方看来，刚才的那个妇人，确是一个美人。小小的身材，长圆的脸儿，一头丛多的黑色的头发，坠在她的娇白的额上。一双眼睛活得很，也大得很。

伊人一路回到他的旅馆里去，在电车上就作了许多空想。

“名誉我也有了，从九月起我便是帝国大学的学生了。金钱我也还可以支持一年，现在还有二百八十余元的积贮在那里。第三个条件就是女人了。Ah, money, love and fame!（嗽，钱，爱和名誉！）”

他想到这里，不觉露了一脸微笑，电车里坐在他对面的一个中年的妇人，好象在那里看他的样子，他就在洋服包里拿出了一册当时新出版的日本的小说《一妇人》（*Aru Onnan*）来看了。

第二天早晨，他一早就从赤仓旅馆搬到奉乡的N的家里去。因为时候还早得很，昨天看见的那妇人还没有梳头，粗衣乱发的她的容姿，比梳装后的样子还更可爱，他一见了她就红了脸，一句话也讲不出来。她只含着了微笑，帮他在那里整理从旅馆里搬来的物件。一只书箱重得很，伊人一个人搬不动，她就跑过来帮伊人搬上楼去。搬上扶梯的时候，伊人退了一步，恰好冲在她的怀里，她便轻轻地把伊人抱住了说：

“危险呀！要没有我在这里，怕你要滚下去了。”

伊人觉得一层女人的电力，微微的传到他的身体上去。他的自制力已经没有了，好象在冬天寒冷的时候，突然进了热雾腾腾的浴室里去的样子，伊人只昏昏的说：

“危险危险！多谢多谢！对不起对不起！……”

伊人急忙走开了之后，她还在那里笑着，看了伊人的恼羞的样子，她就问他说：

“你怕羞么！你怕羞我就下楼去！”伊人正想回话的时候，她却转了身走下楼去了。

夏天的暑热，一天一天的增加起来；伊人的神经衰弱也一天一天的重起来了。伊人在N家里住了两个礼拜，家里的情形，也都被他知道了。N老人便是那妇人的义父，那妇人名叫M，是N老人的朋友的亲生女。M有一个男人，是入赘的，现在乡下的中学校里做先生，所以不住在家里的。

那妇人天天梳洗的时候，总把上身的衣服脱得精光，把她的乳头胸口露出来。伊人起来洗面的时候每天总不得不受她的露体的诱惑，因此他的脑病更不得不一天重似一天起来。

有一天午后，伊人正在那里贪午睡，M一个人不声不响的走上扶梯钻到他的帐子里来。她一进帐子伊人就醒了。伊人对她笑了一笑，她也对伊人笑着并且轻轻的说：

“底下一个人都不在那里。”

伊人从盖在身上的毛毯里伸出了一只手来，她就靠住了伊人的手把身体横下来转进毛毯里去。

第二日她和她的父亲要带伊人上镰仓去洗海水澡。伊人因为不喜欢海水浴，所以就说：

“海水浴俗得很，我们还不如上箱根温泉去罢。”

过了两天，伊人和M及M的父亲，从东京出发到箱根去了。在宫下的奈良屋旅馆住下的第二天，M定要伊人和她上芦湖去，N老人因为家里丢不下，就在那一天的中饭后回东京去了。

吃了中饭，送N老人上了车，伊人就同她上芦湖去。倒行的上山路缓缓的走不上一个钟头，她就不能走了。好容易到了芦湖，伊人和她又投到纪国屋旅馆去住下。换了衣服，洗了汗水吃了两杯冰麒麟，觉得元气恢复起来，闭了纸窗，她又同伊人睡下了。

过了一点多钟太阳沉西的时候，伊人又和她去洗澡去。吃了夜饭，坐了二三十分钟，楼下还很闹热的时候，M就把电灯息了。

第二天天气热得很，伊人和她又在芦湖住了一天，第三天的午后，他们才回到东京来。

伊人和M，回到本乡的家里的门口的时候，N老人就迎出来说：

“M儿！W君从病院里出来了！”

“啊！这……病好了么，完全好了么！”

M的面上露出了一种非常欢喜的样子来，伊人以为W是她的亲戚，所以也不惊异，走上家里去之后，他看见在她的房里坐着一个三十来岁的男子。这男子的身体雄伟得很，脸上带着一脸酒肉气，见伊人进来，就和伊人叙起礼来。N老人就对伊人说：

“这一位就是W君，在我们家里住了两年了。今年已经在文科大学卒业。你的名氏他也知道的，因为他学的是汉文，所以在杂志上他已经读过你的诗的。”

M一面对W说话，一面就把衣服脱下来，拿了一块手巾把身上的汗揩了，揩完之后，把手巾提给伊人说：

“你也揩一揩罢。”

伊人觉得不好看，就勉强的把面上的汗揩了。伊人与W虽是初次见面，但是总觉得不能与他合伴。不晓是什么理由，伊人总觉得W是他的仇敌。说了几句闲话，伊人上楼去拿了手巾肥皂，就出去洗澡去了。洗了澡回来，伊人在门口听见M在那里说笑，好象是喜欢得了不得的样子。伊人进去之后，M就对他说：

“今天晚上W先生请我们吃鸡，因为他病好了，今天是他出病院的纪念日。”

M又说W因为害肾脏病，到病院去住了两个月，今天才出病院的。伊人含糊的答应了几句，就上楼去了。这一天的晚上，伊人又害了不眠症（Insomnia），开了眼睛，竟一睡也睡不着。到十二点钟的时候，他听见楼底下的M的房门轻轻儿的开了，一步一步的M的脚步声走上她的间壁的W的房里去。叽哩咕噜的讲了几句之后，M特有的那一种呜呜的喘声出来了。伊人正好象被泼了一身冷水，他的心脏的鼓动也停止了，他的脑里的血液也凝住了。他的耳朵同犬耳似的直竖了起来，楼下的一举一动他都好象看得出来的样子。W的肥胖的肉体，M的半开半闭的眼睛，散在枕上的她的头发，她的嘴唇和舌尖，她的那一种粉和汗的混和的香气，下体的颤动……他想到这里，已经不能耐了。愈想睡愈睡不着。楼下息息索索的声响，更不止的从楼板上传到他的耳膜上来。他又不敢作声，身体又不敢动一动。他胸中的苦闷和后悔的心思，一时同暴风似的起来，两条冰冷的眼泪从眼角上流到耳朵根前，从耳朵根前滴到枕上去了。

天将亮的时候M才幽脚幽手的回到她自己的房里去，伊人听了一忽，觉得楼底下的声音息了。翻来覆去的翻了几个身，才睡着了。睡不上一点多钟，他又醒了。下楼去洗面去的时候，M和W都还睡在那里，只有N老人从院子对面的一间小屋里（原来老人是睡在这间小屋里的）走了下来，擦擦眼睛对伊人说：

"你早啊！"

伊人答应了一声，匆匆洗完了脸，就套上了皮鞋，跑出外面去。他的脑里正乱得同蜂巢一样，不晓得怎么才好。他乱的走了一阵，却走到了春日町的电车交换的十字路口了。不问清白，他跳上了一乘电车就乘在那里，糊糊涂涂的换了几次车，电车到了目黑的终点了。太阳已经高得很，在田塍路上穿来穿去的走了十几分钟，他觉得头上晒得痛起来，用手向头上一摸，才知道出来的时候，他不曾把帽子带来。向身上脚下一看，他自家也觉得好笑起来。身上只穿了一件白绸的寝衣，赤了脚穿了一双白皮的靴子。他觉得羞极了，要想回去，又不能回去，走来走去的走了一回，他就在一块树阴的草地上坐下了。把身边的钱包取出来一看，包里还有三张五元的钞票和二三元零钱在那里，幸喜银行的帐簿也夹在钱包里面，翻开来一看，只有百二十元钱存在了。他静静的坐了一忽，想了一下，忽把一月前头住过的赤仓旅馆想了出来。他就站起来走，穿过了几条村路，寻到一间人力车夫的家里，坐了一乘人力车，便一直的奔上赤仓旅馆去。在车上的幌帘里，他想想一月前头看了房子回来在电车上想的空想，不知不觉的就滴了两颗大眼泪下来。

"名誉，金钱，妇女，我如今有一点什么？什么也没有，什么也没有。我……我只有我这一个将死的身体。"

到了赤仓旅馆，旅馆里的听差的看了他的样子，都对他笑了起来：

"伊先生，你被强盗抢劫了么？"

伊人一句话也回答不出来，就走上账桌去写了一张字条，对听差的说：

“你拿了这一张字条，上本乡××町×××号地的N家去把我的东西搬了来。”

伊人默默的上一间空房间里去坐了一忽，种种伤心的事情，都同春潮似的涌上心来，他愈想愈恨，差不多想自家寻死了，两条眼泪连连续续的滴下他的腮来。

过了两个钟头之后，听差的人回来说：

“伊先生你也未免太好事了。那一个女人说你欺负了她，如今就要想远遁了。她怎么也不肯把你的东西交给我搬来。她说还有要紧的事情和你亲说，要你自家去一次。一个三十来岁的同牛也似的男人说你太无礼了。因为他出言不逊，所以我同他闹了一场。那一只牛大概是她的男人么？”

“她另外还说什么？”

“她说的话多得很呢！她说你太卑怯了！并不象一个男子汉。那是她看了你的字条的时候说的。”

“是这样的么，对不起得很，要你空跑一次。”

一边这样的说，一边伊人就拿了两张钞票，塞在那听差的手里。听差的要出去的时候，伊人又叫他回来，要他去拿了几张信纸信封和笔砚来。笔砚信纸拿来了之后，伊人就写了一封长长的信给M。

第三天的午前十时，横滨出发的春日丸轮船的二等舱板上，伊人呆呆的立在那里，他站在铁栏旁边，一瞬也不转的在那里看渐渐儿小下去的陆地。轮船出了东京湾，他还呆呆的立在那里，然而陆地早已看不明白了，因为船离开横滨港的时候，他的眼睛就模糊起来，他的眼睑毛上的同真珠似的水球，还有几颗没有干着，所以他不能下舱去与别的客人接谈。

对面正屋里的挂钟敲了二下，伊人的枕上又滴了几滴眼泪下来，那一天午后的事情，箱根旅馆里的事情，从箱根回来那一天晚上的事情，他都记得清清楚楚，同昨天的事情一样。立在横滨港口春日丸船上的时候的懊恼又在他的胸里活了转来，那时候尝过的苦味他又不得不再尝一次。把头摇了一摇，翻了一转身，他就轻轻的说：

“O呀O！你是我的天使，你还该来救救我。”

伊人又把白天她在海边上唱的《迷娘的歌》想了出来：

“你这可怜的孩子吓，他们欺负了你了么？唉！”

"Was hat man dir, du armcs kind, getan?"

伊人流了一阵眼泪，心地渐渐儿的和平起来，对面正屋里的挂钟敲三点的时候，他已经嘶嘶的睡着了。

六 崖上

伊人醒来的时候已经是九点多了。窗外好象在那里下雨，檐漏的滴声传到被里睡着的伊人的耳朵里来。开了眼又睡了一刻钟的样子，他起来了。开门一看，一层蒙蒙的微雨，把房屋树林海岸遮得同水墨画一样。伊人洗完了脸，拿出一本乔其墨亚（George Moore）的小说来，靠了火钵读了几页，早膳来了。吃过早膳，停了三四十分钟，K和B来说闲话，伊人问他们今天有没有圣经班，他们说没有，圣经班只有礼拜二礼拜五的两天有的。伊人一心想和O见面，所以很愿意早一刻上C夫人的家里去，听了他们的话，他也觉得有些失望的地方，B和K说到中饭的时候，各回自家的房里去了。

吃了中饭，伊人看了一篇乔其墨亚的《往事记》（*Memoirs of My Dead Life*），那钟声又当当的响了起来。伊人就跑也似的走到C夫人的家里去。K和B也来了，两个女学生也来了，只有O不来，伊人胸中跷跷落落地总平静不下去。一分钟过去了，五分钟过去了，O终究没有来。赞美诗也唱了，祈祷也完了，大家都快散去了，伊人想问她们一声，然而终究不能开口。两个女学生临去的时候，K倒问她们说：

“O君怎么今天又不来？”

一个年轻一点的女学生回答说：

“她今天身上又有热了。”

伊人本来在那里作种种的空想的，一听了这话，就好象是被宣告了死刑的样子，他的身上的血管一时都觉得涨破了。他穿了鞋子，急急的跟了那两个女学生出来。等到无人看见的时候，他就追上去问那两个女学生说：

“对不起得很，O君是住在什么地方的，你们可以领我去看看她么？”

两个女学生仅在前头走路，不留心他是跟在她们后边的，被他这样的一问就好象惊了似的回转身来看他，

“吗！你怎么雨伞都没有带来，我们也是上O君那里去的，就请同去罢！”

两个女学生就拿了一把伞借给了他，她们两个就合用了一把向前的走去。在如烟似雾的微雨里走了一二十分钟，他们三人就走到了一间新造的平屋门口，门上挂着一块O的名牌，一扇小小的门，却与那一间小小的屋相称。三人开门进去之后，就有一个老婆子迎出来说：

“请进来！这样的下雨，你们还来看她，真真是对不起得很了。”

伊人跟了她们进去，先在客室里坐下，那老婆子捧出茶来的时候，指着伊人对两个女学生问说：

“这一位是……”

这样的说了，她就对伊人行起礼来。两个女学生也一边说一边在那里陪礼。

“这一位是东京来的。夫人的朋友，也是基督教徒。……”

伊人也说：

“我姓伊，初次见面，以后还请照顾照顾。……”

初见的礼完了，那老婆子就领伊人和两个女学生到O的卧室里去。O的卧室就在客室的间壁，伊人进去一看，见O红着了脸，睡在红花的绉布被里，枕边上有一本书摊在那里。脚后摆着一个火钵，火钵边上有一个坐的蒲团，这大约是那老婆子坐的地方。火钵

上的铁瓶里，有一瓶沸的开水，在那里发水蒸汽，所以室内温暖得很。伊人一进这卧房就闻得一阵香水和粉的香气，这大约是处女的闺房特有的气息。老婆子领他们进去之后，把火钵移上前来，又从客室里拿了三个坐的蒲团来，请他们坐了。伊人一进这病室，就觉得有一种悲哀的预感，好象有人在他的耳朵根前告诉说：

“可怜这一位年轻的女孩，已经没有希望了。你何苦又要来看她，使她多一层烦忧。”

一见了她那被体热蒸红的清瘦的脸儿，和她那柔和悲寂的微笑，伊人更觉得难受，他红了眼，好久不能说话，只听她们三人轻轻地在那里说：

“吗！这样的下雨，你们还来看我，真对不起得很呀。”（O的话）

“哪里的话，我们横竖在家也没有事的。”（第一个女学生）

“C夫人来过了么?”（第二个女学生）

“C夫人还没有来过，这一点小病又何必去惊动她，你们可以不必和她说的。”

“但是我们已经告诉她了。”

“伊先生听了我们的话，才知道你是不好。”

“吗！真对你们不起，这样的来看我，但是我怕明天就能起来的。”

伊人觉得O的视线，同他自家的一样，也在那里闪避。所以伊人只是俯了首，在那里听她们说闲话，后来那年纪最小的女学生对伊人说：

“伊先生！你回去的时候，可以去对C夫人说一声，说O君的病并不利害。”

伊人诚诚恳恳的举起视线来对O看了一眼，就马上把头低下去说：

“虽然是小病，但是也要保养……”

说到这里，他觉得说不下去了。

三人坐了一忽，说了许多闲话，就站起来走。

“请你保重些！”

“保养保养！”

“小心些……！”

“多谢多谢，对你们不起！”

伊人临走的时候，又深深的对O看了一眼，O的一双眼睛，也在他的面上迟疑了一回。他们三人就回来了。

礼拜日天晴了，天气和暖了许多。吃了早饭，伊人就与K，和B，从太阳光里躺着的村路上走到北条市内的礼拜堂去做礼拜。

雨后的乡村，满目都是清新的风景。一条沙泥和硅石结成的村路，被雨洗得干干净净在那里反射太阳的光线。道旁的枯树，以青苍的天体作为背景，挺着枝干，好象有一种新生的气力贮蓄在那里的样子，大约发芽的时期也不远了。空地上的枯树投射下来的影子，同苍老的南画的粉本一样。伊人同K，和B，说了几句话，看看近视眼的K，好象有不喜欢的样子形容在面上，所以他就也不再说下去了。

到了礼拜堂里，一位三十来岁的，身材短小，脸上有一簇络腮短胡子的牧师迎了出来。这牧师和伊人是初次见面，谈了几句话之后，伊人就觉得他也是一个沉静无言的好人。牧师也是近视眼，也带着一双钢丝边的眼镜，说话的时候，语音是非常沉郁的。唱诗说教完了之后，是自由说教的时刻了。近视眼的K，就跳上坛上去说：

“我们东洋人不行不行。我们东洋人的信仰全是假的，有几个人大约因为想学几句外国话，或想与女教友交际交际才去信教的。所以我们东洋人是不行的。我们若要信教，要同原始基督教徒一样的去信才好。也不必讲外国话，也不必同女教友交际的。”

伊人觉得立时红起脸来，K的这几句话，分明是在那里攻击他的。第一何以不说“日本人”要说“东洋人”？在座的人除了伊人之外还有谁不是日本人呢？讲外国话，与女教友交际，这是伊人的近事。K的演说完了之后，大家起来祈祷，祈祷毕礼拜就完了。伊人心里只是不解，何以K，要反对他到这一个地步。来做礼拜的人，除了C夫人和那两个女学生之外，都是些北条市内的住民，所以K的演说也许大家是不能理会的，伊人想到了这里，心里就得了几分安易。众人还没有散去之先，伊人就拉了B的手，匆匆的走出教会来了。走尽了北条的热闹的街路，在车站前面要向东折的时候，伊人对B说：

"B君，我要问你几句话，我们一直的去，穿过了车站，走上海岸去罢。"

过了车站走到海边的时候，伊人问说：

"B君，刚才K君讲的话，你可知道是指谁说的？"

"那是指你说的。"

"K何以要这样的攻击我呢！"

"你要晓得K的心里是在那里想O的。你前天同她上馆山去，昨天上她家去看她的事情，都被他知道了。他还在C夫人的面前说你呢！"

伊人听了这话，默默的不语，但是他面上的一种难过的样子，却是在那里说明他的心理的状态。他走了一段，又问，说：

"你对这事情的意见如何，你说我不应该同O君交际的么？"

"这话我也难说，但是依我的良心而说，我是对K君表同情的。"

伊人和B又默默的走了一段，伊人自家对自家说：

"唉！我又来作卢亭（Roudine）了。"

日光射在海岸上，沙中的硅石同金刚石似的放了几点白光。一层蓝色透明的海水的细浪，就打在他们的脚下，伊人俯了首走了一段，仰起来看看苍空，觉得一种悲凉孤冷的情怀，充满了他的胸里，他读过的卢骚著的《孤独者之散步》里边的情味，同潮也似的涌到他的脑里来，他对B说：

"快十二点钟了，我们快一点回去罢。"

七　南行

礼拜天的晚上，北条市内的教会里，又有祈祷会，祈祷毕后，牧

师请伊人上坛去说话。伊人拣了一句山上垂诫里边的话作他的演题:

"Blessed are the poor in spirit; for theirs is the kingdom of heaven." *Mathew* 5.3

“心贫者福矣，天国为其国也。”

“说到这一个‘心’字，英文译作Spirit，德文译作Geist，法文是Esprit，大约总是作‘精神’讲的。精神上受苦的人是有福的，因为耶稣所受的苦，也是精神上的苦。说到这‘贫’字，我想是有二种意思，第一就是我们平常所说的贫苦的‘贫’，就是由物质上的苦而及于精神上的意思。第二就是孤苦的意思，这完全是精神上的苦处。依我看来，耶稣的说话里，这两种意思都是包含在内的。托尔斯泰说，山上的说教，就是耶稣教的中心要点，耶稣教义，是不外乎山上的垂诫，后世的各神学家的争论，都是牵强附会，离开正道的邪说，那些枝枝叶叶，都是掩藏耶稣的真意的议论，并不是显彰耶稣的道理的烛炬。我看托尔斯泰信仰论里的这几句话是很有价值的。耶稣教义，其实已经是被耶稣在山上说尽了。若说耶稣教义尽于山上的说教，那么我敢说山上的说教就尽于这‘心贫者福矣’的一句话。因为‘心贫者福矣’是山上说教的大纲，耶稣默默的走上山去，心里在那里想的，就是一句可以总括他的意思的话。他看看群众都跟了他来，在山上坐下之后，开口就把他所想说的话的纲领说了:

“‘心贫者福矣，天国为其国也。’

“底下的一篇说教，就是这一个纲领的说明演绎，《马太福音》，想是诸君都研究过的，所以底下我也不要说下去，我现在想把我对于这一句纲领的话，究竟有什么感想，这一句话的证明，究竟在什么地方能寻得出来的话，说给诸君听听，可以供诸君作一个参考。我们的精神上的苦处，有一部分是从物质上的不满足而来的。比如游俄（Hugo）的《哀史》（*Les Miserables*）[①]里的主人公详乏儿详（Jean Valjean）的偷盗，是由于物质上的贫苦而来的行动，

① 今译为雨果的《悲惨世界》。

后来他受的苦闷，就成了精神上的苦恼了。更有一部分经济学者，从唯物论上立脚，想把一切厌世的思想的原因，都归到物质上的不满足的身上去。他们说要是萧本浩（Schopenhauer）有一个理想的情人，他的哲学《意志与表象的世界》（*Die Welt als Wille und Vorstellung*）就没有了。这未免是极端之论，但是也有半面真理在那里。所以物质上的不满足，可以酿成精神上的愁苦的。耶稣的话，“心贫者福矣”，就是教我们应该耐贫苦，不要去贪物质上的满足。基督教的一个大长所，就是教人尊重清贫，不要去贪受世上的富贵。《圣经》上有一处说，有钱的人非要把钱丢了，不能进天国，因为天国的门是非常窄的。亚西其的圣人弗兰西斯（St. Francis of assisi）就是一个尊贫轻富的榜样，他丢弃了父祖的家财，甘与清贫去作伴，依他自家说来，是与穷苦结婚，这一件事有何等毅力！在法庭上脱下衣服来还他父亲的时候，谁能不被他感动！这是由物质上的贫苦而酿成精神上的贫苦的说话。耶稣教我们轻富尊贫，就是想救我们精神上的这一层苦楚。由此看来，耶稣教毕竟是贫苦人的宗教，所以耶稣教与目下的暴富者，无良心的有权力者不能两立的。我们现在更要讲到纯粹的精神上的贫苦上去。纯粹的精神上的贫苦的人，就是下文所说的有悲哀的人，心肠慈善的人，对正义如饥如渴的人，以及爱平和，施恩惠，为正义的缘故受逼迫的人，这些人在我们东洋就是所谓有德的人。古人说德不孤，必有邻，现在却是反对的了。为和平的缘故，劝人息战的人，反而要去坐监牢去。为正义的缘故，替劳动者抱不平的人，反而要去作囚人服苦役去。对于国家的无理的法律制度反抗的人，要被火来烧杀。我们读欧洲史读到清教徒的被虐杀，路得的被当时德国君主迫害的时候，谁能不发起怒来。这些甘受社会的虐待，愿意为民众作牺牲的人，都是精神上觉得贫苦的人呀！所以耶稣说：‘心贫者福矣，天国为其国也。’最后还有一种精神上贫苦的人，就是有纯洁的心的人。这一种人抱了纯洁的精神，想来爱人爱物，但是因为社会的因习，国民的惯俗，国际的偏见的缘故，就不能完全作成耶稣的爱，在这一种人的精神上，不得不感受一种无穷的贫苦。另外还有一种人，与纯洁的心的主人相类的，就是肉体上有了疾病，虽然知道神的意思是如何，耶稣的爱是如何，然而总不能去做的一种人。这一种人在精神上是最苦，在世界上亦是最多。凡对现在唯物的浮薄的世界不能满足，而对将来的欢喜的世界的希望不能达到的一种世纪末（Fin de Siecle）的病弱的理想家，都可算是这一类的精神上贫苦的人。他们在这堕落的现世虽然不能得一点同情与安慰，然而将来的极乐国定是属于他们的。”

伊人在北条市的那个小教会的坛上，在同淡水似的煤气灯光的底下说这些话的时候，他那一双水汪汪的眼光尽在一处凝视，我们若跟了他的视线看去就能看出一张苍白的长圆的脸儿来。这就是O呀！

O昨天睡了一天，今天又睡了大半日，到午后三点钟的时候，才从被里起来，看看热度不高，她的母亲也由她去了。O起床洗了手脸，正想出去散步的时候，她的朋友那两个女学生来了。

“请进来，我正想出去看你们呢！”（O的话）

“你病好了么？”（第一个女学生）

“起来也不要紧的么？”（第二个女学生）

“这样恼人的好天气，谁愿意睡着不起来呀！”

“晚上能出去么？”

“听说伊先生今晚在教会里说教。”

“你们从哪里得来的消息？”

“是C夫人说的。”

“刚才唱赞美诗的时候说的。”

“我应该早一点起来，也到C夫人家去唱赞美诗的。”

在O的家里有了这会话之后，过了三个钟头，三个女学生就在北条市的小教会里听伊人的演讲了。

伊人平平稳稳的说完了之后，听了几声鼓掌的声音，就在讲坛上走了下来。听的人都站了起来，有几个人来同伊人握手攀谈。伊人心里虽然非常想跑上O的身边去问她的病状，然而看见有几个青年来和他说话，不得已只能在火炉旁边坐下了。说了十五分钟闲话，听讲的人都去了，女学生也去了，O也去了，只有K与B，和牧师还在那里。看看伊人和几个青年说完了话之后，B就光着了两只眼睛，问伊人说：

“你说的轻富尊贫，是与现在的经济社会不合的，若说个个人都不讲究致富的方法，国家不就要贫弱了么？我们还要念什么书，商人还要做什么买卖？你所讲的与你们捣乱的中国，或者相合也未可知，与日本帝国的国体完全是反对的。什么社会主义呀，无政府主义呀，那些东西是我所最恨的，你讲的简直是煽动无政府主义、社会主义的话，我是大反对的。”

K也擎了两手叫着说：

"Es, es, alright, alrighte, mista B. yare yare!"

（“不错不错，赞成赞成，B君讲下去讲下去！”）

和伊人谈话的几个青年里边的一个年轻的人忽站了起来对B说：

“你这位先生大约总是一位资本家家里的食客。我们工人劳动者的受苦，全是因为了你们资本家的缘故呀！资本家就是因为有了几个臭钱，便那样的作威作福的凶恶起来，要是大家没有钱，倒不是好么？”

“你这黄口的小孩，晓得什么东西！”

“放你的屁！你在有钱的大老官那里拍拍马屁，倒要骂起人来！……”

B，和那个青年差不多要打起来了，伊人独自一个就悄悄的走到外面来。北条街上的商家，都已经睡了，一条静寂的长街上，洒满了寒冷的月光，从北面吹来的凉风，夹了沙石，打到伊人的面上来。伊人打了几个冷痉，默默的走回家去，走到北条火车站前，折向东去的时候，对面遇着几个微醉的劳动者，幽幽的唱着了乡下的小曲过去了。劳动者和伊人的距离渐渐儿的远起来，他们的歌声也渐渐儿的幽了下去，在这春寒陡峭的月下，在这深夜静寂的海岸渔村的市上，那尾声微颤的劳动者的歌音，真是哀婉可怜。伊人一边默默的走去，俯首看着他在树影里出没的影子，一边听着那劳动者的凄切悲凉的俗曲的歌声，忽然觉得鼻子里酸了起来，O对他讲的一句话，他又想出来了：

“你确是一个生的闷脱列斯脱！”

伊人到家的时候，已经是十一点钟的光景，房里火钵内的炭火早已消去了。午后五点钟的时候从海上吹来的一阵北风，把内房州一带的空气吹得冰冷，他写好了日记，正在改读的时候，忽然打了两个喷嚏。衣服也不换，他就和衣的睡了。

第二天醒来的时候，伊人觉得头痛得非常，鼻孔里吹出来的两条火热的鼻息，难受得很。房主人的女儿拿火来的时候，他问她要了一壶开水，他的喉音也变了。

“伊先生，你感冒了风寒了。身上热不热。”

伊人把检温计放到腋下去一测，体热高到了三十八度六分。他讲话也不愿意讲，只是沉沉的睡在那里。房主人来看了他两次，午后三点半钟的时候C夫人来看他的病，他对她道了一声谢，就不再说话了。晚上C夫人拿药来给他的时候，他听C夫人说：

“O也伤了风，体热高得很，大家正在那里替她忧愁。”

礼拜二的早晨，就是伊人伤风后的第二天，他觉得更加难受，看看体热已增加三十九度二分了。C夫人替他去叫了医生来一看，医生果然说：

“怕要变成肺炎，还不如使他入病院的好。”

午后四点钟的时候在夕阳的残照里，有一乘寝台车，从北条的八幡海岸走上北条市的北条病院去。

这一天的晚上，北条病院的楼上朝南的二号室里，幽暗的电灯光的底下，坐着了一个五十岁前后的秃头的西洋人和C夫人在那里幽幽的谈议，病室里的空气紧迫得很。铁床上白色的被褥里，有一个清瘦的青年睡在那里。若把他那瘦骨棱棱的脸上的两点被体热蒸烧出来的红影和口头的同微虫似的气息拿去了，我们定不能辨别他究竟是蜡人呢或是肉体。这青年便是伊人。

一九二一年七月二十七日

（据《沉论》，上海泰东图书局1921年版）

附：

《迷娘的歌》（Mignon）

歌德（Goethe）

那柠檬正开的南乡，你可知道？
金黄的橙子，在绿叶的阴中光耀，
柔软的微风，吹落自苍空昊昊，
长春松静，月桂枝高，
那多情的南国，你可知道？
我的亲爱的情人，你去也，我亦愿去南方，与你终老！

你可知道，那柱上的屋梁，那南方的楼阁？
金光灿烂的华堂，光彩耀人的幽屋，
大理白石的人儿，立在那边瞧我，
“可怜的女孩儿呀！你可是受了他人的欺辱？”
你可知道，那南方的楼阁？
我的恩人，你去也，我亦愿去南方，与你同宿！

你可知道，那云里的高山，山中的曲径？
山间的驴子在云雾的中间前进，
深渊里，有蛟龙的族类，在那里潜隐，
险峻的危岩，岩上的飞泉千仞，
你可知道那云里的高山，山中的曲径？
我的爹爹，我愿一路的与你驰骋！

达夫译

短 篇 小 说

沉　沦

一

他近来觉得孤冷得可怜。

他的早熟的性情，竟把他挤到与世人绝不相容的境地去，世人与他的中间介在的那一道屏障，愈筑愈高了。

天气一天一天的清凉起来，他的学校开学之后，已经快半个月了。那一天正是九月的二十二日。

晴天一碧，万里无云，终古常新的皎日，依旧在她的轨道上，一程一程的在那里行走。从南方吹来的微风，同醒酒的琼浆一般，带着一种香气，一阵阵的拂上面来。在黄苍未熟的稻田中间，在弯曲同白线似的乡间的官道上面，他一个人手里捧了一本六寸长的Wordsworth[①]的诗集，尽在那里缓缓的独步。在这大平原内，四面并无人影；不知从何处飞来的一声两声的远吠声，悠悠扬扬的传到他耳膜上来。他眼睛离开了书，同做梦似的向有犬吠声的地方看去，但看见了一丛杂树，几处人家，同鱼鳞似的屋瓦上，有一层薄薄的

① 华兹华斯，英国作家。

蜃气楼，同轻纱似的，在那里飘荡。

"Oh, you serene gossamer! You beautiful gossamer!"[①]

这样的叫了一声，他的眼睛里就涌出了两行清泪来，他自己也不知道是什么缘故。

呆呆的看了好久，他忽然觉得背上有一阵紫色的气息吹来，息索的一响，道旁的一枝小草，竟把他的梦境打破了。他回转头来一看，那枝小草还是颠摇不已，一阵带着紫罗兰气息的和风，温微微的喷到他那苍白的脸上来。在这清和的早秋的世界里，在这澄清透明的以太中，他的身体觉得同陶醉似的酥软起来。他好像是睡在慈母怀里的样子。他好像是梦到了桃花源里的样子。他好像是在南欧的海岸，躺在情人膝上，在那里贪午睡的样子。

他看看四边，觉得周围的草木，都在那里对他微笑。看看苍空，觉得悠久无穷的大自然，微微的在那里点头。一动也不动的向天看了一会，他觉得天空中，有一群小天神，背上插着了翅膀，肩上挂着了弓箭，在那里跳舞。他觉得乐极了。便不知不觉开了口，自言自语的说：

“这里就是你的避难所。世间的一般庸人都在那里妒忌你，轻笑你，愚弄你；只有这大自然，这终古常新的苍空皎日，这晚夏的微风，这初秋的清气，还是你的朋友，还是你的慈母，还是你的情人，你也不必再到世上去与那些轻薄的男女共处去，你就在这大自然的怀里，这纯朴的乡间终老了吧。”

这样的说了一遍，他觉得自家可怜起来，好像有万千哀怨，横亘在胸中，一口说不出来的样子。含了一双清泪，他的眼睛又看到他手里的书上去。

Behold her, single in the field,
You solitary Highland lass!
Reaping and singing by herself;

---

① 英文：“哦，你这宁静的轻纱！你这美丽的轻纱！”

Stop here, or gently pass!
Alone she cuts, and binds the grain,
And sings a melancholy strain;
Oh, listen! for the vale profound
is overflowing with the sound.

看了这一节之后，他又忽然翻过一张来，脱头脱脑的看到那第三节去。

Will no one tell me what she sings?
Perhaps the plaintive numbers flow
For old, unhappy far-off things,
And battle long ago:
Or is it some more humble lay,
Familiar matter of today?
Some natural sorrow, loss, or pain,
That has been and may be again!

这也是他近来的一种习惯，看书的时候，并没有次序的。几百页的大书，更可不必说了，就是几十页的小册子，如爱美生的《自然论》(*Emerson's On Nature*)，沙罗的《逍遥游》(*Thoreau's Excursion*)之类，也没有完完全全从头至尾的读完一篇过。当他起初翻开一册书来看的时候，读了四行五行或一页二页，他每被那一本书感动，恨不得要一口气把那一本书吞下肚子里去的样子，到读了三页四页之后，他又生起一种怜惜的心来，他心里似乎说：

“像这样的奇书，不应该一口气就把它念完，要留着细细儿的咀嚼才好。一下子就念完了之后，我的热望也就不得不消灭，那时候我就没有好望，没有梦想了，怎么使得呢？”

他的脑里虽然有这样的想头，其实他的心里早有一些儿厌倦起来，到了这时候，他总把那本书收过一边，不再看下去。过几天或者过几个钟头之后，他又用了满腔的热忱，同初读那一本书的时候一样的，去读另外的书去；几日前或者几点钟前那样的感动他的那一本书，就不得不被他遗忘了。

放大了声音把渭迟渥斯[1]的那两节诗读了一遍之后，他忽然想把这一首诗用中国文翻译出来。

《孤寂的高原刈稻者》

他想想看，*The Solitary Highland Reaper* 诗题只有如此的译法。

你看那个女孩儿，她只一个人在田里，
你看那边的那个高原的女孩儿，她只一个人冷清清地！
她一边刈稻，一边在那儿唱着不已：
她忽儿停了，忽而又过去了，轻盈体态，风光细腻！
她一个人，刈了，又重把稻儿捆起，
她唱的山歌，颇有些儿悲凉的情味：
听呀听呀！这幽谷深深，
全充满了她的歌唱的清音。

有人能说否，她唱的究竟是什么？
或者她那万千的痴话，
是唱着前代的哀歌，
或者是前朝的战事，千兵万马；
或者是些坊间的俗曲，
便是目前的家常闲说？
或者是些天然的哀怨，必然的丧苦，自然的悲楚，
这些事虽是过去的回思，将来想亦必有人指诉。

他一口气译了出来之后，忽又觉得无聊起来，便自嘲自骂的说：“这算是什么东西呀，岂不同教会里的赞美歌一样的乏味么？

---

① 即华兹华斯。

英国诗是英国诗，中国诗是中国诗，又何必译来对去呢！”

这样的说了一句，他不知不觉便微微儿的笑起来。向四边一看，太阳已经打斜了；大平原的彼岸，西边的地平线上，有一座高山，浮在那里，饱受了一天残照，山的周围酝酿成一层朦朦胧胧的岚气，反射出一种紫不紫红不红的颜色来。

他正在那里出神呆看的时候，喀的咳嗽了一声，他的背后忽然来了一个农夫。回头一看，他就把他脸上的笑容改装了一副忧郁的面色，好像他的笑容是怕被人看见的样子。

二

他的忧郁症愈闹愈甚了。

他觉得学校里的教科书，味同嚼蜡，毫无半点生趣。天气清朗的时候，他每捧了一本爱读的文学书，跑到人迹罕至的山腰水畔，去贪那孤寂的深味去。在万籁俱寂的瞬间，在天水相映的地方，他看看草木虫鱼，看看白云碧落，便觉得自家是一个孤高傲世的贤人，一个超然独立的隐者。有时在山中遇着一个农夫，他便把自己当作了Zaratustra[1]，把Zaratustra所说的话，也在心里对那农夫讲了。他的megalomania[2]也同他的hypochondria[3]成了正比例，一天一天的增加起来，他竟有连接四五天不上学校去听讲的时候。

有时候到学校里去，他每觉得众人都在那里凝视他的样子。他避来避去想避他的同学，然而无论到了什么地方，他的同学的眼光，总好像怀了恶意，射在他的背脊上面。

上课的时候，他虽然坐在全班学生的中间，然而总觉得孤独得很；在稠人广众之中，感得的这种孤独，倒比一个人在冷清的地方，感得的那种孤独，还更难受。看看他的同学看，一个个都是兴

① 德文：查拉图斯特拉，即琐罗亚斯德。

② 英文：夸大妄想狂。

③ 英文：忧郁症。

高采烈的在那里听先生的讲义，只有他一个人身体虽然坐在讲堂里头，心想却同飞云逝电一般，在那里作无边无际的空想。

好容易下课的钟声响了！先生退去之后，他的同学说笑的说笑，谈天的谈天，个个都同春来的燕雀似的，在那里作乐；只有他一个人锁了愁眉，舌根好像被千钧的巨石锤住的样子，兀的不作一声。他也很希望他的同学来对他讲些闲话，然而他的同学却都自家管自家的去寻欢作乐去，一见了他那一副愁容，没有一个不抱头奔散的，因此他愈加怨他的同学了。

“他们都是日本人，他们都是我的仇敌，我总有一天来复仇，我总要复他们的仇。”

一到了悲愤的时候，他总这样的想的，然而到了安静之后，他又不得不嘲骂自家说：

“他们都是日本人，他们对你当然是没有同情的，因为你想得他们的同情，所以你怨他们，这岂不是你自家的错误么？”

他的同学中的好事者，有时候也有人来向他说笑的，他心里虽然非常感激，想同那一个人谈几句知心的话，然而口中总说不出什么话来；所以有几个解他的意的人，也不得不同他疏远了。

他的同学日本人在那里欢笑的时候，他总疑他们是在那里笑他，他就一霎时的红起脸来。他们在那里谈天的时候，若有偶然看他一眼的人，他又忽然红起脸来，以为他们是在那里讲他。他同他同学中间的距离，一天一天的远背起来，他的同学都以为他是爱孤独的人，所以谁也不敢来近他的身。

有一天放课之后，他挟了书包，回到他的旅馆里来，有三个日本学生系同他同路的。将要到他寄寓的旅馆的时候，前面忽然来了两个穿红裙的女学生。在这一区市外的地方，从没有女学生看见的，所以他一见了这两个女子，呼吸就紧缩起来。他们四个人同那两个女子擦过的时候，他的三个日本人的同学都问她们说：

“你们上哪儿去？”

那两个女学生就作起娇声来回答说：

“不知道！”

“不知道！”

那三个日本学生都高笑起来，好像是很得意的样子；只有他一个人似乎是他自家同她们讲了话似的，害了羞，匆匆跑回旅馆里来。进了他自家的房，把书包用力的向席上一丢，他就在席上躺下了。他的胸前还在那里乱跳，用了一只手枕着头，一只手按着胸口，他便自嘲自骂的说：

“你这卑怯者！

“你既然怕羞，何以又要后悔？

“既要后悔，何以当时你又没有那样的胆量？不同她们去讲一句话？

"Oh, coward, coward!"①

说到这里，他忽然想起刚才那两个女学生的眼波来了。

那两双活泼泼的眼睛！

那两双眼睛里，确有惊喜的意思含在里头。然而再仔细想了一想，他又忽然叫起来说：

“呆人呆人！他们虽有意思，与你有什么相干？她们所送的秋波，不是单送给那三个日本人的么？唉！唉！她们已经知道了，已经知道我是支那人了，否则她们何以不来看我一眼呢！复仇复仇，我总要复她们的仇。”

说到这里，他那火热的颊上忽然滚了几颗冰冷的眼泪下来。他是伤心到极点了。这一天晚上，他记的日记说：

> 我何苦要到日本来，我何苦要求学问。既然到了日本，那自然不得不被他们日本人轻侮的。中国呀中国！你怎么不富强起来，我不能再隐忍过去了。
>
> 故乡岂不有明媚的山河，故乡岂不有如花的美女？我何苦要到这东海的岛国里来！
>
> 到日本来倒也罢了，我何苦又要进这该死的高等学校。他

① 英文：“唉，懦夫，懦夫！”

们留了五个月学回去的人，岂不在那里享荣华安乐么？这五六年的岁月，教我怎么能挨得过去。受尽了千辛万苦，积了十数年的学识，我回国去，难道定能比他们来胡闹的留学生更强么？

人生百岁，年少的时候，只有七八年的光景，这最纯最美的七八年，我就不得不在这无情的岛国里虚度过去，可怜我今年已经是二十一了。

槁木的二十一岁！

死灰的二十一岁！

我真还不如变了矿物质的好，我大约没有开花的日子了。

知识我也不要，名誉我也不要，我只要一个安慰我体谅我的“心”。一副白热的心肠！从这一副心肠里生出来的同情！从同情而来的爱情！

我所要求的就是爱情！

若有一个美人，能理解我的苦楚，她要我死，我也肯的。

若有一个妇人，无论她是美是丑，能真心真意的爱我，我也愿意为她死的。

我所要求的就是异性的爱情！

苍天呀苍天，我并不要知识，我并不要名誉，我也不要那些无用的金钱，你若能赐我一个伊甸园内的“伊扶”，使她的肉体与心灵，全归我有，我就心满意足了。

三

他的故乡，是富春江上的一个小市，去杭州水程不过八九十里。这一条江水，发源安徽，贯流全浙，江形曲折，风景常新，唐朝有一个诗人赞这条江水说“一川如画”。他十四岁的时候，请了一位先生写了这四个字，贴在他的书斋里，因为他的书斋的小窗，是朝着江面的。虽则这书斋结构不大，然而风雨晦明，春秋朝夕的风景，也还抵得过滕王高阁。在这小小的书斋里过了十几个春秋，他才跟了他的哥哥到日本来留学。

他三岁的时候就丧了父亲，那时候他家里困苦得不堪。好容易他长兄在日本W大学卒了业，回到北京，考了一个进士，分发在法部当差，不上两年，武昌的革命起来了。那时候他已在县立小学堂卒了业，正在那里换来换去的换中学堂。他家里的人都怪他无恒性，说他的心思太活；然而依他自己讲来，他以为他一个人同别的学生不同，不能按部就班的同他们同在一处求学的。所以他进了K府中学之后，不上半年又忽然转到H府中学来；在H府中学住了三个月，革命就起来了。H府中学停学之后，他依旧只能回到他那小小的书斋里来。第二年的春天，正是他十七岁的时候，他就进了大学的预科。这大学是在杭州城外，本来是美国长老会捐钱创办的，所以学校里浸润了一种专制的弊风，学生的自由，几乎被缩服得同针眼儿一般的小。礼拜三的晚上有什么祈祷会，礼拜日非但不准出去游玩，并且在家里看别的书也不准的，除了唱赞美诗祈祷之外，只许看新旧约书。每天早晨从九点钟到九点二十分，定要去做礼拜，不去做礼拜，就要扣分数记过。他虽然非常爱那学校近旁的山水景物，然而他的心里，总有些反抗的意思，因为他是一个爱自由的人，对那些迷信的管束，怎么也不甘心服从。住不上半年，那大学里的厨子，托了校长的势，竟打起学生来。学生中间有几个不服的，便去告诉校长，校长反说学生不是。他看看这些情形，实在是太无道理了，就立刻去告了退，仍复回家，到那小小的书斋里去。那时候已经是六月初了。

在家里住了三个多月，秋风吹到富春江上，两岸的绿树，都快凋落的时候，他又坐了帆船，下富春江，上杭州去。恰好那时候石牌楼的W中学正在那里招插班生，他进去见了校长M氏，把他的经历说给了M氏夫妻听，M氏就许他插入最高的班里去。这W中学原来也是一个教会学校，校长M氏，也是一个糊涂的美国宣教师，他看看这学校的内容倒比H大学不如了。与一位很卑鄙的教务长——原来这一位先生就是H大学的卒业生——闹了一场，第二年的春天，他就出来了。出了W中学，他看看杭州的学校，都不能如他的意，所以他就打算不再进别的学校去。

正是这个时候，他的长兄也在北京被人排斥了。原来他的长兄为人正直得很，在部里办事，铁面无私，并且比一般部内的人物又多了一些学识，所以部内上下，都忌惮他。有一天某次长的私人，来问他要一个位置，他执意不肯，因此次长就同他闹起意见来，过了几天他就辞了部里的职，改到司法界去做司法官去了。他的二兄那时候正在绍兴军队里作军官，这一位二兄军人习气颇深，挥金如土，专喜结交侠少。他们弟兄三人，到这时候都不能如意之所为，所以那一小市镇里的闲人都说他们的风水破了。

他回家之后，便镇日镇夜的蛰居在他那小小的书斋里。他父祖及他长兄所藏的书籍，就作了他的良师益友。他的日记上面，一天一天的记起诗来。有时候他也用了华丽的文章做起小说来，小说里就把他自己当作了一个多情的勇士，把他邻近的一家寡妇的两个女儿，当作了贵族的苗裔，把他故乡的风物，全编作了田园的情景；有兴的时候，他还把他自家的小说，用单纯的外国文翻译起来；他的幻想，愈演愈大了，他的忧郁病的根苗，大约也就在这时候培养成功的。

在家里住了半年，到了七月中旬，他接到他长兄的来信说：

“院内近有派予赴日本考察司法事务之意，予已许院长以东行，大约此事不日可见命令。渡日之先，拟返里小住。三弟居家，断非上策，此次当偕伊赴日本也。”

他接到了这一封信之后，心中日日盼他长兄南来，到了九月下旬，他的兄嫂才自北京到家。住了一月，他就同他的长兄长嫂同到日本去了。

到了日本之后，他的dreams of the romantic age[①]尚未醒悟，模模糊糊的过了半载，他就考入了东京第一高等学校。这正是他十九岁的秋天。

---

① 英文：浪漫期的梦幻。

第一高等学校将开学的时候，他的长兄接到了院长的命令，要他回去。他的长兄便把他寄托在一家日本人的家里，几天之后，他的长兄长嫂和他的新生的侄女儿就回国去了。

东京的第一高等学校里有一班预备班，是为中国学生特设的。

在这预科里预备一年，卒业之后，才能入各地高等学校的正科，与日本学生同学。他考入预科的时候，本来填的是文科，后来将在预科卒业的时候，他的长兄定要他改到医科去，他当时亦没有什么主见，就听了他长兄的话把文科改了。

预科卒业之后，他听说N市的高等学校是最新的，并且N市是日本产美人的地方，所以他就要求到N市的高等学校去。

四

他的二十岁的八月二十九日的晚上，他一个人从东京的中央车站乘了夜行车到N市去。

那一天大约刚是旧历的初三四的样子，同天鹅绒似的又蓝又紫的天空里，洒满了一天星斗。半痕新月，斜挂在西天角上，却似仙女的蛾眉，未加翠黛的样子。他一个人靠着了三等车的车窗，默默的在那里数窗外人家的灯火。火车在暗黑的夜气中间，一程一程的进去，那大都市的星星灯火，也一点一点的朦胧起来，他的胸中忽然生了万千哀感，他的眼睛里就忽然觉得热起来了。

"Sentimental, too sentimental!"①

这样的叫了一声，把眼睛揩了一下，他反而自家笑着自家来。

“你也没有情人留在东京，你也没有弟兄知己住在东京，你的眼泪究竟是为谁洒的呀！或者是对于你过去的生活的伤感，或者是对你二年间的生活的余情，然而你平时不是说不爱东京的么？”

“唉，一年人住岂无情。”

“黄莺住久浑相识，欲别频啼四五声！”

① 英文：“伤感呵，太伤感了！”

胡思乱想的寻思了一会，他又忽然想到初次赴新大陆去的清教徒的身上去。

“那些十字架下的流人，离开他故乡海岸的时候，大约也是悲壮淋漓，同我一样的。”

火车过了横滨，他的感情方才渐渐儿的平静起来。呆呆的坐了一忽，他就取了一张明信片出来，垫在海涅（Heine）的诗集上，用铅笔写了一首诗寄他东京的朋友。

蛾眉月上柳梢初，又向天涯别故居。
四壁旗亭争赌酒，六街灯火远随车。
乱离年少无多泪，行李家贫只旧书。
夜后芦根秋水长，凭君南浦觅双鱼。

在朦胧的电灯光里，静悄悄的坐了一会，他又把海涅的诗集翻开来看了。

Lebet Wohl, ihr glatten Saele,
Glatte Herren, glatte Frauen!
Auf die Berge Will ich steigen,
Lachend auf euch niederschauen!

Heine's Harzreise[①]

浮薄的尘寰，
无情的男女，
你看那隐隐的青山，
我欲乘风飞去，
且住且住，
我将从那绝顶的高峰，
笑看你终归何处。

① 德文：海涅的《哈尔茨山游记》。

单调的轮声，一声声连连续续的飞到他的耳膜上来，不上三十分钟他竟被这催眠的车轮声引诱到梦幻的仙境里去了。

早晨五点钟的时候，天空渐渐儿的明亮起来。在车窗里向外一望，他只见一线青天还被夜色包住在那里。探头出去一看，一层薄雾，笼罩着一幅天然的画图，他心里想了一想：

“原来今天又是清秋的好天气，我的福分真可算不薄了。”

过了一个钟头，火车就到了N市的停车场。

下了火车，在车站上遇见了一个日本学生；他看看那学生的制帽上也有两条白线，便知道他也是高等学校的学生。他走上前去，对那学生脱了一脱帽，问他说：

“第×高等学校是在什么地方的？”

那学生回答说：

“我们一路去吧。”

他就跟了那学生跑出火车站来，在火车站的前头，乘了电车。

早晨还早得很，N市的店家都还未曾起来。他同那日本学生坐了电车，经过了几条冷清的街巷，就在鹤舞公园前面下了车。他问那日本学生说：

“学校还远得很么？”

“还有二里多路。”

穿过了公园，走到稻田中间的细路上的时候，他看看太阳已经起来了。稻上的露滴，还同明珠似的挂在那里。前面有一丛树林，树林阴里，疏疏落落的看得见几椽农舍。有两三条烟囱筒子，突出在农舍的上面，隐隐约约的浮在清晨的空气里。一缕两缕的青烟，同炉香似的在那里浮动，他知道农家已在那里炊早饭了。

到学校近边的一家旅馆去一问，他一礼拜前头寄出的几件行李，早已经到在那里。原来那一家人家是住过中国留学生的，所以主人待他也很殷勤。在那一家旅馆里住下了之后，他觉得前途好像有许多欢乐在那里等他的样子。

他的前途的希望，在第一天的晚上，就不得不被目前的实情嘲弄了。原来他的故里，也是一个小小的市镇。到了东京之后，在人山人海的中间，他虽然时常觉得孤独，然而东京的都市生活，同他幼时的习惯尚无十分龃龉的地方。如今到了这N市的乡下之后，他的旅馆，是一家孤立的人家，四面并无邻舍，左首门外便是一条如发的大道，前后都是稻田，西面是一方池水，并且因为学校还没有开课，别的学生还没有到来，这一间宽旷的旅馆里，只住了他一个客人。白天倒还可以支吾过去，一到了晚上，他开窗一望，四面都是沉沉的黑影，并且因N市的附近是一大平原，所以望眼连天，四面并无遮障之处，远远里有一点灯火，明灭无常，森然有些鬼气。天花板里，又有许多虫鼠，息栗索落的在那里争食。窗外有几株梧桐，微风动叶，咄咄的响得不已，因为他住在二层楼上，所以梧桐的叶战声，近在他的耳边。他觉得害怕起来，几乎要哭出来了。他对于都市的怀乡病（Nostalgia）从未有比那一晚更甚的。

学校开了课，他朋友也渐渐儿的多起来。感受性非常强烈的他的性情，也同天空大地丛林野水融和了。不上半年，他竟变成了一个大自然的宠儿，一刻也离不了那天然的野趣了。

他的学校是在N市外，刚才说过N市的附近是一个大平原，所以四边的地平线，界限广大得很。那时候日本的工业还没有十分发达，人口也还没有增加得同目下一样，所以他的学校的近边，还多是丛林空地，小阜低冈。除了几家与学生做买卖的文房具店及菜馆之外，附近并没有居民。荒野的人间，只有几家为学生设的旅馆，同晓天的星影似的，散缀在麦田瓜地的中央。晚饭毕后，披了黑呢的缦斗（斗篷），拿了爱读的书，在迟迟不落的夕照中间，散步逍遥，是非常快乐的。他的田园趣味，大约也是在这idyllic wanderings①的中间养成的。

在生活竞争不十分猛烈，逍遥自在，同中古时代一样的时候；在风气纯良，不与市井小人同处，清闲雅淡的地方；过日子正如做梦一样。他到了N市之后，转瞬之间，已经有半年多了。

---

① 英文：田园间的逍遥游。

熏风日夜的吹来，草色渐渐儿的绿起来。旅馆近旁麦田里的麦穗，也一寸一寸的长起来了。草木虫鱼都化育起来，他的从始祖传来的苦闷也一日一日的增长起来，他每天早晨，在被窝里犯的罪恶，也一次一次的加起来了。

他本来是一个非常爱高尚洁净的人，然而一到了这邪念发生的时候，他的智力也无用了，他的良心也麻痹了，他从小服膺的“身体发肤不敢毁伤”的圣训，也不能顾全了。他犯了罪之后，每深自痛恨，切齿的说，下次总不再犯了，然而到了第二天的那个时候，种种幻想，又活泼泼的到他的眼前来。他平时所看见的“伊扶”的遗类，都赤裸裸的来引诱他。中年以后的妇人的形体，在他的脑里，比处女更有挑拨他情动的地方。他苦闷一场，恶斗一场，终究不得不做她们的俘虏。这样的一次成了两次，两次之后，就成了习惯了。他犯罪之后，每到图书馆里去翻出医书来看，医书上都千篇一律的说，于身体最有害的就是这一种犯罪。从此之后，他的恐惧心也一天一天的增加起来了。有一天他不知道从什么地方得来的消息，好像是一本书上说，俄国近代文学的创设者Gogol也犯这一宗病，他到死竟没有改过来，他想到了郭歌里[1]，心里就宽了一宽，因为这《死了的灵魂》的著者，也是同他一样的。然而这不过自家对自家的宽慰而已，他的胸里，总有一种非常的忧虑存在那里。

因为他是非常爱洁净的，所以他每天总要去洗澡一次，因为他是非常爱惜身体的，所以他每天总要去吃几个生鸡子和牛乳；然而他去洗澡或吃牛乳鸡子的时候，他总觉得惭愧得很，因为这都是他的犯罪的证据。

他觉得身体一天一天的衰弱起来，记忆力也一天一天的减退了。他又渐渐儿的生了一种怕见人面的心思，见了妇人女子的时候，他觉得更加难受。学校的教科书，他渐渐的嫌恶起来，法国自然派的小说，和中国那几本有名的诲淫小说，他念了又念，几乎记熟了。

---

① 即果戈理，俄国作家。

有时候他忽然做出一首好诗来，他自家便喜欢得非常，以为他的脑力还没有破坏。那时候他每对着自家起誓说：

“我的脑力还可以使得，还能做得出这样的诗，我以后决不再犯罪了。过去的事实是没法，我以后总不再犯罪了。若从此自新，我的脑力，还是很可以的。”

然而一到了紧迫的时候，他的誓言又忘了。

每礼拜四五，或每月的二十六七的时候，他索性尽意的贪起欢来。他的心里想，自下礼拜一或下月初一起，我总不犯罪了。有时候正合到礼拜六或月底的晚上，去剃头洗澡去，以为这就是改过自新的记号，然而过几天他又不得不吃鸡子和牛乳了。

他的自责心同恐惧心，竟一日也不使他安闲，他的忧郁症也从此厉害起来了。这样的状态继续了一二个月，他的学校里就放了暑假。暑假的两个月内，他受的苦闷，更甚于平时；到了学校开课的时候，他的两颊的颧骨更高起来，他的青灰色的眼窝更大起来，他的一双灵活的瞳人，变了同死鱼的眼睛一样了。

五

秋天又到了。浩浩的苍空，一天一天的高起来。他的旅馆旁边的稻田，都带起黄金色来。朝夕的凉风，同刀也似的刺到人的心骨里去，大约秋冬的佳日，来也不远了。

一礼拜前的有一天午后，他拿了一本Wordsworth的诗集，在田塍路上逍遥漫步了半天。从那一天以后，他的循环性的忧郁症，尚未离他的身过。前几天在路上遇着的那两个女学生，常在他的脑里，不使他安静，想起那一天的事情，他还是一个人要红起脸来。

他近来无论上什么地方去，总觉得有坐立难安的样子。他上学校去的时候，觉得他的日本同学都似在那里排斥他。他的几个中国同学，也许久不去寻访了，因为去寻访了回来，他心里反觉得空虚。因为他的几个中国同学，怎么也不能理解他的心理。他去寻访的时候，总想得些同情回来的，然而到了那里，谈了几句之后，他又不得不自悔寻访错了。有时候和朋友讲得投机，他就任了一时的热意，把他的内外的生活都对朋友讲了出来，然而到了归途，他又自悔失言，心理的责备，倒反比不去访友的时候，更加厉害。他的几个中国朋友，因此都说他是染了神经病了。他听了这话之后，对了那几个中国同学，也同对日本学生一样，起了一种复仇的心。他同他的几个中国同学，一日一日的疏远起来。嗣后虽在路上，或在学校里遇见的时候，他同那几个中国同学，也不点头招呼。中国留学生开会的时候，他当然是不去出席的。因此他同他的几个同胞，竟宛然成了两家仇敌。

他的中国同学的里边，也有一个很奇怪的人，因为他自家的结婚有些道德上的罪恶，所以他专喜讲人家的丑事，以掩己之不善，说他是神经病，也是这一位同学说的。

他交游离绝之后，孤冷得几乎到将死的地步，幸而他住的旅馆里，还有一个主人的女儿，可以牵引他的心，否则他真只能自杀了。他旅馆的主人的女儿，今年正是十七岁，长方的脸儿，眼睛大得很，笑起来的时候，面上有两颗笑靥，嘴里有一颗金牙看得出来，因为她自家觉得她自家的笑容是非常可爱，所以她平时常在那里弄笑。

他心里虽然非常爱她，然而她送饭来或来替他铺被的时候，他总装出一种兀不可犯的样子来。他心里虽想对她讲几句话，然而一见了她，他总不能开口。她进他房里来的时候，他的呼吸竟急促到吐气不出的地步。他在她的面前实在是受苦不起了，所以近来她进他的房里来的时候，他每不得不跑出房外去。然而他思慕她的心情，却一天一天的浓厚起来。有一天礼拜六的晚上，旅馆里的学生，都上N市去行乐去了。他因为经济困难，所以吃了晚饭，上西面池上去走了一回，就回到旅舍里来枯坐。

回家来坐了一会，他觉得那空旷的二层楼上，只有他一个人在家。静悄悄的坐了半晌，坐得不耐烦起来的时候，他又想跑出外面去。然而要跑出外面去，不得不由主人的房门口经过，因为主人和他女儿的房，就在大门的边上。他记得刚才进来的时候，主人和他的女儿正在那里吃饭。他一想到经过她面前的时候的苦楚，就把跑出外面去的心思丢了。

拿出了一本G. Gissing[①]的小说来读了三四页之后，静寂的空气里，忽然传了几声刹刹的泼水声音过来。他静静儿的听了一听，呼吸又一霎时的急了起来，面色也涨红了。迟疑了一会，他就轻轻的开了房门，拖鞋也不拖，幽脚幽手的走下扶梯去。轻轻的开了便所的门，他尽兀自的站在便所的玻璃窗口偷看。原来他旅馆里的浴室，就在便所的间壁，从便所的玻璃窗里看去，浴室里的动静了了可见。他起初以为看一看就可以走的，然而到了一看之后，他竟同被钉子钉住的一样，动也不能动了。

那一双雪样的乳峰！

那一双肥白的大腿！

这全身的曲线！

呼气也不呼，仔仔细细的看了一会，他面上的筋肉，都发起痉挛来了。愈看愈颤得厉害，他那发颤的前额部竟同玻璃窗冲击了一下。被蒸气包住的那赤裸裸的“伊扶”便发了娇声问说：

“是谁呀？……”

他一声也不响，急忙跳出了便所，就三脚两步的跑上楼上去了。

他跑到了房里，面上同火烧的一样，口也干渴了。一边他自家打自家的嘴巴，一边就把他的被窝拿出来睡了。他在被窝里翻来覆去，总睡不着，便立起了两耳，听起楼下的动静来。他听听泼水的声音也息了，浴室的门开了之后，他听见她的脚步声好像是走上楼来的样子，用被包着了头，他心里的耳朵明明告诉他说：

“她已经立在门外了。”

他觉得全身的血液，都在往上奔注的样子。心里怕得非常，羞得非常，也喜欢得非常。然而若有人问他，他无论如何，总不肯承认说，这时候他是喜欢的。

---

① 吉辛，英国诗人。

他屏住了气息，尖着了两耳听了一会，觉得门外并无动静，又故意咳嗽了一声，门外亦无声响。他正在那里疑惑的时候，忽听见她的声音，在楼下同她的父亲在那里说话。他手里捏了一把冷汗，拼命想听出她的话来，然而无论如何总听不清楚。停了一会，她的父亲高声笑了起来，他把被蒙头的一罩，咬紧了牙齿说：

“她告诉了他了！她告诉了他了！”

这一天的晚上他一睡也不曾睡着。第二天的早晨，天亮的时候，他就惊心吊胆的走下楼来。洗了手面，刷了牙，趁主人和他的女儿还没有起来之先，他就同逃也似的出了那个旅馆，跑到外面来。

官道上的沙尘，染了朝露，还未曾干着。太阳已经起来了。他不问皂白，便一直的往东走去。远远有一个农夫，拖了一车野菜慢慢的走来。那农民同他擦过的时候，忽然对他说：

“你早啊！”

他倒惊了一跳，那清瘦的脸上，又起了一层红潮，胸前又乱跳起来，他心里想：

“难道这农夫也知道了么？”

无头无脑的跑了好久，他回转头来看看他的学校，已经远得很了，举头看看，太阳也升高了。他摸摸表看，那银饼大的表，也不在身边。从太阳的角度看起来，大约已经是九点钟前后的样子。他虽然觉得饥饿得很，然而无论如何，总不愿意再回到那旅馆里去，同主人和他的女儿相见。想去买些零食充一充饥，然而他摸摸自家的袋看，袋里只剩了一角二分钱在那里。他到一家乡下的杂货店内，尽那一角二分钱，买了些零碎的食物，想去寻一处无人看见的地方去吃。走到了一处两路交叉的十字路口，他朝南的一望，只见与他的去路横交的那一条自北趋南的路上，行人稀少得很。那一条路是向南的斜低下去的，两面更有高壁在那里，他知道这路是从一条小山中开辟出来的。他刚才走来的那条大道，便是这山的岭脊，十字路当作了中心，与岭脊上的那条大道相交的横路，是两边低斜下去的。在十字路口迟疑了一会，他就取了那一条向南斜下的路走

去。走尽了两面的高壁，他的去路就穿入大平原去，直通到彼岸的市内。平原的彼岸有一簇深林，划在碧空的心里，他心里想，

“这大约就是A神宫了。”

他走尽了两面的高壁，向左手斜面上一望，见沿高壁的那山面上有一道女墙，围住着几间茅舍，茅舍的门上悬着了“香雪海”三字的一方匾额。他离开了正路，走上几步，到那女墙的门前，顺手的向门一推，那两扇柴门竟自开了。他就随随便便的踏了进去。门内有一条曲径，自门口通过了斜面，直达到山上去的。曲径的两旁，有许多苍老的梅树种在那里，他知道这就是梅林了。顺了那一条曲径，往北的从斜面上走到山顶的时候，一片同图画似的平地，展开在他的眼前。这园自从山脚上起，跨有朝南的半山斜面，同顶上的一块平地，布置得非常幽雅。

山顶平地的西面是千仞的绝壁，与隔岸的绝壁相对峙，两壁的中间，便是他刚走过的那一条自北趋南的通路。背临着了那绝壁，有一间楼屋，几间平屋造在那里。因为这几间屋，门窗都闭在那里，他所以知道这定是为梅花开日，卖酒食用的。楼屋的前面，有一块草地，草地中间，有几方白石，围成了一个花园，圈子里，卧着一枝老梅，那草地的南尽头，山顶的平地正要向南斜下去的地方，有一块石碑立在那里，系记这梅林的历史的。他在碑前的草地上坐下之后，就把买来的零食拿出来吃了。

吃了之后，他兀兀的在草地上坐了一会。四面并无人声，远远的树枝上，时有一声两声的鸟鸣声飞来。他仰起头来看看澄清的碧落，同那皎洁的日轮，觉得四面的树枝房屋，小草飞禽，都一样的在和平的太阳光里，受大自然的化育。他那昨天晚上的犯罪的记忆，正同远海的帆影一般，不知消失到哪里去了。

这梅林的平地上和斜面上，叉来叉去的曲径很多。他站起来走来走去的走了一会，方晓得斜面上梅树的中间，更有一间平屋造在那里。从这一间房屋往东的走去几步，有眼古井，埋在松叶堆中。他摇摇井上的唧筒看，呷呷的响了几声，却抽不起水来。他心里想：

“这园大约只有梅花开的时候，开放一下，平时总没有人住的。”

想到这里他又自言自语的说：

“既然空在这里，我何妨去问园主人去借住借住。”

想定了主意，他就跑下山来，打算去寻园主人去。他将走到门口的时候，恰好遇见了一个五十来岁的农夫走进园来。他对那农夫道歉之后，就问他说：

“这园是谁的，你可知道？”

“这园是我经管的。”

“你住在什么地方的？”

“我住在路的那面。”

一边这样的说，一边那农民指着通路两边的一间小屋给他看。他向西一看，果然在两边的高壁尽头的地方，有一间小屋在那里。他点了点头，又问说：

“你可以把园内的那间楼屋租给我住住么？”

“可是可以的，你只一个人么？”

“我只一个人。”

“那你可不必搬来的。”

“这是什么缘故呢？”

“你们学校里的学生，已经有几次搬来过了，大约都因为冷静不过，住不上十天，就搬走的。”

“我可同别人不同，你但能租给我，我是不怕冷静的。”

“这样哪里有不租的道理，你想什么时候搬来？”

“就是今天午后吧。”

“可以的，可以的。”

“请你就替我扫一扫干净，免得搬来之后着忙。”

“可以可以。再会！”

“再会！”

六

搬进了山上梅园之后，他的忧郁症（Hypochondria）又变起形状来了。

他同他的北京的长兄，为了一些儿细事，竟生起龃龉来。他发了一封长长的信，寄到北京，同他的长兄绝了交。

那一封信发出之后，他呆呆的在楼前草地上想了许多时候。他自家想想看，他便是世界上最不幸的人了。其实这一次的决裂，是发始于他的。同室操戈，事更甚于他姓之相争，自此之后，他恨他的长兄竟同蛇蝎一样。他被他人欺侮的时候，每把他长兄拿出来作比：

“自家的弟兄，尚且如此，何况他人呢！”

他每达到这一个结论的时候，必尽把他长兄待他苛刻的事情，细细回想出来。把各种过去的事迹，列举出来之后，就把他长兄判决是一个恶人，他自家是一个善人。他又把自家的好处列举出来，把他所受的苦处，夸大的细数起来。他证明得自家是一个世界上最苦的人的时候，他的眼泪就同瀑布似的流下来。他在那里哭的时候，空中好像有一种柔和的声音在对他说：

“啊呀，哭的是你么？那真是冤屈了你了。像你这样的善人，受世人的那样的虐待，这可真是冤屈了你了。罢了罢了，这也是天命，你别再哭了，怕伤害了你的身体！”

他心里一听到这一种声音，就舒畅起来。他觉得悲苦的中间，也有无穷的甘味在那里。

他因为想复他长兄的仇，所以就把所学的医科丢弃了，改入文科里去。他的意思，以为医科是他长兄要他改的，仍旧改回文科，就是对他长兄宣战的一种明示。并且他由医科改入文科，在高等学校须迟卒业一年。他心里想，迟卒业一年，就是早死一岁，你若因此迟了一年，就到死可以对你长兄含一种敌意。因为他恐怕一二年之后，他们兄弟两人的感情，仍旧要和好起来；所以这一次的转科，便是帮他永久敌视他长兄的一个手段。

气候渐渐儿的寒冷起来，他搬上山来之后，已经有一个月了。几日来天气阴郁，灰色的层云，天天挂在空中。寒冷的北风吹来的时候，梅林的树叶，每息索息索的飞掉下来。

初搬来的时候，他卖了些旧书，买了许多炊饭的器具，自家烧了一个月饭，因为天冷了，他也懒得烧了。他每天的伙食，就一切包给了山脚下的园丁家包办，所以他近来只同退院的闲僧一样，除了怨人骂己之外，更没有别的事情了。

有一天早晨，他侵早的起来，把朝东的窗门开了之后，他看见前面的地平线上有几缕红云，在那里浮荡。东天半角，反照出一种银红的灰色。因为昨天下了一天微雨，所以他看了这清新的旭日，比平日更添了几分欢喜。他走到山的斜面上，从那古井里汲了水，洗了手面之后，觉得满身的气力，一霎时都回复了转来的样子。他便跑上楼去，拿了一本黄仲则的诗集下来，一边高声朗读，一边尽在那梅林的曲径里，跑来跑去的跑圈子。不多一会，太阳起来了。

从他住的山顶向南方看去，眼下看得出一大平原。平原里的稻田，都尚未收割起。金黄的谷色，以绀碧的天空作了背景，反映着一天太阳的晨光，那风景正同看密来（Millet）的田园清画一般。他觉得自家好像已经变了几千年前的原始基督教徒的样子，对了这自然的默示，他不觉笑起自家的气量狭小起来。

“饶赦了！饶赦了！你们世上得罪于我的地方，我都饶赦了你们吧，来，你们来，都来同我讲和吧！”

手里拿着了那一本诗集，眼里浮着了两泓清泪，正对了那平原的秋色，呆呆的立在那里想这些事情的时候，他忽听见他的近边，有两人在那里低声的说：

“今晚上你一定要来的哩！”

这分明是男子的声音。

“我是非常想来的，但是恐怕……”

他听了这娇滴滴的女子的声音之后，好像是被电气贯穿了的样子，觉得自家的血液循环都停止了。原来他的身边有一丛长大的苇草生在那里，他立在苇草的右面，那一男女，大约是在苇草的左面，所以他们两个还不晓得隔着苇草，有人站在那里，那男人又说：

“你心真好，请你今晚来吧，我们到如今还没在被窝里睡过觉。”

“……”

他忽然听见两人的嘴唇，灼灼的好像在那里吮吸的样子。他同偷了食的野狗一样，就惊心吊胆的把身子屈倒去听了。

“你去死吧，你去死吧，你怎么会下流到这样的地步！”

他心里虽然如此的在那里痛骂自己，然而他那一双尖着的耳朵，却一言半语也不愿意遗漏，用了全副精神在那里听着。

地上的落叶索息索息的响了一下。

解衣带的声音。

男人嘶嘶的吐了几口气。

舌尖吮吸的声音。

女人半轻半重，断断续续的说：

“你！……你！……你快……快××吧。……别……别……别被人……被人看见了。”

他的面色，一霎时的变了灰色了。他的眼睛同火也似的红了起来。他的上腭骨同下腭骨呷呷的发起颤来。他再也站不住了。他想跑开去，但是他的两只腿，总不听他的话。他苦闷了一场，听听两人出去了之后，就同落水的猫狗一样，回到楼上房里去，拿出被窝来睡了。

七

他饭也不吃，一直在被窝里睡到午后四点钟的时候才起来。那时候夕阳洒满了远近。平原的彼岸的树林里，有一带苍烟，悠悠扬扬的笼罩在那里。他踉踉跄跄的走下了山，上了那一条自北趋南的大道，穿过了那平原，无头无绪的尽是向南的走去。走尽了平原，他已经到了神宫前的电车停留处了。那时候恰好从南面有一乘电车到来，他不知不觉就跳了上去，既不知道他究竟为什么要乘电车，也不知道这电车是往什么地方去的。

走了十五六分钟，电车停了，开车的教他换车，他就换了一乘车。走了二三十分钟，电车又停了，他听见说是终点了，他就走了下来。他的面前就是筑港了。

前面一片汪洋的大海，横在午后的太阳光里，在那里微笑。超海而南有一发青山，隐隐的浮在透明的空气里。西边是一脉长堤，直驰到海湾的心里去。堤外有一处灯台，同巨人似的，立在那里。几艘空船和几只舢板，轻轻的在系着的地方浮荡。海中近岸的地方，有许多浮标，饱受了斜阳，红红的浮在那里。远处风来，带着几句单调的话来，既听不清楚是什么话，也不知道是从哪里来的。

他在岸边上走来走去走了一会，忽听见那一边传过了一阵击磬的声来。他跑过去一看，原来是为唤渡船而发的。他立了一会，看有一只小火轮从对岸过来了。跟着了一个四五十岁的工人，他也进了那只小火轮去坐下了。

渡到东岸之后，上前走了几步，他看见靠岸有一家大庄子在那里。大门开得很大，庭内的假山花草，布置得楚楚可爱。他不问是非，就踱了进去。走不上几步，他忽听得前面家中有女人的娇声叫他说：

“请进来呀！”

他不觉惊了一下，就呆呆的站住了。他心里想：

“这大约就是卖酒食的人家，但是我听见说，这样的地方，总有妓女在那里的。”

一想到这里，他的精神就抖擞起来，好像是一桶冷水浇上身来的样子。他的面色立时变了。要想进去又不能进去，要想出来又不得出来；可怜他那同兔儿似的小胆，同猿猴似的淫心，竟把他陷到一个大大的难境里去了。

“进来呀！请进来呀！”里面又娇滴滴的叫了起来，带着笑声。

“可恶东西，你们竟敢欺我胆小么？”

这样的怒了一下，他的面色更同火也似的烧了起来。咬紧了牙齿，把脚在地上轻轻的蹬了一蹬，他就捏了两个拳头，向前进去，好像是对了那几个年轻的侍女宣战的样子。但是他那青一阵红一阵的面色，和他的面上的微微儿的那里震动的筋肉，总隐藏不去。他走到那几个侍女的面前的时候，几乎要同小孩似的哭出来了。

“请上来！”

“请上来！”

他硬了头皮，跟了一个十七八岁的侍女走上楼去，那时候他的精神已经有些镇静下来了。走了几步，经过一条暗暗的夹道的时候，一阵恼人的花粉香气，同日本女人特有的一种肉的香味，和头发上的香油气息合作了一处，哼的扑上他的鼻孔来。他立刻觉得头晕起来，眼睛里看见了几颗火星，向后边跌也似的退了一步。他再定睛一看，只见他的面前黑暗暗的中间，有一长圆形的女人的粉面，堆着了微笑，在那里问他说：

“你！你还是上靠海的地方去呢？还是怎样？”

他觉得女人口里吐出来的气息，也热和和的喷上他的面来。他不知不觉把这气息深深的吸了一口。他的意识，感觉到他这行为的时候，他的面色又立刻红了起来。他不得已只能含含糊糊的答应她说：

“上靠海的房间里去。”

进了一间靠海的小房间，那侍女便问他要什么菜。他就回答说：

“随便拿几样来吧。”

“酒要不要？”

“要的。”

那侍女出去之后，他就站起来推开了纸窗，从外边放了一阵空气进来。因为房里的空气，沉浊得很，他刚才在夹道中闻过的那一阵女人的香味，还剩在那里，实在是被这一阵气味压迫不过了。

一湾大海，静静的浮在他的面前。外边好像是起了微风的样子，一片一片的海浪，受了阳光的返照，同金鱼的鱼鳞似的，在那里微动。他立在窗前看了一会，低声的吟了一句诗出来：

“夕阳红上海边楼。”

他向西的一望，见太阳离西南的地平线只有一丈多高了。呆呆的看了一会，他的心思怎么也离不开刚才的那个侍女。她的口里的头上的面上的和身体上的那一种香味，怎么也不容他的心里去想别的东西。他才知道他想吟诗的心是假的，想女人的肉体的心是真的了。

停了一会，那侍女把酒菜搬了进来，跪坐在他的面前，亲亲热热的替他上酒，他心里想仔仔细细的看她一看，把他的心里的苦闷都告诉了她，然而他的眼睛怎么也不敢平视她一眼，他的舌根怎么也不能摇动一摇动。他不过同哑子一样，偷看看她那搁在膝上一双纤嫩的白手，同衣缝里露出来的一条粉红的围裙角。

原来日本的妇人都不穿裤子，身上贴肉只围着一条短短的围裙。外边就是一件长袖的衣服，衣服上也没有钮扣，腰里只缚着一条一尺多宽的带子，后面结着一个方结。她们走路的时候，前面的衣服每一步一步的掀开来，所以红色的围裙，同肥白的腿肉，每能偷看。这是日本女子特别的美处；他在路上遇见女子的时候，注意的就是这些地方。他切齿的痛骂自己，畜生！狗贼！卑怯的人！也便是这个时候。

他看了那侍女的围裙角，心里便乱跳起来。愈想同她说话，他愈觉得讲不出话来。大约那侍女是看得不耐烦起来了，便轻轻的问他说：

“你府上是什么地方？”

一听了这一句话，他那清瘦苍白的面上，又起了一层红色；含含糊糊的回答了一声，他呐呐的总说不出清晰的回话来。可怜他又站在断头台上了。

原来日本人轻视中国人，同我们轻视猪狗一样。日本人都叫中国人作“支那人”，这“支那人”三字，在日本，比我们骂人的“贱贼”还更难听，如今在一个如花的少女前头，他不得不自认说“我是支那人”了。

“中国呀中国，你怎么不强大起来！”

他全身发起抖来，他的眼泪又快滚下来了。

那侍女看他发颤发得厉害，就想让他一个人在那里喝酒，好教他把精神安镇安镇，所以对他说：

“酒就快没有了，我再去拿一瓶来吧。”

停了一会他听得那侍女的脚步声又走上楼来。他以为她是上他这里来的，所以就把衣服整了一整，姿势改了一改。但是他被她欺骗了。她原来是领了两三个另外的客人，上间壁的那一间房间里去的。那两三个客人都在那里对那侍女取笑，那侍女也娇滴滴的说：

“别胡闹了，间壁还有客人在那里。”

他听了就立刻发起怒来。他心里骂他们说：

“狗才！俗物！你们都敢来欺侮我么？复仇复仇，我总要复你们的仇。世间哪里有真心的女子！那侍女的负心东西，你竟敢把我丢了么？罢了罢了，我再也不爱女人了，我再也不爱女人了。我就爱我的祖国，我就把我的祖国当作了情人吧。”

他马上就想跑回去发愤用功。但是他的心里，却很羡慕那间壁的几个俗物。他的心里，还有一处地方在那里盼望那个侍女再回到他这里来。

他按住了怒，默默的喝干了几杯酒，觉得身上热起来。打开了窗门，他看太阳就快要下山去了。又连饮了几杯，他觉得他面前的海景都朦胧起来。西面堤外的灯台的黑影，长大了许多。一层茫茫的薄雾，把海天融混作了一处。在这一层浑沌不明的薄纱影里，西方的将落不落的太阳，好像在那里惜别的样子。他看了一会，不知道是什么缘故，只觉得好笑。呵呵的笑了一回，他用手擦擦自家那火热的双颊，便自言自语的说：

“醉了醉了！”

那侍女果然进来了。见他红了脸，立在窗口在那里痴笑，便问他说：

“窗开了这样大，你不冷的么？”

“不冷不冷，这样好的落照，谁舍得不看呢？”

“你真是一个诗人呀！酒拿来了。”

“诗人！我本来是一个诗人。你去把纸笔拿了来，我马上写首诗给你看看。”

那侍女出去了之后，他自家觉得奇怪起来。他心里想：

“我怎么会变了这样大胆的？”

痛饮了几杯新拿来的热酒，他更觉得快活起来，又禁不得呵呵笑了一阵。他听见间壁房间里的那几个俗物，高声的唱起日本歌来，他也放大了嗓子唱着说：

醉拍阑干酒意寒，江湖寥落又冬残。
剧怜鹦鹉中州骨，未拜长沙太傅官。
一饭千金图报易，几人五噫出关难。
茫茫烟水回头望，也为神州泪暗弹。

高声的念了几遍，他就在席上醉倒了。

八

一醉醒来，他看看自家睡在一条红绸的被里，被上有一种奇怪的香气。这一间房间也不很大，但已不是白天的那一间房间了。房中挂着一盏十烛光的电灯，枕头边上摆着了一壶茶，两只杯子。他倒了二三杯茶，喝了之后，就踉踉跄跄的走到房外去。他开了门，恰好白天的那侍女也跑过来了。她问他说：

“你！你醒了么?”

他点了一点头，笑微微的回答说：

“醒了。便所是在什么地方的?”

“我领你去吧。”

他就跟了她去。他走过日间的那条夹道的时候，电灯点得明亮得很。远近有许多歌唱的声音，三弦的声音，大笑的声音传到他的耳朵里来。白天的情节，他都想出来了。一想到酒醉之后，他对那侍女说的那些话的时候，他觉得面上又发起烧来。

从厕所回到房里之后，他问那侍女说：

“这被是你的么?”

侍女笑着说：

“是的。”

“现在是什么时候了?”

“大约是八点四五十分的样子。”

“你去开了账来吧!”

“是。”

他付清了账，又拿了一张纸币给那侍女，他的手不觉微颤起来。那侍女说：

“我是不要的。”

他知道她是嫌少了。他的面色又涨红了，袋里摸来摸去，只有一张纸币了，他就拿了出来给她说：

“你别嫌少了，请你收了吧。”

他的手震动得更加厉害，他的话声也颤动起来了。那侍女对他看了一眼，就低声的说：

“谢谢!”

他一直的跑下了楼，套上了皮鞋，就走到外面来。

外面冷得非常，这一天大约是旧历的初八九的样子。半轮寒月，高挂在天空的左半边。淡青的圆形天盖里，也有几点疏星，散在那里。

他在海边上走了一回，看看远岸的渔灯，同鬼火似的在那里招引他。细浪中间，映着了银色的月光，好像是山鬼的眼波，在那里开闭的样子。不知是什么道理，他忽想跳入海里去死了。

他摸摸身边看，乘电车的钱也没有了。想想白天的事情看，他又不得不痛骂自己。

“我怎么会走上那样的地方去的?我已经变了一个最下等的人了。悔也无及，悔也无及。我就在这里死了吧。我所求的爱情，大约是求不到的了。没有爱情的生涯，岂不同死灰一样么?唉，这干燥的生涯，这干燥的生涯，世上的人又都在那里仇视我，欺侮我，连我自家的亲弟兄，自家的手足，都在那里排挤我到这世界外去。我将何以为生，我又何必生存在这多苦的世界里呢！”

想到这里，他的眼泪就连连续续的滴了下来。他那灰白的面色，竟同死人没有分别了。他也不举起手来揩揩眼泪，月光射到他的面上，两条泪线，倒变了叶上的朝露一样放起光来。他回转头来，看看他自家的那又瘦又长的影子，就觉得心痛起来。

“可怜你这清影，跟了我二十一年，如今这大海就是你的葬身地了。我的身子，虽然被人家欺辱，我可不该累你也瘦弱到这步田地的。影子呀影子，你饶了我吧！”

他向西面一看，那灯台的光，一霎变了红一霎变了绿的在那里尽它的本职。那绿的光射到海面上的时候，海面就现出一条淡青的路来。再向西天一看，他只见西方青苍苍的天底下，有一颗明星，在那里摇动。

“那一颗摇摇不定的明星的底下，就是我的故国，也就是我的生地。我在那一颗星的底下，也曾送过十八个秋冬，我的乡土呵，我如今再也不能见你的面了。”

他一边走着，一边尽在那里自伤自悼的想这些伤心的哀话。走了一会，再向那西方的明星看了一眼，他的眼泪便同骤雨似的落下来了。他觉得四边的景物，都模糊起来。把眼泪揩了一下，立住了脚，长叹了一声，他便断断续续的说：

“祖国呀祖国！我的死是你害我的！

“你快富起来！强起来吧！

“你还有许多儿女在那里受苦呢！”

一九二一年五月九日改作

（据《达夫全集》第2卷《鸡肋集》，创造社1927年版）

春风沉醉的晚上

一

在沪上闲居了半年，因为失业的结果，我的寓所迁移了三处。最初我住在静安寺路南的一间同鸟笼似的永也没有太阳晒着的自由的监房里。这些自由的监房的住民，除了几个同强盗小窃一样的凶恶裁缝之外，都是些可怜的无名文士，我当时所以送了那地方一个Yellow Grub Street[①]的称号。在这Grub Street里住了一个月，房租忽涨了价，我就不得不拖了几本破书，搬上跑马厅附近一家相识的栈房里去。后来在这栈房里又受了种种逼迫，不得不搬了，我便在外白渡桥北岸的邓脱路中间，日新里对面的贫民窟里，寻了一间小小的房间，迁移了过去。

邓脱路的这几排房子，从地上量到屋顶，只有一丈几尺高。我住的楼上的那间房间，更是矮小得不堪。若站在楼板上伸一伸懒腰，两只手就要把灰黑的屋顶穿通的。从前面的弄里踱进了那房子的门，便是房主的住房。在破布洋铁罐玻璃瓶旧铁器堆满的中间，

① 英文：黄种人的格拉布街。格拉布街是17世纪伦敦穷文人和雇佣文人集居的街道。

侧着身子走进两步，就有一张中间有几根横档跌落的梯子靠墙摆在那里。用了这张梯子往上面的黑黝黝的一个二尺宽的洞里一接，即能走上楼去。黑沉沉的这层楼上，本来只有猫额那样大，房主人却把它隔成了两间小房，外面一间是一个N烟公司的女工住在那里，我所租的是梯子口头的那间小房，因为外间的住者要从我的房里出入，所以我的每月的房租要比外间的便宜几角小洋。

我的房主，是一个五十来岁的弯腰老人。他的脸上的青黄色里，映射着一层暗黑的油光。两只眼睛是一只大一只小，颧骨很高，额上颊上的几条皱纹里满砌着煤灰，好像每天早晨洗也洗不掉的样子。他每日于八九点钟的时候起来，咳嗽一阵，便挑了一双竹篮出去，到午后的三四点钟总仍旧是挑了一双空篮回来的；有时挑了满担回来的时候，他的竹篮里便是那些破布破铁器玻璃瓶之类。像这样的晚上，他必要去买些酒来喝喝，一个人坐在床沿上瞎骂出许多不可捉摸的话来。

我与隔壁的同寓者的第一次相遇，是在搬来的那天午后。春天的急景已经快晚了的五点钟的时候，我点了一支蜡烛，在那里安放几本刚从栈房里搬过来的破书。先把它们叠成了两方堆，一堆小些，一堆大些，然后把两个二尺长的装画的画架覆在大一点的那堆书上。因为我的器具都卖完了，这一堆书和画架白天要当写字台，晚上可以当床睡觉的。摆好了画架的板，我就朝着了这张由书叠成的桌子，坐在小一点的那堆书上吸烟，我的背自然朝着了梯子的接口的。我一边吸烟，一边在那里呆看放在桌上的蜡烛火，忽而听见梯子口上起了响动。回头一看，我只见了一个自家的扩大的投射影子，此外什么也辨不出来，但我的听觉分明告诉我说："有人上来了。"我向暗中凝视了几秒钟，一个圆形灰白的面貌，半截纤细的女人的身体，方才映在我的眼帘上来。一见了她的容貌，我就知道她是我的隔壁的同居者了。因为我来找房子的时候，那房主的老人便告诉我说，这屋里除了他一个人外，楼上只住着一个女工。我一则喜欢房价的便宜，二则喜欢这屋里没有别的女人小孩，所以立刻就租定了的。等她走上了梯子，我才站起来对她点了点头说：

“对不起，我是今朝才搬来的，以后要请你照应。”

她听了我这话，也并不回答，放了一双漆黑的大眼，对我深深的看了一眼，就走上她的门口去开了锁，进房去了。我与她不过这样的见了一面，不晓是什么原因，我只觉得她是一个可怜的女子。她的高高的鼻梁，灰白长圆的面貌，清瘦不高的身体，好像都是表明她是可怜的特征，但是当时正为了生活问题在那里操心的我，也无暇去怜惜这还未曾失业的女工，过了几分钟我又动也不动的坐在那一小堆书上看蜡烛光了。

在这贫民窟里过了一个多礼拜，她每天早晨七点钟去上工和午后六点多钟下工回来，总只见我呆呆的对着了蜡烛或油灯坐在那堆书上。大约她的好奇心被我那痴不痴呆不呆的态度挑动了吧，有一天她下了工走上楼来的时候，我仍旧和第一天一样的站起来让她过去。她走到了我的身边忽而停住了脚，看了我一眼，吞吞吐吐好像怕什么似的问我说：

“你天天在这里看的是什么书？”

（她操的是柔和的苏州音，听了这一种声音以后的感觉，是怎么也写不出来的，所以我只能把她的言语译成普遍的白话。）

我听了她的话，反而脸上涨红了。因为我天天呆坐在那里，面前虽则有几本外国书摊着，其实我的脑筋昏乱得很，就是一行一句也看不进去。有时候我只用了想象在书的上一行与下一行中间的空白里，填些奇异的模型进去。有时候我只把书里边的插画翻开来看看，就了那些插画演绎些不近人情的幻想出来。我那时候的身体因为失眠与营养不良的结果，实际上已经成了病的状态了。况且又因为我的唯一的财产的一件棉袍子已经破得不堪，白天不能走出外面去散步和房里全没有光线进来，不论白天晚上，都要点着油灯或蜡烛的缘故，非但我的全部健康不如常人，就是我的眼睛和脚力，也局部的非常萎缩了。在这样状态下的我，听了她这一问，如何能够不红起脸来呢？所以我只是含含糊糊的回答说：

“我并不在看书，不过什么也不做呆坐在这里，样子一定不好看，所以把这几本书摊放着的。”

她听了这话，又深深的看了我一眼，作了一种不了解的形容，依旧的走到她的房里去了。

那几天里，若说我完全什么事情也不去找，什么事情也不曾干，却是假的。有时候，我的脑筋稍微清新一点下来，也曾译过几首英法的小诗，和几篇不满四千字的德国的短篇小说，于晚上大家睡熟的时候，不声不响地出去投邮，在寄投给各新开的书局。因为当时我的各方面就职的希望，早已经完全断绝了，只有这一方面，还能靠了我的枯燥的脑筋，想想法子看。万一中了他们编辑先生的意，把我译的东西登了出来，也不难得着几块钱的酬报。所以我自迁移到邓脱路以后，当她第一次同我讲话的时候，这样的译稿已经发出了三四次了。

二

在乱昏昏的上海租界里住着，四季的变迁和日子的过去是不容易觉得的。我搬到了邓脱路的贫民窟之后，只觉得身上穿在那里的那件破棉袍子一天一天的重了起来，热了起来，所以我心里想：

“大约春光也已经老透了吧？”

但是囊中很羞涩的我，也不能上什么地方去旅行一次，日夜只是在那暗室的灯光下呆坐。有一天大约是午后了，我也是这样的坐在那里，隔壁的同住者忽而手里拿了两包用纸包好的物件走了上来，我站起来让她走的时候，她把手里的纸包放了一包在我的书桌上说：

“这一包是葡萄浆的面包，请你收藏着，明天好吃的。另外我还有一包香蕉买在这里，请你到我房里来一道吃吧！”

我替她拿住了纸包，她就开了门邀我进她的房里去。共住了这十几天，她好像已经信用我是一个忠厚的人的样子。我见她初见我的时候脸上流露出来的那一种疑惧的形容完全没有了。我进了她的房里，才知道天还未暗，因为她的房里有一扇朝南的窗，太阳返射的光线从这窗里投射进来，照见了小小的一间房，由二条板铺成的一张床，一张黑漆的半桌，一只板箱、和一条圆凳。床上虽则没有帐子，但堆着有二条洁净的青布被褥。半桌上有一只小洋铁箱摆在那里，大约是她的梳头器具，洋铁箱上已经有许多油污的点子了。她一边把堆在圆凳上的几件半旧的洋布棉袄、粗布裤等收在床上，一边就让我坐下。我看了她那殷勤待我的样子，心里倒不好意思起来，所以就对她说：

“我们本来住在一处，何必这样的客气。”

“我并不客气，但是你每天当我回来的时候，总站起来让我，我却觉得对不起得很。”

这样的说着，她就把一包香蕉打开来让我吃。她自家也拿了一只，在床上坐下，一边吃一边问我说：

“你何以只住在家里，不出去找点事情做做？”

“我原是这样的想，但是找来找去总找不着事情。”

“你有朋友么？”

“朋友是有的，但是到了这样的时候，他们都不和我来往了。”

“你进过学堂么？”

“我在外国的学堂里曾经念过几年书。”

“你家在什么地方？何以不回家去？”

她问到了这里，我忽而感觉到我自己的现状了。因为自去年以来，我只是一日一日的萎靡下去，差不多把“我是什么人？”“我现在所处的是怎么一种境遇？”“我的心里还是悲还是喜？”这些观念都忘掉了。经她这一问，我重新把半年来困苦的情形一层一层的想了出来。所以听她的问话以后，我只是呆呆的看她，半晌说不出话来。她看了我这个样子，以为我也是一个无家可归的流浪人，脸上就立时起了一种孤寂的表情，微微的叹着说：

“唉！你也是同我一样的么？”

微微的叹了一声之后，她就不说话了。我看她的眼圈上有些潮红起来，所以就想了一个另外的问题问她说：

“你在工厂里做的是什么工作？”

“是包纸烟的。”

"一天作几个钟头工?"

"早晨七点钟起，晚上六点钟止，中上休息一个钟头，每天一共要作十个钟头的工。少作一点钟就要扣钱的。"

"扣多少钱?"

"每月九块钱，所以是三块钱十天，三分大洋一个钟头。"

"饭钱多少?"

"四块钱一月。"

"这样算起来，每月一个钟头也不休息，除了饭钱，可省下五块钱来。够你付房钱买衣服的么?"

"哪里够呢！并且那管理人又……啊啊！……我……我所以非常恨工厂的。你吃烟的么?"

"吃的。"

"我劝你顶好还是不吃。就吃也不要去吃我们工厂的烟。我真恨死它在这里。"

我看看她那一种切齿怨恨的样子，就不愿意再说下去。把手里捏着的半个吃剩的香蕉咬了几口，向四边一看，觉得她的房里也有些灰黑了，我站起来道了谢，就走回到了我自己的房里。她大约作工倦了的缘故，每天回来大概是马上就入睡的，只有这一晚上，她在房里好像是直到半夜还没有就寝。从这一回之后，她每天回来，总和我说几句话。我从她自家的口里听得，知道她姓陈，名叫二妹，是苏州东乡人，从小系在上海乡下长大的。她父亲也是纸烟工厂的工人，但是去年秋天死了。她本来和她父亲同住在那间房里，每天同上工厂去的，现在却只剩了她一个人了。她父亲死后的一个多月，她早晨上工厂去也一路哭了去，晚上回来也一路哭了回来的。她今年十七岁，也无兄弟姊妹，也无近亲的亲戚。她父亲死后的葬殓等事，是他于未死之前把十五块钱交给楼下的老人，托这老人包办的。她说：

"楼下的老人倒是一个好人，对我从来没有起过坏心，所以我得同父亲在日一样的去作工，不过工厂的一个姓李的管理人却坏得很，知道我父亲死了，就天天的想戏弄我。"

她自家和她父亲的身世，我差不多全知道了，但她母亲是如何的一个人？死了呢还是活在那里？假使还活着，住在什么地方，等等，她却从来还没有说及过。

三

天气好像变了。几日来我那独有的世界，黑暗的小房里的腐浊的空气，同蒸笼里的蒸气一样，蒸得人头昏欲晕。我每年在春夏之交要发的神经衰弱的重症，遇了这样的气候，就要使我变得半狂。所以我这几天来到了晚上，等马路上人静之后，也常常走出去散步去。一个人在马路中从狭隘的深蓝天空里看看群星，慢慢的向前行走，一边作些漫无涯涘的空想，倒是于我的身体很有利益。当这样的无可奈何，春风沉醉的晚上，我每要在各处乱走，走到天将明的时候才回家里，我这样的走倦了回去就睡，一睡直可睡在第二天的日中，有几次竟要睡到二妹下工回来的前后方才起来。睡眠一足，我的健康状态也渐渐的回复起来了。平时只能消化半磅面包的我的胃部，自从我的深夜游行的练习开始之后，进步得几乎能容纳面包一磅了。这事在经济上虽则是一大打击，但我的脑筋，受了这些滋养，似乎比从前稍能统一；我于游行回来之后，就睡之前，却做成了几篇 Allan Poe①式的短篇小说，自家看看，也不很坏。我改了几次，抄了几次，一一投邮寄出之后，心里虽然起了些微细的希望，但是想想前几回的译稿的绝无消息，过了几天，也便把它们忘了。

邻住者的二妹，这几天来，当她早晨出去上工的时候，我总在那里酣睡，只有午后下工回来的时候，有几次有见面的机会。但是不晓是什么原因，我觉得她对我的态度，又回到从前初见面的时候的疑惧状态去了。有时候她深深的看我一眼，她的黑晶晶，水汪汪的眼睛里，似乎是满含着责备我、规劝我的意思。

我搬到这贫民窟里住后，约摸已经有二十多天的样子，一天午

---

① 爱伦·坡，美国作家。

后我正点上蜡烛，在那里看一本从旧书铺里买来的小说的时候，二妹却急急忙忙的走上楼来对我说：

“楼下有一个送信的在那里，要你拿了印子去拿信。”

她对我讲这话的时候，她的疑惧我的态度更表示得明显，她好像在那里说：“呵呵，你的事件是发觉了啊！”我对她这种态度，心里非常痛恨，所以就气急了一点，回答她说：

“我有什么信？不是我的！”

她听了我这气愤愤的回答，更好像是得了胜利似的，脸上忽涌出了一种冷笑说：

“你自家去看吧；你的事情，只有你自家知道的！”

同时我听见楼底下门口果真有一个邮差似的人在催着说：

“挂号信！”

我把信取来一看！心里就突突的跳了几跳，原来我前回寄去的一篇德文短篇的译稿，已经在某杂志上发表了，信中寄来的是五圆钱的一张汇票。我囊里正是将空的时候，有了这五圆钱，非但月底要预付的来月的房金可以无忧，并且付过房金以后，还可以维持几天食料，当时这五圆钱对我的效用的广大，是谁也不能推想得出来的。

第二天午后，我上邮局去取了钱，在太阳晒着的大街上走了一会，忽而觉得身上就淋出了许多汗来。我向我前后左右的行人一看，复向我自家的身上一看，就不知不觉的把头低俯了下去。我颈上头上的汗珠，更同盛雨似的，一颗一颗的钻出来了。因为当我在深夜游行的时候，天上并没有太阳，并且料峭的春寒，于东方微白的残夜，老在静寂的街巷中留着，所以我穿的那件破棉袍子，还觉得不十分与节季违异。如今到了阳和的春日晒着的这日中，我还不能自觉，依旧穿了这件夜游的敝袍，在大街上阔步，与前后左右的和节季同时进行的我的同类一比，我哪得不自惭形秽呢！我一时竟忘了几日后不得不付的房金，忘了囊中本来将尽的些微的积聚，便慢慢的走上了闸路的估衣铺去。好久不在天日之下行走的我，看看街上来往的汽车人力车，车中坐着的华美的少年男女，和马路两边的绸缎铺金银铺窗里的丰丽的陈设，听听四面的同蜂衙似的嘈杂的人声、脚步声、车铃声，一时倒也觉得是身到了大罗天上的样子。我忘记了我自家的存在，也想和我的同胞一样在欢歌欣舞起来，我的嘴里便不知不觉的唱起几句久忘了的京调来了。这一时的涅槃幻境，当我想横越过马路，转入闸路去的时候，忽而被一阵铃声惊破了。我抬起头来一看，我的面前正冲来了一乘无轨电车，车头上站着的那肥胖的机器手，伏出了半身，怒目的大声骂我说：

“猪头三！依（你）艾（眼）睛勿散（生）咯！跌杀时，叫旺（黄）够（狗）抵依（你）命噢！”

我呆呆的站住了脚，目送那无轨电车尾后卷起了一道灰尘，向北过去之后，不知是从何处发出来的感情，忽而竟禁不住哈哈哈哈的笑了几声。等得四面的人注视我的时候，我才红了脸慢慢的走向了闸路里去。

我在几家估衣铺里，问了些夹衫的价钱，还了他们一个我所能出的数目，几个估衣铺的店员，好像是一个师父教出的样子，都摆下了脸面，嘲弄着说：

“依（你）寻萨咯（什么）凯（开）心！马（买）勿起好勿要马（买）咯！”

一直问到五马路边上的一家小铺子里，我看看夹衫是怎么也买不成了，才买定了一件竹布单衫，马上就把它换上。手里拿了一包换下的棉袍子，默默的走回家来。一边我心里却在打算：

“横竖是不够用了，我索性来痛快的用它一下吧。”同时我又想起了那天二妹送我的面包香蕉等物。不等第二次的回想我就寻着了一家卖糖食的店，进去买了一块钱巧格力香蕉糖鸡蛋糕等杂食。站在那店里，等店员在那里替我包好来的时候，我忽而想起我有一月多不洗澡了，今天不如顺便也去洗一个澡吧。

洗好了澡，拿了一包棉袍子和一包糖果，回到邓脱路的时候，马路两旁的店家，已经上电灯了。街上来往的行人也很稀少，一阵从黄浦江上吹来的日暮的凉风，吹得我打了几个冷痉。我回到了我的房里，把蜡烛点上，向二妹的房门一照，知道她还没有回来。那时候我腹中虽则饥饿得很，但我刚买来的那包糖食怎么也不愿意打开来，因为我想等二妹回来同她一道吃。我一边拿出书来看，一边口里尽在咽唾液下去。等了许多时候，二妹终不回来。我的疲倦不知什么时候出来战胜了我，就靠在书堆上睡着了。

四

二妹回来的响动把我惊醒的时候，我见我面前的一枝十二盎司一包的洋蜡烛已经点去了二寸的样子，我问她是什么时候了！她说：

“十点的汽管刚刚放过。”

“你何以今天回来得这样迟？”

“厂里因为销路大了，要我们作夜工。工钱是增加的，不过人太累了。”

“那你可以不去做的。”

“但是工人不够，不做是不行的。”

她讲到这里，忽而滚了两粒眼泪出来，我以为她是作工作得倦了，故而动了伤感，一边心里虽在可怜她，但一边看了她这同小孩似的脾气，却也感着了些儿快乐。把糖食包打开，请她吃了几个之后，我就劝她说：

“初作夜工的时候不惯，所以觉得困倦，作惯了以后，也没有什么的。”

她默默的坐在我的半高的由书叠成的桌上，吃了几个巧格力，对我看了几眼，好像是有话说不出来的样子。我就催她说：

“你有什么话说？”

她又沉默了一会，便断断续续的问我说：

“我……我……早想问你了，这几天晚上，你每晚在外边，可在与坏人作伙友么？”

我听了她这话，倒吃了一惊，她好像在疑我天天晚上在外面与小窃恶棍混在一块。她看我呆了不答，便以为我的行为真的被她看破了，所以就柔柔和和的连续着说：

“你何苦要吃这样好的东西，要穿这样好的衣服？你可知道这事情是靠不住的。万一被人家捉了去，你还有什么面目做人。过去的事情不必去说它，以后我请你改过了吧。……”

我尽是张大了眼睛张大了嘴呆呆的在看她，因为她的思想太奇突了，使我无从辩解起。她沉默了数秒钟，又接着说：

“就以你吸的烟而论，每天若戒绝了不吸，岂不可省几个铜子。我早就劝你不要吸烟，尤其是不要吸我那所痛恨的N工厂的烟，你总是不听。”

她讲到了这里，又忽而落了几滴眼泪。我知道这是她为怨恨N工厂而滴的眼泪，但我的心里，怎么也不许我这样的想，我总要把它们当作因规劝我而洒的。我静静儿的想了一会，等她的神经镇静下去之后，就把昨天的那封挂号信的来由说给她听，又把今天的取钱买物的事情说了一遍，最后更将我的神经衰弱症和每晚何以必要出去散步的原因说了。她听了我这一番辩解，就信用了我，等我说完之后，她颊上忽而起了两点红晕，把眼睛低下去看着桌上，好像是怕羞似的说：

“噢，我错怪你了，我错怪你了。请你不要多心，我本来是没有歹意的。因为你的行为太奇怪了，所以我想到了邪路里去。你若能好好儿的用功，岂不是很好么？你刚才说的那——叫什么的——东西，能够卖五块钱，要是每天能做一个，多么好呢？”

我看了她这种单纯的态度，心里忽而起了一种不可思议的感情，我想把两只手伸出去拥抱她一回，但是我的理性却命令我说：

“你莫再作孽了！你可知道你现在处的是什么境遇！你想把这纯洁的处女毒杀了么？恶魔，恶魔，你现在是没有爱人的资格的呀！”

我当那种感情起来的时候，曾把眼睛闭上了几秒钟，等听了理性的命令以后，我的眼睛又开了开来，我觉得我的周围，忽而比前几秒钟更光明了。对她微微的笑了一笑，我就催她说：

“夜也深了，你该去睡了吧！明天你还要上工去的呢！我从今天起，就答应你把纸烟戒下来吧！”

她听了我这话，就站了起来，很喜欢的回到她的房里去睡了。

她去之后，我又换上了一枝洋蜡烛，静静儿的想了许多事情：

“我的劳动的结果，第一次得来的这五块钱已经用去了三块了。连我原有的一块多钱合起来，付房钱之后，只能省下二三角小洋来，如何是好呢！”

“就把这破棉袍子去当吧，但是当铺里恐怕不要。”

“这女孩子真是可怜，但我现在的境遇，可是还赶她不上，她是不想做工而工作要强迫她做，我是想找一点工作，终于找不到。”

“就去作筋肉的劳动吧！啊啊，但是我这一双弱腕，怕吃不下一部黄包车的重力。”

“自杀！我有勇气，早就干了。现在还能想到这两个字，足证我的志气还没有完全消磨尽哩！”

“哈哈哈哈！今天的那无轨电车的机器手！他骂我什么来？”

“黄狗，黄狗倒是一个好名词，……”

“………”

我想了许多零乱断续的思想，终究没有一个好法子，可以救我出目下的穷状来。听见工厂的汽笛，好像在报十二点钟了，我就站了起来，换上了白天脱下的那件破棉袍子，仍复吹熄了蜡烛，走出外面去散步去。

贫民窟里的人已经睡眠静了。对面日新里的一排临邓脱路的洋楼里，还有几家点着了红绿的电灯，在那里弹罢拉拉衣加。一声二声清脆的歌音，带着哀调，从静寂的深夜的冷空气里传到我的耳膜上来，这大约是俄国的飘泊的少女，在那里卖钱的歌唱。天上罩满了灰白的薄云，同腐烂的尸体似的沉沉的盖在那里。云层破处也能看得出一点两点星来，但星的近处，黝黝看得出来的天色，好像有无限的哀愁蕴藏着的样子。

一九二三年七月十五日

（原载1924年2月28日《创造季刊》第2卷第2期）

迟桂花

××兄：

突然间接着我这一封信，你或者会惊异起来，或者你简直会想不出这发信的翁某是什么人。但仔细一想，你也不在做官，而你的境遇，也未见得比我的好几多倍，所以将我忘了的这一回事，或者是还不至于的，因为这除非是要贵人或境遇很好的人，才做得出来的事情。前两礼拜为了采办结婚的衣服家具之类，才下山去。有好久不上城里去了，偶尔去城里一看，真是像丁令威的化鹤归来，触眼新奇，宛如隔世重生的人。在一家书铺门口走过，一抬头就看见了几册关于你的传记评论之类的书。再踏进去一问，才知道你的著作竟积成了八九册之多了。将所有的你的和关于你的书全买将回来一读，仿佛是又接见了十余年不见的你那副音容笑语的样子。我忍不住了，一遍两遍的尽在翻读，愈读愈想和你通一次信，见一次面。但因这许多年数的不看报，不识世务，不亲笔砚的缘故，终于下了好几次决心，而仍不敢把这心愿来实现。现在好了，关于我的一切结婚的事情的准备，也已经料理到了十之七八，而我那年老的娘，又在打算着于明天一侵早就进城去，早就上床去躺下了。我那可怜的寡妹，也因为白天操劳过了度，这时候似乎也已经坠入了梦乡，所以我可以静静儿的来练这久未写作的笔，实现我这已经怀念了有半个多月的心愿了。

提笔写将下来，到了这里，我真不知将如何的从头写起。和你相别以后，不通闻问的年数，隔得这么的多，读了你的著作以后，心里头触起的感觉情绪，又这么的复杂，现在当这一刻的中间，汹涌盘旋在我脑里想和你谈谈的话，的确，不止像一部二十四史那么的繁而且乱，简直是同将要爆发的火山内层那么的热而且烈，急遽寻不出一个头来。

我们自从房州海岸别来，到现在总也约莫有十多年光景了吧！我还记得那一天晴冬的早晨，你一个人立在寒风里送我上车回东京去的情形。你那篇《南迁》的主人公，写的是不是我？我自从那一年后，竟为这胸腔的恶病所压倒，与你再见一次面和通一封信的机会也没有，就此回国了。学校当然是中途退了学，连生存的希望都没有了的时候，哪里还顾得到将来的立身处世？哪里还顾得到身外的学艺修能？到这时候为止的我的少年豪气，我的绝大雄心，是你所晓得的。同级同乡的同学，只有你和我往来得最亲密。在同一公寓里同住得最长久的，也只有你一个人。时常劝我少用些功，多保养身体，预备将来为国家为人类致大用的，也就是你。每于风和日朗的晴天，拉我上多摩川上井之头公园及武藏野等近郊去散步闲游的，除你以外，更没有别的人了。那几年高等学校时代的愉快的生活，我现在只教一闭上眼，还历历透视得出来，看了你的许多初期的作品，这记忆更加新鲜了，我的所以愈读你的作品，愈想和你通一次信者，原因也就在这些过去的往事的追怀。这些都是你和我两人所共有的过去，我写也没有写得你那么好，就是不写你总也还记得的，所以我不想再说。我打算详详细细向你来作一个报告的，就是从那年冬天回故乡以后的十几年光景的山居养病的生活情形。

那一年冬天咯了血，和你一道上房州去避寒，在不意之中，又遇见了那个肺病少女——是真砂子吧？连她的名字我都忘了——无端惹起了那一场害人害已的恋爱事件，你送我回东京之后，住了一个多礼拜，我就回国来了。我们的老家在离城市有二十来里地的翁家山上，你是晓得的。回家住下，我自己对我的病，倒也没什么惊奇骇异的地方，可是我痰里的血丝，脸上的苍白，和身体的瘦削，却把我那已经守了好几年寡的老母急坏了，因为我那短命的父亲，也是患这同样的病而死去的。于是她就四处的去求神拜佛，采药求医，急得连粗茶淡饭都无心食用，头上的白发，也似乎一天一天的加多起来了。我哩！恋爱已经失败了，学业也已中辍了，对于此生，原已没有多大的野心，所以就落得去由她摆布，积极地虽尽不得孝，便消极地尽了我的顺。初回家的一年中间，我简直门外也不出一步，各色各样的奇形的草药，和各色各样的异味的单方，差不多都尝了一个遍。但是怪得很，连我自己都满以为没有希望的这致命的病症，一到了回国后所经过的第二个春天，竟似乎有神助似地，忽然减轻了，夜热也不再发，盗汗也居然止住，痰里的血丝早就没有了；我的娘的喜欢，当然是不必说，就是在家里替我煮药缝衣，代我操作一切的我那位妹妹，也同春天的天气一样，时时展开了她的愁眉，露出了她那副特有的真真是讨人欢喜的笑容。到了初夏，我药也已经不服，有兴致的时候，居然也能够和她们一道上山前山后去采采茶，摘摘菜，帮她们去服一点小小的劳役了。是在这一年的——回家后第三年的——秋天，在我们家里，同时候发生了两件似喜而又可悲，说悲却也可喜的悲喜剧。第一，就是我那妹妹的出嫁，第二，就是我定在城里的那家婚约的解除。妹妹那年十九岁了，男家是只隔一支山岭的一家乡下的富家。他们来说亲的时候，原是因为我们祖上是世代读书的，总算是来和诗礼人家攀婚的意思。定亲已经定过了四五年了，起初我娘却嫌妹妹年纪太小，不肯马上准他们来迎娶，后来就因为我的病，一搁就又搁起了两三年。到了这一回，我的病总算已经恢复，而妹妹却早到了该结婚的年龄了，男家来一说，我娘也就应允了他们，也算完了她自己的一件心事。至于我的这家亲事呢，却是我父亲在死的前一年为我定下的，女家是城里的一家相当有名的旧家。那时候我的年纪虽还很小，而我们家里的不动产却着实还有一点可观。并且我又是一个长子，将来家里要培植我读书出世是无疑的，所以那一家旧家居然也应允了我的婚事。以现在的眼光看来，这门亲事，当然是我们去竭力高攀的，因为杭州人家的习俗，是吃粥的人家的女儿，非要去嫁吃饭的人家不可的，还有乡下姑娘，嫁往城里，倒是常事，城里的千金小姐，却不大会下嫁到乡下来的，所以当时这个婚约，起初在根本上就有点儿不对。后来经我父亲的一死，我们家里，丧葬费用，就用去了不少。嗣后年复一年，母子三人，只吃着家里的死饭。亲族戚属，少不得又要对我们孤儿寡母，时时加以一点剥削。母亲又忠厚无用，在出卖田地山场的时候，也不晓得市价的高低，大抵是任凭族人在从中钩搭。就因这种种关系的结果，到我考取了官费，上日本去留学的那一年，我们这一家世代读书的翁家山上的旧家，已经只剩得一点仅能维持衣食的住屋山场和几块荒田了。当我初次出国的时候，承蒙他们不弃，我那未来的亲家，还送了我些赆仪路肴。后来于冬假暑假回国的期间，也曾央原媒来催过完姻，可是接着就是我那致命的病症的发生，与我的学校的中辍，于是两三年中，他们和我们的中间，便自然而然的断绝了交往。到了这一年的晚秋，当我那妹妹嫁后不久的时候，女家忽而又央了原媒来对母亲说：“你们的大少爷，有病在身，婚娶的事情，当然是不大相宜的，而他家的小姐，也已经下了绝大的决心，立志终身不嫁了，所以这一个婚约还是解除了的好。”说着就打开包裹，将我们传红时候交去的金玉如意，红绿帖子等，拿了出来，退还了母亲。我那忠厚老实的娘，人虽则无用，但面子却是死要的，一听了媒人的这一番说话，目瞪口僵，立时就滚下了几颗眼泪来。幸亏我在旁边，做好做歹的对娘劝慰了好久，她才含着眼泪，将女家的回礼及八字全帖等检出，交还了原媒。媒人去后，她又上山后我父亲的坟边去大哭了一场，直到傍晚，我和同族邻人等一道去拉她回来，她在路上，还流着满脸的眼泪鼻涕，在很伤心地呜咽。这一出赖婚的怪剧，在我只有高兴，本来是并没有什么大不了的，可是由头脑很旧的她看来，却似乎是翁家世代的颜面家声，都被他们剥尽了。自此以后，一直下来，将近十年，我和她母子二人，就日日的寡言少笑，相对茕茕，直到前年的冬天，我那妹夫死去，寡妹回来为止，两人所过的，都是些在炼狱里似的沉闷的日子。

说起我那寡妹，她真也是前世不修。人虽则很大，身体虽则很强壮，但她的天性，却永远是一个天真活泼的小孩子。嫁过去那一年，来回郎的时候，她还是笑嘻嘻地如同上城里去了一趟回来了的样子，但双满月之后，到年下边回来的时候，从来不晓得悲泣的她，竟对我母亲掉起眼泪来了。她们夫家的公公虽则还好，但婆婆的繁言吝啬，小姑的刻薄尖酸，和男人的放荡凶暴，使她一天到晚过不到一刻安闲自在的生活。工作操劳本系是她在家里的时候所惯习的，倒并不以为苦；所最难受的，却是多用一支火柴，也要受婆婆责备的那一种俭约到不可思议的生活状态。还有两位小姑，左一句尖话，右一句毒话，仿佛从前我娘的不准他们早来迎娶，致使他们的哥哥染上了游荡的恶习，在外面养起了女人，这一件事情，完全是我妹妹的罪恶。结婚之后，新郎的恶习，仍旧改不过来，反而是在城里他那旧情人家里过的日子多，在新房里过的日子少，这一笔账，当然又要写在我妹妹的身上。婆婆说她不会侍奉男人，小姑们说她不会劝不会骗。有时候公公看得难受，替她申辩一声，婆婆就尖着喉咙，要骂上公公的脸去："你这老东西！脸要不要，脸要不要，你这扒灰老！"因我那妹夫，过的是这一种不自然的生活，所以前年夏天，就染了急病死掉了，于是我那妹妹又多了一个克夫的罪名。妹妹年轻守寡，公公少不得总要对她客气一点，婆婆在这里就算抓住了扒灰的证据，三日一场吵，五日一场闹，还是小事，有几次在半夜里，两老夫妇还会大哭大闹的喧闹起来。我妹妹于有一回被骂被逼得特别厉害的争吵之后，就很坚决地搬回到了家里来住了。自从她回来之后，我娘非但得到了一个很大的帮手，就是我们家里的沉闷的空气，也缓和了许多。

这就是和你别后，十几年来，我在家里所过的生活的大概。平时非但不上城里去走走，当风雪盈途的冬季，我和我娘简直有好几个月不出门外的时候。我妹妹回来之后，生活又约略变过了。多年不做的焙茶事业，去年也竟出产了一二百斤。我的身体，经了十几年的静养，似乎也有一点把握了，从今年起我并且在山上的晏公祠里参加入了一个训蒙的小学，居然也做了一位小学教师。但人生是动不得的，稍稍一动，就如滚石下山，变化便要接连不断的簇生出来。我因为在教教书，而家里头又勉强地干起了一点事业，今年夏季，居然又有人来同我议婚了。新娘是近郊乡村里的一位老处女，今年二十七岁，家里虽称不得富有，可也是小康之家。这位新娘，因为从小就读了些书，曾在城里进过学堂，相貌也还过得去——好几年前，我曾经在一处市场上看见她过一眼的——故而高不凑，低不就，等闲便度过了她的锦样的青春。我在教书的学校里的那位名誉校长——也是我们的同族——本来和她是旧亲，所以这位校长，就在中间做了个传红线的冰人；我独居已经惯了，并且身体也不见得分外强健，若一结婚，难保得旧病的不会复发，故而对这门亲事当初是断然拒绝了的。可是我那年老的母亲，却仍是雄心未死，还在想我结一头亲，生下几个玉树芝兰来，好重振重振我们的这已经坠落了很久的家声，于是这亲事就又同当年生病的时候服草药一样，勉强地被压上我的身上来了。我哩，本来也已经入了中年了，百事原都看得很穿，又加以这十几年的疏散和无为，觉得在这世上任你什么也没甚大不了的事情，落得随随便便的过去，横竖是来日也无多了，只教我母亲喜欢的话，那就是我稍稍牺牲一点意见也使得。于是这婚议，就在很短的时间里，成熟得妥妥帖帖，现在连迎娶的日期也已经拣好了，是旧历九月十二。

是因为这一次的结婚，我才进城里去买东西，才发见了多年不见的你这老友的存在，所以结婚之日，我想请你来我这里吃喜酒，大家来谈谈过去的事情。你的生活，从你的日记和著作中看来，本来也是同云游的僧道一样的，让出一点工夫来，上这一区僻静的乡间来住几日，或者也是你所喜欢的事情。你来，你一定来，我们又可以回顾——回顾——去而不复返的少年时代。

我娘的房间里，有起响动来了，大约天总就快亮了吧。这一封信，整整地费了我一夜的时间和心血；通宵不睡，是我回国以后十几年来不曾有过的经验，你单只看取了我的这一点热忱，我想你也不好意思不来。

啊，鸡在叫了，我不想再写下去了，还是让我们见面之后，再来谈吧！

一九三二年九月　翁则生上

刚在北平住了个把月，重回到上海的翌日，和我进出的一家书铺里，就送了这一封挂号加邮托转交的厚信来。我接到了这信，捏在手里，起初还以为是一位我认识的作家，寄了稿子来托我代售的，但翻转信背一看，却是杭州翁家山的翁某某之所发，我立时就想起了那位好学不倦，面容妩媚，多年不相闻问的旧同学老翁。他的名字叫翁矩，则生是他的小名。人生得短小娟秀，皮色也很白净，因而看起来总觉得比他的实际年龄要小五六岁。在我们的一班里，算他的年纪最小，操体操的时候，总是他立在最后的，但实际上他也只不过比我小了两岁。那一年寒假之后，和他同去房州避寒，他的左肺炎，已经被结核菌损蚀得很厉害了。住不上几天，一位也住在那近边养肺病的日本少女，很热烈地和他要好了起来，结果是那位肺病少女的因兴奋而病剧，他也就同失了舵的野船似地迁回到了中国。以后一直十多年，我虽则在大学里毕了业，但关于他的消息，却一向还不曾听见有人说起过。拆开了这封长信，上书室去坐下，从头到尾细细读完之后，我呆视着远处，茫茫然如失了神的样子，脑子里也触起了许多感慨与回思。我远远的看出了他的那种柔和的笑容，听见了他的沉静而又清澈的声气。直到天将暗下去的时候，我一动也不动，还坐在那里呆想，而楼下的家人却来催吃晚饭了。在吃晚饭的中间，我就和家里的人谈起了这位老同学，将那封长信的内容约略说了一遍。家里的人，就劝我落得上杭州去旅行一趟，像这样的秋高气爽的时节，白白地消磨在煤烟灰土很深的上海，实在有点可惜，有此机会，落得去吃吃他的喜酒。

第二天仍旧是一天晴和爽朗的好天气，午后两点钟的时候，我已经到了杭州城站，在雇车上翁家山去了。但这一天，似乎是上海各洋行与机关的放假的日子，从上海来杭州旅行的人，特别的多。城站前面停在那里候客的黄包车，都被火车上下来的旅客雇走了，不得已，我就只好上一家附近的酒店去吃午饭。在吃酒的当中，问了问堂倌以去翁家山的路径，他便很详细地指示我说：

“你只教坐黄包车到旗下的陈列所，搭公共汽车到四眼井下来走上去好了。你又没有行李，天气又这么的好，坐黄包车直去是不上算的。”

得到了这一个指教，我就从容起来了，慢慢的喝完了半斤酒，吃了两大碗饭，从酒店出来，便坐车到了旗下。恰好是三点前后的光景，湖六段的汽车刚载满了客人，要开出去。我到了四眼井下车，从山下稻田中间的一条石板路走进满觉陇去的时候，太阳已经平西到了三五十度斜角度的样子，是牛羊下来，行人归舍的时刻了。在满觉陇的狭路中间，果然遇到了许多中学校的远足归来的男女学生的队伍。上水乐洞口去坐下喝了一碗清茶，又拉住了一位农夫，问了声翁则生的名字，他就晓得很详细似地告诉我说：

“是山上第二排的朝南的一家，他们那间楼房顶高，你一上去就可以看见的。则生要讨新娘子了，这几天他们正在忙着收拾。这时候则生怕还在晏公祠的学堂里哩。”

谢过了他的好意，付过了茶钱，我就顺着上烟霞洞去的石级，一步一步的走上了山去。渐走渐高，人声人影是没有了，在将暮的晴天之下，我只看见了许多树影。在半山亭里立住歇了一歇，回头向东南一望，看得见的，只是些青葱的山，和如云的树，在这些绿树丛中，又是些这儿几点，那儿一簇的屋瓦与白墙。

“啊啊，怪不得他的病会得好起来了，原来翁家山是在这样的一个好地方。”

烟霞洞我儿时也曾来过的，但当这样晴爽的秋天，于这一个西下夕阳东上月的时刻，独立在山中的空亭里，来仔细赏玩景色的机会，却还不曾有过。我看见了东天的已经满过半弓的月亮，心里正在羡慕翁则生他们老家的处地的幽深，而从背后又吹来了一阵微风，里面竟含满着一种说不出的撩人的桂花香气。

“啊……”

我又惊异了起来：

“原来这儿到这时候还有桂花？我在以桂花著名的满觉陇里，倒不曾看到，反而在这一块冷僻的山里面来闻吸浓香，这可真也是奇事了。”

这样的一个人独自在心中惊异着，闻吸着，赏玩着，我不知在那空亭里立了多少时候。突然从脚下树丛深处，却幽幽的有晚钟声传过来了；东嗡、东嗡地这钟声实在真来得缓慢而凄清，我听得耐不住了，拔起脚跟，一口气就走上了山顶，走到了那个山下农夫曾经教过我的烟霞洞西面翁则生家的近旁。约莫离他家还有半箭路远的时候，我一面喘着气，一面就放大了喉咙向门里面叫了起来：

“喂，老翁！老翁！则生！翁则生！”

听见了我的呼声，从两扇关在那里的腰门里开出来答应的，却不是被我所唤的翁则生自己，而是我从来也没有见过面的，比翁则生略高三五分的样子，身体强健，两颊微红，看起来约莫有二十四五的一位女性。

她开出了门，一眼看见了我，就立住脚惊疑似地略呆了一呆。同时我看见她脸上却涨起了一层红晕，一双大眼睛眨了几眨，深深地吞了一口气，她似乎已经镇静下去了，便很腼腆地对我一笑。在这一脸柔和的笑容里，我立时就看到了翁则生的面相与神气，当然她是则生的妹妹无疑了，走上了一步，我就也笑着问她说：

“则生不在家么？你是他的妹妹不是？”

听了我这一句问话，她脸上又红了一红，柔和地笑着，半俯了头，她方才轻轻地回答我说：

“是的，大哥还没有回家，你大约是上海来的客人吧？吃中饭的时候，大哥还在说哩！”

这沉静清澈的声气，也和翁则生的一色而没有两样。

“是的，我是从上海来的。”

我接着说：

“我因为想使则生惊骇一下，所以电报也不打一个来通知，接到他的信后，马上就动身来了。不过你们大哥的好日也太逼近了，实在可也没有写一封信来通知的时间余裕。”

“你请进来吧，坐坐吃碗茶，我马上去叫了他来，怕他听到了你来真要惊喜得像疯了一样哩。”

走上台阶，我还没有进门，从客堂后面的侧门里，却走出了一位头发雪白，面貌清癯，大约有六十内外的老太太来。她的柔和的笑容，也是和她的女儿儿子的笑容一色一样的。似乎已经听见了我们在门口所交换过的谈话了，她一开口就对我说：

“是郁先生么？为什么不写一封快信来通知？则生中上还在说，说你若要来，他打算进城上车站去接你去的。请坐，请坐，晏公祠只有十几步路，让我去叫他来吧，怕他真要高兴得像什么似的哩。”

说完了，她就朝向了女儿，吩咐她上厨下去烧碗茶来，她自己却踏着很平稳的脚步，走出大门，下台阶去通知则生去了。

“你们老太太倒还轻健得很。”

“是的，她老人家倒还好。你请坐吧，我马上起了茶来。”

她上厨下去起茶的中间，我一个人，在客堂里倒得了一个细细观察周围的机会。则生他们的住屋，是一间三开间而有后轩后厢房的楼房。前面阶沿外走落台阶，是一块可以造厅造厢楼的大空地。走过这块数丈见方的空地，再下两级台阶，便是村道了。越村道而下，再低数尺，又是一排人家的房子。但这一排房子，因为都是平屋，所以挡不杀翁则生他们家里的眺望。立在翁则生家的空地里，前山后山的山景，是依旧历历可见的。屋前屋后，一段一段的山坡上，都长着些不大知名的杂树，三株两株夹在这些杂树中间，树叶短狭，叶与细枝之间，满撒着锯末似的黄点的，却是木犀花树。前一刻在半山空亭里闻到的香气，源头原来就系出在这一块地方的。太阳似乎已下了山，澄明的光里，已经看不见日轮的金箭，而山脚下的树梢头，也早有一带晚烟笼上了。山上的空气，真静得可怜，老远老远的山脚下的村里，小儿在呼唤的声音，也清晰地听得出来。我在空地里立了一会，背着手又踱回到了翁家的客厅，向四壁挂在那里的书画一看，却使我想起了翁则生信里所说的事实。琳琅满目，挂在那里的东西，果然是件件精致，不像是乡下人家的俗恶的客厅。尤其使我看得有趣的，是陈豪写的一堂“归去来辞”的屏条，墨色的鲜艳，字迹的秀腴，有点像董香光而更觉柔媚。翁家的世代书香，只须上这客厅里来一看就可以知道了。我立在那里看字画还没有看得周全，忽而背后门外老远的就飞来了几声叫声：

“老郁！老郁！你来得真快！”

翁则生从小学校里跑回来了，平时总很沉静的他，这时候似乎也感到了一点兴奋。一走进客堂，他握住了我的两手，尽在喘气，有好几秒钟说不出话来。等落在后面的他娘走到的时候，三人才各放声大笑了起来，这时候他妹妹也已经将茶烧好，在一个朱漆盘里放着三碗搬出来摆上桌子来了。

“你看，则生这小孩，他一听见我说你到了，就同猴子似的跳回来了。”

他娘笑着对我说。

“老翁！你说生病生病，我看你倒仍旧不见得衰老得怎么样，两人比较起来，怕还是我老得多哩？”

我笑说着，将脸朝向了他的妹妹，去征她的同意，她笑着不说话，只在守视着我们的欢喜笑乐的样子。则生把头一扭，向他娘指了一指，就接着对我说：

“因为我们的娘在这里，所以我不敢老下去呀。并且媳妇儿也还不曾娶到，一老就得做老光棍了，那还了得！”

经他这么一说，四个人重又大笑起来了，他娘的老眼里几乎笑出了眼泪。则生笑了一会，就重新想起了似的替他妹妹介绍说：

“这是我的妹妹，她的事情，你大约是晓得的吧？我在那信里是写得很详细的。”

“我们可不必你来介绍了，我上这儿来，头一个见到的就是她。”

“噢，你们倒是有缘啊！莲，你猜这位郁先生的年纪，比我大呢，还是比我小？”

他妹妹听了这一句话，面色又涨红了，正在嗫嚅困惑的中间，她娘却止住了笑，问我说：

“郁先生，大约是和则生上下年纪吧？”

“哪里的话，我要比他大得多哩。”

“娘，你看还是我老呢，还是他老？”

则生又把这问题转向了他的母亲。他娘仔细看了我一眼，就对他笑骂般地说：

“自然是郁先生来得老成稳重，谁更像你那样的不脱小孩子脾气呢！”

说着，她就走近了桌边，举起茶碗来请我喝茶。我接过来喝了一口，在茶里又闻到了一种实在是令人欲醉的桂花香气。掀开了茶碗盖，我俯首向碗里一看，果然在绿莹莹的茶水里散点着有一粒一粒的金黄的花瓣。则生以为我在看茶叶，自己拿起了一碗喝了一口，他就对我说：

“这茶叶是我们自己制的，你说怎么样？”

“我并不在看茶叶，我只觉得这触鼻的桂花香气，实在可爱得很。”

“桂花吗？这茶叶里的还是第一次开的早桂，现在在开的迟桂花，才有味哩！因为开得迟，所以日子也经得久。”

“是的是的，我一路上走来，在以桂花著名的满觉陇里，倒闻不着桂花的香气。看看两旁的树上，都只剩了一簇一簇的淡绿的桂花托子了，可是到了这里，却同做梦似地，所闻吸的尽是这种浓艳的气味。老翁，你大约是已经闻惯了，不觉得什么吧？我……我……”

说到了这里，我自家也忍不住笑了起来。则生尽管在追问我“你怎么样？你怎么样？”到了最后，我也只好说了。

“我，我闻了，似乎要起性欲冲动的样子。”

则生听了，马上就大笑了起来，他的娘和妹妹虽则并没有明确地了解我们的说话的内容，但也晓得我们是在说笑话，母女俩便含着微笑，上厨下去预备晚饭去了。

我们两人在客厅上谈谈笑笑，竟忘记了点灯，一道银样的月光，从门里洒进来。则生看见了月亮，就站起来想去拿煤油灯，我却止住了他，说：

“在月光底下清谈，岂不是很好么？你还记不记得起，那一年在井之头公园里的一夜游行？”

所谓那一年者，就是翁则生患肺病的那一年秋天，他因为用功过度，变成了神经衰弱症。有一天，他课也不去上，竟独自一个在公寓里发了一天的疯。到了傍晚，他饭也不吃。从公寓里跑出去了。我接到了公寓主人的注意，下学回来，就远远的在守视着他，看他走出了公寓，就也追踪着他，远远地跟他一道到了井之头公园。从东京到井之头公园去的高架电车，本来是有前后的两乘，所以在电车上，我和他并不遇着。直到下车出车站之后，我假装无意中和他冲见了似的同他招呼了。他红着双颊，问我这时候上这野外来干什么，我说是来看月亮的，记得那一晚正是和这天一样地有月亮的晚上。两人笑了一笑，就一道的在井之头公园的树林里走到了夜半方才回来。后来听他的自白，他是在那一天晚上想到井之头公园去自杀的，但因为遇见了我，谈了半夜，胸中的烦闷，有一半消散了，所以就同我一道又转了回来。“无限胸中烦闷事，一宵清话又成空！”他自白的时候，还念出了这两句诗来，藉作解嘲。以后他就因伤风而发生了肺炎，肺炎愈后，就一直的为结核菌所压倒了。

谈了许多怀旧话后，话头一转，我就提到了他的这一回的喜事。

“这一回的喜事么？我在那信里也曾和你说过。”

谈话的内容，一从空想追怀转向了现实，他的声气就低了下去，又回复了他旧日的沉静的态度。

“在我是无可无不可的，对这事情最起劲的，倒是我的那位年老的娘。这一回的一切准备麻烦，都是她老人家在替我忙的。这半个月中间，她差不多日日跑城里。现在是已经弄得完完全全，什么都预备好了，明朝一早，就要来搭灯彩，下午是女家送嫁妆来，后天就是正日。可是老郁，有一件事情，我觉得很难受，就是莲儿——这是我妹妹的小名——近来，似乎是很不高兴的样子；她话虽则不说，但因为她是很天真的缘故，所以在态度上表情上处处我都看得出来。你是初同她见面，所以并不觉得什么，平时她着实要活泼哩，简直活泼得同现代的那些共产女郎一样，不过她的活泼是天性的纯真，而那些现代女郎，却是学来的时髦。……按说哩，这心绪的恶劣，也是应该的，她虽则是一个纯真的小孩子，但人非木石，究竟总有一点感情，看到了我们这里的婚事热闹，无论如何，总免不得要想起她自己的身世凄凉的，并且还有一个最重要的动机，仿佛是她在觉得自己以后的寄身无处。这儿虽是娘家，但她却是已经出过嫁的女儿了，哥哥讨了嫂嫂，她还有什么权利再寄食在娘家呢？所以我当这婚事在谈起的当初，就一次两次的对她说过了，不管她怎样，她总是我的妹妹，除非她要再嫁，则没有话说，要是不然的话，那她是一辈子有和我同居，和我对分财产的权利的，请她千万不要自己感到难过。这一层意思，她原也明白，我的性情，她是晓得的，可是不晓得怎么，她近来似乎总有点不大安闲的样子。你来得正好，顺便也可以劝劝她。并且明天发嫁妆结灯彩之类的事情，怕她看了又要想到自己的身世，我想明朝一早就叫她陪你出去玩去，省得她在家里一个人在暗中受苦。”

“那好极了，我明天就陪她出去玩一天回来。”

“那可不对，假使是你陪她出去玩的话，那是形迹更露，愈加要使她难堪了。非要装作是你要她去作陪不行。仿佛是你想出去玩，但我却没有工夫陪你，所以只好勉强请她和你一道出去。要这样，她才安逸。”

“好，好，就这么办，明天我要她陪我去逛五云山去。”

正谈到了这里，他的那位老母从客室后面的那扇侧门里走出来了，看到了我们的坐在微明灰暗的客室里谈天，她又笑了起来说：

“十几年不见的一段总账，你们难道想在这几刻工夫里算它清来么？有什么谈得那么起劲，连灯都忘了点一点？则生，你这孩子真像是疯了，快立起来，把那盏保险灯点上。”

说着她又跑回到了厨下，去拿了一盒火柴出来。则生爬上桌子，在点那盏悬在客室正中的保险灯的时候，她就问我吃晚饭之先，要不要喝酒。则生一边在点灯，一边就从肩背上叫他娘说：

“娘，你以为他也是肺痨病鬼么？郁先生是以喝酒出名的。”

“那么你快下来去开坛去吧，今天挑来的那两坛酒，不晓得好不好，请郁先生尝尝看。”

他娘听了他的话后，就也昂起了头，一面在看他点灯，一面在催他下来去开酒去。

“幸而是酒，请郁先生先尝一尝新，倒还不要紧，要是新娘子，那可使不得。”

他笑说着从桌子上跳了下来，他娘眼睛望着了我，嘴唇却朝着了他啐了一声说：

“你看这孩子，说话老是这样不正经的！”

“因为他要做新郎官了，所以在高兴。”

我也笑着对他娘说了一声，旋转身就一个人踱出了门外，想看一看这翁家山的秋夜的月明，屋内且让他们母子俩去开酒去。

月光下的翁家山，又不相同了，从树枝里筛下来的千条万条的银线，像是电影里的白天的外景。不知躲在什么地方的许多秋虫的鸣唱，骤听之下，满以为在下急雨。白天的热度，日落之后，忽然收敛了，于是草木很多的这深山顶上，就也起了一层白茫茫的透明雾障。山上电灯线似乎还没有接上，远近一家一家看得见的几点煤油灯光，仿佛是大海湾里的渔灯野火。一种空山秋夜的沉默的感觉，处处在高压着人，使人肃然会起一腔畏敬之思。我独立在庭前的月光亮里看不上几分钟，心里就有点寒竦竦的怕了起来；回身再走回客室，酒菜杯筷，都已热气蒸腾的摆好在那里候客了。

四个人当吃晚饭的中间，则生又说了许多笑话。因为在前回听取了一番他所告诉我的衷情之后，我于举酒杯的瞬间，偷眼向他妹妹望望，觉得在她的柔和的笑脸上，的确似乎是有一种说不出的悲寂的表情流露在那里的样子。这一餐晚饭，吃尽了许多时间，我因为白天走路走得不少，而谈话之后又感到了一点兴奋，肚子有点饿了，所以酒和菜，竟吃得比平时要多一倍。到了最后将快吃完的当儿，我就向则生提出说：

“老翁，五云山我倒还没有去玩过，明天你可不可以陪我一道去玩一趟？”

则生仍复以他的那种滑稽的口吻回答我说：

“到了结婚的前一日，新郎官哪里走得开呢，还是改天再去吧，等新娘子来了之后，让新郎新妇抬了你去烧香，也还不迟。”

我却仍复主张着说，明天非去不行。则生就说：

“那么替你去叫一顶轿子来，你坐了轿子去，横竖是明天轿夫会来的。”

“不行不行，游山玩水，我是喜欢走的。”

“你认得路么？”

“你们这一种乡下的僻路，我哪里会认得呢？”

“那就怎么办呢？……”

则生抓着头皮，脸上露出了一脸为难的神气。停了一二分钟，他就举目向他的妹妹说：

“莲！你怎么样？你是一位女豪杰，走路又能走，地理又熟悉，你替我陪了郁先生去怎么样？”

他妹妹也笑了起来，举起眼睛来向她娘看了一眼。接着她娘就说：

“好的，莲，还是你陪了郁先生去吧，明天你大哥是走不开的。”

我一看她脸上的表情，似乎已经有了答应的意思了，所以又追问了她一声说：

“五云山可着实不近哩，你走得动的么？回头走到半路，要我来背，那可办不到。”

她听了这话，就真同从心坎里笑出来的一样笑着说：

“别说是五云山，就是老东岳，我们也一天要往返两次哩。”

从她的红红的双颊，挺突的胸脯，和肥圆的肩背看来，这句话也决不是她夸的大口。吃完晚饭，又谈了一阵闲天，我们因为明天各有忙碌的操作在前，所以一早就分头到房里去睡了。

山中的清晓，又是一种特别的情景。我因为昨天夜里多喝了一点酒，上床去一睡，就同大石头掉下海里似的一直就酣睡到了天明。窗外面吱吱唧唧的鸟声喧噪得厉害，我满以为还是夜半，月明将野鸟惊醒了，但睁开眼掀开帐子来一望，窗内窗外已饱浸着晴天爽朗的清晨光线，窗子上面的一角，却已经有一缕朝阳的红箭射到了。急忙滚出了被窝，穿起衣服，跑下楼去一看，他们母子三人，也已梳洗得妥妥服服，说是已经在做了个把钟头的事情之后，平常他们总是于五点钟前后起床的。这一种日出而作，日入而息的山中住民的生活秩序，又使我对他们感到了无穷的敬意。四人一道吃过了早餐，我和则生的妹妹，就整了一整行装，预备出发。临行之际，他娘又叫我等一下子，她很迅速地跑上楼上去取了一支黑漆手杖下来，说，这是则生生病的时候用过的，走山路的时候，用它来撑扶撑扶，气力要省得多。我谢过了她的好意，就让则生的妹妹上前带路，走出了他们的大门。

早晨的空气，实在澄鲜得可爱，太阳已经升高了，但它的领域，还只限于屋檐，树梢，山顶等突出的地方。山路两旁的细草上，露水还没有干，而一味清凉触鼻的绿色草气，和入在桂花香味之中，闻了好像是宿梦也能摇醒的样子。起初还在翁家山村内走着，则生的妹妹，对村中的同姓，三步一招呼，五步一立谈的应接得忙不暇给。走尽了这村子的最后一家，沿了入谷的一条石板路走上下山路的时候，遇见的人也没有了，前面的眺望，也转换了一个样子。朝我们去的方向看去，原又是冈峦的起伏和别墅的纵横，但稍一住脚，掉头向东面一望，一片同呵了一口气的镜子似的湖光，却躺在眼下了。远远从两山之间的谷顶望去，并且还看得出一角城里的人家，隐约藏躲在尚未消尽的湖雾当中。

我们的路先朝西北，后又向西南，先下了山坡，后又上了山背。因为今天有一天的时间，可以供我们消磨，所以一离了村境，我就走得特别的慢，每这里看看，那里看看的看个不住。若看见了一件稍可注意的东西，那不管它是风景里的一点一堆，一山一水，或植物界的一草一木与动物界的一鸟一虫，我总要拉住了她，寻跟究底的问得她仔仔细细。说也奇怪，小时候只在村里的小学校里念过四年书的她——这是她自己对我说的——对于我所问的东西，却没有一样不晓得的。关于湖上的山水古迹，庙宇楼台哩，那还不要去管它，大约是生长在西湖附近的人，个个都能够说出一个大概来的，所以她的知道得那么详细，倒还在情理之中，但我觉得最奇怪的，却是她的关于这西湖附近的区域之内的种种动植物的知识。无论是如何小的一只鸟，一个虫，一株草，一棵树，她非但各能把它们的名字叫出来，并且连几时孵化，几时他迁，几时鸣叫，几时脱壳，或几时开花，几时结实，花的颜色如何，果的味道如何等，都说得非常有趣而详尽，使我觉得仿佛是在读一部活的桦候脱的《赛儿鹏自然史》（G. White's *Natural History and Antiquities of Selborne*）。而桦候脱的书，却决没有叙述得她那么朴质自然而富于刺激，因为听听她那种舒徐清澈的语气，看看她那一双天生成像饱施过耐吻胭脂棒般的红唇，更加上以她所特有的那一脸微笑，在知识分子之外还不得不添一种情的成分上去，于书的趣味之上更要兼一层人的风韵在里头。我们慢慢的谈着天，走着路，不上一个钟头的光景，我竟恍恍惚惚，像又回复了青春时代似的完全为她迷倒了。

她的身体，也真发育得太完全，穿的虽是一件乡下裁缝做的不大合式的大绸夹袍，但在我的前面一步一步的走去，非但她的肥突的后部，紧密的腰部，和斜圆的胫部的曲线，看得要簇生异想，就是她的两只圆而且软的肩膊，多看一歇，也要使我贪鄙起来。立在她的前面和她讲话哩，则那一双水涔涔的大眼，那一个隆正的尖鼻，那一张红白相间的椭圆嫩脸，和因走路走得气急，一呼一吸涨落得特别快的那个高突的胸脯，又要使我恼杀。还有她那一头不曾剪去的黑发哩，梳的虽然是一个自在的懒髻，但一映到了她那个圆而且白的额上，和短而且腴的颈际，看起来，又格外的动人。总之，我在昨天晚上，不曾在她身上发见的康健和自然的美点，今天因这一回的游山，完全被我观察到了。此外我又在她的谈话之中，证实了翁则生也和我曾经讲到过的她的生性的活泼与天真。譬如我问她今年几岁了？她说，二十八岁。我说这真看不出，我起初还以为你只有二十三四岁，她说，女人不生产是不大会老的。我又问她，对于则生这一回的结婚，你有点什么感触？她说，另外也没有什么，不过以后长住在娘家，似乎有点对不起大哥和大嫂。像这一类的纯粹真率的谈话，我另外还听取了许多许多，她的朴素的天性，真真如翁则生之所说，是一个永久的小孩子的天性。

爬上了龙井狮子峰下的一处平坦的山顶，我于听了一段她所讲的如何的栽培茶叶，如何的摘取焙烘，与那时候的山家生活的如何紧张而有趣的故事之后，便在路旁的一块大岩石上坐下了。遥对着在晴天下太阳光里躺着的杭州城市，和近水遥山，我的双眼只凝视着苍空的一角，有半晌不曾说话。一边在我的脑里，却只在回想着德国的一位名延生（Jensen）的作家所著的一部小说《野紫薇爱立喀》（*Die Braune Erika*）。这小说后来又有一位英国的作家哈特生（Hudson）摹仿了，写了一部《绿荫》（*Green Mansions*）。两部小说里所描写的，都是一个极可爱的生长在原野里的天真的女性，而女主人公的结果后来都是不大好的。我沉默着痴想了好久，她却从我背后用了她那只肥软的右手很自然地搭上了我的肩膀。

“你一声也不响的在那里想什么？”

我就伸上手去把她的那只肥手捏住了，一边就扭转了头微笑着看入了她的那双大眼，因为她是坐在我的背后的。我捏住了她的手又默默对她注视了一分钟，但她的眼里脸上却丝毫也没有羞惧兴奋的痕迹出现，她的微笑，还依旧同平时一点儿也没有什么的笑容一样。看了我这一种奇怪的形状，她过了一歇，反又很自然的问我说：

“你究竟在那里想什么？”

倒是我被她问得难为情起来了，立时觉得两颊就潮热了起来。先放开了那只被我捏住在那儿的她的手，然后干咯了两声，最后我就鼓动了勇气，发了一声同被绞出来似的答语：

“我……我在这儿想你！”

“是在想我的将来如何的和他们同住么？”

她的这句反问，又是非常的率真而自然，满以为我是在为她设想的样子。我只好沉默着把头点了几点，而眼睛里却酸溜溜的觉得有点热起来了。

“啊，我自己倒并没有想得什么伤心，为什么，你，你却反而为我流起眼泪来了呢？”

她像吃了一惊似的立了起来问我，同时我也立起来了，且在将身体起立的行动当中，乘机拭去了我的眼泪。我的心地开朗了，欲情也净化了，重复向南慢慢走上岭去的时候，我就把刚才我所想的心事，尽情告诉了她。我将那两部小说的内容讲给了她听，我将我自己的邪心说了出来，我对于我刚才所触动的那一种自己的心情，更下了一个严正的批判，末后，便这样的对她说：

“对于一个洁白得同白纸似的天真小孩，而加以玷污，是不可赦免的罪恶。我刚才的一念邪心，几乎要使我犯下这个大罪了。幸亏是你的那颗纯洁的心，那颗同高山上的深雪似的心，却救我出了这一个险。不过我虽则犯罪的形迹没有，但我的心，却是已经犯过罪的。所以你要罚我的话，就是处我以死刑，我也毫无悔恨。你若以为我是那样卑鄙，而将来永没有改善的希望的话，那今天晚上回去之后，向你大哥母亲，将我的这一种行为宣布了也可以。不过你若以为这是我的一时糊涂，将来是永也不会再犯的话，那请你相信我的誓言，以后请你当我作你大哥一样那么的看待，你若有急有难，有不了的事情，我总情愿以死来代替着你。”

当我在对她作这些忏悔的时候，两人起初是慢慢在走的，后来又在路旁坐下了。说到了最后的一节，倒是她反同小孩子似的发着抖，捏住了我的两手，倒入了我的怀里，呜呜咽咽的哭了起来。我等她哭了一阵之后，就拿出了一块手帕来替她揩干了眼泪，将我的嘴唇轻轻地搁到了她的头上。两人偎抱着沉默了好久，我又把头俯了下去，问她，我所说的这段话的意思，究竟明白了没有。她眼看着了地上，把头点了几点。我又追问了她一声：

“那么你承认我以后做你的哥哥了不是？”

她又俯视着把头点了几点，我撒开了双手，又伸出去把她的头捧了起来，使她的脸正对着了我。对我凝视了一会，她的那双泪珠还没有收尽的水汪汪的眼睛，却笑起来了。我乘势把她一拉，就同她搀着手并立了起来。

“好，我们是已经决定了，我们将永久地结作最亲爱最纯洁的兄妹。时候已经不早了，让我们快一点走，赶上五云山去吃午饭。”

我这样说着，搀着她向前一走，她也恢复了早晨刚出发的时候的元气，和我并排着走向了前面。

两人沉默着向前走了几十步之后，我侧眼向她一看，同奇迹似地忽而在她的脸上看出了一层一点儿忧虑也没有的满含着未来的希望和信任的圣洁的光耀来。这一种光耀，却是我在这一刻以前的她的脸上从没有看见过的。我愈看愈觉得对她生起敬爱的心思来了，所以不知不觉，在走路的当中竟接连着看了她好几眼。本来只是笑嬉嬉地在注视着前面太阳光里的五云山的白墙头的她，因为我的脚步的迟乱，似乎也感觉到了我的注意力的分散了，将头一侧，她的双眼，却和我的视线接成了两条轨道。她又笑起来了，同时也放慢了脚步。再向我看了一眼，她才腼腆地开始问我说：

“那我以后叫你什么呢？”

“你叫则生叫什么，就叫我也叫什么好了。”

“那么——大哥！”

大哥的两字，是很急速的紧连着叫出来的，听到了我的一声高声的“啊”的应声之后，她就涨红了脸，撒开了手，大笑着跑上前面去了。一面跑，一面她又回转头来，“大哥!”“大哥!”的接连叫了我好几声。等我一面叫她别跑，一面我自己也跑着追上了她背后的时候，我们的去路已经变成了一条很窄的石岭，而五云山的山顶，看过去也似乎是很近了。仍复回复了平时的脚步，两人分着前后，在那条窄岭上缓步的当中，我才觉得真真是成了她的哥哥的样子，满含着了慈爱，很正经地吩咐她说：

“走得小心，这一条岭多么险啊!”

走到了五云山的财神殿里，太阳刚当正午，庙里的人已经在那里吃中饭了。我们因为在太阳底下的半天行路，口已经干渴得像旱天的树木一样，所以一进客堂去坐下，就教他们先起茶来，然后再开饭给我们吃。洗了一个手脸，喝了两三碗清茶，静坐了十几分钟，两人的疲劳兴奋，都已平复了过去，这时候饥饿却抬起头来了，于是就又催他们快点开饭。这一餐只我和她两人对食的五云山上的中餐，对于我正敌得过英国诗人所幻想着的亚力山大王的高宴，若讲到心境的满足，和谐，与食欲的高潮亢进，那恐怕亚力山大王还远不及当时的我。

吃过午饭，管庙的和尚又领我们上前后左右去走了一圈。这五云山，实在是高，立在庙中阁上，开窗向东北一望，湖上的群山，都像是青色的土堆了。本来西湖的山水的妙处，就在于它的比舞台上的布景又真实伟大一点，而比各处的名山大川又同盆景似地整齐渺小一点这地方。而五云山的气概，却又完全不同了。以其山之高与境的僻，一般脚力不健的游人是不会到的，就在这一点上，五云山已略备着名山的资格了，更何况前面远处，蜿蜒盘曲在青山绿野之间的，是一条历史上也着实有名的钱塘江水呢？所以若把西湖的山水，比作一只锁在铁笼子里的白熊来看，那这五云山峰与钱塘江水，便是一只深山的野鹿。笼里的白熊，是只能满足满足胆怯无力者的冒险雄心的，至于深山的野鹿，虽没有高原的狮虎那么健壮，但一股自由奔放之情，却可以从它那里摄取得来。

我们在五云山的南面，又看了一会钱塘江上的帆影与青山，就想动身上我们的归路了，可是举起头来一望，太阳还在中天，只西偏了没有几分。从此地回去，路上若没有耽搁，是不消两个钟头，就能到翁家山上的；本来是打算出来把一天光阴消磨过去的我们，回去得这样的早，岂不是辜负了这大好的时间了么？所以走到了五云山西南角的一条狭路边上的时候，我就又立了下来，拉着了她的手亲亲热热地问了她一声：

"莲，你还走得动走不动？"

"起码三十里路总还可以走的。"

她说这句话的神气，是富有着自信和决断，一点也不带些夸张卖弄的风情，真真是自然到了极点，所以使我看了不得不伸上手去，向她的下巴底下拨了一拨。她怕痒，缩着头颈笑起来了，我也笑开了大口，对她说：

"让我们索性上云栖去吧！这一条是去云栖的便道，大约走下去，总也没有多少路的，你若是走不动的话，我可以背你。"

两人笑着说着，似乎只转瞬之间，已经把那条狭窄的下山便道走尽了大半了。山下面尽是些绿玻璃似的翠竹，西斜的太阳晒到了这条坞里，一种又清新又寂静的淡绿色的光同清水一样，满浸在这附近的空气里在流动。我们到了云栖寺里坐下，刚喝完了一碗茶，忽而前面的大殿上，有嘈杂的人声起来了，接着就走进了两位穿着分外宽大的黑布和尚衣的老僧来，知客僧便指着他们夸耀似地对我们说：

"这两位高僧，是我们方丈的师兄，年纪都快八十岁了，是从城里某公馆里回来的。"

城里的某巨公，的确是一位佞佛的先锋，他的名字，我本系也听见过的，但我以为同和尚来谈这些俗天，也不大相称，所以就把话头扯了开去，问和尚大殿上的嘈杂的人声，是为什么而起的。知客僧轻鄙似地笑了一笑说：

"还不是城里的轿夫在敲酒钱？轿钱是公馆里付了来的，这些穷人心实在太凶。"

这一个伶俐世俗的知客僧的说话，我实在听得有点厌起来了，所以就要求他说：

“你领我们上寺前寺后去走走吧？”

我们看过了“御碑”及许多石刻之后，穿出大殿，那几个轿夫还在咕噜着没有起身，我一半也觉得走路走得太多了，一半也想给那个知客僧以一点颜色看看，所以就走了上去对轿夫说：

“我给你们两块钱一个人，你们抬我们两人回翁家山去好不好？”

轿夫们喜欢极了，同打过吗啡针后的鸦片嗜好者一样，立刻将态度一变，变得有说有笑了。

知客僧又陪我们到了寺外的修竹丛中，我看了竹上的或刻或写在那里的名字诗句之类，心里倒有点奇怪起来，就问他这是什么意思。于是他也同轿夫他们一样，笑眯眯地对我说了一大串话。我听了他的解释，倒也觉得非常有趣，所以也就拿出了五圆纸币，递给了他，说：

“我们也来买两枝竹放放生吧！”

说着我就向立在我旁边的她看了一眼，她却正同小孩子得到了新玩意儿还不敢去抚摸的一样，微笑着靠近了我的身边轻轻地问我：

“两枝竹上，写什么名字好？”

“当然是一枝上写你的，一枝上写我的。”

她笑着摇摇头说：

“不好，不好，写名字也不好，两个人分开了写也不好。”

“那么写什么呢？”

“只教把今天的事情写上去就对。”

我静立着想了一会，恰好那知客僧向寺里去拿的油墨和笔也已经拿到了。我拣取了两株并排着的大竹，提起笔来，就各写上了“郁翁兄妹放生之竹”的八个字。将年月日写完之后，我搁下了笔，回头来问她这八个字怎么样，她真像是心花怒放似的笑着，不说话而尽在点头。在绿竹之下的这一种她的无邪的憨态，又使我深深地，深深地受到了一个感动。

坐上轿子，向西向南的在竹荫之下走了六七里坂道，出梵村，到闸口西首，从九溪口折入九溪十八涧的山坳，登杨梅岭，到南高峰下的翁家山的时候，太阳已经悬在北高峰与天竺山的两峰之间了。他们的屋里，早已挂上了满堂的灯彩，上面的一对红灯，也已经点尽了一半的样子。嫁妆似乎已经在新房里摆好，客厅上看热闹的人，也早已散了。我们轿子一到，则生和他的娘，就笑着迎了出来，我付过轿钱，一踱进门槛，他娘就问我说：

“早晨拿出去的那枝手杖呢？”

我被她一问，方才想起，便只笑着摇摇头对她慢声的说：

“那一枝手杖么——做了我的祭礼了。”

“做了你的祭礼？什么祭礼？”

则生惊疑似地问我。

“我们在狮子峰下，拜过天地，我已经和你妹妹结成了兄妹了。那一枝手杖，大约是忘记在那块大岩石的旁边的。”

正在这个时候，先下轿而上楼去换了衣服下来的他的妹妹，也嬉笑着，走到了我们的旁边。则生听了我的话后，就也笑着对他的妹妹说：

“莲，你们真好！我们倒还没有拜堂，而你和老郁，却已经在狮子峰拜过天地了，并且还把我的一枝手杖忘掉，作了你们的祭礼。娘！你说这事情应该怎么罚罚他们？”

经他这一说，说得大家都笑了起来，我也情愿自己认罚，就认定后日馔房，算作是我一个人的东道。

这一晚翁家请了媒人，及四五个近族的人来吃酒，我和新郎官，在下面奉陪。做媒人的那位中老乡绅，身体虽则并不十分肥胖，但相貌态度，却也是很裕富的样子。我和他两人干杯，竟干满了十八九杯。因酒有点微醉，而日里的路，也走得很多，所以这一晚睡得比前一晚还要沉熟。

九月十二的那一天结婚正日，大家整整忙了一天。婚礼虽系新旧合参的仪式，但因两家都不喜欢铺张，所以百事也还比较简单。午后五时，新娘轿到，行过礼后，那位好好先生的媒人硬要拖我出来，代表来宾，说几句话。我推辞不得，就先把我和则生在日本念书时候的交情说了一说，末了我就想起了则生同我说的迟桂花的好处，因而就抄了他的一段话来恭祝他们：

“则生前天对我说，桂花开得愈迟愈好，因为开得迟，所以经得日子久，现在两位的结婚，比较起平常的结婚年龄来，似乎是觉得大一点了，但结婚结得迟，日子也一定经得久。明年迟桂花开的时候，我一定还要上翁家山来。我预先在这儿计算，大约明年来的时候，在这两株迟桂花的中间，总已经有一支早桂花发出来了。我们大家且等着，等到明年这个时候，再一同来吃他们的早桂的喜酒。”

说完之后，大家就坐拢来吃喜酒。猜猜拳，闹闹房，一直闹到了半夜，各人方才散去。当这一日的中间，我时时刻刻在注意着偷看则生的妹妹的脸色，可是则生所说而我也曾看到过的那一种悲寂的表情，在这一日当中却终日没有在她的脸上流露过一丝痕迹。这一日，她笑的时候，真是乐得难耐似的完全是很自然的样子。因了她的这一种心情的反射的结果，我当然可以不必说，就是则生和他的母亲，在这一日里，也似乎是愉快到了极点。

因为两家都喜欢简单成事的缘故，所以三朝回郎等繁缛的礼节，都在十三那一天白天行完了，晚上馔房，总算是我的东道。则生虽则很希望我在他家里多住几日，可以和他及他的妹妹谈谈笑笑。但我一则因为还有一篇稿子没有做成，想另外上一个更僻静点的地方去做文章，二则我觉得我这一次吃喜酒的目的也已经达到了，所以在馔房的翌日，就离开翁家山去乘早上的特别快车赶回上海。

送我到车站的，是翁则生和他的妹妹两个人。等开车的警笛将吹而火车的机关头上在吐白烟的时候，我又从车窗里伸出了两手，一只捏着了则生，一只捏着了他的妹妹，很重很重的捏了一回。汽笛鸣后，火车微动了，他们兄妹俩又随车前走了许多步，我也俯出了头，叫他们说：

“则生！莲！再见，再见！但愿得我们都是迟桂花！”

火车开出了老远老远，月台上送客的人都回去了，我还看见他们兄妹俩直立在东面月台篷外的太阳光里，在向我挥手。

一九三二年十月在杭州写

读者注意！这小说中的人物事迹，当然都是虚拟的，请大家不要误会。 作者附注

（原载1932年12月1日《现代》月刊第2卷第2期）

秋　柳[①]

一

一间黑漆漆的不大不小的地房里，搭着几张纵横的床铺。与房门相对的北面壁上有一口小窗，从这窗里射进来的十月中旬的一天晴朗的早晨的光线，在小窗下的床上照出了一个二十五六岁的青年的睡客来。这青年的面上带有疲倦的样子，本来没有血色的他的睡容，因为房内的光线不好，更苍白得怕人。他的头上的一头漆黑粗长的头发，便是他的唯一的美点，蓬蓬的散在一个白布的西洋枕上。房内还有两张近房门的床铺，被褥都已折叠得整整齐齐，每日早起惯的这两张床的主人，不知已经住什么地方去了。这三张床铺上都是没有蚊帐的。

房里有两张桌子，一张摆在北面的墙壁下，靠着那青年睡着的床头，一张系摆在房门边上的。两张桌子上摊着些肥皂盒子，镜子，纸烟罐，文房具，和几本定庵全集唐诗选之类，靠着北面墙壁的那张桌子，大约是睡在床上的青年专用的，因为在那些杂乱的罐

① 本篇收入《寒灰集》时遗漏“三”“五”标题。

盒书籍的中间有一册红皮面的洋书和一册淡绿色的日记，在那黑暗的室内放异样的光彩。日记上面记着两排横字，“一九二一年日记”“于质夫”。洋书的名目是*The Earthly Paradise* by William Morris[①]。

这地房只有一扇朝南的小门，门外就是阶檐，檐外便是天井。

从天井里射进来的太阳光线，渐渐的照到地房里来，地房里浮动着的尘埃在太阳光线里看得出来了。

床上睡着的青年开了半只眼睛，向门外一望，觉得阳光强烈，射得眼睛开不开来。朝里翻了一转身，他又嘶嘶的睡着了。正是早晨九点三五十分的样子，在僻静的巷内的这家小客栈里，现在恰当最静寂的时候，所以那青年得尽意贪他的安睡。

过了半点多钟，一个体格壮大，年约四十五六，戴着一副墨色小眼镜，头上有一块秃的绅士跑了进来，走近青年的床边叫着说：

“质夫！你昨晚上到什么地方去了？睡到此刻还没有起？”青年翻过身，擦擦眼睛，一边打呵欠，一边说：

“噢！明先！你走来得这样早！”

“已经快十点钟了，还要说早哩！你昨晚在什么地方？”

“我昨晚在吴风世家里讲闲话，一直坐到十二点钟才回来的。省长说开除闹事的几个学生，究竟怎么样了？”

“怕还有几天好等呢！”

听了这一句话，质夫就从他那蓝色纺绸被里坐了起来。披了一件留学时候做的大袖寝袍，他跑出了房门，便上后面厨房里去洗面刷牙去。

质夫眼看着了高爽的青天，一面刷牙，一面在那里想昨晚上和吴风世上班子里去的冒险事情。他洗完了面，回到房里来换洋服的时候，明先正坐在房门口的桌上看唐诗选，质夫换好了洋服，便对明先说：

“明先！我真等得不耐烦起来了，我们是来教书，并不是来避难的。这样在空中悬挂着的状态，若再经过一两个礼拜，怕我要变

① 英文：威廉·莫理斯著《尘世天堂》。

成极度的神经衰弱症呢!”

依质夫讲来，这一次法政专门学校的风潮，是很容易解决的。开除几个闹事的学生，由省长或教育厅长迎接校长教职员全体回校上课，就没有事了。而这一次风潮竟延宕至一星期多，还不能解决，都是因为省长无决断的缘故。他一边虽在这样的气愤，一边心里却有些希望这事件再延长几天的心思。因为法政学校远在城外，万一事件解决，搬回学校之后，白天他若要进城上班子里去，颇非容易，晚上进城，因城门早闭，进出更加不便。昨天晚上，吴风世替他介绍的那姑娘海棠，脸儿虽则不好，但是她总是一个女性。目下断绝女人有两三月之久的质夫，只求有一个女性，和她谈谈就够了，还要问什么美丑。况且昨晚上看见的那海棠，又好像非常忠厚似的，质夫已动了一点怜惜的心情，此后若海棠能披心沥胆的待他，他也想尽他的力量，报效她一番。

质夫和明先谈了一番闲话，便跑上大街上去闲逛去了。

二

长江北岸的秋风，一天一天的凉冷起来。法政学校风潮解决以后，质夫搬回校内居住又快一礼拜了。闹事的几个学生，都已开除，陆校长因为军阀李麦，总不肯仍复让他在那里做教育界的领袖，所以为学校的前途计，他自家便辞了职。那一天正是陆校长上学校最后的一日。

陆校长自到这学校以来，事事整顿，非但A地的教育界里的人都仰慕他，便是这一次闹事的几个学生，心里也很佩服的。一般中立的大多数的学生，当风潮发生的时候，虽不出来力争，但对陆校长却个个都畏之若父，爱之若母，一听他要辞职，便都变成失了牧童的迷羊，正不知道怎么才好。这几日来，学校的寄宿舍里，正同冷灰堆一样，连闲来讲话的时候，都没有一个发高声的人了。教职员中，大半都是陆校长聘请来的人，经了这一次风潮，并且又见陆校长去了，也都有点兔死狐悲的哀感。大家因为继任的校长，是同事中最老实的许明先的缘故，不能辞职，但是各人的心里都无热意，大约离散也不远了。

陆校长这一天一早就上了两个钟头课，把未完的讲义分给了一二两班的学生，退堂的时候对学生说：

“我为学校本身打算，还不如辞职的好，你们此后应该刻意用功，不要使人家说你们不成样子，那就是你们爱戴我的最好的表示。我现在虽已经辞职，但是你们的荣辱，我还在当作自家的荣辱看的。”

说了这几句话，一二两班里的学生眼圈都红了。

敲十点钟的时候，全校的学生齐集在大讲堂上，听陆校长的训话。

从容旷达的陆校长，不改常时的态度，挺着了五尺八寸长的身体，放大了洪钟似的喉音对学生说：

“这一次风潮的始末，想来诸君都已知道，不要我再说了。但是我在这里，李麦总不肯甘休，与其为我个人的缘故，使李麦来破坏这学校，倒还不如牺牲了我个人，保全这学校的好。我当临去的时候，三件事情，希望诸君以后能够守着。第一就是要注意秩序。没有秩序是我们中国人的通病，以后我希望诸君无论在什么时候，都能维持秩序。秩序能维持，那无论什么事情都能干了。第二是要保重身体。我们中国不讲究体育。所以国民大抵未老先衰，不能成就大事业，以后希望诸君能保重身体，使健全的精神得有健全的依附之所，那我们中国就有希望了。第三是要尊重学问。我们在气愤的时候，虽则说学问无用，正人君子，反遭毒害，但是九九归原，学问究竟是我们的根基，根基不固，终究不能成大事创大业的。”

陆校长这样简单的说了几句，悠悠下来的时候，大讲堂里有几处啼泣的声音，听得出来了。质夫看了陆校长的神色不动的脸色，看了他这一种从容自在的殉教者的态度，又被大讲堂内静肃的空气一压，早就有一种感伤的情怀存在了，及听了学生的暗泣声音，他立刻觉得眼睛里酸热起来，不待大家散会，质夫却一个人先跑回了房里。[①]

陆校长去校的那一天，质夫心里只觉得一种悲愤，无处可以发泄，所以下半天他也请了半天假，跑进城来。他在大街上走了一会，总觉得无聊之极，不知不觉，他的两脚就向了官娼聚集着的金钱巷走去。到了鹿和班的门口，正在迟疑的时候，门内站着的几个男人，却大声叫着说：

“引路！海棠姑娘房里！”

质夫听了这几声叫声，就不得不马上跑进去。海棠的矮小的假母，鼻上打了几条皱纹笑嘻嘻的走了出来。质夫进房，看见海棠刚在那里吃早饭的样子。她手里捏了饭碗，从桌子上站了起来。今天她的装饰与前次不同。头上梳了一条辫子，穿的是一件蓝缎子的棉袄，罩着一件青灰竹布的单衫，底下穿的是一条蟹青湖绉的裤子。她大约是刚才起来，脸上的血色还没有流通，所以比前次更觉得苍白，新梳好的光泽泽的辫子，添了她一层可怜的样子。质夫走近她的身边问她说：

“你吃的是早饭还是中饭？”

“我们天天是这时候起床，没有什么早饭中饭的。”

这样讲了一句，她脸上露了一脸悲寂的微笑，质夫忽而觉得她可爱起来，便对她说：

“你吃你的吧，不必来招呼我。”

她把饭碗收起来后，又微微笑着说：

“我吃好了，今天吴老爷为什么不来？”

“他还有事情，大约晚上总来的。”

假母拿了一枝三炮台来请质夫吸，质夫接了过来就对她说：

“谢谢！”

质夫在床沿上坐下之后，假母问他说：

“于老爷，海棠天天在等你，你怎么老是不来，吴老爷是天天晚上来的。”

---

① 此后原有小标题“三”。

“他住在城里，我住在城外，我当然是不能常同他同来的。”

海棠在旁边只是呆呆的听质夫和她假母讲闲话，既不来插嘴，也不朝质夫看一眼。她收住了一双倒挂下的眼睛，尽在那里吃一枝纸烟。

假母讲得没有话讲了，就把班子里近来生意不好，一月要开销几多，海棠不会待客的事情，断断续续的说了出来。质夫本来是不喜欢那假母，听了这些话更不快活了。所以他就丢下了她，走近海棠身边去，对海棠说：

“海棠，你在这里想什么？”

一边说一边质夫就伸出手向她面上摘了一把。海棠慢慢举起了她那迟钝的眼睛，对质夫微微的笑了一脸，就也伸出手来把质夫的手捏住了。假母见他两人很火热的在那里玩，也就跑了出去。质夫拉了海棠的手，同她上床去打横睡倒。两人脸朝着外面，头靠在床里叠好的被上。质夫对海棠看了一眼，她的两眼还是呆呆的在看床顶。质夫把自家的头靠上了她的胸际，她也只微微的笑了一脸。质夫觉得没有话好同她讲，便轻轻的问她说：

“你妈待你怎么样？”

她只回他说：

“没有什么。”

正这时候，一个长大肥胖的乳母抱了一个七八个月大的小娃娃进来了。海棠就从床上站起来，走上去看那小娃娃，质夫也跟了过来。质夫问她说：

“是你的小孩么？”

她摇着头说：

“不是，是我姊姊的。”

“你姊姊上什么地方去了？”

“不知道。”

这样的问答了几句，质夫把那小孩抱出来看了一遍，乳母就走往后间的房里去了。后间原来就是乳母的寝室。

质夫坐了一回，说了几句闲话，就从那里走了出来。他在狭隘的街上向南走了一阵，看看时间已经不早，便一个人走上一家清真菜馆里去吃夜饭。这家姓杨的教门馆，门面虽则不大，但是当柜的一个媳妇儿，生得俊俏得很，所以质夫每次进城，总要上那菜馆去吃一次。

质夫一进店门，他的一双灵活的眼睛就去寻那媳妇儿，但今天不知她上哪里去了，楼下总寻不出来。质夫慢慢的走上楼的时候，楼上听差的几个回子一齐招呼了他一声，他抬头一看，兜头却遇见了那媳妇儿。那媳妇儿对他笑了一脸，质夫倒红起脸来。因为他是穿洋服的，所以店里的人都认识他，他一上楼，几个听差的人就让他上那一间里边角上的小屋里去了。一则今天早晨的忧闷未散，二则午后去看海棠，又觉得她冷落得很，质夫心里总觉得怏怏不乐。得了那回回的女人的一脸微笑，他心里虽然轻快了些，但总觉得有点寂寞。写了一张请单，去请吴风世过来共饮的时候，他心里只在那里追想海外咖啡店里的情趣：

“要是在外国的咖啡店里，那我就可以把那媳妇儿拉了过来，抱在膝上。也可以口对口的接送几杯葡萄酒，也可以摸摸她的上下。唉，我托生错了，我不该生在中国的。”

“请客的就要回来了，点几样什么菜？”一个中年回子又来问了一声。

“等客来了再和你说！”

过了一刻，吴风世来了。一个三十一二，身材纤长的漂亮绅士，我们一见，就知道他是在花柳界有艳福的人。他的清秀多智的面庞，潇洒的衣服，讲话的清音，多有牵引人的迷力。质夫对他看了一眼，相形之下，觉得自家在中国社会上应该是不能占胜利的。风世一进质夫的那间小屋，就问说：

“质夫！怎么你一个人便跑上这里来？”

质夫就把刚才上海棠家去，海棠怎么怎么的待他，他心里想得没趣，就跑到这里来的情节讲了一遍。风世听了笑着说：

“你好大胆，在白日青天的底下竟敢一个人跑上班子里去。海棠那笨姑娘，本来是如此的，并不是冷遇。因为她不能对付客人，所以近来客少得很。我因为爱她的忠厚，所以替你介绍的，你若不喜欢，我就同你上另外的班子里去找一个吧。”

质夫听了这话，回想了一遍，觉得刚才海棠的态度确是她的愚笨的表现，并不是冷遇，且又听说她近来客少，心里却起了一种侠义心，便自家对自家起誓说：

“我要救世人，必须先从救个人入手。海棠既是短翼差池的赶人不上，我就替她尽些力吧。”

质夫喝了几杯酒对吴风世发了许多牢骚，为他自家的悲凉激越的语气所感动，倒滴落了几滴自伤的清泪。讲到后来，他便放大了嗓子说：

“可怜那鲁钝的海棠，也是同我一样，貌又不美，又不能媚人，所以落得清苦得很。唉，侬未成名君未嫁，可怜俱是不如人。”

念到这里，质夫忽拍了一下桌子叫着说：

“海棠海棠，我以后就替你出力吧，我觉得非常爱你了。侬今葬花人笑痴，他年葬侬知是谁！”

点灯时候，吃完了晚饭，质夫马上想回学校去，但被风世劝了几次，他就又去到鹿和班里。那时候他还带着些微醉，所以对了海棠和风世的情人荷珠并荷珠的侄女清官人碧桃，讲了许多义侠的话。同戏院里唱武生的一样，质夫胸前一拍，半真半假的叫着说：

“老子原是仗义轻财的好汉，海棠！你也不必自伤孤冷，明朝我替你去贴一张广告，招些有钱的老爷来对你罢了！”

海棠听了这话，也对他啐了一声，今年才十五岁的碧桃，穿着男孩的长袍马褂，看得质夫的神气好笑，便跑上他的身边来叫他说：

“喂，你疯了么？”

质夫看看碧桃的形状，忽而想到了与他两月不见的吴迟生的身上去。所以他便跑上她的后面，把身子伏在她背上，要她背了到床上去和风世荷珠说话。

今晚上风世劝质夫上鹿和班海棠这里来，原来是替质夫消白天的气的。所以一进班子，风世就跟质夫走上了海棠房里。风世的情人荷珠和荷珠的侄女碧桃，因为风世在那里，所以也跑了过来。风世因为质夫说今晚晚饭吃了太饱，不能消化，所以就叫海棠的假母去买了一块钱鸦片烟，在床上烧着，质夫不能烧烟，就风世手里吸了一口，便从床上站了起来，和海棠碧桃在那里演那义侠的滑稽活剧。质夫伏在碧桃背上，要碧桃背上床沿之后，就拉了碧桃，睡倒在烟盘的这边，对面是风世，打侧睡在那里烧烟，荷珠伏在风世的身上，在和他幽幽的说话。质夫拉碧桃睡倒之后，碧桃却骑在他的身上，问起种种不相干的事物来。质夫认真的说明给她听，她也认真的在那里听着。讲了一忽，风世和荷珠的密语停止了。质夫听得他们的密语停止后，倒觉得自家说的话说得太多了，便朝对面的荷珠看了一眼，荷珠也正呆呆的在那里看他和碧桃。两人的视线接触的时候，荷珠便喷笑了出来。这是荷珠特有的爱娇，质夫倒被她笑得脸红了。荷珠一面笑着，一面便对质夫说：

“你们倒像是要好的两弟兄！于老爷你也就做了我的侄儿吧！”

质夫仰起头来，对呆呆坐在床前椅子上的海棠说：

“海棠！荷珠要认我做侄儿，你愿意不愿意她做你的姑母？”

海棠听了也只微微的笑了一脸，就走到床沿上来坐下了。

质夫这一晚在海棠房里坐到十二点钟打后才出来，从温软光明的妓女房里，走到黑暗冷清的外面街上的时候，质夫忽而打了一个冷痉。他仰起头看看青天。从狭隘的街上只看见了一条长狭的苍茫无底的天空，浮了几颗明星，高高的映在清澄的夜气上面。一种欢乐后的孤寂的悲感，忽而把质夫的心地占领了。风世要留质夫住在城里，质夫怎么也不肯。向风世要了一张出城券，质夫就坐了人力车，从人家睡绝后的街上，跑向北门的城门下来。守城门的警察，看看质夫的洋装姿势，便默默的替他开了门。质夫下车出了城门，在一条高低不平的乡下道上，跌来碰去的走回学校里去。他的四周都是黑沉沉的夜气，仰起头来只见得一弯蓝黑无穷的碧落，和几颗明灭的秋星。一道城墙的黑影，和怪物似的盘踞在他的右手城壕的上面，从远处飞来的几声幽幽的犬吠声，好像是在城下唱送葬的挽歌的样子。质夫回到了学校里，轻轻叫开了门。摸到自家房里，点着了洋烛，把衣服换好睡下的时候，远处已经有鸡啼声听得见了。

四

A城外的秋光老了。法政学校附近的菱湖公园里，凋落成一片的萧瑟景象。道傍的杨柳榆树之类，在清冷的早上，虽然没有微风，萧萧的黄叶也刹啦刹啦的飞坠下来。微寒的早晨，觉得温软的重衾可恋起来了。

天生的好恶性，与质夫的宣传合作了一处，近来游荡的风气竟在A地法政专门学校的教职员中间流行起来。

有一天质夫和倪龙庵许明先在那里谈东京的浪漫史的时候，忠厚的许明先红了脸，发了一声叹声说：

“人生的聚散，真奇怪得很！五六年前，我正在放荡的时候，有一个要好的妓女，不意中我昨天在朋友的席上遇见了。那妓女在五六年前，总要算是A地第一个阔窑子，后来跟了一个小白脸跑走了，失了踪迹。昨天席上我忽然见了她那一种憔悴的形容，倒吃了一惊。她说那小白脸已经死了，现在她改名翠云，仍在鹿和班里接客。她看了我的粗布衣服，好像也很为我担忧似的，问我现在怎么样，我故意垂头丧气的说‘我也潦倒得不堪’，倒难为她为我洒了一点同情的眼泪，并且教我闲空的时候上她那里去逛去。”

质夫听了这话也长叹了一声，含了悲凉的微笑，对明先念着说：

“尚有绨袍赠，应怜范叔寒，不知天下士，犹作布衣看。”

许明先走开之后，质夫便轻轻的对龙庵说：

“那鹿和班里，我也有一个女人在那里，几时带你去逛去吧，顺便也可以探探翠云皇后的消息。”

原来许明先接了陆校长的任，他们同事都比他作赵匡胤这一次的风潮，他们叫作陈桥兵变，因此质夫就把许明先的旧好称作了皇后。

这一次风潮之后，学校里的空气变得灰颓得很。教职员见了学生的面，总感着一种压迫。

质夫上课的时候，觉得学生的目光里都在那里说——你还在这里么！我们都不在可怜你，你也要走了吧？——因此质夫一听上课的钟响之后，心里总觉得迟迟不进，与风潮前的勇跃的心思却成了一个反对，有几天他竟有怕与学生见面的日子。一下课堂，他便觉得同从一种苦役放免了的人一样，感得几分轻快，但一想明天又要去上课，又要去看那些学生的不关心的脸色，心里就苦闷起来。到这时候，他就不得不跑进城去，或上那姓杨的教门馆去谋一个醉饱，或到海棠那里去消磨半夜光阴。所以风潮结束，第二次搬进学校之后，质夫总每天不得不进城去。看看他的同事，他也觉得他们是同他一样的在那里受精神上的苦痛。

质夫听了许明先的话，不知不觉对倪龙庵宣传了游荡的福音，并促他也上鹿和班去探探翠云的消息。倪龙庵听了却装出了一副惊恐的样子来对质夫说：

“你真好大的胆子，万一被学生撞见了，你怎么好？”

质夫回答他说：

“色胆天样的大。我教员可以不做，但是我的自由却不愿意被道德来束缚。学生能嫖，难道先生就嫖不得么？那些想以道德来攻击我们的反对党，你若仔细去调查调查，恐怕更下流的事情，他们也在那里干哟！”

这几句话说得倪龙庵心动起来，他那苍黄瘦长的脸上，也露了一脸微笑说：

“但是总应该隐秘些。”

第二天是星期六，下午没有课的。质夫吃完了午饭便跑进龙庵的房里去，悄悄地对龙庵说：

“今晚上我约定在海棠房里替她打一次牌，你也算一个搭子吧。一个是吴风世，一个是风世的朋友，我们叫他侄女婿的程叔和，你认得他不认得？现在我进城去了，在风世家里等你，你吃过晚饭，马上就进城来！”

日短的冬天下午六点钟的时候，A城的市街上已完全呈出夜景来了。最热闹的大街上，两面的店家都点上了电灯，掌柜的大口里唧唧的嚼着饭后的余粒，呆呆的站在柜台的周围，在那里看来往的行人。有一个女人走过的时候，他们就交头接耳的谈笑起来。从乡下初到省城里来的人，手里捏了烟管，慢慢的在四五尺宽的街上东望西看的走。人力车夫接铃接铃的响着车铃，一边放大了嗓子叫让路，骂人，一边拼命的在那里跑。车上坐的若是女人或妓女，他们叫得更加响，跑得更加快，可怜他们的变态性欲，除了这一刻能得着真真的满足之外，大约只有向病毒很多的土娼家去发泄的。狭斜的妓馆巷里，这时候正堆叠着人力车，在黄灰色的光线里，呈出活跃的景象来。菜馆的使者拿了小小的条子来之后，那些调和性欲的活佛，就装得光彩耀人，坐上人力车飞也似的跑去。有饮食店的街上，两边停着几乘杂乱的人力车，空气里散满了油煎鱼肉的香味，在那里引诱游惰的中产阶级，进去喝酒调娼。有几处菜馆的窗里，映着几个男女的影画，有悲凉的胡琴弦管的声音，和清脆的肉声传到外边寒冷灰黄的空气里来。底下站着一群无产的肉欲追求者，在那里隔水闻香。也有作了认真的面色，站着尝那肉声的滋味的，也有叫一声绝望的好，就慢慢走开的。

正是这时候，质夫和吴风世、倪龙庵慢慢的走下了长街，在金钱巷口，向四面看了一回，便匆匆的跑进去了。他们进巷走了两步，斗头遇着了一乘飞跑的人力车。质夫举头一看，却是碧桃荷珠两人。碧桃穿着银灰缎子的长袍，罩着一件黑色铁机缎的小背心，歪戴了一顶圆形的瓜皮帽，坐在荷珠的身上。她那长不长方不方的小脸上，常有一层红白颜色浮着，一双目光射人的大眼睛，在这黑黯的夜色里同枭鸟似的尽在那里凝视过路的人。质夫一则因为她年纪尚小，天真烂漫，二则因为她有些地方很像吴迟生，本来是比海棠还要喜欢她，在这地方遇着，一见了这种样子，更加觉得痛爱，所以就赶上前去，一把拉住了那人力车叫着说：

"碧桃，你上什么地方去？"

碧桃用了她的还没有变浊的小孩的喉音说："哦，你来了么？先请家去坐一坐，我们现在上第一春去出局去，就回来的。"

质夫听了她那小孩似的清音，更舍不得放她走，便用手去拉着她说："碧桃你下来，叫荷珠一个人去就对了。你下来同我上你家去。"

碧桃也伸出了一只小手来把质夫的手捏住说：

"对不起，你先去吧，我就回来的，最多请你等十五分钟。"

质夫没有方法，把她的小手拿到嘴边上轻轻的咬了一口，就对她说：

"那么你快回来，我有要紧的话要和你说。"

质夫和倪吴二人到了海棠房里，她的床上已经有一个烟盘摆好在那里。他们三人在床上烧了一会烟，程叔和也来了。叔和的年纪约在三十内外，也是一个瘦长的人。脸上有几颗红点，带着一副近视眼镜，嘴角上似有若无的常含着些微笑。因为他是荷珠的侄女清官人碧桃的客人，所以大家都叫他作侄女婿。原来这鹿和班里最红的姑娘就是荷珠。其次是碧桃，但是碧桃的红不过是因荷珠而来的。质夫看了荷珠那俊俏的面庞，似笑非笑的形容，带些红黑色的强壮的肉色，不长不短的身材，心里虽然爱她，但是因她太红了，所以他的劫富济贫的精神，总不许他对荷珠怀着好感。吴风世是荷珠微贱时候的老客，进出已经有五六年了，非但荷珠对他有特别的感情，就是鹿和班里的主人，对他也有些敬畏之心。所以荷珠是鹿和班里最红的姑娘，吴风世是鹿和班里最有势力的嫖客，为此二层原因，鹿和班里的绰号，都是以荷珠风世作中心点拟成的。这就是程叔和的绰号侄女婿的来历。

程叔和到后，碧桃就命海棠摆好桌子来打牌。正在摆桌子的时候，门外忽发了一阵乱喊的声音，碧桃跳进海棠的房里来了。碧桃刚跳出来，质夫同时也跑了过去，把她紧紧的抱住。一步一步的抱到床前，质夫就把碧桃推在程叔和身上说：

"叔和，究竟碧桃是你的人，刚才我在路上撞见，叫她回来，她怎么也不肯，现在你一到这里，你看她马上就跳了回来。"

程叔和笑着问碧桃说：

"你在什么地方出局？"

“第一春。”

“是谁叫的?”

“金老爷。”

质夫接着问说:

“荷珠回来没有?”

碧桃光着眼睛，尖了嘴，装着了怒容用力回答说:

“不晓得!”

桌子摆好了，吴风世倪龙庵程叔和就了席坐了。质夫本来不喜欢打牌，并且今晚想和碧桃讲讲闲话，所以就叫海棠代打。

他们四人坐下之后，质夫就走上坐在叔和背后的碧桃身边轻轻的说:

“碧桃，你还在气我么?”

这样说着，质夫就把两手和身体伏上碧桃的肩上去。碧桃把身子向左边一避，质夫却按了一个空，倒在叔和的背上，大家都笑了起来。碧桃也笑得坐不住了，就站了起来逃，质夫追了两圈，才把她捉住。拿住了她的一只手，质夫就把她拖上床去，两个身体在叠着烟盘的一边睡下之后，质夫便轻轻的对她说:

“碧桃你是真的生了气呢还是假的?”

“真的便怎么样?”

“真的么?”

“嗳! 真的，由你怎么样来弄我吧!”

“是真的么? 那么我就爱死你了。”

这样的说了一句，质夫就狠命的把她紧抱了一下，并且把嘴拿近碧桃的脸上，重重的咬了一口，他脸上忽然挂下了两滴眼泪来。碧桃被他咬了一口，想大声的叫起来，但是朝他一看，见那灵活的眼睛里，含住了一泓清水，并且有两滴眼泪已经流在颊上，倒反而吃了一惊，就呆住了。质夫和她呆看了一忽，就轻轻的叫她说:

“碧桃，我有许多话要和你说，但是总觉得说不出来。”[1]

[1] 此后原有小标题“五”。

又停了一忽，质夫就一句一句幽幽的对她说：

“我三岁的时候，父亲就死了。那时候我们家里没有钱，穷得很。我在书房里念书，因为先生非常痛我的缘故，常要受学伴的欺，我哩，又没有气力，打他们不过，受了他们的欺之后，总老是一个人哭起来。我若去告诉先生哟，那么先生一定要罚他们啦，好，你若去告诉一次吧，下次他们欺侮我，一定得更厉害些。我若去告诉母亲哩，那么本来在伤心的可怜的我的娘，老要同我俩一道哭起来。为此我受了欺，也只能一个人把眼泪吞下肚子里去。我从那时候起，就一天一天的变成了一个小胆，没出息，没力量的人。十二岁的时候我见了一个我们街坊的女儿，心里我可是非常爱她，但是我呀，只能远远的看看她的影子，因为她一近我的身边，我就同要死似的难过。我每天想每晚想的想了她二年，可是没有面对面的看她过一次。和她说话的时候，不消说是没有了，你说奇怪不奇怪？后来她同我的一位学伴要好了，大家都说她的坏话，我心里还常常替她辩护。现在她又嫁了另外的一个男人，听说有三四个小孩子生下了。十四岁进了中学校，又被同学欺得不得了。十八岁跟了我哥哥上日本去，只是跑来跑去的跑了七八年。他们日本人呀，欺我可更厉害了。到了今年秋天我才拖了这一个，你瞧吧，半死的身体回中国来。在上海哩，不意中遇着了一个朋友，他也是姓吴，他的样子同你不差什么，不过人还要比你小些。他病了，他的脸儿苍白得很，但是也很好看，好像透明的白玻璃似的。他说话的时候呀，声音也和你一样。同他在上海玩了半个月，我才知道以后我是少他不来了。但是和他一块儿住不上几天，这儿的朋友又打电报来催我上这儿来，我就不得不和他分开。我上船的那一天晚上，他来送我上船的时候，你猜怎么着，我们俩人哪，这样的抱住了，整哭了半夜啊。到了这儿两个月多，忙也忙得很，干的事情也没有味儿，我还没有写信去给他。现在天气冷了，我怕他的病又要坏起来呢！半个月前头由吴老爷替我介绍，我才认得了海棠和你。海棠相貌又不美，人又笨，客人又没有，我心里虽在痛她，想帮她一点忙，可是我也没有许多的钱，可以赎她出去。你这样的乖，这样的可爱，我看见了你，就仿佛见我的朋友姓吴的似的，但是你呀，你又不是我的人。因为你和海棠在一个班子里，我又不好天天来找你说什么话，你又是很忙的，我就是来也不容易和你时常见面，今天难得和你遇见了，你又是这样的有气了，你说我难受不难受？”

质夫悠悠扬扬的诉说了一番，说得碧桃也把两只眼睛合了下去。质夫看了她这副小孩似的悲哀的样子，心里更觉得痛爱，便又拼命的紧紧抱了一回。质夫正想把嘴拿上她脸上去的时候，坐在打牌的四个人，忽而大叫了起来。碧桃和质夫两人也同时跳出了床，走近打牌的桌子边上去。原来程叔和赢了一副三番的大牌，大家都在那里喝采。

不多一忽，荷珠回来了。吴风世就叫她代打，他同质夫走上烟铺上睡倒了。质夫忽想起了许明先说的翠云，就问着说：

“风世，这班子里有一个翠云，你认识不认识？”

吴风世呆了一呆说：

“你问她干什么？”

“我打算为龙庵去叫她过来。”

“好极好极！”

吴风世便命海棠的假母去请翠云姑娘过来。

翠云半老了。脸色苍黄，一副憔悴的形容，令人容易猜想到她的过去的浪漫史上去，纤长的身体，瘦得很，一双狭长的眼睛里常有盈盈的两泓清水浮着，梳装也非常潦草，有几条散乱的发丝挂在额上，穿的是一件天青花缎的棉袄，花样已不流行了，底下是一条黑缎子的大脚裤。她进海棠房里之后，质夫就叫碧桃为龙庵代了牌，自家作了一个介绍，让龙庵和翠云倒在烟铺上睡下。质夫和翠云龙庵风世讲了几句闲话，便走到碧桃的背后去看她打牌。海棠的假母拿了一张椅子过来让他坐了。质夫坐下看了一忽，渐渐把身体靠了过去，过了十五六分钟，他却和碧桃坐在一张椅子上了。他用一只手环抱着碧桃的腰部，一只手在那里帮她拿牌，不拿牌的时候质夫就把那只手摸到她的身上去，碧桃只作不知，默默的不响。

打牌打到十一点钟，大家都不愿意再打下去。收了场摆好一桌酒菜，他们就坐拢来吃。质夫因为今天和碧桃讲了一场话，心里觉得凄凉，又觉得痛快，就拼命的喝起酒来，这也奇怪，他今天晚上愈喝酒愈觉得神经清敏起来，怎么也喝不醉。大家喝了几杯，就猜起拳来。今天质夫是东家，所以先由质夫打了一个通关。碧桃叫了三拳，输了三拳，质夫看她不会喝酒，倒替她喝了两杯。海棠输了两拳，质夫也替她代了一杯酒。喝酒喝得差不多了，质夫就叫拿稀饭来。各人吃了一二碗稀饭，席就散了。躺在床上的烟盘边上，抽了两口烟，质夫就说，

"今天龙庵第一次和翠云相会，我们应该到翠云房里去坐一忽儿。"

大家赞成了。就一同上翠云房里去，说了一阵闲话，程叔和走了。质夫和龙庵风世正要走的时候，荷珠的假母忽来对质夫说：

"于老爷，有一件事情要同你商量，请你上海棠姑娘房里来一次。"

质夫莫名其妙，就跟了她上海棠房里去。质夫一走进房，海棠的假母就避开了。荷珠的假母先笑了一脸，慢慢的对质夫说：

"于老爷，我今晚有一件事情要对你说，不晓得你肯不肯赏脸?"

"你说出来吧!"

"我想替你做媒，请你今晚上留在这里过夜。"

质夫正在惊异，没有作答的时候，她就笑着说：

"你已经答应了，多谢多谢!"

听了这话，海棠的假母也走了出来，匆匆忙忙的对质夫说：

"于老爷，谢谢，我去对倪老爷吴老爷说一声，请他们先回去。"

质夫听了这话，看她三脚两步的走出门去了，心里就觉得不快活起来。质夫叫等一等，她却同不听见一样，径自出门去了。质夫就站了起来，想追出去，却被荷珠的假母一把拖住说：

"你何必出去，由他们回去就对了。"

质夫心里着起急来，想出去又难以为情，想不去又觉得不好。正在苦闷的时候，龙庵却同风世走了进来，风世笑微微的问质夫说：

"你今晚留在这里么?"

质夫急得脸红了，便格格的回答说：

“那是什么话，我定要回去的。”

荷珠的假母便制着质夫说：

“于老爷，你不是答应我了么？怎么又要变卦？”

质夫又格格的说：

“什么话，什么话，我……我何尝答应你来。”

龙庵青了脸跑到质夫面前，用了日本话对质夫说；

“质夫，我同你是休戚相关的，你今晚怎么也不应该在这里过夜。第一我们的反对党可怕得很。第二在这等地方，总以不过夜为是，免得人家轻笑你好色。”

质夫听了这话，就同大梦初醒的一样，决心要回去，一边用了英文对风世说：

“这是一种侮辱，他们太看我不起了。难道我对海棠那样的姑娘，还恋她的姿色不成？”

风世听了便对质夫好意的说：

“这倒不是这样的，人家都知道你对海棠是一种哀怜。你要留宿也没有什么大问题的，你若不愿意，也可以同我们一同回去的。”

龙庵又用了日本话对质夫说：

“我是负了责任来劝你的，无论如何请你同我回去。”

海棠的假母早已看出龙庵的样子来了，便跑出去把翠云叫了过来，托翠云把龙庵叫开去。龙庵与翠云跑出去后，质夫一边觉得被人家疑作了好色者，心里感着一种侮辱，一边却也有些好奇心，想看看中国妓女的肉体。他正脸涨得绯红，决不定主意的时候，龙庵又跑了进来，这一次龙庵却变了态度，质夫举眼对他一看，用了目光问他计策的时候，他便说：

“去留由你自家决定吧。但是你若要在这里过夜，这事千万要守秘密。”

质夫也含糊答应说：

“我只怕两件事情，第一就是怕病，第二就是怕以后的纠葛。”

龙庵又用了日本话回答说：

“海棠病是没有的，刚才翠云已经对我说过了。”

风世又用英文接着说：

“竹杠她是不敢敲的。你明天走的时候付她二十块钱就对了。她以后要你买什么东西，你可以不答应的。”

质夫红了脸失了主意，迟疑不决的正在想的时候，荷珠的假母，海棠的假母和翠云就把风世龙庵两人拉了出去，一边海棠走进了房，含着了一脸忠厚的微笑，对着质夫坐下了。

六

海棠房里只剩了质夫海棠二人，质夫因为刚才的去留问题，神经已被他们搅乱了，所以不愿意说话。鲁钝的海棠也只呆呆的坐着，不说一句话。质夫只听见房外有几声脚步声，和大门口有几声叫唤声传来。被这沉默的空气一压，质夫的脑筋觉得渐渐镇静下去。停了一忽，海棠的假母走进房来轻轻的对质夫说：

“于老爷，对不起得很，间壁房里有海棠的一个客人在那里打牌，请你等一忽，等他去了再睡。”

质夫本来是小胆，并且有虚荣心的人，听了这话，故意装了一种恬淡的样子说：

“不要紧，迟一忽睡有什么。”

质夫默默地坐了三十分钟，觉得无聊起来，便命海棠的假母去拿鸦片烟来烧。他一个人在烧鸦片烟的时候，海棠就出去了。烧来烧去，质夫终究烧不好，好容易装好了一口，吸完之后，海棠跑了进来对假母幽幽的说：

“他去了。”

假母就催说：

“于老爷，请睡吧。”

把烟盘收好，被褥铺好之后，那假母就带上了门出去了。

质夫看看海棠，尽是呆呆的坐在那里，他心里却觉得不快，跑上去对她说了一声，他就一个人把衣服脱下来睡了。海棠只是不来睡，坐了一忽，却拿了一副骨牌出来，好像在那里卜卦的样子。质夫看了她这一种愚笨的迷信，心里又好气，又好笑。

“大约她是不愿意的，否则何以这样的不肯睡呢。”

质夫心里这样一想，就忽而想得她可怜起来。

“可怜你这皮肉的生涯！这皮肉的生涯！我真是以金钱来蹂躏人的禽兽呀！”

他就决定今晚上在这里陪她过一夜，绝对不去蹂躏她的肉体。过了半点钟，她也脱下衣服来睡了，质夫让她睡好之后，用了围巾替她颈项围得好好，把她爱抚了一回，就叫她睡。自家却把头朝开了。过了三十分钟的样子，质夫心中觉得自家高尚得很，便想这样的好好睡一夜，永不去侵犯她的肉体，但是他愈这样的想愈睡不着，又过了一忽，他心里却起起冲突来了。

“我这样的高尚，有谁晓得。这事讲出去，外边的人谁能相信。海棠那蠢物，你在怜惜她，她哪里能够了解你的心。还是做俗人吧。”

心里这样一想，质夫就朝了转来，对海棠一看，这时候海棠还开着眼睛向天睡在那里。质夫觉得自家脸上红了一红，对她笑了一脸，就把她的两只手压住了。她也已经理会了质夫的心，轻轻的把身体动了一动。

本来是变态的质夫，并且曾经经过沧海的他，觉得海棠的肉体，绝对不像个妓女。她的脸上仍旧是无神经似的在那里向上呆看。不过到后来她的眼睛忽然连接的开闭了几次，微微的吐了几口气，那时窗外已经白灰灰的亮起来了。

七

久旱的天气，忽下了一阵微雨。灰黑的天空，呈出寒冬的气象来。北风吹到半空的电线上的时候，呜呜的鸣声，刺入人的心骨里去，无棉衣的穷民，又不得不起愁闷的时候到了。

质夫自从那一晚在海棠那里过夜之后，觉得学校的事情，愈无趣味。一边因为怕人家把自己疑作色鬼，所以又不愿再上鹿和班去，并且怕纯洁的碧桃，见了他更看他不起，所以他同犯罪的人一样，不得不在他那同牢狱似的房里蛰居了好几天。

那一天午后，天气忽然开朗起来。悠悠的青天仍复蓝碧得同秋空一样。他看看窗外的和煦的冬日，心里觉得怎么也不得不出去一次。但是一进城去，意志薄弱的他，又非要到金钱巷去不可。他正在那里想得无聊的时候，忽听见门房传进了几个名片来。他们原来是城内工业学校和第一中学校的学生，正在发行一种文艺旬刊，前几天曾与质夫通过两次信的。质夫一看了他们的名片，觉得现在的无聊，可以消遣了，就叫门房快请他们进来。

几个青年，都是很有精神，质夫听了他们那些生气横溢的谈话，觉得自家惭愧得很。及看到他们的一种向仰的样子，质夫真想跪下去，对他们忏悔一番：

“你们这些纯洁的青年呀！你们何苦要上我这里来。你们以为我是你们的指导者么？你们错了。你们错了。我有什么学问。我有什么见识。啊啊，你们若知道了我的内容，若知道了我的下流的性癖，怕大家都要来打我杀我呢！我是违反道德的叛逆者，我是戴假面的知识阶级，我是着衣冠的禽兽！”

他心里虽在这样的想，面上却装了一副严正的样子，和他们在那里谈文艺社会各种问题。谈了一个钟头，他们去了。质夫总觉得无聊，所以就换了衣服跑进城去。

原来A城里有两个研究文艺的团体，一个是刚才来过的这几个青年的一团，一个是质夫的几个学生和几个已在学校卒业在社会上干事的人的团体。前者专在研究文艺，后者是带有宣传文化事业的性质的。质夫因为学校的关系和个人的趣味上，与后者的一团人接触的机会比较多些，所以他们的一团人，竟暗暗里把质夫当作了一个指导者看。近来质夫因为放荡的结果，许久不把他们的一团人摆在心里了，刚才见了那几个工业和一中的青年学生，他心里觉得有些对那一团人不起的地方，所以就打算进城去看看他们。其实这也不过是他自家欺骗自家的口实，他的朦胧的意识里，早有想去看看碧桃海棠的心想存在了。

到了城里，上他们一团人的本部，附设在一高等小学里的新文化书店里去坐了一忽，他就自然而然的走上金钱巷去。在海棠房里坐了一忽，已经是上灯的时刻了。质夫问碧桃在不在家，海棠的假母说：

“她上游艺会去唱戏去了。”

这几天来华洋义赈会为募集捐款的缘故，办了一个游艺会。

女校书唱戏，也是游艺会里的一种游艺，年纪很轻，喜欢出出风头的碧桃，大约对这事是一定很热心的。

质夫听碧桃上游艺会去了，就也想去看看热闹，所以对海棠说：

“今晚我带你上游艺会去逛去吧。”

海棠喜欢得了不得，便梳头擦粉的准备起来。一边假母却去做了几碗菜来请质夫吃夜饭。质夫吃完了夜饭，与海棠约定了在游艺会的旧戏场的左廊里相会，一个人就先走了。

质夫一路走进了游艺会场，遇见了许多红男绿女，心里忽觉得悲寂起来。走到各女学校的贩卖场的时候，他看见他的一个学生正在与一个良家女子说话。他呆呆的立了一忽，马上就走开了，心里却在说：

“年轻的男女呀，要快乐正是现在，你们却尽你们的力量去寻快乐去吧。人生值得什么；不于少年时求些快乐，等得秋风凋谢的时候，还有什么呢！你们正在做梦的青年男女呀，愿上帝都成就了你们的心愿。我半老了，我的时代过去了。但愿你们都好，都美，都成眷属。不幸的事，不美的人，孤独，烦闷，都推上我的身来，我愿意为你们负担了去。横竖我是没有希望的了。”

这样的想了一遍，他却悔恨自家的青年时代白白的断送在无情的外国。

“如今半老归来，那些莺莺燕燕，都要远远地避我了。”

他的伤感的情怀，一时又征服了他的感情的全部，他便觉得自家是坐在一只半破的航船上，在日暮的大海中飘泊，前面只有黑云大浪，海的彼岸便是“死”。

在灿烂的电灯光里，喧扰的男女中间，他一个人尽在自伤孤独。

他先上女校书唱戏场去看了一回，却不见碧桃的影子。他的孤独的情怀又进了一层，便慢慢的走上旧戏场的左边去，向四边一看，海棠还没有来，他推进了坐位，坐下去听了一忽戏，台上唱的正是《琼林宴》，他看到了姓范的什么人醉倒，鬼怪出来的时候，不觉笑了起来，以为中国人的神秘思想，却比西洋的还更合于实用。看得正出神的时候，他觉得肩上被人拍了一下。他回过头来一看，见碧桃和海棠站在他背后对他在那里微笑。他马上站了起来问她们说：

“你们几时来的？”

她们听不清楚，质夫就叫她们走出戏场来。在质夫周围看戏的人，都对了她们和质夫侧目的看起来了。质夫就俯了首，匆匆的从人丛中跑了出来。跑到宽旷的园里，他仰起头来看看寒冷的碧天，见有一道电灯光线红红的射在半空中。他头朝着了天，深深的吐了一口气，慢慢的跟在他后面的海棠碧桃也来了。海棠含了冷冷的微笑说：

“我和碧桃都还没有吃饭呢！”

质夫就回答说：

“那好极了，我正想陪你们去喝一点酒。”

他们三人上场内宴春楼坐下之后，质夫偷看了几次碧桃的脸色，因为质夫自从那一晚在海棠那里过夜之后，还是第一次遇见碧桃，他怕碧桃待他要与从前变起态度来。但是碧桃却仍是同小孩子一样，与他要好得很。他看看碧桃那种无猜忌的天真，一边感着一种失望，一边却又有一种羞愧的心想起来。

他心里似乎说：

“像这样无邪思的人，我不该以小人之心待她的。”

质夫因为刚才那孤独的情怀，还没有消失，并且又遇着了碧桃，心里就起了一种特别的伤感，所以一时多喝了几杯酒。吃完了饭，碧桃说要回去，质夫留她不住，只得放她走了。

质夫陪着海棠从菜馆下来的时候，已觉得有些昏昏欲睡的样子，胡乱的跟海棠在会场里走了一转，觉得疲倦起来，所以就对海棠说：

“你在这里逛逛，我想先回家去。”

“回什么地方去？”

“出城去。”

“那我同你出去，你再上我们家去坐一会吧。”

质夫送她上车，自家也雇了一乘人力车上金钱巷去。一到海棠房里他就觉得想睡，说了二句闲话，就倒在海棠床上和衣睡着了。

质夫醒来，已经是十一点五十分的样子。假母问他要不要什么吃，他也觉得有些饿了，便托她去叫了两碗鸡丝面来。质夫看看外面黑的很，一个人跑出城去有些怕人，便听了假母的话，又留在海棠那里过夜了。

八

妓家的冬夜渐渐地深起来了。质夫吃了面，讲了几句闲话，与海棠对坐在那里顽骨牌，忽听见后头房里一阵哄笑声和爆竹声传了过来。质夫吃了一惊，问是什么。海棠幽幽的说：

“今天是菊花的生日，她老爷替她在放爆竹。”

质夫听了这话，看看海棠的悲寂的面色，倒替海棠伤心起来。

因为这班子里客最少的是海棠。现在只有一个质夫和另外一个年老的候差的人。那候差的人现在钱也用完了，听说不常上海棠这里来。质夫也是于年底下要走的。一年中间最要用钱的年终，海棠怕要变得一个客也没有。质夫想到了这里，就不得不为海棠担起忧来。将近二点的时候，假母把门带上了出去，海棠质夫就脱衣睡了。

正在现实与梦寐的境界上浮游的时候，质夫忽听见床背后有霍霍的响声，和竹木的爆裂声音传过来。他一开眼睛，觉得房内帐内都充满了烟雾，塞得吐气不出，他知道不好了。用力把海棠一把抱起，将她衣裤拿好，质夫就以命令似的声音对她说：

“不要着忙，先把裤子衣服穿好来，另外的一切事情，有我在这里，不要紧，不要着忙！”

他话没有讲完，海棠的假母也从门里跌了进来，带了哭声叫着说：

“海棠，不好了，快起来，快起来！”

质夫把衣服穿好之后，问海棠说：

“你的值钱的物事摆在什么地方的？”

海棠一边指着那床前的两只箱子，一边发抖哭着说：

“我的小宝宝，我的小宝宝，小宝宝呢？”

质夫一看海棠的样子，就跳到里间屋里去，把那乳母和小宝宝拉了出来，那时的火焰已经烧到了里间屋里了，质夫吩咐乳母把小孩抱出外面去。他就马上到床上把一条被拿了下来摊在地板上，把海棠的几件挂在那里的皮袄和枕头边上的一条首饰箱丢在被里，包作了一包，与一只红漆的皮箱一并拖了出去。外边已经有许多杂乱的人冲来冲去的搬箱子包袱，质夫出了死力的奔跑，才把一只箱子和一个被包搬到外面。他回转头来一看，看见海棠和她的假母一边哭着，一边抬了一床帐子跟在后面。质夫把两件物事摆下，吐了一口气，忽见边上有一乘人力车走过，他就拉住人力车，把箱子摆了上去，叫海棠和一个海棠房外使用的男人跟了车子向空地里去看管。

质夫又同假母回进房来，搬第二次的东西，那时候黑烟已经把房内包紧了。质夫和假母抬了第二次东西出来的时候，门外忽冲着了翠云。她披散了头发在那里哭喊。质夫问她，怎么样？她哭着说：

“菊花的房同我的连着，我一点东西也没有拿出来，烧得干干净净了。”

质夫就把假母和东西丢下，再跑到翠云房里去一看，她房里的屋椽已经烧着坍了下来，箱子器具都炎炎的燃着了。质夫不得已就空手的跑了出来，再来寻翠云，又寻她不着。质夫跑到碧桃房里去一看，见她房里有四个男人坐着说：

“碧桃荷珠已经往外边去了。她们的东西由我们在这里守着，万一烧过来的时候，我们会替她搬的，请于老爷放心。”

原来荷珠碧桃的房在外边，与菊花翠云的房隔两个天井，所以火势不大，可以不搬的，质夫听了便放了心，走出来上空地里去找海棠去。质夫到空地里的时候，就看见海棠尽呆呆的站在那里。

因为她太出神了，所以质夫走上她的背后，她也并不知道。质夫也不去惊动她，便默默的站在她的背后。过了三五分钟，一个四十五六，面貌瘦小，鼻头红红的男人走近了海棠的身边问她说：

“我们的小孩子呢？”

海棠被他一问，倒吃了一惊，一见是他，便含了笑容指着乳母说：

“你看！”

“你惊骇了么？”

“没有什么。”

质夫听了，才知道这便是那候差的人，那小娃娃就是他与海棠的种子，质夫看看那男人，觉得他的面貌，卑鄙得很，一联想到他与海棠结合的事情，竟不觉打起冷痉来。他摇了一摇头，对海棠的背后丢了一眼轻笑的眼色，就默默的走了。

那一天因为没有风，并且因为救火人多，质夫出巷外的时候火已经灭了。东方已有一线微明，鸡叫的声音有几处听得出来。质夫一个人冒了侵早的寒冷空气，从灰黑清冷的街上一步一步的走上北门城下去。他的头脑，为夜来的淫乐与失火时候的杂闹搅乱了，觉得思想混杂得很，但是在这混杂的思想里，他只见一个红鼻头的四十余岁的男子的身体和海棠的矮小灰白的肉体合在一处，浮在他的眼前。他在游艺场中感得的那一种孤独的悲哀，和一种后悔的心思混在一块，笼罩上他的全心。

九

第二天寒空里忽又萧萧的下起雨来。倪龙庵感冒了风寒，还睡在床上，质夫一早就跑上龙庵的房，将昨晚失火的事情讲给了他听，他也叹着说：

“翠云真是不幸呀！可惜我又病了，不能去看她，并且现在身边钱也没有。不能为她尽一点力。”

质夫接着说：

“我想要明先出五十元，你出五十元，我出五十元，送她。教她好做些更换的衣服。下半天课完之后，打算再进城去看她，海棠的东西我都为她搬出了，大约损失也是不多的。”

这一天下午，质夫冒雨进城去一看，鹿和班只烧去了菊花翠云的两间房子和海棠的里半间小屋。海棠的房间，已经用了木板修盖好，海棠一家，早已搬进去住好了。质夫想问翠云的下落，海棠的假母只说不知道，不肯告诉质夫。质夫坐了一会出来的时候，却遇见了碧桃。碧桃红了一红脸，笑质夫说：

“你昨晚上没有惊出病来么？”

质夫跑上前去把她一把拖住说：

“你若再讲这样的话，我又要咬你的嘴了。”

她讨了饶，质夫才问她翠云住在什么地方。她领了质夫走上巷口的一间同猪圈似的屋里去。一间潮湿不亮的丈五尺长的小屋里坐满了些假母妓女在那里吊慰翠云。翠云披散了头发，眼睛哭得红肿，坐在她们的中间。质夫进去叫了一声：

“翠云！”

觉得第二句话说不出来，鼻子里也有些酸起来了。翠云见了质夫，就又哭了起来。那些四围坐着的假母妓女走散之后，翠云才断断续续的哭着说：

“于老爷，我……我……怎么，……怎么好呢！现在连被褥都没有了。”

质夫默坐了好久，才慢慢地安慰她说：

“偏是龙庵这几天病了，不能过来看你。但我已经同他商量过，大约他与许明先总能帮你的忙的。”

质夫看着她的周围，觉得连梳头的镜盒都没有，就问她说：

“你现在有零用钱没有？”

她又哭着摇头说：

“还……还有什么！我有八十几块的钞票全摆在箱子里烧失了。”

质夫开开皮包来一看里面还有七八张钞票存在，便拿给了她说：

“请你收着，暂且当作零用吧。你另外还有什么客人能帮你的忙？”

“另外还有一二个客人，都是穷得同我一样。”

质夫安慰了她一番，约定于明天送五十块钱过来，便走回学校内去。

十

耶稣的圣诞节近了。一九二一年所余也无几了。晴不晴，雨不雨的阴天连续了几天，寒空里堆满了灰黑的层云。今年气候说比往年暖些，但是A城外法政专门学校附近的枯树电杆，已在寒风里发起颤来了。

质夫的学校里，为考试问题与教职员的去留问题，空气紧张起来。学生向校长许明先提出了一种要求，把某某某某的几个教员要去，某某某某的几个教员要留的事情，非常强硬的说了。质夫因为是陆校长聘来的教员，并且明年还不得不上日本去将卒业论文提出，所以学生来留的时候，确实的复绝了。

其中有一个学生，特别与质夫要好，大家推他来留了几次，质夫只讲了些伤心的话，与他约了后会，宛转的将不能再留的话说给他听。

那纯洁的学生听了质夫的殷殷的别话，就在质夫面前哭了起来，质夫的灰颓的心，也被他打动了。但是最后质夫终究对他说：

“要答应你再来也是不难，但现在虽答应了你，明年若不能来，也是无益的。这去留的问题，我们暂且不讲吧。”

同事中间，因为明年或者不能再会的缘故，大家轮流请起酒来，这几日质夫的心里，为淡淡的离情充满了。

有一晚星期六晚上，质夫喝醉了酒，又与龙庵风世上鹿和班去，那时候翠云的房间也修盖好了。烧烧鸦片烟，讲讲闲话，已经到了十二点钟，质夫想同海棠再睡一夜，就把他今晚不回去的话说了。龙庵风世走后，海棠的假母匆匆促促的对质夫说：

“今晚对不起得很，海棠要上别处去。”

质夫一时涨红了脸，心里气愤得不堪，但是胆量很小虚荣心很大的质夫，也只勉强的笑了一脸，独自一个人从班子里出来，上寒风很紧的长街上走回学校里去。本来是生的闷汰儿的他，因想尝尝那失恋的滋味，故意车也不坐，在冷清的街上走向北门城下去。他一路走一路在想：

“连海棠这样丑的人都不要我了。啊啊，我真是世上最孤独的人了，真成了世上最孤独的人了啊！”

这些自伤自悼的思想，他为想满足自家的感伤的怀抱，当然是比事实还更夸大的。

学校内考试也完了。学生都已回家去了。质夫因为试卷没有看完，所以不得不迟走几天，约定龙庵于三日后乘船到上海去。

到了要走的前晚，他总觉得海棠人还忠厚，那一晚的事情，全是那假母弄的鬼。虽然知道天下最无情的便是妓女，虽然知道海棠还有一个同她生小孩的客在，但是生性柔弱的质夫，觉得这样的别去，太是无情。况且同吴迟生一样的那纯洁的碧桃，无论如何，总要同她话一话别。况这一回别后，此生能否再见，事很渺茫，即便能够再见，也不知更在何日。所以那一晚质夫就作了东，邀龙庵风世碧桃荷珠翠云海棠在小蓬莱菜馆里吃饭。

质夫看看海棠那愚笨的样子，与碧桃的活泼，荷珠的娇娆，翠云的老练一比，更加觉得她可怜。喝了几杯无聊的酒，质夫就招海棠出席来，同她讲话。他自家坐在一张藤榻上，教海棠坐在他怀里。他拿了三张十元的钞票，轻轻的塞在她的袋里。把她那只小的乳头捏弄了一回，正想同她亲一亲嘴走开的时候，那红鼻头的卑鄙的面貌，又忽然浮在他的眼前。

质夫幽幽的向她耳跟前说了一句“你先回去吧。”就站了起来，走回到席上来了。海棠坐了一忽，就告辞了，质夫送了她到了房门口，想她再回转头来看一眼的，但是愚笨的海棠，竟一直的出去了。

海棠走后，质夫忽觉兴致淋漓起来，接连喝了二三杯酒，他就红了眼睛对碧桃说：

“碧桃，我真爱你，我真爱你那小孩似的样子。我希望你不要把自家太看轻了。办得到请你把你的天真保持到老，我因为海棠的缘故，不能和你多见几面，是我心里很不舒服的一件事情，可是你给我的印象，比什么人更深，我若要记起忘不了的人来，那么你就是其中的一个。我这一次回上海后，不知道能不能和我的姓吴的好朋友相见，我若见了他，定要把你的事情讲给他听。我那一天晚上对你讲的那个朋友，你还想得起来么？”

质夫又举起杯来干了一满杯，这一次却对翠云说：

“翠云，你真是糟糕。嫁了人，男人偏会早死，这一次火灾你又烧在里头，但是……翠云……我们人是很容易老的，我说，翠云，你别怪我，还是早一点跟人吧！”

几句话说得翠云掉下眼泪来，一座的人都沉默了。吴风世觉得这沉默的空气压迫不过，就对质夫说：

“我们会少离多，今晚上应该快乐一点。我们请碧桃唱几出戏吧！”

大家都赞成了，碧桃还是呆呆的在那里注视质夫，质夫忽对碧桃说：

“碧桃，你看痴了么？唱戏呀！”

碧桃马上从她的小孩似的悲哀状态回复了转来，琴师进来之后，碧桃问唱什么戏，质夫摇头说：

“我不知道，由你自家唱。”

碧桃想了一想，就唱了一段《打棍出箱》，正是质夫在游艺会里听过的那一段。质夫听她唱了一句，就走上窗边坐下。他听听她的悲哀的清唱，看看窗外沉沉的暗夜，觉得一种莫名其妙的哀思忽而涌上心来。不晓是什么缘因，他今晚上觉得心里难过的很，听碧桃唱完了戏，胡乱的喝了几杯酒，他就别了碧桃荷珠翠云，跑回家来，龙庵风世定要他上鹿和班去，他怎么也不肯，竟一个人走了。

十一

一九二一年十二月二十八日的晚上，A城中的招商码头上到了一只最新的轮船，一点钟后，要开往上海去的。在上船下船的杂闹的人丛中，在黄灰灰的灯影里，质夫和龙庵立在码头船上和几个来送的人在那里讲闲话，围着龙庵的是一群学校里的同事和许明先，围着质夫的是一群青年，其中也有他的学生，也有A地的两个青年团体中的人。质夫一一与他们话别之后，就上舱里去坐了。不多一忽船开了，码头上的杂乱的叫唤声，也渐渐的听不见了。质夫跑上船舷上去一看，在黑暗的夜色里，只见A地的一排灯火，和许多人家的黑影，在一步一步的退向后边去。他呆呆的立了一会，见A省城只剩了几点灯影了。又看了一忽，那几点灯影也看不出来了。质夫便轻轻的说：“人生也是怎样的吧！吴迟生不知道在不在上海了。”

一九二二年七月初稿

一九二四年十月改作

（原载1924年12月14、16、24日《晨报副镌》）

采石矶

文章憎命达，魑魅喜人过。

——杜　甫

一

自小就神经过敏的黄仲则，到了二十三岁的现在，也改不过他的孤傲多疑的性质来。他本来是一个负气殉情的人，每逢兴致激发的时候，不论讲得讲不得的话，都涨红了脸，放大了喉咙，抑留不住的直讲出来。听话的人，若对他的话有些反抗，或是在笑容上，或是在眼光上，表示一些不赞成他的意思的时候，他便要拼命的辩驳；讲到后来他那双黑晶晶的眼睛老会张得很大，好像会有火星飞出来的样子。这时候若有人出来说几句迎合他的话，那他必喜欢得要奋身高跳，他那双黑而且大的眼睛里也必有两泓清水涌漾出来，再进一步，他的清瘦的颊上就会有感激的眼泪流下来了。

像这样的发泄一回之后，他总有三四天守着沉默，无论何人对他说话，他总是噤口不作回答的。在这沉默期间内，他也有一个人关上了房门，在那学使衙门东北边的寿春园西室里兀坐的时候；也有青了脸，一个人上清源门外的深云馆怀古台去独步的时候；也有跑到南门外姑熟溪边上的一家小酒馆去痛饮的时候。不过在这期间内他对人虽不说话，对自家却总一个人老在幽幽的好像讲论什么似的。他一个人，在这中间，无论上什么地方去，有时或轻轻的吟诵着诗或文句，有时或对自家嘻笑嘻笑，有时或望着了天空而作叹惜，竟似忙得不得开交的样子。但是一见着人，他那双呆呆的大眼，举起来看你一眼，他脸上的表情就会变得同毫无感觉的木偶一样，人在这时候遇着他，总没有一个不被他骇退的。

学使朱笥河，虽则非常爱惜他，但因为事务烦忙的缘故，所以当他沉默幽郁的时候，也不能来为他解闷。当这时候，学使左右上下四五十人中间，敢接近他，进到他房里去与他谈几句话的，只有一个他的同乡洪稚存。与他自小同学，又是同乡的洪稚存，很了解他的性格。见他与人论辩，愤激得不堪的时候，每肯出来为他说这句话，所以他对稚存比自家的弟兄还要敬爱。稚存知道他的脾气，当他沉默起头的一两天，故意的不去近他的身。有时偶然同他在出入的要路上遇着的时候，稚存也只装成一副幽郁的样子，不过默默的对他点一点头就过去了。待他沉默过了一两天，暗地里看他好像有几首诗做好，或者看他好像已经在市上酒肆里醉过了一次，或在城外孤冷的山林间痛哭了一场之后，稚存或在半夜或在清晨，方敢慢慢的走到他的房里去，与他争诵些《离骚》或批评些韩昌黎李太白的杂诗，他的沉默之戒也就能因此而破了。

学使衙门里的同事们，背后虽在叫他作黄疯子，但当他的面，却个个怕他得很。一则因为他是学使朱公最钟爱的上客，二则也因为他习气太深，批评人家的文字，不顾人下得起下不起，只晓得顺了自家的性格，直言乱骂的缘故。

他跟提督学政朱笥河公到太平，也有大半年了，但是除了洪稚存朱公二人而外，竟没有一个第三个人能同他讲得上半个钟头的话。凡与他见过一面的人，能了解他的，只说他恃才傲物，不可订交；不能了解他的，简直说他一点儿学问也没有，只仗着了朱公的威势爱发脾气。他的声誉和朋友，一年一年的少了下去，他的自小就有的忧郁症，反一年一年的深起来了。

二

乾隆三十六年的秋也深了。长江南岸的太平府城里，已吹到了凉冷的北风，学使衙门西面园里的杨柳梧桐榆树等杂树，都带起鹅黄的淡色来。园角上荒草丛中，在秋月皎洁的晚上，凄凄唧唧的候虫的鸣声，也觉得渐渐的幽下去了。

昨天晚上，因为月亮好得很，仲则竟犯了风露，在园里看了一晚的月亮。在疏疏密密的树影下走来走去的走着，看看地上同严霜似的月光，他忽然感触旧情，想到了他少年时候的一次悲惨的爱情上去。

“唉唉！但愿你能享受你家庭内的和乐！”

这样的叹了一声，远远的向东天一望，他的眼前，忽然现出了一个十六岁的伶俐的少女来。那时候仲则正在宜兴氿里读书，他同学的陈某龚某都比他有钱，但那少女的一双水盈盈的眼光，却只注视在瘦弱的他的身上。他过年的时候因为要回常州，将别的那一天，又到她家里去看她，不晓是什么缘故，这一天她只是对他暗泣而不多说话。同她痴坐了半个钟头，他已经走到门外了，她又叫他回去，把一条当时流行的淡黄绸的汗巾送给了他。这一回当临去的时候，却是他要哭了，两人又拥抱着痛哭了一场，把他的眼泪，都揩擦在那条汗巾的上面。一直到航船要开的将晚时候，他才把那条汗巾收藏起来，同她别去。这一回别后，他和她就再没有谈话的机会了。他第二回重到宜兴的时候，他的少年的悲哀，只成了几首律诗，流露在抄书的纸上：

大道青楼望不遮，年时系马醉流霞。
风前带是同心结，杯底人如解语花。
下杜城边南北路，上阑门外去来车。
匆匆觉得扬州梦，检点闲愁在鬓华。

唤起窗前尚宿酲，啼鹃催去又声声。
丹青旧誓相如札，禅榻经时杜牧情。
别后相思空一水，重来回首已三生。
云阶月地依然在，细逐空香百遍行。

遮莫临行念我频，竹枝留涴泪痕新。
多缘刺史无坚约，岂视萧郎作路人。
望里彩云疑冉冉，愁边春水故粼粼。
珊瑚百尺球千斛，鞋换罗敷未嫁身。

从此音尘各悄然，春山如黛草如烟。
泪添吴苑三更雨，恨惹邮亭一夜眠。
讵有青鸟缄别句，聊将锦瑟记流年。
他时脱便微之过，百转千回只自怜。

后三年，他在扬州城里看城隍会，看见一个少妇，同一年约三十左右、状似富商的男人在街上缓步。她的容貌绝似那宜兴的少女，他晚上回到了江边的客寓里，又做成了四首感旧的杂诗。

风亭月榭记绸缪，梦里听歌醉里愁。
牵袂几曾终絮语，掩关从此入离忧。
明灯锦幄珊珊骨，细马春山剪剪眸。
最忆频行尚回首，此心如水只东流。

而今潘鬓渐成丝，记否羊车并载时。
挟弹何心惊共命，抚柯底苦破交枝。
如馨风柳伤思曼，别样烟花恼牧之。
莫把鹍弦弹昔昔，经秋憔悴为相思。

柘舞平康旧擅名，独将青眼到书生。
轻移锦被添晨卧，细酌金卮遣旅情。
此日双鱼寄公子，当时一曲怨东平。
越王祠外花初放，更向何人缓缓行。

非关惜别为怜才，几度红笺手自裁。
湖海有心随颖士，风情近日逼方回。
多时掩幔留香住，依旧窥人有燕来。
自古同心终不解，罗浮冢树至今哀。

他想想现在的心境，与当时一比，觉得七年前的他，正同阳春暖日下的香草一样，轰轰烈烈，刚在发育。因为当时他新中秀才，眼前尚有无穷的希望，在那里等他。

“到如今还是依人碌碌！”

一想到现在的这身世，他就不知不觉的悲伤起来了。这时候忽有一阵凉冷的西风，吹到了园里。月光里的树影索索落落的颤动了一下，他也打了一个冷痉，不晓得是什么缘故，觉得毛细管都竦竖了起来。

“似此星辰非昨夜，为谁风露立中宵？——”

于是他就稍微放大了声音把这两句诗吟了一遍，又走来走去的走了几步。一则原想借此以壮壮自家的胆，二则他也想把今夜所得的这两句诗，凑成一首全诗。但是他的心思，乱得同水淹的蚁巢一样，想来想去怎么也凑不成上下的句子。园外的围墙弄里，打更的声音和灯笼的影子过去之后，月光更洁练得怕人了。好像是秋霜已经下来的样子，他只觉得身上一阵一阵的寒冷了起来。想想穷冬又快到了，他箧里只有几件大布的棉衣，过冬若要去买一件狐皮的袍料，非要有四十两银子不可，并且家里他也许久不寄钱去了，依理而论，正也该寄几十两银子回去，为老母辈添置几件衣服，但是照目前的状态看来，叫他能到何处去弄得这许多银子？他一想到此，心里又添了一层烦闷。呆呆的对西斜的月亮看了一忽，他却顺口念出了几句诗来：

“茫茫来日愁如海，寄语羲和快着鞭。”

回环念了两遍之后，背后的园门里忽而走了一个人出来，轻轻的叫着说：

“好诗好诗，仲则！你到这时候还没有睡么？”

仲则倒骇了一跳，回转头来就问他说：

“稚存！你也还没有睡么？一直到现在在那里干什么？”

“竹君要我为他起两封信稿，我现在刚搁下笔哩！”

“我还有两句好诗，也念给你听吧，‘似此星辰非昨夜，为谁风露立中宵？’”

“诗是好诗，可惜太衰飒了。”

“我想把他们凑成两首律诗来，但是怎么也做不成功。”

“还是不做成的好。”

“何以呢？”

“做成之后，岂不是就没有兴致了么？”

“这话倒也不错，我是不做了吧！”

“仲则，明天有一位大考据家来了，你知道么？”

“谁呀？”

“戴东原。”

“我只闻诸葛的大名，却没有见过这一位小孔子，你听谁说他要来呀？”

“是北京纪老太史给竹君的信里说出的，竹君正预备着迎接他呢！”

“周秦以上并没有考据家，学术反而昌明，近来大名鼎鼎的考据学家很多，伪书却日见风行，我看那些考据学家都是盗名欺世的。他们今日讲诗学，明日弄训诂，再过几天，又要来谈治国平天下，九九归原，他们的目的，总不外乎一个翰林学士的衔头，我劝他们还是去参注酷吏传的好，将来束带立于朝，由礼部而吏部，或领理藩院，或拜内阁大学士的时候，倒好照样去做。”

“你又要发痴了，你不怕旁人说你在妒忌人家的大名的么？”

“即使我在妒忌人家的大名，我的心地，却比他们的大言欺世，排斥异己，光明得多哩！我究竟不在陷害人家，不在卑污苟贱的迎合世人。”

“仲则！你在哭么？”

“我在发气。”

“气什么？”

“气那些挂羊头卖狗肉的未来的酷吏！”

“戴东原与你有什么仇？”

“戴东原与我虽然没有什么仇，但我是疾恶如仇的。”

“你病刚好，又愤激得这个样子，今晚上可是我害了你了，仲则，我们为了这些无聊的人呕气也犯不着，我房里还有一瓶绍兴酒在，去喝酒去吧。”

他与洪稚存两人，昨晚喝酒喝到鸡叫才睡，所以今朝早晨太阳射照在他窗外的花坛上的时候，他还未曾起来。

门外又是一天清冷的好天气，绀碧的天空，高得渺渺茫茫。窗前飞过的鸟雀的影子，也带有些悲凉的秋意。仲则窗外的几株梧桐树叶，在这浩浩的白日里，虽然无风，也萧索地自在凋落。

一直等太阳照射到他的朝西南的窗下的时候，仲则才醒，从被里伸出了一只手，撩开帐子，向窗上一望，他觉得晴光射目，竟感觉得有些眩晕。仍复放下了帐子，闭上眼睛，在被里睡了一忽，他的昨天晚上的亢奋状态已经过去了，只有秋虫的鸣声，梧桐的疏影和云月的光辉，成了昨夜的记忆，还印在他的今天早晨的脑里，又开了眼睛呆呆的对帐顶看了一回，他就把昨夜追忆少年时候的情绪想了出来。想到这里，他的创作欲已经抬头起来了。从被里坐起，把衣服一披，他拖了鞋就走上书桌边上去。随便拿起了一张桌上的破纸和一枝墨笔，他就叉手写出了一首诗来：

络纬啼歇疏梧烟，露华一白凉无边。
纤云微荡月沉海，列宿乱摇风满天。
谁人一声歌子夜，寻声宛转空台榭。

声长声短鸡续鸣，曙色冷光相激射。

三

仲则写完了最后的一句，把笔搁下，自己就摇头反复的吟诵了好几遍。呆着向窗外的晴光一望，他又拿起笔来伏下身去，在诗的前面填了“秋夜”的两字，作了诗题。他一边在用仆役拿来的面水洗面，一边眼睛还不能离开刚才写好的诗句，微微的仍在吟着。

他洗完了面，饭也不吃，便一个人走出了学使衙门，慢慢的只向南面的龙津门走去。十月中旬的和煦的阳光，不暖不热的洒满在冷清的太平府城的街上。仲则在蓝苍的高天底下，出了龙津门，渡过姑熟溪，尽沿了细草黄沙的乡间的大道，在向着东南前进。道旁有几处小小的杂树林，也已现出了凋落的衰容，枝头未坠的病叶，都带了黄苍的浊色，尽在秋风里微颤。树梢上有几只乌鸦，好像在那里赞美天晴的样子，呀呀的叫了几声。仲则抬起头来一看，见那几只乌鸦，以树林作了中心，却在晴空里飞舞打圈。树下一块草地，颜色也有些微黄了。草地的周围，有许多纵横洁净的白田，因为稻已割尽，只留了点点的稻草根株，静静的在享受阳光。仲则向四面一看，就不知不觉的从官道上，走入了一条衰草丛生的田塍小路里去。走过了一块干净的白田，到了那树林的草地上，他就在树下坐下了。静静地听了一忽鸦噪的声音，他举头却见了前面的一带秋山，划在晴朗的天空中间。

“相看两不厌，只有敬亭山。”

这样的念了一句，他忽然动了登高望远的心思。立起了身，他就又回到官道上来了。走了半个钟头的样子，他过了一条小桥，在桥头树林里忽然发见了几家泥墙的矮草舍。草舍前空地上一只在太阳里躺着的白花犬，听见了仲则的脚步声，呜呜的叫了起来。半掩的一家草舍门口，有一个五六岁的小孩跑出来窥看他了。仲则因为将近山麓了，想问一声上谢公山是如何走法的，所以就对那跑出来的小孩问了一声。那小孩把小手指头含在嘴里，好像怕羞似的一语也不答又跑了进去。白花犬因为仲则站住不走了，所以叫得更加利害。过了一会，草舍门里又走出了一个头上包青布的老农妇来。仲则作了笑容恭恭敬敬的问她说：

“老婆婆，你可知道前面的是谢公山不是？”

老妇摇摇头说：

“前面的是龙山。”

“那么谢公山在哪里呢？”

“不知道，龙山左面的是青山，还有三里多路啦。”

“是青山么？那山上有坟墓没有？”

“坟墓怎么会没有！”

“是的，我问错了，我要问的，是李太白的坟。”

“噢噢，李太白的坟么，就在青山的半脚。”

仲则听了这话，喜欢得很，便告了谢，放轻脚步从一条狭小的歧路折向东南的谢公山去。谢公山原来就是青山，乡下老妇只晓得李太白的坟，却不晓得青山一名谢公山，仲则一想，心里觉得感激得很，恨不得想拜她一下。他的很易激动的感情，几乎又要使他下泪了。他渐渐的前进，路也渐渐窄了起来，路两旁的杂树矮林，也一处一处的多起来了。又走了半个钟头的样子，他走到青山脚下了。在细草簇生的山坡斜路上，他遇见了两个砍柴的小孩，唱着山歌，挑了两肩短小的柴担，斗头在走下山来。他立住了脚，又恭恭敬敬的问说：

“小兄弟，你们可知道李太白的坟是在哪里的？”

两小孩好像没有听见他的话，尽管在向前的冲来。仲则让在路旁，一面又放声发问了一次。他们因为尽在唱歌，没有注意到仲则，所以仲则第一次问的时候，他们简直不知道路上有一个人在和他们斗头的走来，及走到了仲则的身边，看他好像在发问的样子，他们才歇了歌唱，忽而向仲则惊视了一眼。听了仲则的问话，前面的小孩把手向仲则的背后一指，好像求同意似的，回头来向后面的小孩看着说：

“李太白？是那一个坟吧？”

后面的小孩也争着以手指点说：

“是的，是那一个有一块白石头的坟。”

仲则回转了头，向他们指着的方向一看，看见几十步路外有一堆矮林，矮林边上果然有一穴前面有一块白石的低坟躺在那里。

“啊，这就是么？”

他的这叹声里，也有惊喜的意思，也有失望的意思，可以听得出来。他走到了坟前，只看见了一个杂草生满的荒冢。并且背后的那两小孩的歌声，也已渐渐的幽了下去，忽然听不见了，山间的沉默，马上就扩大了开来，包压在他的左右上下。他为这沉默一压，看看这一堆荒冢，又想到了这荒冢底下葬着的是一个他所心爱的薄命诗人，心里的一种悲感，竟同江潮似的涌了起来。

“啊啊，李太白，李太白！”

不知不觉的叫了一声，他的眼泪也同他的声音同时滚下来了。微风吹动了墓草，他的模糊的泪眼，好像看见李太白的坟墓在活起来的样子。他向坟的周围走了一圈，又回到墓门前来跪下了。

他默默的在墓前草上跪坐了好久。看看四围的山间透明的空气，想想诗人的寂寞的生涯，又回想到自家的现在被人家虐待的境遇，眼泪只是陆陆续续的流淌下来。看看太阳已经低了下去。坟前的草影长起来了，他方把今天睡到了日中才起来，洗面之后跑出衙门，一直还没有吃过食物的事情想了出来，这时候却一忽儿的觉得饥饿起来了。

四

他挨了饿，慢慢的朝着了斜阳，走回来的时候，短促的秋日，已经变成了苍茫的白夜。他一面赏玩着日暮的秋郊野景，一面一句一句的尽在那里想诗。敲开了城门，在灯火零星的街上，走回学使衙门去的时候，他的吊李太白的诗也想完成了。

束发读君诗，今来展君墓。
清风江上洒然来，我欲因之寄微慕。
呜呼，有才如君不免死，我固知君死非死，
长星落地三千年，此是昆明劫灰耳。
高冠岌岌佩陆离，纵横学剑胸中奇，
陶镕屈宋入大雅，挥洒日月成瑰词。
当时有君无着处，即今遗躅独相思。
醒时兀兀醉千首，应是鸿濛借君手，
乾坤无事入怀抱，只有求仙与饮酒。
一生低首唯宣城，墓门正对青山青。
风流辉映今犹昔，更有灞桥驴背客。（贾岛墓亦在侧）
此间地下真可观，怪底江山总生色。
江山终古月明里，醉魄沉沉呼不起，
锦袍画舫寂无人，隐隐歌声绕江水，
残膏残粉洒六合，犹作人间万余子。
与君同时杜拾遗，窆石却在潇湘湄，
我昔南行曾访之，衡云惨惨通九疑，
即论身后归骨地，俨与诗境同分驰。
终嫌此老太愤激，我所师者非公谁？
人生百年要行乐，一日千杯苦不足，
笑看樵牧语斜阳，死当埋我兹山麓。

仲则走到学使衙门里，只见正厅上灯烛辉煌，好像是在那里张宴。他因为人已疲倦极了，所以便悄悄的回到了他住的寿春园的西室。命仆役搬了菜饭来，在灯下吃了一碗。洗完手面之后，他就想上床去睡，这时候稚存却青了脸，张了鼻孔，作了悲寂的形容，走进他的房来了。

“仲则，你今天上什么地方去了？”

“我倦极了，我上李太白的坟前去了一次。”

“是谢公山么？”

“是的，你的样子何以这样的枯寂，没有一点儿生气？”

“唉，仲则，我们没有一点小名气的人，简直还是不出外面来的好。啊啊，文人的卑污呀！”

“是怎么一回事？”

“昨晚上我不是对你说过了么？那大考据家的事情。”

“哦，原来是戴东原到了。”

“仲则，我真佩服你昨晚上的议论。戴大家这一回出京来，拿了许多名人的荐状，本来是想到各处来弄几个钱的。今晚上竹君办酒替他接风，他在席上听了竹君夸奖你我的话，就冷笑了一脸说‘华而不实’。仲则，叫我如何忍受下去呢！这样卑鄙的文人，这样的只知排斥异己的文人，我真想和他拼一条命。”

“竹君对他这话，也不说什么？”

“竹君自家也在著《十三经文字同异》，当然是与他志同道合的了。并且在盛名的前头，哪一个能不为所屈，啊啊，我恨不能变一个秦始皇，把这些卑鄙的伪儒，杀个干净！”

“伪儒另外还讲些什么？”

“他说你的诗他也见过，太少忠厚之气，并且典故用错的也着实不少。”

“混蛋，这样的胡说乱道，天下难道还有真是非么？他住在什么地方？去去，我也去问他个明白。”

“仲则，且忍耐着吧，现在我们是闹他不赢的。如今世上盲人多，明眼人少，他们只有耳朵，没有眼睛，看不出究竟谁清谁浊，只信名气大的人，是好的，不错的。我们且待百年后的人来判断吧！”

“但我终觉得忍耐不住，稚存，稚存。”

“…………”

“稚存，我我………我想……想回家去了。”

“…………”

“稚存，稚存，你……你……你怎么样？”

“仲则，你有钱在身边么？”

“没有了。”

“我也没有了。没有川资，怎么回去呢？”

五

仲则的性格，本来是非常激烈的，对于戴东原的这辱骂自然是忍受不过去的，昨晚上和稚存两人默默的在房间里走来走去走了半夜，打算回常州去，又因为没有路费，不能回去。当半夜过了，学使衙门里的人都睡着之后，仲则和稚存还是默默的背着了手在房里走来走去的在走。稚存看看灯下的仲则的清瘦的影子，想叫他睡了，但是看看他的水汪汪的注视着地板的那双眼睛，和他的全身在微颤着的愤激的身体，却终说不出话来，所以稚存举起头来对仲则偷看了好几眼，依旧把头低下去了。到了天将亮的时候，他们两人的愤激已消散了好多，稚存就对仲则说：

“仲则，我们的真价，百年后总有知者，还是保重身体要紧。戴东原不是史官，他能改变百年后的历史么？一时的胜利者未必是万世的胜利者，我们还该自重些。”

仲则听了这话，就举起他的一双水汪汪的眼睛，对稚存看了一眼，呆了一忽，他才对稚存说：

“稚存，我头痛得很。”

这样的讲了一句，仍复默默的俯了首，走来走去走了一回，他又对稚存说：

“稚存，我怕要病了。我今天走了一天，身体已经疲倦极了，回来又被那伪儒这样的辱骂一场，稚存，我若是死了，要你为我复仇的呀！”

“你又要说这些话了，我们以后还是务其大者远者，不要在那些小节上消磨我们的志气吧！我现在觉得戴东原那样的人，并不在我的眼中了。你且安睡吧。”

“你也去睡吧，时候已经不早了。”

稚存去后，仲则一个人还在房里俯了首走来走去的走了好久，后来他觉得实在是头痛不过了，才上床去睡。他在睡梦中哭醒来了好几次，到第二天中午，稚存进他房去看他的时候，他身上发热，两颊绯红，尽在那里讲谵语。稚存到他床边伸手到他头上去一摸，他忽然坐了起来问稚存说：

“京师诸名太史说我的诗怎么样？”

稚存含了眼泪勉强笑着说：

“他们都在称赞你，说你的才在渔洋之上。”

“在渔洋之上？呵呵，呵呵。”

稚存看了他这病状，就止不住的流下眼泪来，本想去通知学使朱笥河，但因为怕与戴东原遇见，所以只好不去。稚存用了湿毛巾把他头脑凉了一凉，他才睡了一忽。不上三十分钟，他又坐起来问稚存说：

“竹君，……竹君怎么不来？竹君怎么这几天没有到我房里来过？难道他果真信了他的话了么？我要回去了，我要回去了，谁愿意住在这里！”

稚存听了这话，也觉得这几天竹君对他们确有些疏远的样子，他心里虽则也感到了非常的悲愤，但对仲则却只能装着笑容说：

“竹君刚才来过，他见你睡着在这里，教我不要惊醒你来，就悄悄的出去了。”

“竹君来过了么？你怎么不讲？你怎么不教他把那大盗赶出去？”

稚存骗仲则睡着之后，自然也哭了一个爽快。夜阴侵入到仲则的房里来的时候，稚存也在仲则的床沿上睡着了。

六

岁月迁移了。乾隆三十七年的新春带了许多风霜雨雪到太平府城里来，一直到了正月尽头，天气方才晴朗。卧在学使衙门东北边寿春园西室的病夫黄仲则，也同阴暗的天气一样，到了正月尽头却一天一天的强健了起来。本来是清瘦的他，遭了这一场伤寒重症，更清瘦得可怜，但稚存与他的友情，经了这一番患难，倒变得是一天浓厚似一天了。他们二人各对各的天分，也更互相尊敬了起来，每天晚上，各讲自家的抱负，总要讲到三更过后才肯入睡，两个灵魂，在这前后，差不多要化作成一个的样子。

二月以后，天气忽而变暖了。仲则的病体也眼见得强壮了起来。到二月半，仲则已能起来往浮邱山下的广福寺去烧香去了。

他的孤傲多疑的性质，经了这一番大病，并没有什么改变。他总觉得自从去年戴东原来了一次之后，朱竹君对他的态度，不如从前的诚恳了。有一天日长的午后，他一个人在房里翻开旧作的诗稿来看，却又看见了去年初见朱竹君学使时候的一首《上朱笥河先生》的柏梁古体诗。他想想当时一见如旧的知遇，与现在的无聊的状态一比，觉得人生事事，都无长局。拿起笔来他就又添写了四首律诗到诗稿上去。

抑情无计总飞扬，忽忽行迷坐若忘。
遁拟凿坯因骨傲，吟还带索为愁长。
听猿讵止三声泪，绕指真成百炼钢。
自傲一呕休示客，恐将冰炭置人肠。

岁岁吹箫江上城，西园桃梗托浮生。
马因识路真疲路，蝉到吞声尚有声。
长铗依人游未已，短衣射虎气难平。
剧怜对酒听歌夜，绝似中年以后情。

鸢肩火色负轮囷，臣壮何曾不若人。
文倘有光真怪石，足如可析是劳薪。
但工饮啖犹能活，尚有琴书且未贫。
芳草满江容我采，此生端合附灵均。

似绮年华指一弹，世途惟觉醉乡宽。

三生难化心成石，九死空尝胆作丸。
出郭病躯愁直视，登高短发愧旁观。
升沉不用君平卜，已办秋江一钓竿。

七

天上没有半点浮云，浓蓝的天色受了阳光的蒸染，蒙上了一层淡紫的晴霞，千里的长江，映着几点青螺，同逐梦似的流奔东去。长江腰际，青螺中一个最大的采石山前，太白楼开了八面高窗，倒影在江心牛渚中间；山水，楼阁，和楼阁中的人物，都是似醒似痴的在那里点缀阳春的烟景，这是三月上巳的午后，正是安徽提督学政朱笥河公在太白楼大会宾客的一天。翠螺山的峰前峰后，都来往着与会的高宾，或站在三台阁上，在数水平线上的来帆，或散在牛渚矶头，在寻前朝历史上的遗迹。从太平府到采石山，有二十里的官路。澄江门外的沙郊，平时不见有人行的野道上，今天热闹得差不多路空不过五步的样子。八府的书生，正来当涂应试，听得学使朱公的雅兴，都想来看看朱公药笼里的人才。所以江山好处，峨眉燃犀诸亭都为游人占领去了。

黄仲则当这青黄互竞的时候，也不改他常时的态度。本来是纤长清瘦的他，又加以久病之余，穿了一件白夹春衫，立在人丛中间，好像是怕被风吹去的样子。清癯的颊上，两点红晕，大约是薄醉的风情。立在他右边的一个肥矮的少年，同他在那里看对岸的青山的，是他的同乡同学的洪稚存。他们两人在采石山上下走了一转回到太白楼的时候，柔和肥胖的朱笥河笑问他们说：

“你们的诗做好了没有？”

洪稚存含着了微笑摇头说：

“我是闭门觅句的陈无已。”

万事不肯让人的黄仲则，就抢着笑说：

“我却做好了。”

朱笥河看了他这一种少年好胜的形状，就笑着说：

“你若是做了这样快，我就替你磨墨，你写出来吧。”

黄仲则本来是和朱笥河说说笑话的，但等得朱笥河把墨磨好，横轴摊开来的时候，他也不得不写了。他拿起笔来，往墨池里扫了几扫，就模模糊糊的写了下去：

红霞一片海上来，照我楼上华筵开，
倾觞绿酒忽复尽，楼中谪仙安在哉！
谪仙之楼楼百尺，笥河夫子文章伯，
风流仿佛楼中人，千一百年来此客。
是日江上彤云开，天门淡扫双蛾眉，
江从慈母矶边转，潮到燃犀亭下回，
青山对面客起舞，彼此青莲一抔土。
若论七尺归蓬蒿，此楼作客山是主。
若论醉月来江滨，此楼作主山作宾。
长星动摇若无色，未必常作人间魄，
身后苍凉尽如此，俯仰悲歌亦徒尔！
杯底空余今古愁，眼前忽尽东南美，
高会题诗最上头，姓名未死重山丘，
请将诗卷掷江水，定不与江东向流。

不多几日，这一首太白楼会宴的名诗，就喧传在长江两岸的士女的口上了。

一九二二年十一月二十日午前

（原载1923年2月1日《创造季刊》第1卷第4期）

茑萝行

同居的人全出外去后的这沉寂的午后的空气中独坐着的我，表面上虽则同春天的海面似的平静，然而我胸中的寂寥，我脑里的愁思，什么人能够推想得出来？现在是三点三十分了。外面的马路上大约有和暖的阳光夹着了春风，在那里助长青年男女的游春的兴致；但我这房里的透明的空气，何以会这样的沉重呢？龙华附近的桃林草地上，大约有许多穿着时式花样的轻绸绣缎的恋爱者在那里对着苍空发愉乐的清歌；但我的这从玻璃窗里透过来的半角青天，何以总带着一副嘲弄我的形容呢？啊啊，在这样薄寒轻暖的时候，当这样有作有为的年纪，我的生命力，我的活动力，何以会同冰雪下的草芽一样，一些儿也生长不出来呢？啊啊，我的女人！我的不能爱而又不得不爱的女人！我终觉得对你不起！

计算起来你的列车大约已经好过松江驿了，但你一个人抱了小孩在车窗里呆看陌上行人的景状，我好像在你旁边看守着的样子。可怜你一个弱女子，从来没有单独出过门，你此刻呆坐在车里，大约在那里回忆我们两人同居的时候，我虐待你的一件件的事情了吧！啊啊，我的女人，我的不得不爱的女人，你不要在车中滴下眼泪来，我平时虽则常常虐待你，但我的心中却在哀怜你的，却在痛爱你的；不过我在社会上受来的种种苦楚，压迫，侮辱，若不向你发泄，教我更向谁去发泄呢！啊啊，我的最爱的女人，你若知道我这一层隐衷，你就该饶恕我了。

唉，今天是旧历的二月二十一日，今天正是清明节呀！大约各处的男女都出到郊外去踏青的，你在车窗里见了火车路线两旁郊野里在那里游行的夫妇，你能不怨我的么？你怨我也罢了，你倘能恨我怨我，怨得我望我速死，那就好了。但是办不到的，怎么也办不到的，你一边怨我，一边又必在原谅我的，啊啊，我一想到你这一种优美的灵心，教我如何能忍得过去呢！

细数从前，我同你结婚之后，共享的安乐日子，能有几日？我十七岁去国之后，一直的在无情的异国蛰住了八年。这八年中间就是暑假寒假也不回国来的原因，你知道么？我八年间不回国来的事实，就是我对旧式的，父母主张的婚约的反抗呀！这原不是你的错，也不是我的错，作孽者是你的父母和我的母亲。但我在这八年之中，不该默默的无所表示的。

后来看到了我们乡间的风习的牢不可破，离婚的事情的万不可能，又因你家父母的日日的催促，我的母亲的含泪的规劝，大前年的夏天，我才勉强应承了与你结婚。但当时我提出的种种苛刻的条件，想起来我在此刻还觉得心痛。我们也没有结婚的种种仪式，也没有证婚的媒人，也没有请亲朋来喝酒，也没有点一对蜡烛，放几声花炮。你在将夜的时候，坐了一乘小轿从去城六十里的你的家乡到了县城里的我的家里；我的母亲陪你吃了一碗晚饭，你就一个人摸上楼上我的房里去睡了。那时候听说你正患疟疾，我到夜半拿了一枝蜡烛上床来睡的时候，只见你穿了一件白纺绸的单衫，在暗黑中朝里床睡在那里。你听见了我上床来的声音，却朝转来默默的对我看了一眼。啊！那时候的你的憔悴的形容，你的水汪汪的两眼，神经常在那里颤动的你的小小的嘴唇，我就是到死也忘不了的。我现在想起来还要滴眼泪哩！

在穷乡僻壤生长的你，自幼也不曾进过学校，也不曾呼吸过通都大邑的空气，提了一双纤细缠小了的足，抱了一箱家塾里念过的

《列女传》、《女四书》等旧籍，到了我的家里。既不知女人的娇媚是如何装作，又不知时样的衣裳是如何剪裁，你只奉了柔顺两字，作了你的行动的规范。

结婚之后，因为城中天气暑热的缘故，你就同我同上你家去住了几天，总算过了几天安乐的日子；但无端又遇了你侄儿的暴行，淘了许多说不出来的闲气，滴了许多拭不干净的眼泪，我与你在你侄儿闹事的第二天就匆匆的回到了城里的家中。过了两三天我又害起病来，你也疟疾复发了。我就决定挨着病离开了我那空气沉浊的故乡。将行的前夜，你也不说什么，我也没有什么话好对你说。我从朋友家里喝醉了酒回来，睡在床上，只见你呆呆的坐在灰黄的灯下。可怜你一直到第二天的早晨我将要上船的时候止，终没有横到我床边上来睡一忽儿，也没有讲一句话；第二天天刚亮的时候，母亲就来催我起身，说轮船已到鹿山脚下了。

从此一别，又同你远隔了两年。你常常写信来说家里的老祖母在那里想念我，暑假寒假若有空闲，叫我回家来探望探望祖母母亲，但我因为异乡的花草，和年轻的朋友挽留我的缘故，终究没有回来。

唉唉！那两年中间的我的生活！红灯绿酒的沉湎，荒妄的邪游，不义的淫乐。在中宵酒醒的时候，在秋风凉冷的月下，我也曾想念及你，我也曾痛哭过几次。但灵魂丧失了的那一群妖媚的游女，和她们的娇艳动人的假笑佯啼，终究把我的天良迷住了。

前年秋天我虽回国了一次，但因为朋友邀我上A地去了，我又没有回到故乡来看你。在A地住了三个月，回到上海来过了旧历的除夕，我又回东京去了。直到了去年的暑假前，我提出了卒业论文，将我的放浪生活作了个结束，方才拖了许多饥不能食寒不能衣的破书旧籍回到了中国。一踏了上海的岸，生计问题就逼紧到我的眼前来，缚在我周围的运命的铁锁圈，就一天一天的扎紧起来了。

留学的时候，多谢我们孱弱无能的政府，和没有进步的同胞，像我这样的一个生则于世无补，死亦于人无损的零余者，也考得了一个官费生的资格。虽则每月所得不能敷用，是租了屋没有食，买了食没有衣的状态，但究竟每月还有几十块钱的出息，调度得好也能勉强免于死亡。并且又可进了病院向家里勒索几个医药费，拿了书店的发票向哥哥乞取几块买书钱。所以在繁华的新兴国的首都里，我却过了几年放纵的生活。如今一定的年限已经到了，学校里因为要收受后进的学生，再也不能容我在那绿树阴森的图书馆里，作白昼的痴梦了。并且我们国家的金库，也受了几个磁石心肠的将军和大官的吮吸，把供养我们一班不会作乱的割势者的能力丧失了。所以我在去年的六月就失了我的维持生命的根据，那时候我的每月的进款已经没有了。以年纪讲起来，像我这样二十六七的青年，正好到社会去奋斗。况且又在外国国立大学里卒业了的我，谁更有这样厚的面皮，再去向家中年老的母亲，或狷洁自爱的哥哥，乞求养生的资料。我去年暑假里一到上海流寓了一个多月没有回家来的原因，你知道了么？我现在索性对你讲明了吧，一则虽因为一天一天的挨过了几天，把回家的旅费用完了，其他我更有这一段不能回家的苦衷在的呀，你可能了解？

啊啊，去年六月在灯火繁华的上海市外，在车马喧嚷的黄浦江边，我一边念着Housman的*A Shropshire Lad*[①]里的

Come you home a hero
Or come not home at all,
The lads you leave will mind you
Till Ludlow tower shall fall.

几句清诗，一边呆呆的看着江中黝黑混浊的流水，曾经发了几多的叹声，滴了几多的眼泪。你若知道我那时候的绝望的情怀，我想你

① 英文：霍斯曼的《什罗浦郡的浪荡子》。

去年的那几封微有怨意的信也不至于发给我了。——啊，我想起了，你是不懂英文的，这几句诗我顺便替你译出吧。

汝当衣锦归，
否则永莫回，
令汝别后之儿童
望到拉德罗塔毁。

平常责任心很重，并且在不必要的地方，反而非常隐忍持重的我，当留学的时候，也不曾著过一书，立过一说。天性胆怯，从小就害着自卑狂的我，在新闻杂志或稠人广众之中，从不敢自家吹一点小小的气焰。不在图书馆内，便在咖啡店里、山水怀中过活的我，当那些现代的青年当作科场看的群众运动起来的时候，绝不会去慷慨悲歌的演说一次，出点无意义的风头。赋性愚鲁，不善交游，不善钻营的我，平心讲起来，在生活竞争剧烈，到处有陷阱设伏的现在的中国社会里，当然是没有生存的资格的。去年六月间，寻了几处职业失败之后，我心里想我自家若想逃出这恶浊的空气，想解决这生计困难的问题，最好唯有一死。但我若要自杀，我必须先弄几个钱来，痛饮饱吃一场，大醉之后，用了我的无用的武器，至少也要击杀一二个世间的人类——若他是比我富裕的时候，我就算替社会除了一个恶。若他是和我一样或比我更苦的时候，我就算解决了他的困难，救了他的灵魂——然后从容就死。我因为有这一种想头，所以去年夏天在睡不着的晚上，拖了沉重的脚，上黄浦江边去了好几次，仍复没有自杀。到了现在我可以老实的对你说了，我在那时候，我并不曾想到我死后的你将如何的生活过去。我的八十五岁的祖母，和六十来岁的母亲，在我死后又当如何的种种问题，当然更不在我的脑里了。你读到这里，或者要骂我没有责任心，丢下了你，自家一个去走干净的路。但我想这责任不应该推给我负的，第一我们的国家社会，不能用我去作他们的工，使我有了气力能卖钱来养活我自家和你，所以现代的社会，就应该负这责任。即使退一步讲，第二你的父母不能教育你，使你独立营生，便是你父母的坏处，所以你的父母也应该负这责任。第三我的母亲戚族，知道我没有养活你的能力，要苦苦的劝我结婚，他们也应该负这责任。这不过是现在我写到这里想出来的话，当时原是没有想到的。

上海的T书局和我有些关系，是你所知道的。你今天午后不是从这T书局编辑所出发的么？去年六月经理的T君看我可怜不过，却为我关说了几处，但那几处不是说我没有声望，就嫌我脾气太大，不善趋奉他们的旨意，不愿意用我。我当初把我身边的衣服金银器具一件一件的典当之后，在烈日蒸照，灰土很多的上海市街中，整日的空跑了半个多月，几个有职业的先辈，和在东京曾经受过我的照拂的朋友的地方，我都去访问了。他们有的时候，也约我上菜馆去吃一次饭；有的时候，知道我的意思便也陪我作了一副忧郁的形容，且为我筹了许多没有实效的计划。我于这样的晚上，不是往黄浦江边去徘徊，便是一个人跑上法国公园的草地上去呆坐。在那时候，我一个人看看天上悠久的星河，听听远远从那公园的跳舞室里飞过来的舞曲的琴音，老有放声痛哭的时候，幸亏在黄昏的时节，公园的四周没有人来往，所以我得尽情的哭泣；有时候哭得倦了，我也曾在那公园的草地上露宿过的。

阳历六月十八的晚上——是我忘不了的一晚——T君拿了一封A地的朋友寄来的信到我住的地方来。平常只有我去找他，没有他来找我的，T君一进我的门，我就知道一定有什么机会了。他在我用的一张破桌子前坐下之后，果然把信里的事情对我讲了。他说：

“A地仍复想请你去教书，你愿不愿意去？”

教书是有识无产阶级的最苦的职业，你和我已经住过半年，我的如何不愿意教书，教书的如何苦法，想是你所知道的，我在此处不必说了。况且A地的这学校里又有许多黑暗的地方，有几个想做校长的野心家，又是忌刻心很重的，像这样的地方的教席，我也不得不承认下去的当时的苦况，大约是你所意想不到的，因为我那时候同在伦敦的屋顶下挨饿的Chatterton[①]一样，一边虽在那里吃苦，一边我写回来的家信上还写得娓娓有致，说什么地方也在请我，什么地方也在聘我哩！

啊啊！同是血肉造成的我，我原是有虚荣心，有自尊心的呀！请你不要骂我作墦间乞食的齐人吧！唉，时运不济，你就是骂我，我也甘心受骂的。

我们结婚后，你给我的一个钻石戒指，我在东京的时候，替你押卖了，这是你当时已经知道的。我当T君将A地某校的聘书交给我的时候，身边值钱的衣服器具已经典当尽了。在东京学校的图书馆里，我记得读过一个德国薄命诗人Grabbe[②]的传记。一贫如洗的他想上京去求职业去，同我一样贫穷的他的老母将一副祖传的银的食器交给了他，作他的求职的资斧。他到了孤冷的首都里，今日吃一个银匙，明日吃一把银刀，不上几日，就把他那副祖传的食器吃完了。我记得Heine[③]还嘲笑过他的。去年六月的我的穷状，可是比Grabbe更甚了；最后的一点值钱的物事，就是我在东京买来，预备送你的一个天赏堂制的银的装照相的架子，我在穷急的时候，早曾打算把它去换几个钱用，但一次一次的难关都被我打破，我决心把这一点微物，总要安安全全的送到你的手里；殊不知到了最后，我接到了A地某校的聘书之后，仍不得不把它去押在当铺里，换成了几个旅费，走回家来探望年老的祖母母亲，探望怯弱可怜同绵羊一样的你。

去年六月，我于一天晴朗的午后，从杭州坐了小汽船，在风景如画的钱塘江中跑回家来。过了灵桥里山等绿树连天的山峡，将近故乡县城的时候，我心里同时感着了一种可喜可怕的感觉。立在船舷上，呆呆的凝望着春江第一楼前后的风景，我口里虽在微吟“近

① 查特顿，英国诗人。

② 格拉贝，德国戏剧家。

③ 海涅，德国诗人。

乡情更怯，不敢问来人”的二句唐诗，我的心里却在这样的默祷：

……天帝有灵，当使埠头一个我的认识的人也不在！要不使他们知道才好，要不使他们知道我今天沦落了回来才好……

船一靠岸，我左右手里提了两只皮箧，在晴日的底下从乱杂的人丛中伏倒了头，同逃也似的走回家来。我一进门看见母亲还在偏间的膳室里喝酒。我想张起喉音来亲亲热热的叫一声母亲的，但一见了亲人，我就把回国以来受的社会的侮辱想了出来，所以我的咽喉便梗住了；我只能把两只皮箧向凳上一抛，马上就匆匆的跑上楼上的你的房里来，好把我的没有丈夫气，到了伤心的时候就要流泪的坏习惯藏藏躲躲；谁知一进你的房，你却流了一脸的汗和眼泪，坐在床前呜咽地暗在啜泣。我动也不动的呆看了一忽，方提起了干燥的喉音，幽幽的问你为什么要哭。你听了我这句问话反哭得更加厉害，暗泣中间却带起几声压不下去的唏嘘声来了。我又问你究竟为什么，你只是摇头不说。本来是伤心的我，又被你这样的引诱了一番，我就不得不抱了你的头同你对哭起来。喝不上一碗热茶的工夫，楼下的母亲就大骂着说：

“……什么的公主娘娘，我说着这几句话，就要上楼去摆架子。……轮船埠头谁对你这小畜生讲了，在上海逛了一个多月，走将家来，一声也不叫，狠命的把皮箧在我面前一丢……这算是什么行为！……你便是封了王回来，也没有这样的行为的呀！……两夫妻暗地里通通信，商量商量，……你们好来谋杀我的……”

我听见了母亲的骂声，反而止住不哭了。听到“封了王回来”的这一句话，我觉得全身的血流都倒注了上来。在炎热的那盛暑的时候，我却同在寒冬的夜半似的手脚都发了抖。啊啊，那时候若没有你把我止住，我怕已经冒了大不孝的罪名，要永久的和我那年老的母亲诀别了。若那时候我和我母亲吵闹一场，那今年的祖母的死，我也是送不着的，我为了这事，也不得不重重的感谢你的呀！

那一天我的忽而从上海的回来，原是你也不知道，母亲也不知道的。后来母亲的气平了下去，你我的悲感也过去了的时候，我才知道我没有到家之先，母亲因为我久住上海不回家来的原因，在那里发脾气骂你。啊啊，你为了我的缘故，害骂害说的事情大约总也不止这一次了。也难怪你当我告诉你说我将于几日内动身到A地去的时候，哀哀的哭得不住的。你那柔顺的性质，是你一生吃苦的根源。同我的对于社会的虐待，丝毫没有反抗能力的性质，却是一样。啊啊！反抗反抗，我对于社会何尝不晓得反抗，你对于加到你身上来的虐待也何尝不晓得反抗，但是怯弱的我们，没有能力的我们，教我们从何处反抗起呢？

到了痛定之后，我看看你的形容，比前年患疟疾的时候更消瘦了。到了晚上，我捏到你的下腿，竟没有那一段肥突的脚肚，从脚后跟起，到脚弯膝止，完全是一条直线。啊啊！我知道了，我知道白天我对你说我要上A地去的时候你就流眼泪的原因了。

我已经决定带你同往A地，将催A地的学校里速汇二百元旅费来的快信寄出之后，你我还不敢将这计划告诉母亲，怕母亲不赞成我们。到了旅费汇到的那天晚上，你还是疑惑不决的说：

“万一外边去不能支持，仍要回家来的时候，如何是好呢！”

可怜你那被威权压服了的神经，竟好像是希腊的巫女，能预知今天的劫运似的。唉，我早知道有今天的一段悲剧，我当时就不该带你出来了。

我去年暑假郁郁的在家里和你住了几天，竟不料就会种下一个烦恼的种子的。等我们同到了A地将房屋什器安顿好的时候，你的身体已经不是平常的身体了。吃几口饭就要呕吐。每天只是懒懒的在床上躺着。头一个月我因为不知底细，曾经骂过你几次，到了三四个月上，你的身体一天一天的重起来，我的神经受了种种激刺，也一天一天的粗暴起来了。

第一因为学校里的课程干燥无味，我天天去上课就同上刑具被拷问一样，胸中只感着一种压迫。

第二因为我在杂志上发表了一篇旧作的文字，淘了许多无聊的闲气。更有些忌刻我的恶劣分子，就想以此来作我的葬歌，纷纷的攻击我起来。

第三我平时原是挥霍惯了的，一想到辞了教授的职后，就又不得不同六月间一样，尝那失业的苦味。况且现在又有了家室，又有了未来的儿女，万一再同那时候一样的失起业来，岂不要比曩时更苦。

我前面也已经提起过了，在社会上虽是一个懦弱的受难者的我，在家庭内却是一个凶恶的暴君。在社会上受的虐待，欺凌，侮辱，我都要一一回家来向你发泄的。可怜你自从去年十月以来，竟变了一只无罪的羔羊，日日在那里替社会赎罪，作了供我这无能的暴君的牺牲。我在外面受了气回来，不是说你做的菜不好吃，就骂你是害我吃苦的原因。我一想到了将来失业的时候的苦况，神经激动起来的时候每骂着说：

“你去死！你死了我方有出头的日子。我辛辛苦苦，是为什么人在这里作牛马的呀。要只有我一个人，我何处不可去，我何苦要在这死地方作苦工呢！只知道在家里坐食的你这行尸，你究竟是为了什么目的生存在这世上的呀？……”

你被我骂不过，就暗哭起来。我骂你一场之后，把胸中的悲愤发泄完了，大抵总立时痛责我自家，上前来爱抚你一番，并且每用了柔和的声气，细细的把我的发气的原因——社会对我的虐待——讲给你听。你听了反替我抱着不平，每又哀哀的为我痛哭，到后来，终究到了两人相持对泣而后已。像这样的情景，起初不过间几日一次的，到后来将放年假的时候，变了一日一次或一日数次了。

唉唉，这悲剧的出生，不知究竟是结婚的罪恶呢？还是社会的罪恶？若是为结婚错了的原因而起的，那这问题倒还容易解决；若因社会的组织不良，致使我不能得适当的职业，你不能过安乐的日子，因而生出这种家庭的悲剧的，那我们的社会就不得不根本的改革了。

在这样的忧患中间，我与你的悲哀的继承者，竟生了下来，没有足月的这小生命，看来也是一个神经质的薄命的相儿。你看他那哭时的额上的一条青筋，不是神经质的证据么？饥饿的时候，你喂乳若迟一点，他老要哭个不止，像这样的性格，便是将来吃苦的基础。唉唉，我既生到了世上，受这样的社会的煎熬，正在求生不可，求死不得的时候，又何苦多此一举，生这一块肉在人世呢？啊啊！矛盾，惭愧，我是解说不了的了。以后若有人动问，就请你答复吧。

悲剧的收场，是在一个月的前头。那时候你的神经已经昏乱了，大约已记不清楚，但我却牢牢记着的。那天晚上，正下弦的月亮刚从东边升起来的时候。

我自从辞去了教授职后，托哥哥在某银行里谋了一个位置。但不幸的时候，事运不巧，偏偏某银行为了政治上的问题，开不出来。我闲居A地，日日在家中喝酒，喝醉之后，便声声的骂你与刚出生的那小孩，说你与小孩是我的脚镣，我大约要为你们的缘故沉水而死的。我硬要你们回故乡去，你们却是不肯。那一晚我骂了一阵，已经是朦胧的想睡了。在半醒半睡中间，我从帐子里看出来，好像见你在与小孩讲话。

“……你要乖些……要乖些。……小宝睡了吧……不要讨爸爸的厌……不要讨……娘去之后……要……要……乖些……”

讲了一阵，我好像看见你坐在洋灯影里揩眼泪，这是你的常态，我看得不耐烦了，所以就翻了一转身，面朝着了里床。我在背后觉得你在灯下哭了一忽，又站起来把我的帐子掀开了对我看了一回。我那时候只觉得好睡，所以没有同你讲话。以后我就睡着了。

我们街前的车夫，在我们门外乱打的时候，我才从被里跳了起来。我跌来碰去的走出门来的时候，已经是昏乱得不堪了。我只见你的披散的头发，结成了一块，围在你的项上。正是下弦的月亮从东边升起来的时候，黄灰色的月光射在你的面上；你那本来是灰白的面色，反射出了一道冷光，你的眼睛好好的闭在那里，嘴唇还在微微的动着；你的湿透了的棉袄上，因为有几个扛你回来的车夫的黑影投射着，所以是一块黑一块青的。我把洋灯在地上一放，就抱着了你叫了几声，你的眼睛开了一开，马上就闭上了，眼角上却涌了两条眼泪出来。啊啊，我知道你那时候心里并不怨我的，我知道你并不怨我的，我看了你的眼泪，就能辨出你的心事来，但是我哪能不哭，我哪能不哭呢！我还怕什么？我还要维持什么体面？我就当了众人的面前哭出来了。那时候他们已经把你搬进了房。你床上睡着的小孩，听见了嘈杂的人声，也放大了喉咙啼泣了起来。大约是小孩的哭声传到了你的耳膜上了，你才张开眼来，含了许多眼泪对我看了一眼。我一边替你换湿衣裳，一边教你安睡，不要去管那小孩。恰好间壁雇在那里的乳母，也听见了这杂噪声起了床，跑了过来；我知道你眷念小孩，所以就教乳母替我把小孩抱了过去。奶妈抱了小孩走过床上你的身边的时候，你又对她看了一眼。同时我却听见长江里的轮船放了一声开船的汽笛声。

在病院里看护你的十五天工夫，是我的心地最纯洁的日子。利己心很重的我，从来没有感觉到这样纯洁的爱情过。可怜你身体热到四十一度的时候，还要忽而从睡梦中坐起来问我：

“龙儿，怎么样了？”

“你要上银行去了么？”

我从A地动身的时候，本来打算同你同回家去住的，像这样的社会上，谅来总也没有我的位置了。即使寻着了职业，像我这样愚笨的人，也是没有希望的。我们家里，虽则不是豪富，然而也可算是中产，养养你，养养我，养养我们的龙儿的几颗米是有的。你今年二十七，我今年二十八了。即使你我各有五十岁好活，以后还有几年？我也不想富贵功名了。若为一点毫无价值的浮名，几个不义的金钱，要把良心拿出来去换，要牺牲了他人作我的踏脚板，那也何苦哩。这本来是我从A地同你和龙儿动身时候的决心。不是动身的前几晚，我同你拿出了许多建筑的图案来看了么？我们两人不是把我们回家之后，预备到北城近郊的地里，由我们自家的手去造的小茅屋的样子画得好好的么？我们将走的前几天不是到A地的可记念的地方，与你我有关的地方都去逛了么？我在长江轮船上的时候，这决心还是坚固得很的。

我这决心的动摇，在我到上海的第二天。那天白天我同你照了照相，吃了午膳，不是去访问了一位初从日本回来的朋友么？我把我的计划告诉了他，他也不说可，不说否，但只指着他的几位小孩说：

“你看看我看，我是怎么也不愿意逃避的。我的系累，岂不是比你更多么？”

啊啊？好胜的心思，比人一倍强盛的我，到了这兵残垓下的时候，同落水鸡似的逃回乡里去——这一出失意的还乡记，就是比我更怯弱的青年，也不愿意上台去演的呀！我回来之后，晚上一晚不曾睡着。你知道我胸中的愁郁，所以只是默默的不响，因为在这时候，你若说一句话，总难免不被我痛骂。这是我的老脾气，虽从你进病院之后直到那天还没有发过，但你那事件发生以前却是常发的。

像这样的状态，继续了三天。到了昨天晚上，你大约是看得我难受了，所以当我兀兀的坐在床上的时候，你就对我说：

“你不要急得这样，你就一个人住在上海吧。你但须送我上火车，我与龙儿是可以回去的，你可以不必同我们去。我想明天马上就搭午后的车回浙江去。”

本来今天晚上还有一处请我们夫妇吃饭的地方，但你因为怕我昨晚答应你将你和小孩先送回家的事情要变卦，所以你今天就急急的要走。我一边只觉得对你不起，一边心里不知怎么的又在恨你。所以我当你在那里捡东西的时候，眼睛里涌着两泓清泪，只是默默的讲不出话来。直到送你上车之后，在车座里坐了一忽，等车快开了，我才讲了一句：“今天天气倒还好。”你知道我的意思，所以把头朝向了那面的车窗，好像在那里探看天气的样子，许久不回过头来。唉唉，你那时若把你那水汪汪的眼睛朝我看一看，我也许会同你马上就痛哭起来的，也许仍复把你留在上海，不使你一个人回去的。也许我就硬的陪你回浙江去的，至少我也许要陪你到杭州。但你终不回转头来，我也不再说第二句话，就站起来走下车了。我在月台上立了一忽，故意不对你的玻璃窗看。等车开的时候，我赶上了几步，却对你看了一眼，我见你的眼下左颊上有一条痕迹在那里发光。我眼见得车去远了，月台上的人都跑了出去，我一个人落得最后，慢慢的走出车站来。我不晓得是什么原因，心里只觉得是以后不能与你再见的样子，我心酸极了。啊啊！我这不祥之语，是多讲的。我在外边只希望你和龙儿的身体壮健，你和母亲的感情融洽。我是无论如何，不至投水自沉的，请你安心。你到家之后千万要写信来给我的哩！我不接到你平安到家的信，什么决心也不能下，我是在这里等你的信的。

一九二三年四月六日清明节午后

（原载1923年5月1日《创造季刊》第2卷第1号）

薄　奠

上

一天晴朗的春天的午后，我因为天气太好，坐在家里觉得闷不过，吃过了较迟的午饭，带了几个零用钱，就跑出外面去逛去。北京的晴空，颜色的确与南方的苍穹不同。在南方无论如何晴快的日子，天上总有一缕薄薄的纤云飞着，并且天空的蓝色，总带着一道很淡很淡的白味。北京的晴空却不是如此，天色一碧到底，你站在地上对天注视一会，身上好象能生出两翼翅膀来，就要一扬一摆的飞上空中去的样子。这可是单指不起风的时候而讲，若一起风，则人在天空下眼睛都睁不开，更说不到晴空的颜色如何了。那一天的午后，空气非常澄清，天色真青得可怜。我在街上夹在那些快乐的北京人士中间，披了一身和暖的阳光，不知不觉竟走到了前门外最热闹的一条街上。踏进了一家卖灯笼的店里，买了几张奇妙的小画，重新回上大街缓步的时候，我忽而听出了一阵中国戏园特有的那种原始的锣鼓声音来。我的两只脚就受了这声音的牵引，自然而然地踏了进去。听戏听到了第三出，外面忽而起了呜呜的大风，戏园的屋顶也有些儿摇动。戏散之后，推来让去的走出戏园，扑面就来一阵风沙。我眼睛闭了一忽，走上大街来雇车，车夫都要我七角六角大洋，不肯按照规矩折价。那时候天虽则还没有黑，但因为风沙飞满在空中，所以沉沉的大地上，已经现出了黄昏前的急景。店家的电灯，也都已上火，大街上汽车马车洋车挤塞在一处。一种车铃声叫唤声，并不知从何处来的许多杂音，尽在那里奏错乱的交响乐。大约是因为夜宴的时刻逼近，车上的男子定是去赴宴会，奇装的女子想来是去陪席的。

一则因为大风，二则因为正是一天中间北京人士最繁忙的时刻，所以我雇车竟雇不着，一直的走到了前门大街。为了上举的两种原因，洋车夫强索昂价，原是常有的事情，我因零用钱花完，袋里只有四五十枚铜子，不能应他们的要求，所以就下了决心，想一直走到西单牌楼再雇车回家。走下了正阳桥边的步道，被一辆南行的汽车喷满了一身灰土，我的决心，又动摇起来，含含糊糊的向道旁停着的一辆洋车问了一句，“嗳！四十枚拉巡捕厅儿胡同拉不拉?”那车夫竟恭恭敬敬的向我点了点头说：

“坐上罢，先生!”

坐上了车，被他向北的拉去，那么大的风沙，竟打不上我的脸来，我知道那时候起的是南风了。我不坐洋车则已，若坐洋车的时候，总爱和洋车夫谈闲话，想以我的言语来缓和他的劳动之苦；因为平时我们走路，若有一个朋友和我们闲谈着走，觉得不费力些。我从自己的这种经验着想，老是在实行浅薄的社会主义，一边高踞在车上，一边向前面和牛马一样在奔走的我的同胞攀谈些无头无尾的话。这一天，我本来不想开口的，但看看他的弯曲的背脊，听听他嘿嘿的急喘，终觉得心里难受，所以轻轻的对他说：

“我倒不忙，你慢慢的走罢，你是哪儿的车?”

“我是巡捕厅胡同西口儿的车。”

“你在哪儿住家吓?”

“就在那南顺城街的北口，巡捕厅胡同的拐角儿上。”

“老天爷不知怎么的，每天刮这么大的风。”

“是啊！我们拉车的也苦，你们坐车的老爷们也不快活，这样的大风天气，真真是招怪呀！”

这样的一路讲，一路被他拉到寄住的寓舍门口的时候，天已经快黑了。下车之后，我数铜子给他，他却和我说起客气话来，他一边拿出了一条黑黝黝的手巾来擦头上身上的汗，一边笑着说：

“您带着罢，我们是街坊，还拿钱么?”

被他这样的一说，我倒觉得难为情了，所以虽只应该给他四十枚桐子的，而到这时候却不得不把尽我所有的四十八枚铜子都给他。他道了谢，拉着空车在灰黑的道上向西边他的家里走去，我呆呆的目送了他一程，心里却在空想他的家庭。——他走回家去，他的女人必定远远的闻声就跑出来接他。把车斗里的铜子拿出，将车交还了车行，他回到自己屋里打一盆水洗洗手脸，吸几口烟，就可在洋灯下和他的妻子享受很健康的夜膳。若他有兴致，大约还要喝一二个铜子的白干。喝了微醉，讲些东西南北的废话，他就可以抱了他的女人小孩，钻进被去酣睡。这种酣睡，大约是他们劳动阶级的唯一的享乐。

“啊啊！……”

空想到了此地，我的伤感病又发了。

“啊啊！可怜我两年来没有睡过一个整整的夜！这倒还可以说是因病所致，但是我的远隔在三千里外的女人小孩，又为了什么，不能和我在一处享受吃苦呢？难道我们是应该永远隔离的么！难道这也是病么？……总之是我不好，是我没有能力养活妻子。啊啊，你这车夫，你这向我道谢，被我怜悯的车夫，我不如你吓，我不如你！”

我在门口灰暗的空气里呆呆的立了一会，忽而想起了自家的身世，就不知不觉的心酸起来，红润的眼睛，被我所依赖的主人看见，是大不好的，因此我就复从门口走了下来，远远的跟那洋车走了一段。跟它转了弯，看那车夫进了胡同拐角上的一间破旧的矮屋，我又走上平则门大街去跑了一程，等天黑了，才走回家来吃晚饭。

自从这一回后，我和他的洋车，竟有了缘分，接连的坐了它好几次。他和我渐渐的熟起来了。

中

平则门外，有一道城河。河道虽比不上朝阳门外的运河那么宽，但春秋雨霁，绿水粼粼，也尽可以浮着锦帆，乘风南下。两岸的垂杨古道，倒影入河水中间，也大有板渚随堤的风味。河边隙地，长成一片绿芜，晚来时候，老有闲人在那里调鹰放马。太阳将落未落之际，站在这城河中间的渡船上，往北望去，看得出西直门的城楼，似烟似雾的，溶化成金碧的颜色，飘扬在两岸垂杨夹着的河水高头。春秋佳日，向晚的时候，你若一个人上城河边上来走走，好象是在看后期印象派的风景画，几乎能使你忘记是身在红尘十丈的北京城外。西山数不尽的诸峰，又如笑如眠，带着紫苍的暮色，静躺在绿荫起伏的春野西边；你若叫它一声，好象是这些远山，都能慢慢的走上你身边来的样子。西直门外有几处养鹅鸭的庄园，所以每天午后，城河里老有一对一对的白鹅在那里游泳。夕阳最后的残照，从杨柳荫中透出一两条光线来，射在这些浮动的白鹅背上时，愈能显得这幅风景的活泼鲜灵，别饶风致。我一个人渺焉一身，寄住在人海的皇城里，衷心郁郁，老感着无聊。无聊之极，不是从城的西北跑往城南，上戏园茶楼，娼寮酒馆，去夹在许多快乐的同类中间，忘却我自家的存在，和他们一样的学习醉生梦死，便独自一个跑出平则门外，去享受这本地的风光。玉泉山的幽静，大觉寺的深邃，并不是对我没有魔力，不过一年有三百五十九日穷的我，断没有余钱，去领略它们的高尚的清景。五月中旬的有一天午后，我又无端感着了一种悲愤，本想上城南的快乐地方，去寻些安慰的，但袋里连几个车钱也没有了，所以只好走出平则门外，去坐在杨柳荫中，尽量地呼吸呼吸西山的爽气。我守着西天的颜色，从浓蓝变成了淡紫，一忽儿，天的四周围又染得深红了，远远的法国教会堂的屋顶和许多绿树梢头，刹那间返射了一阵赤赭的残光，又一忽儿空气就变得澄苍静肃，视野内招唤我注意的物体，什么也没有了。四周的物影，渐渐散乱起来，我也感着了一种日暮的悲哀，无意识地滴了几滴眼泪，就慢慢的真是非常缓慢，好象在梦里游行似的，走回家来。进平则门往南一拐，就是南顺城街，南顺城街路东的第一条胡同便是巡捕厅胡同。我走到胡同的西口，正是进胡同的时候，忽而从角上的一间破屋里漏出几声大声来。这声音我觉得熟得很，稍微用了一点心力，回想了一想，我马上就记起那个身材瘦长，脸色黝黑，常拉我上城南去的车夫来。我站住静听了一会，听得他好象在和人拌嘴。我坐过他许多次数的车，他的脾气是很好的，所以听到他在和人拌嘴，心里倒很觉得奇怪。看他的样子，好象有五十多岁的光景，但他自己说今年只有四十二岁。他平常非常沉默寡言，不过你和他说话的时候，他却总来回答你一句两句。他身材本来很高，但是不晓是因为社会的压迫呢，还是因为他天生的病症，背脊却是弯着，看去好象不十分高。他脸上浮着的一种谨慎的劳动者特有的表情，我怎么也形容不出来，他好象是在默想他的被社会虐待的存在是应该的样子，又好象在这沉默的忍苦中间，在表示他的无限的反抗，和不断的挣扎的样子。总之，他那一种沉默忍受的态度，使人家见了便能生出无限的感慨来。况且是和他社会的地位相去无几，而受的虐待又比他更甚的我，平常坐他的车，和他谈话的时候，总要感着一种抑郁不平的气，横上心来；而这种抑郁不平之气，他也无处去发泄，我也无处去发泄，只好默默的闷受着，即使闷受不过，最多亦只能向天长啸一声。有一天我在前门外喝醉了酒，往一家相识的人家去和衣睡了半夜，醒来的时候，已经是下弦月上升的时刻了。我从韩家潭雇车雇到西单牌楼，在西单牌楼换车的时候，又遇见了他。半夜酒醒，从灰白死寂，除了一乘两乘汽车飞过搅起一阵灰来，此外别无动静的长街上，慢慢被拖回家来。这种悲哀的情调，已尽够我消受的了，况又遇着了他，一路上听了他许多不堪再听的话……他说这个年头儿真教人生存不得。他说洋车价涨了一个两个铜子，而煤米油盐，都要各涨一倍。他说洋车出租的东家，真会挑剔，一根骨子弯了一点，一个小钉不见了，就要赔很多钱。他说他一天到晚拉车，拉来的几个钱还不够供洋车租主的绞榨，皮带破了，弓子弯了的时候，更不必说了。他说他的女人不会治家，老要白花钱。他说他的大小孩今年八岁，二小孩今年三岁了。……我默默的坐在车上，看看天上惨淡的星月，经过了几条灰黑静寂的狭巷，细听着他的一条条的诉说，觉得这些苦楚，都不是他一个人的苦楚。我真想跳下车来，同他抱头痛哭一场，但是我着在身上的一件竹布长衫，和盘在脑里的一堆教育的绳矩，把我的真率的情感缚住了。自从那一晚以后，我心里就存了一种怕与他相见的思想，所以和他不见了半个多月。这一天日暮，我自平则门走回家来，听了他在和人吵闹的声音，心里竟起了一种自责的心思，好象是不应该躲避开这个可怜的朋友，至半月之久的样子。我静听了一忽，才知道他吵闹的对手，是他的女人。一时心情被他的悲惨的声音所挑动，我竟不待回思，一脚就踏进了他住的那所破屋。他的住屋，只有一间小屋，小屋的一半，却被一个大炕占据了去。在外边天色虽还没有十分暗黑，但在他矮小的屋内，却早已黑影沉沉，辨不出物体来了。他一手插在腰里，一手指着炕上缩成一堆，坐在那里的一个妇人，一声两声的在那里数骂。两个小孩爬在炕的里边。我一进去时，只见他自家一个站着的背影，他的人和小孩都看不出来。后来招呼了他，向他手指着的地方看去，才看出了一个女人，又站了一忽，我的眼睛在黑暗里经惯了，重复看出了他的两个小孩。我进去叫了他一声，问他为什么要这样的动气，他就把手一指，指着炕沿上的那女人说：

“这臭东西把我辛辛苦苦积下来的三块多钱，一下子就花完了，去买了这些捆尸体的布来。……”

说着他用脚一踢，地上果然滚了一包白色的布出来。他一边向我问了寒暄话，一边就蹙紧了眉头说：

“我的心思，她们一点儿也不晓得，我要积这几块钱干什么？我不过想自家去买一辆旧车来拉，可以免掉那车行的租钱呀！天气热了，我们穷人，就是光着脊肋儿，也有什么要紧？她却要去买这些白洋布来做衣服。你说可气不可气啊？”

我听了这一段话，心里虽则也为他难受，但口上只好安慰他说：

“做衣服倒也是要紧的，积几个钱，是很容易的事情，你但须忍耐着，三四块钱是不难再积起来的。”

我说完了话，忽而在沉沉的静寂中，从炕沿上听出了几声暗泣的声音来。这时候我若袋里有钱，一定要全部拿出来给他，请他息怒。但是我身边一摸，却摸不出一个铜银的货币。呆呆的站着，心里打算了一会，我觉得终究没有方法好想。正在着恼的时候，我里边小褂袋里唧唧响着的一个银表的针步声，忽而敲动了我的耳膜。我知道若在此时，当面把这银表拿出来给他，他是一定不肯受的。迟疑了一会，我想出一个主意，乘他不注意的时候，悄悄的把表拿了出来；和他讲着些慰劝他的话，一边我走上前去了一步，顺手把表搁在一张半破的桌上。随后又和他交换了几句言语，我就走出来了。我出到了门处，走进胡同，心里感得的一种沉闷，比午后上城外去的时候更甚了。我只恨我自家太无能力，太没有勇气。我仰天看看，在深沉的天空里，只看出了几颗星来。

第二天的早晨，我刚起床，正在那里刷牙漱口的时候，听见门外有人打门，出去一看，就看见他拉着车站在门口。他问了我一声好，手向车斗里一摸，就把那个表拿出来，问我说：

“先生，这是你的罢？你昨晚上掉下的罢？”

我听了脸上红了一红。马上就说：

“这不是我的，我并没有掉表。”

他连说了几声奇怪，把那表的来历说了一阵，见我坚不肯认，就也没有方法，收起了表，慢慢的拉着空车向东走了。

下

夏至以后，北京接连下了半个多月的雨。我因为一天晚上，没有盖被睡觉，惹了一场很重的病，直到了二礼拜前才得起床。起床后第三天的午后，我看看久雨新霁，天气很好，就拿了一根手杖踏出门去。因为这是病后第一次的出门，所以出了门就走往西边，依旧想到我平时所爱的平则门外的河边去闲行。走过那胡同角上的破屋的时候，我只看见门口立了一群人，在那里看热闹。屋内有人在低声啜泣。我以为那拉车的又在和他的女人吵闹了，所以也就走了过去，去看热闹，一边我心里却暗暗的想着：

“今天若他们再因金钱而争吵，我却可以解决他们的问题。”

因为那时候我家里寄出来为我作医药费的钱还没有用完，皮包里还有几张五元钱的钞票收藏在哩。我踏近前去一看，破屋里并没有拉车的影子，只有他的女人坐在炕沿上哭，一个小一点的小孩，坐在地上他母亲的脚跟前，也在陪着她哭。看了一会，我终摸不着头脑，不晓得她为什么要哭。和我一块儿站着的人，有的唧唧的在那里叹息，有的也拿出手巾来在擦眼泪说：“可怜哪，可怜哪！”我向一个立在我旁边的中年妇人问了一番，才知道她的男人，前几天在南下洼的大水里淹死了。死了之后，她还不晓得，直到第二天的傍晚，由拉车的同伴认出了他的相貌，才跑回来告诉她。她和她的两个儿子，得了此信，冒雨走上南横街南边的尸场去一看，就大哭了一阵。后来她自己也跳在附近的一个水池里自尽过一次，经她儿子的呼救，附近的居民，费了许多气力，才把她捞救上来。过了一会，由那地方的慈善家，出了钱把她的男人埋葬完毕，且给了她三十斤面票，八十吊铜子，方送她回来。回来之后，她白天晚上只是哭，已经哭了好几天了。我听了这一番消息，看了这一场光景，心里只是难受。同一两个月前头，半夜从前门回来，坐在她男人的车上，听他的诉说时一样，觉得这些光景，决不是她一个人的。我忽而想起了我的可怜的女人，又想起了我的和那在地上哭的小孩一样大的儿女，也觉得眼睛里热起来痒起来了。我心里正在难受，忽而从人丛里挤来了一个八九岁的小孩赤足袒胸地跑了进来。他小手里拿了几个铜子蹑手蹑脚的对她说：

“妈，你瞧，这是人家给我的。”

看热闹的人，看了他那小脸上的严肃的表情，和他那小手的滑稽的样子，有几个笑着走了，只有两个以手巾擦着眼泪的老妇人，还站在那里。我看看周围的人数少了，就也踏了进去问她说：

“你还认得我么？”

她举起肿红的眼睛来，对我看了一眼，点了一点头，仍复伏倒头在哀哀的哭着。我想叫她不哭，但是看看她的情形，觉得是不可能的，所以只好默默的站着，眼睛看见她的瘦削的双肩一起一缩的在抽动。我这样的静立了三五分钟，门外又忽而挤了许多人拢来看我。我觉得被他们看得不耐烦了，就走出了一步对他们说：

“你们看什么热闹？人家死了人在这里哭，你们有什么好看？”

那八岁的孩子，看我心里发了恼，就走上门口，把一扇破门关上了。喀丹一响，屋里忽而暗了起来。他的哭着的母亲，好象也为这变化所惊动，一时止住哭声。擎起眼来看她的孩子和离门不远呆立着的我。我乘此机会，就劝她说：

“看养孩子要紧，你老是哭也不是道理，我若可以帮你的忙，我总没有不为你出力的。”

她听了这话，一边啜泣，一边断断续续的说：

“我……我……别的都不怪，我……只……只怪他何以死的那么快。也……也不知他……他是自家沉河的呢，还是……”

她说了这一句又哭起来了，我没有方法，就从袋里拿出了皮包，取了一张五块钱的钞票递给她说：

“这虽然不多，你拿着用罢！”

她听了这话，又止住了哭，啜泣着对我说：

“我……我们……是不要钱用，只……只是他……他死得……死得太可怜了。……他……他活着的时候，老……老想自己买一辆车，但是……但是这心愿儿终究没有达到。……前天我，我到冥衣铺去定一辆纸糊的洋车，想烧给他，那一家掌柜的要我六块多钱，我没有定下来。你……你老爷心好，请你，请你老爷去买一辆好，好的纸车来烧给他罢！”

说完她又哭了。我听了这一段话，心里愈觉得难受，呆呆的立了一忽，只好把刚才的那张钞票收起，一边对她说：

“你别哭了罢！他是我的朋友，那纸糊的洋车，我明天一定去买了来，和你一块去烧到他的坟前去。”

又对两个小孩说了几句话，我就打开门走出来。我从来没有办过丧事，所以寻来寻去，总寻不出一家冥衣铺来定那纸糊的洋车。后来直到四牌楼附近，找定了一家，付了他钱，要他赶紧为我糊一辆车。

二天之后，那纸洋车糊好了，恰巧天气也不下雨，我早早吃了午饭，就雇了四辆洋车，同她及两个小孩一道去上她男人的坟。车过顺治门内大街的时候，因为我前面的一乘人力车上只载着一辆纸糊的很美丽的洋车和两包锭子，大街上来往的红男绿女只是凝目的在看我和我后面车上的那个眼睛哭得红肿，衣服褴褛的中年妇人。我被众人的目光鞭挞不过，心里起了一种不可抑遏的反抗和诅咒的毒念，只想放大了喉咙向着那些红男绿女和汽车中的贵人狠命的叫骂着说：

“猪狗！畜生！你们看什么？我的朋友，这可怜的拉车者，是为你们所逼死的呀！你们还看什么？”

一九二四年八月十四日作于北京

（原载1924年12月5日《太平洋》第4卷第9号）

银灰色的死

上

雪后的东京，比平时更添了几分生气。从富士山顶吹下来的微风，总凉不了满都男女的白热的心肠。千九百二十年前，在伯利恒[①]的天空游动的那颗明星出现的日期又快到了。街街巷巷的店铺，都装饰得同新郎新妇一样，竭力的想多吸收几个顾客，好添些年终的利泽。这正是贫儿富主，一样多忙的时候。这也是逐客离人，无穷伤感的时候。

在上野不忍池的近边，在一群乱杂的住屋的中间，有一间楼房，立在澄明的冬天的空气里。这一家人家，在这年终忙碌的时候，好像也没有什么生气似的，楼上的门窗，还紧紧的闭在那里。金黄的日球，离开了上野的丛林，已经高挂在海青色的天体中间，悠悠的在那里笑人间的多事了。

太阳的光线，从那紧闭的门缝中间，斜射到他的枕上的时候，他那一双同胡桃似的眼睛，就睁开了，他大约已经有二十四五岁的

---

① Bethlehem，巴勒斯坦中部的城市，相传为耶稣降生地，是基督教圣地。

年纪。在黑漆漆的房内的光线里，他的脸色更加觉得灰白，从他面上左右高出的颧骨，同眼下的深深的眼窝看来，他定是一个清瘦的人。

他开了半只眼睛，看看桌上的钟，长短针正重叠在X字的上面，开了口，打了一个呵欠，他并不知道他自家是一个大悲剧的主人公，又仍旧嘶嘶的睡着了，半醒半觉的睡了一会，听着间壁的挂钟打了十一点之后，他才跳出被来。胡乱地穿好了衣服，跑下楼来，洗了手面，他就套上了一双破皮鞋，跑上外面去了。

他近来的生活状态，比从前大有不同的地方。自从十月底到如今，两个月的中间，他每昼夜颠倒的，到各处酒馆里去喝酒。东京的酒馆，当垆的大约都是十七八岁的少妇。他虽然知道她们是想骗他的金钱，所以肯同他闹，同他玩的，然而一到了太阳西下的时候，他总不能在家里好好的住着。有时候他想改过这恶习惯来，故意到图书馆里去取他平时所爱读的书来看，然而到了上灯的时候，他的耳朵里，忽然会有各种悲凉的小曲儿的歌声听见起来。他的鼻孔里，也会脂粉，香油，油沸鱼肉，香烟醇酒的混合的香味到来。他的书的字里行间，忽然更会跳出一个红白的脸色来。她那一双迷人的眼睛，一点一点的扩大起来了。同蔷薇花苞似的嘴唇，渐渐儿的开放起来，两颗笑靥，也看得出来了。洋瓷似的一排牙齿，也透露着放起光来了。他把眼睛一闭，他的面前，就有许多妙年的妇女坐在红灯的影里，微微的在那里笑着。也有斜视他的，也有点头的，也有把上下的衣服脱下来的，也有把雪样嫩的纤手伸给他的。到了那个时候，他总会不知不觉的跟了那只纤手跑去，同做梦的一样，走出了图书馆。等到他的怀里有温软的肉体坐着的时候，他才知道他是已经不在图书馆内的冷板凳上了。

昨天晚上，他也在这样的一家酒馆里坐到半夜过后一点钟的时候，才走出来，那时候他的神志已经不清了，在路上跌来跌去的走了一会，看看四面并没有人影，万户千门，都寂寂的闭在那里，只有一行参差不齐的门灯黄黄的投射出了几处朦胧的黑影。街心的两条电车的路线，在那里放磷火似的青光。他立住了足，靠着了大学的铁栏杆，仰起头来就看见了那十三夜的明月，同银盆似的浮在淡青色的空中。他再定睛向四面一看，才知道清净的电车线路上，电柱上，电线上，歪歪斜斜的人家的屋顶上，都洒满了同霜也似的月光。他觉得自家一个人孤冷得很，好象同遇着了风浪后的船夫，一个人在北极的雪世界里漂泊着的样子。背靠着了铁栏杆，他尽在那里看月亮。看了一会，他那一双衰弱得同老犬似的眼睛里，忽然滚下了两颗眼泪来。去年夏天，他结婚时候的景象，同走马灯一样，旋转到他的眼前来了。

三面都是高低的山岭，一面宽广的空中，好象有江水的气味蒸发过来的样子。立在山中的平原里，向这空空荡荡的方面一望，人们便能生出一种灵异的感觉来，知道这天空的底下，就是江水了。在山坡的煞尾的地方，在平原的起头的区中，有几点人家，沿了一条同曲线似的青溪，散在疏林蔓草的中间。在一个多情多梦的夏天的深更里，因为天气热得很，他同他新婚的夫人，睡了一会，又从床上爬了起来，到朝溪的窗口去纳凉去。灯火已经吹灭了，月光从窗里射了进来。在藤椅上坐下之后，他看见月光射在他夫人的脸上。定睛一看，他觉得她的脸色，同大理白石的雕刻没有半点分别。看了一会儿，他心里害怕起来，就不知不觉的伸出了右手，摸上她的面去。

“怎么你的面上会这样凉的?”

“轻些儿吧，快三更了，人家已经睡着在那里，别惊醒了他们。”

“我问你，唉，怎么你的面上会一点儿血色都没有的呢?”

“所以我总是要早死的呀!”

听了她这一句话，他觉得眼睛里一霎时的热了起来。不知是什么缘故，他就忽然伸了两手，把她紧紧的抱住了。他的嘴唇贴上她的面上的时候，他觉得她的眼睛里，也有两条同泉似的眼泪在流下来。他们两人肉贴肉的泣了许久，他觉得胸中渐渐儿的舒爽起来了，望望窗外看，远近都洒满了皎洁的月光。抬头看看天，苍苍的天空里，有一条薄薄的云影，浮漾在那里。

“你看那天河。……”

“大约河边的那颗小小的星儿，就是象征我的星宿吧！”

“是什么星？”

“织女星。”

说到这里，他们就停着不说下去了。两人默默地坐了一会，他又眼看着那一颗小小的星，低声的对她说：

“我明年未必能回来，恐怕你要比那织女星更苦咧。”

靠住了大学的铁栏杆，呆呆的尽在那里对了月光追想这些过去的情节。一想到最后的那一句话，他的眼泪便连连续续的流了下来，他的眼睛里，忽然看得见一条溪水来了。那一口朝溪的小窗，也映到了他的眼睛里来。沿窗摆着的一张漆的桌子，也映到了他的眼睛里来。桌上的一张半明不灭的洋灯，灯下坐着的一个二十岁前后的女子，那女子的苍白的脸色，一双迷人的大眼，小小的嘴唇的曲线，灰白的嘴唇，都映到了他的眼睛里来。他再也支持不住了，摇了一摇头，便自言自语的说：

“她死了，她是死了，十月二十八日那一个电报，总是真的。十一月初四的那一封信，总也是真的，可怜她吐血吐到气绝的时候，还在那里叫我的名字。”

一边流泪，一边他就站起来走，他的酒已经醒了，所以他觉得冷起来。到了这深更半夜，他也不愿意再回到他那同地狱似的寓里去。他原来是寄寓在他的朋友的家里的；他住的楼上，也没有火钵，也没有生气，只有几本旧书，横摊在黄灰色的电灯光里等他；他愈想愈不愿意回去了，所以他就慢慢的走上了到上野的火车站去的路。原来日本火车站上的人是通宵不睡的；待车室里，有火炉生在那里；他上火车站去，就是想去烤火取暖，坐待天明的。

一直的走到了火车站，清冷的路上并没有一个人同他遇见，进了车站，他在空空寂寂的长廊上，只看见两排电灯，在那里黄黄的放光。卖票房里，坐着二三个女事务员，在那里打呵欠。进了二等待车室，半醒半睡的坐了两个钟头，他看看火炉里的火也快完了。远远的有几声机关车的车轮声传了过来。车站里也来了几个穿制服的人在那里跑来跑去的跑，等了一会，从东北来的火车到了。车站上忽然热闹了起来，下车的旅客的脚步声同种种的呼唤声，混作了一处，传到他的耳膜上来，跟了一群旅客，他也走出火车站来了。出了车站，他仰起头来一看，只见苍色圆形的天空里，有无数星辰，在那里微动；从北方忽然来了一阵凉风，他觉得有点冷得难耐的样子。月亮已经下山了。街上有几个早起的工人，拉了车慢慢的在那里行走，各店家的门灯，都象倦了似的还在那里放光。走到上野公园的西边的时候，他忽然长叹了一声。朦胧的灯影里，息息索索的飞了几张黄叶下来，四边的枯树都好象活了起来的样子，他不觉打了一个冷噤，就默默的站住了。静静儿的听了一会，他觉得四边并没有动静，只有那辘辘的车轮声，同在梦里似的很远很远，断断续续的仍在传到他的耳朵里来，他才知道刚才的不过是几张落叶的声音。他走过观月桥的时候，只见池的彼岸一排不夜的楼台都沉在酣睡的中间。两行灯火，好象在那里嘲笑他的样子，他到家睡下的时候，东方已经灰白起来了。

中

这一天又是一天初冬好天气，午前十一点钟的时候，他急急忙忙的洗了手面，套上了一双破皮鞋，就跑出到了外面。

在蓝苍的天盖下，在和软的阳光里，无头无脑的走了一个钟头的样子，他才觉得饥饿了起来。身边摸摸看，他的皮包里，还有五元余钱剩在那里。半月前头，他看看身边的物件，都已卖完了，所以不得不把他亡妻的一个金刚石的戒指，当入当铺。他的亡妻的最后的这纪念物，只质了一百六十元钱，用不上半个月，如今也只有五元钱存在了。

“亡妻呀亡妻，你饶了我吧！”

他凄凉了一阵，羞愧了一阵，终究还不得不想到他目下的紧急的事情上去。他的肚里尽管在那里叽哩咕噜的响。他算算看这五元余钱，断不能到上等的酒馆里去吃一个醉饱，所以他就决意想到他无钱的时候常去的那一家酒馆里去。

那一家酒家，开设在植物园的近边，主人是一个五十光景的寡妇，当垆的就是这老寡妇的女儿，名叫静儿。静儿今年已经是二十岁了。容貌也只平常，但是她那一双同秋水似的眼睛，同白色人种似的高鼻，不知是什么理由，使得见过她一面的人，总忘她不了。并且静儿的性质和善得非常，对什么人总是一视同仁，装着笑脸的。她们那里，因为客人不多，所以并没有厨子。静儿的母亲，从前也在西洋菜馆里当过垆的，因此她颇晓得些调羹的妙诀。他从前身边没有钱的时候，大抵总跑上静儿家里去的，一则因为静儿待他周到得很，二则因为他去惯了，静儿的母亲也信用他，无论多少，总肯替他挂帐的。他酒醉的时候，每对静儿说他的亡妻是怎么好，怎么好，怎么被他母亲虐待，怎么的染了肺病，死的时候，怎么的盼望他。说到伤心的地方，他每流下泪来，静儿有时候也会陪他落些同情之泪。他在静儿家里进出，虽然还不上两个月，然而静儿待他，竟好像同待几年前的老友一样了，静儿有时候有不快活的事情，也都告诉他的。据静儿说，无论男人女人，有秘密的事情，或者有伤心的事情的时候，总要有一个朋友，互相劝慰的能够讲讲才好。他同静儿，大约就是一对能互相劝慰的朋友了。

半月前头，他也不知道从什么地方听来的，只听说静儿要嫁人去了。他因为不愿意直接把这话来问静儿，所以他只是默默的在那里观察静儿的行状。因为心里有了这一条疑心，所以他觉得静儿待他的态度，比从前总有些不同的地方。有一天将夜的时候，他正在静儿家坐着喝酒，忽然来了一个三十来岁的男人。静儿见了这男人，就丢下了他，马上去招呼这新来的男子；按理这原也是很平常的事情。静儿走开了，他只能同静儿的母亲说了些无关紧要而且是无味的闲话。然而他一边说话，一边却在那里注意静儿和那男人的举动。等了半点多钟，静儿还尽在那里同那男人说笑，他等得不耐烦起来，就同伤弓的野兽一般，匆匆的走了。自从那一天起，到如今却有半个月的光景，他还没有上静儿家里去过。同静儿绝交之后，他喝酒更加厉害，想他亡妻的心思，也比从前更加沉痛了。

“能互相劝慰的知心好友，我现在上哪里去找得出这样的一个朋友呢！”

近来他于追悼亡妻之后，总要想到这一段结论上去。有时候他的亡妻的面貌，竟会同静儿的混到一处来。同静儿绝交之后，他觉得更加哀伤更加孤寂了。

他身边摸摸看，皮包里的钱只有五元余了。他就想把这事作了口实，跑上静儿的家里去。一边这样的想，一边他又想起《坦好直》[①]（*Tannhäuser*）里边的“盍县罢哈”（Wolfram von Eschenbach）[②]来。

“千古的诗人盍县罢哈呀！我佩服你的大量。我佩服你真能用高洁的心来爱‘爱利查陪脱’。”

想到这里，他就唱了两句《坦好直》里边的唱句，说：

> Dort ist sie; ——nahe dich ihr ungestört!
> So flieht für dieses Leben
> Mir jeder Hoffnung Schein!
> （Wagner's[③] *Tannhäuser*）
> （你且去她的裙边，去算清了你们的相思旧债！）
> （可怜我一生孤冷！你看那镜里的名花，又成了泡影！）

念了几遍，他就自言自语的说：

“我可以去的，可以上她家里去的，古人能够这样的爱她的情人，我难道不能这样的爱静儿么？”

看他的样子，好象是对了人家在那里辩护他目下的行为似的，其实除了他自家的良心以外，却并没有人在那里责备他。

慢慢的走到静儿家里的时候，她们母女两个，还刚才起来。静

---

① 现通译为《汤豪舍》。

② 现通译为沃尔夫拉姆·封·埃申巴赫，德国13世纪骑士文学代表作家。

③ 瓦格纳，德国十九世纪剧作家、思想家。

儿见了他，对他微微的笑了一脸，就问他说：

“你怎么这许久不上我们家里来？”

他心里想说：

“你且问问你自家看吧！”

但是见了静儿那一副柔和的笑容，他什么也说不出来了，所以他只回答说：“我因为近来忙得非常。”

静儿的母亲听了他这一句话之后，就佯嗔佯怒的问他说：

“忙得非常？静儿的男人说近来你倒还时常上他家里去喝酒去的呢。”

静儿听了她母亲的话，好像有些难为情的样子，所以对她母亲说：

“妈妈！”

他看了这些情节，就追问静儿的母亲说：

“静儿的男人是谁呀？”

“大学前面的那一家酒馆的主人，你还不知道么？”

他就回转头来对静儿说：

“你们的婚期是什么时候？恭喜你，希望你早早生一个儿子，我们还要来吃喜酒哩。”

静儿对他呆看了一忽，好像要哭出来的样子。停了一会，静儿问他说：

“你喝酒么？”

他听她的声音，好像是在那里颤动似的。他也忽然觉得凄凉起来，一味悲酸，仿佛像晕船的人的呕吐，从肚里挤上了心来。他觉得一句话也说不出口了，只能把头点了几点，表明他是想喝酒的意思。他对静儿看了一眼，静儿也对他看了一眼，两人的视线，同电光似的闪发了一下，静儿就三脚两步的跑出外面去替他买下酒的菜去了。

静儿回来了之后，她的母亲就到厨下去做菜去，菜还没有好，酒已经热了。静儿就照常的坐在他面前，替他斟酒，然而他总不敢抬起头来看静儿一眼，静儿也不敢仰起头来看他。静儿也不言语，他也只默默的在那里喝酒。两人呆呆的坐了一会，静儿的母亲从厨下叫静儿说：

“菜做好了，你拿了去吧！”

静儿听了这话，却兀的仍是不动。他不知不觉的偷看了一眼，静儿好像是在那里落泪的样子。

他胡乱的喝了几杯酒，吃了几盘菜，就歪歪斜斜的走了出来。外边街上，人声嘈杂得很。穿过了一条街，他就走到了一条清净的路上，走了几步，走上一处朝西的长坡的时候，看着太阳已经打斜了。远远的回转头来一看，植物园内的树林的梢头，都染成了一片绛黄的颜色，他也不知是什么缘故，对了西边地平线上溶在太阳光里的远山，和远近的人家的屋瓦上的残阳，都起了一种惜别的心情。呆呆的看了一会，他就回转了身，背负了夕阳的残照，向东的走上长坡去了。

同在梦里一样，昏昏的走进了大学的正门之后，他忽听见有人叫他说：

“Y君，你上哪里去！年底你住在东京么？”

他仰起头来一看，原来是他的一个同学。新剪的头发，穿了一套新做的洋服，手里拿了一只旅行的藤筐，他大约是预备回家去过年的。他对他同学一看，就作了笑容，慌慌忙忙的回答说：

“是的，我什么地方都不去，你预备回家去过年么？”

“对了，我是预备回家去的。”

“你看见你情人的时候，请你替我问问安吧。”

“可以的，她恐怕也在那里想你咧。”

“别取笑了，愿你平安回去，再会再会。”

“再会再会，哈……”

他的同学走开之后，他一个人冷冷清清的在薄暮的大学园中，呆呆的立了许多时候，好象疯了似的。呆了一会，他又慢慢的向前走去，一边却在自言自语的说：

“他们都回家去了。他们都是有家庭的人。Oh, home! sweet home!”

他无头无脑的走到了家里，上了楼，在电灯底下坐了一会，他那昏乱的脑髓，把刚才在静儿家里听见过的话又重新想了出来：

“不错不错，静儿的婚期，就在新年的正月里了。”

他想了一会，就站了起来，把几本旧书，捆作一包，不慌不忙的把那一包旧书拿到了学校前边的一家旧书铺里。办了一个天大的交涉，把几个大天才的思想，仅仅换了九元余钱，还有一本英文的诗文集，因为旧书铺的主人，还价还得太贱了，所以他仍旧留着，没有卖去。

得了九元余钱，他心里虽然在那里替那些著书的天才抱不平，然而一边却满足得很。因为有了这九元余钱，他就可以谋一晚的醉饱，并且他的最大的目的，也能达得到了——就是用几元钱去买些礼物送给静儿的这一个宏愿。

从旧书铺走出来的时候，街上已经是黄昏的世界了，在一家卖给女子用的装饰品的店里，买了些丽绷[①]（ribbon）犀簪同两瓶紫罗兰的香水，他就一直的跑上了静儿的家里。

静儿不在家，她的母亲只有一个人在那里烤火，见他又进来了，静儿的母亲好象有些嫌恶他的样子，所以就问他说：

“怎么你又来了？”

“静儿上哪里去了？”

“去洗澡去了。”

听了这话，他就走近她的身边去，把怀里藏着的那些丽绷香水等拿了出来，并且对她说：

“这一些儿微物，请你替我送给静儿，就算作了我送给她的嫁礼吧。”

静儿的母亲见了那些礼物，就满脸装起笑容来说：

“多谢多谢，静儿回来的时候，我再叫她来道谢吧。”

他看看天色已经晚了，就叫静儿的母亲再去替他烫一瓶酒，做几盘菜来，他喝酒正喝到第二瓶的时候，静儿回来了。静儿见他又

① 现通译为丝带、缎带。

坐在那里喝酒，不觉呆了一呆，就向他说：

“啊，你又……”

静儿到厨下去转了一转，同她的母亲说了几句话，就回到他这里来。他以为她是来道谢的，然而关于刚才的礼物的话，她却一句也不说，呆呆的坐在他的面前，尽一杯一杯的只在那里替他斟酒。到后来他拼命的叫她添酒的时候，静儿就红了两眼，对他说：

“你不喝了吧，喝了这许多酒，难道还不够么？”

他听了这话，更加痛饮起来了。他心里的悲哀的情调，正不知从哪里说起才好，他一边好象是对了静儿已经复了仇，一边又好象是在那里哀悼自家的样子。

在静儿的床上醉卧了许久，到了半夜后二点钟的时候，他才踉踉跄跄的跑出静儿的家来。街上岑寂得很，远近都洒满了银灰色的月光，四边并无半点动静，除了一声两声的幽幽的犬吠声之外，这广大的世界，好象是已经死绝了。跌来跌去的走了一会，他又忽然遇着了一个卖酒食的夜店。他摸摸身边看，袋里还有四五张五角钱的钞票剩在那里。在夜店里他又重新饮了一个尽量。他觉得大地高天，和四周的房屋，都在那里旋转的样子。倒前冲后的走了两个钟头，他只见他的面前现出了一块大大的空地来。月光的凉影，同各种物体的黑影，混作了一团，映到他的眼睛里来。

“此地大约已经是女子医学专门学校了吧。”

这样的想了一想，神志清了一清，他的脑里，又起了痉挛，他又不是现在的他了。几天前的一场情景，又同电影似的，飞到了他的眼前。

天上飞满暗灰色的寒云，北风紧得很，在落叶萧萧的树影里，他站在上野公园的精养轩的门口，在那里接客。这一天是他们同乡开会欢迎W氏的日期，在人来人往之中，他忽然看见一个十七八岁的女子，穿了女子医学专门学校的制服，不忙不迫的走来赴会。他起初见她面的时候，不觉呆了一呆。等那女子走近他身边的时候，他才同梦里醒转来的人一样；慌慌忙忙走上前去，对她说：

“你把帽子外套脱下来交给我吧。”

两个钟头之后，欢迎会散了。那时候差不多已经有五点钟的光景。出口的地方，取帽子外套的人，挤得厉害。他走下楼来的时候，见那女子还没穿外套，呆呆的立在门口，所以他就走上去同她说：

“你的外套去取了没有？”

“还没有。”

“你把那铜牌交给我，我替你去取吧。”

“谢谢。”

在苍茫的夜色中，他见了她那一副细白的牙齿，觉得心里爽快得非常。把她的外套帽子取来了之后，他就跑过后面去，替她把外套穿上了。她回转头来看了他一眼，就急急的从门口走了出去。他追上了一步，放大了眼睛看了一忽，她那细长的影子，就在黑暗的中间消失了。

想到这里，他觉得她那纤软的身体似乎刚在他面前擦过的样子。

“请你等一等吧！”

这样的叫了一声，上前冲了几步，他那又瘦又长的身体，就横倒在地上了。

月亮打斜了。女子医学校前空地上，又增了一个黑影，四边静寂得很。银灰色的月光，洒满了那一块空地，把世界的物体都净化了。

下

十二月二十六日的早晨，太阳依旧由东方升了起来，太阳的光线，射到牛込区役所前的揭示场的时候，有一个区役所老仆，拿了一张告示，贴上了揭示场的木板。那一张告示说：

行路病者：

年龄约可二十四五之男子一名，身长五尺五寸，貌瘦，色枯黄，颧骨颇高，发长数寸，乱披额上，此外更无特征。

衣黑色哔叽洋服一袭。衣袋中有Emest Dowson's *Poems and Prose*①一册，五角钞票一张，白绫手帕一方，女人物也，上有S. S. 等略字。身边留有黑色软帽一顶，穿黄色浅皮鞋，左右各已破损。

病为脑溢血。本月二十六日午前九时，在牛込若松町女子医学专门学校前之空地上发见，距死约四小时。固不知死者姓名住址，故为代付火葬。

牛込区役所示

一九二〇年作

（原载1921年7月7日至9日、11日至13日《时事新报·学灯》）

① 英语，欧内斯特·道生的《诗与散文》。道生，19世纪末英国颓废派的杰出诗人。

微雪的早晨

这一个人，现在已经不在世上了；而他的致死的原因，一直到现在还没有明白。

他的面貌很清秀，不象是一个北方人。我和他初次在教室里见面的时候，总以为他是江浙一带的学生；后来听他和先生说话的口气，才知道他是北直隶人。在学校的寄宿舍里和他同住了两个月，在图书室里和他见了许多次数的面，又在一天礼拜六的下午，和他同出西便门去骑了一次骡子，才知道他是京兆的乡下，去京城只有十八里地的殷家集的农家之子，是在北京师范毕业之后，考入这师范大学里来的。

一班新进学校的同学，都是趾高气扬的青年，只有他，貌很柔和，人很谦逊，穿着一件青竹布的大褂，上课的第一天，就很勤恳的拿了一支铅笔和一册笔记簿，在那里记录先生所说的话。

当时我初到北京，朋友很少。见了一般同学，又只是心虚胆怯，恐怕我的穷状和浅学被他们看出，所以到学校后的一个礼拜之中，竟不敢和同学攀谈一句话。但是对于他，我心里却很感着几分亲热，因为他的座位，是在我的前一排，他的一举一动，我都默默的在那里留心的看着，所以对于他的那一种谦恭的样子，及和我一样的那种沉默怕羞的态度，心里却早起了共鸣。

是我到学校后第二个星期的一天早晨，我一早就起了床，一个人在操场里读英文。当我读完了一节，静静地在翻阅后面的没有教过的地方的时候，我忽而觉得背后仿佛有人立在那里的样子。回头一看，果然看见他含了笑，也拿了一本书，立在我的背后去墙不过二尺的地方，在那里对我看着。我回过头来看他的时候，同时他就对我说："您真用功啊！"我倒被他说得脸红了，也只好笑着对他说："您也用功得很！"

从这一回之后，我们俩就谈起天来了。两个月之后，因为和他的图书室里老是在一张桌上看书的原因，所以交情尤其觉得亲密。有一天礼拜六，天气特别的好，前夜下的雨，把轻尘压住，晚秋的太阳晒得和暖可人，又加以午后一点钟教育史，先生请假，吃了中饭之后，两个人在阅报室里遇见了，便不约而同的说出了一句话来：

"天气真好极了，上哪儿去散散步吧！"

我北京的地理不熟悉，所以一个人不大敢跑出去。到京住了两月之久，在礼拜天和假日里去过的地方，只有三殿和中央公园。那一天因为天气太好，很想上郊外去走走，一见了他，就临时想定了主意，喊出了那一句话来。同时他也仿佛在那里想上城外去跑，见了我，也自然而然的发了这一个提议，所以我们俩不待说第二句话，就走上了向校门的那条石砌的大路。走出校门之后，第二个问题就起来了，"上哪里去呢？"

在琉璃厂正中的那条大道上，朝南迎着日光走了几步，他就笑着问我说：

"李君，你会骑骡儿不会？"

我在苏州住中学住过四年，骡子是当然会骑的，听了他那一句话，忽而想起了中学时代骑骡子上虎丘去的兴致来，所以马上就赞成说：

"北京也有骡子么？让我们去骑骑试试！"

"骡儿多得很，一出城门就有，我就怕你不会骑呀。"

"我骑倒是会骑的。"

两人说说走走，到西便门附近的时候，已经是快两点了。雇好了骡子，骑向白云观去的路上，身上披满了黄金的日光，肺部饱吸着西山的爽气，我们两人觉得做皇帝也没有这样的快乐。

北京的气候，一年中以这一个时期为最好。天气不寒不热，大风期还没有到来。净碧的长空，返映着远山的浓翠，好象是大海波平时的景象。况且这一天午后，刚当前夜小雨之余，路上微尘不起，两旁的树叶还未落尽的洋槐榆树的枝头，青翠欲滴，大有首夏清和的意思。

出了西便门，野田里的黍稷都已收割起了，农夫在那里耕锄播种的地方也有，但是大半的地上都还清清楚楚地空在那里。

我们骑过了那乘石桥，从白云观后远看西山的时候，两个人不知不觉的对视了一回，各作了一种会心的微笑，又同发了一声赞叹：

"真好极了!"

出城的时候，骡儿跑得很快，所以在白云观里走了一阵出来，太阳还是很高。他告诉我说：

"这白云观，是道士们会聚的地方。清朝慈禧太后也时常来此宿歇。每年正月自初一起到十八止，北京的妇女们游冶子来此地烧香驰马的，路上满都挤着。那时候桥洞底下，还有老道坐着，终日不言不语，也不吃东西，说是得道的。老人堂里更坐着一排白发的道士，身上写明几百岁几百岁，骗取女人们的金钱不少。这一种妖言惑众的行为，实在应该禁止的，而北京当局者的太太小姐们还要前来膜拜施舍，以夸她们的阔绰，你说可气不可气?"

这也是令我佩服他不止的一个地方，因为我平时看见他尽是一味的在那里用功的，然而谈到了当时的政治及社会的陋习，他却慷慨激昂，讲出来的话句句中肯，句句有力，不像是一个读死书的人。尤其是对于时事，他发的议论，激烈得很，对于那些军阀官僚，骂得淋漓尽致。

我们走出了白云观，因为时候还早，所以又跑上前面天宁寺的塔下去了一趟。寺里有兵驻扎在那里，不准我们进去，他去交涉了一番，也终于不行。所以在回来的路上，他又切齿的骂了一阵：

“这些狗东西，我总得杀他们干净。我们百姓的儿女田庐，都被他们侵占尽了。总有一天报他们的仇。”

经过了这一次郊外游行之后，我们的交情又进了一步。上课的时候，他坐在我的前头，我坐在他的后一排，进出当然是一道。寝室本来是离开两间的，然而他和一位我的同房间的办妥了交涉，竟私下搬了过来。在图书室里，当然是一起的。自修室却没有法子搬拢来，所以只有自修的时候，我们两人不能同伴。

每日的日课，大抵是一定的。平常的时候，我们都到六点半钟就起床，拿书到操场上去读一个钟头。早饭后上课，中饭后看半点钟报，午后三点钟课余下来，上图书室去读书。晚上自修两个钟头，洗一个脸，上寝室去杂谈一会，就上床睡觉。我自从和他住在一道之后，觉得兴趣也好得多，用功也更加起劲了。

可是有一点，我时常在私心害怕，就是中学里时常有的那一种同学中的风说。他的相儿，虽则很清秀，然而两道眉毛很浓，嘴唇极厚，一张不甚白皙的长方脸，无论何人看起来，总是一位有男性美的青年。万一有风说起来的时候，我这身材矮小的南方人，当然要居于不利的地位。但是这私心的恐惧，终没有实现出来，一则因为大学生究竟比中学生知识高一点，二则大约也是因为他的勤勉的行为和凛不可犯的威风可以压服众人的缘故。

这样的又过去了两个月，北风渐渐的紧起来，京城里的居民也感到寒威的逼迫了；我们学校里就开始了考试，到了旧历十二月底边，便放了年假。

同班的同学，北方人大抵是回家去过年的；只有贫而无归的我和其他的二三个南方人，脸上只是一天一天的在枯寂下去，眼看得同学们一个一个的兴高采烈地整理行箧，心里每在洒丧家的苦泪。同房间的他因为看得我这一种状况，也似乎不忍别去，所以考完的那一天中午，他就同我说：

“年假期内，我也不打算回去，好在这儿多读一点书。”但考试完后的两天，图书室也闭门了，同房间的同学只剩了我和他的两个人。又加以寝室内和自修室里火炉也没有，电灯也似乎灭了光，冷灰灰的蛰伏在那里，看书终究看不进去。若去看戏游戏玩呢，我们又没有这些钱；上街去走走呢，冰寒的大风灰沙里，看见的又都是些残年的急景和往来忙碌的行人。

到了放假后的第三天，他也垂头丧气的急起来了。那一天早晨，天气特别的冷，我们开了眼，谈着话，一直睡到十点多钟才起床。饿着肚在房里看了一回杂志，他忽儿对我说：

"李君，我们走吧，你到我们乡下去过年好不好？"

当他告诉我不回家去过年的时候，我已经看出了他对我的好意，心里着实的过意不去，现在又听了他这话，更加觉得对他不起了，所以就对他说：

"你去吧！家里又近，回家去又可以享受夫妇的天伦之乐，为什么不回去呢？"

但他无论如何总不肯一个人回去，从十点半钟讲起，一直讲到中午吃饭的时候止，他总要我和他一道，才肯回去。他的脾气是很古怪的，平时沉默寡言，凡事一说出口，却不肯改过口来。我和他相处半年，深知他有这一种执拗不弯的习气，所以到后来就终究答应了他，和他一道上他那里去过年。

那一天早晨很冷，中午的时候，太阳还躲在灰白的层云里，吃过中饭，把行李收拾了一收拾，正要雇车出去的时候，寒空里却下起鹅毛似的雪片来了。

雇洋车坐到永定门外，从永定门我们再雇驴车到殷家集去。路上来往的行人很少，四野寥阔，只有几簇枯树林在那里点缀冬郊的寂寞。雪片尽是一阵一阵的大起来，四面的野景，渺渺茫茫，从车篷缺处看出去，好象是披着了一层薄纱似的。幸亏我们车是往南行的，北风吹不着，但驴背的雪片积得很多，融化的热气一道一道的偷进车厢里来，看去好象是驴子在那里出汗的样子。

冬天的短日，阴森森的晚了，驴车里摇动虽则很厉害，但我已经昏昏的睡着。到了他摇我醒来的时候，我同做梦似的不晓得身子在什么地方。张开眼睛来一看，只觉得车篷里黑得怕人。他笑着说：

“李君！你醒醒吧！你瞧，前面不是有几点灯火看见了么？那儿就是殷家集吓！”

又走了一阵，车子到了他家的门口，下车之后，我的脚也盘坐得麻了。走进他的家里去一看，里边却宽敞得很。他的老父和母亲，喜欢得了不得。我们在一盏煤油灯下，吃完了晚饭，他的媳妇也出来为我在一张暖炕上铺起被褥来。说起他的媳妇，本来是生长在他家里的童养媳，是于去年刚合婚的。两只脚缠得很小，相儿虽则不美，但在乡下也不算很坏。不过衣服的样子太古，从看惯了都会人士的我们看来，她那件青布的棉袄，和紧扎着脚的红棉裤，实在太难看了。这一晚因为日间在驴车上摇摆了半天，我觉得有点倦了，所以吃完晚饭之后，一早就上炕去睡了。他在里间房里和他父母谈了些什么，和他媳妇在什么时候上炕，我却没有知道。

在他家里过了一个年，住了九天，我所看出的事实，有两件很使我为他伤心：第一是婚姻的不如意，第二是他家里的贫穷。

北方的农家，大约都是一样的，终岁劳动，所得的结果，还不够供政府的苛税。他家里虽则有几十亩地，然而这几十亩地的出息，除了赋税而外，他老父母的饮食和媳妇儿的服饰，还是供给不了的。他是独养儿子，父亲今年五十多了。他前后左右的农家的儿子，年纪和他相上下的，都能上地里去工作，帮助家计；而他一个人在学校里念书，非但不能帮他父亲，并且时时还要向家里去支取零用钱来买书购物。到此，我才看出了他在学校里所以要这样减省的原因。唯其如此，我和他同病相怜，更加觉得他的人格的高尚。

到了正月初四，旧年的雪也溶化了，他在家里日日和那童养媳相对，也似乎十分的不快，所以我就劝他早日回京，回到学校里去。

正月初五的早晨，天气很好，他父亲自家上前面一家姓陈的人家，去借了驴儿和车子，送我们进城来。

说起了这姓陈的人家，我现在还疑他们的女儿是我同学致死的最大原因。陈家是殷家集的豪农，有地二百多顷。房屋也是瓦屋，屋前屋后的墙围很大。他们有三个儿子，顶大的却是一位女儿。她今年十九岁了，比我那位同学小两岁。我和他在他家里住了九天，然而一半的光阴却是在陈家费去的。陈家的老头儿，年纪和我同学的父亲差不多，可是娶了两次亲，前后都已经死了。初娶的正配生了一个女儿，继娶的续弦生了三个男孩，顶大的还只有十一岁。

我的同学和陈家的惠英——这是她的名字——小的时候，在一个私塾里念书；后来大了，他就去进了史官屯的小学校。这史官屯在殷家集之北七八里路的地方，是出永定门以南的第一个大村庄。他在史官屯小学里住了四年，成绩最好，每次总考第一，所以毕业之后，先生就为他去北京师范报名，要他继续的求学。这先生现在也已经去世了，我的同学一说起他，还要流出眼泪来，感激得不了。从此他在北京师范住了四年，现在却安安稳稳的进了大学。读书人很少的这村庄上，大家对于他的勤俭力学，当然是非常尊敬。尤其是陈家的老头儿，每对他父亲说：

“雅儒这小孩，一定很有出息，你一定培植他出来，若要钱用，我尽可以为你出力。”

我说了大半天，把他的名姓忘了，还没有告诉出来。他姓朱，名字叫“雅儒”。我们学校里的称呼本来是连名带姓叫的，大家叫他“朱雅儒”“朱雅儒”；而他叫人，却总不把名字放进去，只叫一个姓氏，底下添一个君字。因此他总不直呼其名的叫我“李厥明”，而以“李君”两字叫我。我起初还听不惯，觉得有点儿不好意思；后来也就学了他，叫他“朱君”，“朱君”了。

陈家的老头儿既然这样的重视他，对于他父亲提出的借款问题，当然是百无一拒的。所以我想他们家里，欠陈家的款，一定也是不在少数。

那一天，正月初五的那一天，他父亲向陈家去借了驴车驴子，送我们进城来，我在路上因为没有话讲，就对他说：

“可惜陈家的惠英没有读书，她实在是聪明得很！”

他起初听了我这一句话，脸上忽而红了一红，后来觉得我讲这话时并没有恶意含着，他就叹了一口气说：

“唉！天下的恨事正多得很哩！”

我看他的神气，似乎他不大愿意我说这些女孩儿的事情，所以我也就默默的不响了。

那一天到了学校之后，同学们都还没有回来，我和他两个人逛逛厂甸，听听戏，也就猫猫虎虎将一个寒假过了过去。开学之后，又是刻板的生活，上课下课，吃饭睡觉，一直到了暑假。

暑假中，我因为想家想得心切，就和他别去，回南边的家里来住了两个月。上车的时候，他送我到车站上来，说了许多互相勉励的说话，要我到家之后，每天写一封信给他，报告南边的风物。而我自家呢，说想于暑假中去当两个月家庭教师，好弄一点零用，买一点书籍。

我到南边之后，虽则不天天写信，但一个月中间，也总计要和他通五六封信。我从信中的消息，知道他暑假中并不回家去，仍住在北京一家姓黄的人家教书，每月也可得二十块钱薪水。

到阳历八月底边，他写信来催我回京，并且说他于前星期六回到殷家集去了一次，陈家的惠英还在问起我的消息呢。

因为他提起了惠英，我倒想起当日在殷家集过年的事情来。惠英的貌并不美，不过皮肤的细白实在是北方女子中间所少见的。一双大眼睛，看人的时候，使人要惧怕起来；因为她的眼睛似乎能洞见一切的样子。身材不矮不高，一张团团的面使人一见就觉得她是一个忠厚的人。但是人很能干，自她后母死后，一切家计都操在她的手里。她的家里，洒扫得很干净。西面的一间厢房，是她的起坐室，一切账簿文件，都搁在这一间厢房里。我和朱君过年前后的几天中老去座谈的，也是在这间房里。她父亲喜欢喝点酒，所以正月里的几天，他老在外头。我和朱君上她家里去的时候，不是和她的几个弟弟说笑话，谈故事，就和她讲些北京学校里的杂事。朱君对她，严谨沉默，和对我们同学一样。她对朱君亦没有什么特别的亲热的表示。

只有一天，正月初四的晚上，吃过晚饭之后，朱君忽而从家中走了出去。我和他父亲谈了些杂天，抽了一点空，也顺便走了出去，上前面陈家去，以为朱君一定在她那里坐着。然而到了那厢房里，和她的小兄弟谈了几句话之后，问他们“朱君来过了没有？”他们都摇摇头说“没有来过”。问他们“姊姊呢？”他们回答说：“病着，睡觉了。”

我回到朱家来，正想上炕去睡的时候，从前面门里朱君却很快的走了进来。在煤油灯底下，我虽看不清他的脸色，然而从他和我说话的声气及他那双红肿的眼睛上看来，似乎他刚上什么地方去痛哭了一场似的。

我接到了他催我回京的信后，一时连想到了这些细事，心里倒觉得有点好笑，就自言自语的说了一句：

“老朱！你大约也掉在恋爱里了罢？”

阳历九月初，我到了北京，朱君早已回到学校里来，床位饭案等事情，他早已为我弄好，弄得和他一块。暑假考的成绩，也已经发表了，他列在第二，我却在他的底下三名的第五，所以自修室也合在一块儿。

开学之后，一切都和往年一样，我们的生活也是刻板式的很平稳的过去了一个多月。北京的天气，新考入来的学生，和我们一班的同学，以及其他的一切，都是同上学期一样的没有什么变化，可是朱君的性格却比从前有点不同起来了。

平常本来是沉默的他，入了阳历十月以后，更是闷声不响了。本来他用钱是很节省的，但是新学期开始之后，他老拖了我上酒店去喝酒去。拼命的喝几杯之后，他就放声骂社会制度的不良，骂经济分配的不均，骂军阀，骂官僚，末了他尤其攻击北方农民阶级的愚昧，无微不至。我看了他这一种悲愤，心里也着实为他所动，可是到后来只好以顺天守命的老生常谈来劝他。

本来是勤勉的他，这一学期来更加用功了。晚上熄灯铃打了之后，他还是一个人在自修室里点着洋蜡，在看英文的爱伦凯，倍倍儿，须帝纳儿等人的书。我也曾劝过他好几次，教他及时休养休养，保重身体。他却昂然的对我说：

“象这样的世界上，象这样的社会里，我们偷生着有什么用处？什么叫保重身体？你先去睡吧！”

礼拜六的下午和礼拜天的早晨，我们本来是每礼拜约定上郊外去走走的；但他自从入了阳历十月以后，不推托说是书没有看完，就说是身体不好，总一个人留在寝室里不出去。实际上，我看他的身体也一天一天的瘦下去了。两道很浓的眉毛，投下了两层阴影，他的眼窝陷落得很深，看起来实在有点怕人，而他自家却还在起早落夜的读那些提倡改革社会的书。我注意看他，觉得他的饭量也渐渐的减下去了。

有一天寒风吹得很冷，天空中遮满了灰暗的云，仿佛要下大雪的早晨，门房忽而到我们的寝室里来，说有一位女客，在那里找朱先生。那时候，朱君已经出去上操场上去散步看书去了。我走到操场上，寻见了他，告诉了他以后，他脸上忽然变得一点血色也没有，瞪了两眼，同呆子似的尽管问我说：

“她来了么？她真来了么？”

我倒教他骇了一跳，认真的对他说：

“谁来谎你，你跑出去看看就对了。”

他出去了半日，到上课的时候，也不进教室里来；等到午后一点多种，我在下堂上自修室去的路上，却遇见了他。他的脸色更灰白了，比早晨我对他说话的时候还要阴郁，锁紧了的一双浓厚的眉毛，阴影扩大了开来，他的全部脸上都罩着一层死色。我遇见了他，问他早晨来的是谁，他却微微的露了一脸苦笑说：

“是惠英！她上京来买货物的，现在和她爸爸住在打磨厂高升店。你打算去看她么？我们晚上一同去吧！去和他们听戏去。”

听了他这一番话，我心里倒喜欢得很，因为陈家的老头儿的话，他是很要听的。所以我想吃过晚饭之后，和他同上高升店去，一则可以看看半年多不见的惠英，二则可以托陈家的老头儿劝劝朱君，劝他少用些功。

吃过晚饭，风刮得很大，我和他两个人不得不坐洋车上打磨厂去。到高升店去一看，他们父女二人正在吃晚饭，陈老头还在喝白干，桌上一个羊肉火锅烧得满屋里都是火锅的香味。电灯光为火锅的热气所包住，照得房里朦朦胧胧。惠英着了一件黑布的长袍，立起来让我们坐下喝酒的时候，我觉得她的相儿却比在殷家集的时候美得多了。

陈老头一定要我们坐下去喝酒，我们不得已就坐下去喝了几杯。一边喝，一边谈，我就把朱君近来太用功的事情说了一遍。陈老头听了我的话，果然对朱君说：

“雅儒！你在大学里，成绩也不算不好，何必再这样呢？听说你考在第二名，也已经可以了，你难道还想夺第一名么？……总之，是身体要紧。……你的家里，全都在盼望你在大学到毕业后，赚钱去养家。万一身体不好，你就是学问再好一点，也没有用处。”

朱君听了这些话，尽是闷声不语，一杯一杯的在俯着头喝酒。我也因为喝了一点酒，头早昏痛了，所以看不出他的表情来。一面回过头来看看惠英，似乎也俯着了头，在那里落眼泪。

这一天晚上，因为谈天谈得时节长了，戏终于没有去听。我们坐洋车回校里的时候，自修的钟头却已经过了。第二天，陈家的父女已经回家去了，我们也就回复了平时的刻板生活。朱君的用功，沉默，牢骚抑郁的态度，也仍旧和前头一样，并不因陈家老头儿的劝告而减轻些。

时间一天一天的过去，又是一年将尽的冬天到了。北风接着吹了几天，早晚的寒冷骤然增加了起来。

年假考的前一个星期，大家都紧张起来了，朱君也因这一学期看课外的书看了太多，把学校里的课本丢开的原因，接连有三夜不睡，温习了三夜功课。

正将考试的前一天早晨，朱君忽而一早就起了床，袜子也不穿，蓬头垢面的跑了出去。跑到了门房里，他拉住了门房，要他把那一个人交出来。门房莫名其妙，问他所说的那一个人是谁，他只是拉住了门房吵闹，却不肯说出那一个人的姓名来。吵得声音大了，我们都出去看，一看是朱君在和门房吵闹，我就夹了进去。这时候我一看朱君的神色，自家也骇了一跳。

他的眼睛是血胀得红红的，两道眉毛直竖在那里，脸上是一种没有光泽的青灰色，额上颈项上胀满了许多青筋。他一看见我们，就露了两列雪白的牙齿，同哭也似的笑着说：

"好好，你们都来了，你们把这一个小军阀看守着，让我去拿出手枪来枪毙他。"

说着，他就把门房一推，推在我和另外两个同学的身上；大家都不提防他的，被他这么一推，四个人就一块儿的跌倒在地上。他却狞猛地哈哈的笑了几声，就一直的跑了进去。

我们看了他这一种行动，大家都晓得他是精神错乱了。就商量叫校役把他看守在养病室里，一边去通知学校当局，请学校里快去请医生来替他医治。

他一个人坐在养病室里不耐烦，硬要出来和校役打骂。并且指看守他的校役是小军阀，骂着说：

"混蛋，像你这样的一个小小的军阀，也敢强取人家的闺女么？快拿手枪来，快拿手枪来！"

校医来看他的病，也被他打了几下，并且把校医的一副眼镜也扯下来打碎了。我站在门口，含泪的叫了几声：

"朱君！朱君！你连我都认不清了么？"

他光着眼睛，对我看了一忽，就又哈哈哈哈的笑着说：

"你这小王八，你是来骗钱的罢！"

说着，他又打上我的身来，我们不得已就只好将养病室的门锁上，一边差人上他家里去报信，叫他的父母出来看护他的病。

到了将晚的时候，他父亲来了，同来的是陈家的老头儿。我当夜就和他们陪朱君出去，在一家公寓里先租了一间房间住着。朱君的病愈来愈凶了，我们三个人因为想制止他的暴行，终于一晚没有睡觉。

第二天早晨，我一早就回学校去考试，到了午后，再上公寓里去看他的时候，知道他们已经另外租定了一间小屋，把朱君捆缚起来了。

我在学校里考试考了三天，正到考完的那一日早晨一早就接到了一个急信，说朱君已经不行了，急待我上那儿去看看他。我到了那里去一看，只见黑漆漆的一间小屋里，他同鬼也似的还被缚在一张板床上。房里的空气秽臭得不堪，在这黑臭的空气里，只听见微微的喘气声和腹泻的声音。我在门口静立了一忽，实在是耐不住了，便放高了声音，“朱君”“朱君”的叫了两声。坐在他脚后的他那老父，马上就举起手来阻止住我的发声。朱君听了我的唤声，把头转过来看我的时候，我只看见了一个枯黑得同骷髅似的头和很黑很黑的两颗眼睛。

我踏进了那间小房，审视了他一回，看见他的手脚还是绑着，头却软软的斜靠在枕头上面。脚后头坐在他父亲背后的，还有一位那朱君的媳妇，眼睛哭得红肿，呆呆的缩着头，在那里看守着这将死的她的男人。

我向前后一看，眼泪忽而涌了出来，走上他的枕头边上，伏下身去，轻轻的问了他一句话“朱君！你还认得我么？”底下就说不下去了。他又转过头来对我看了一眼，脸上一点儿表情也没有，但由我的泪眼看过去，好象他的眼角上也有流出眼泪来的样子。

我走近他父亲的身边，问陈老头哪里去了。他父亲说：

“他们惠英要于今天出嫁给一位军官，所以他早就回去料理喜事去了。”

我又问朱君服的是什么药，他父亲只摇摇头，说：“我也不晓得。不过他服了药后，却泻到如今，现在是好象已经不行了。”

我心里想，这一定是服药服错了，否则，三天之内，他何以会变得这样的呢？我正想说话的时候，却又听见了一阵腹泻的声音，朱君的头在枕上摇了几摇，喉头咯咯的响起来了。我的毛发竦竖了起来，同时他父亲，他媳妇儿也站起来赶上他的枕头边上去。我看见他的头往上抽了几抽，喉咙头格落落响了几声，微微抽动了一刻钟的样子，一切的动静就停止了。他的媳妇儿放声哭了起来，他的父亲也因急得痴了，倒只是不发声的呆站在那里。我却忍不住了，也低下头去在他耳边“朱君！朱君！”的绝叫了两三声。

第二天早晨，天又下起微雪来了。我和朱君的父亲和他的媳妇，在一辆大车上一清早就送朱君的棺材出城去。这时候城内外的居民还没有起床，长街上清冷得很。一辆大车，前面载着朱君的灵柩，后面坐着我们三人，慢慢的在雪里转走。雪片积在前面罩棺木的红毡上，我和朱君的父亲却包在一条破棉被里，避着背后吹来的北风。街上的行人很少，朱君的媳妇幽幽在哭着的声音，觉得更加令人伤感。

大车走出永定门的时候，黄灰色的太阳出来了，雪片也似乎少了一点。我想起了去年冬假里和朱君一道上他家去的光景，就不知不觉的向前面的灵柩叫了两声，忽儿按捺不住地“哗”的一声放声哭了起来。

一九二七年七月十六日

（原载1927年7月20日《教育杂志》月刊第19卷第7号）

东梓关

一夜北风，院子里的松泥地上，已结成了一层短短的霜柱，积水缸里，也有几丝冰骨凝成了。从长年漂泊的倦旅归来，昨晚上总算在他儿时起居惯的屋栋底下，享受了一夜安眠的文朴，从楼上起身下来，踏出客堂门，上院子里去一看，陡然间却感到了一身寒冷。

“这一区江滨的水国，究竟要比半海洋性的上海冷些。”

瞪目呆看看晴空里的阳光，正在这样凝想着的时候，从厨下刚走出到客堂里来的他那年老的娘，却忽而大声地警告他说：

“朴，一侵早起来，就站到院子里去干什么？今天可冷得很哩！快进来，别遭了凉！”

文朴听了她这仍旧是同二十几年前一样的告诫小孩子似的口吻，心里头便突然间起了一种极微细的感触，这正是有些甜也有些苦的感触。眼角上虽渐渐带着了潮热，但面上却不能自已地流露出了一脸微笑，他只好回转身来，文不对题的对他娘说：

“娘！我今天去就是，上东梓关徐竹园先生那里去看一看来就是，省得您老人家那么的为我担心。”

“自然啦，他的治吐血病是最灵也没有的，包管你服几帖药就能痊愈。那两张钞票，你总收藏好了罢？要是不够的话，我这里还有。”

“哪里会得不够呢。我自己也还有着，您放心好了，我吃过早饭，就上轮船局去。”

“早班轮船怕没有这么早，你先进来吃点点心，回头等早午饭烧好，吃了再去，也还来得及哩，你脸洗过了没有？”

洗了一洗手脸，吃了一碗开水冲蛋，上各处儿时走惯的地方去走了一圈回来，文朴的娘已经摆好了四碗蔬菜，在等他吃早午饭了。短促的冬日，在白天的时候也实在真短不过，文朴满以为还是早晨的此刻，可是一坐下来吃饭，太阳却早已经晒到了那间朝南的客室的桌前，看起来大约总也约莫有了十点多钟的样子了。早班轮船是早晨七点从杭州开来的，到埠总在十一点左右，所以文朴的这一顿早午饭，自然是不能吃得十分从容。倒是在上座和他对酌的他那年老的娘，看他吃得太快了，就又宽慰他说：

“吃得这么快干什么？早班轮船赶不着，晚班的总赶得上的，当心别噎嗝起来！”依旧是同二十几年前对小孩子说话似的那一种口吻。

刚吃完饭，擦了擦脸，文朴想站起来走了，他娘却又对他叮嘱着说：

“我们和徐竹园先生，也是世交，用不着客气的。你虽则不认得他，可是到了那里，今天你就可以服一帖药，就在徐先生的春和堂里配好，托徐先生家里的人代你煎煎就对。……”

“好，好，我晓得的。娘，您慢用吧，我要走了。”

正在这个时候，轮船报到的汽笛声，也远远地从江面上传了过来。

这小县城的码头上，居然也挤满了许多上落的行旅客商和自乡下来上城市购办日用品的农民，在从码头挤上船去的一段浮桥上，文朴也遇见了许多儿时熟见的乡人的脸。汽笛重叫了一声，轮船离埠开行之后，文朴对着了渐渐退向后去的故乡的一排城市人家，反吐了一口如释重负似的深长的气。因为在外面漂泊惯了，他对于小时候在那儿生长，在旅途中又常在想念着的老巢，倒在感到一种莫名其妙的压迫。一时重复身入了舟车逆旅的中间，反觉得是回到了熟悉的故乡来的样子。更况且这时候包围在他坐的那只小轮船的左右前后的，尽是些蓝碧的天，澄明的水，和两岸的青山红树，江心的暖日和风；放眼向四周一望，他觉得自己譬如是一只在山野里飞游惯了的鸟，又从狭窄的笼里飞出，飞回到大自然的怀抱里来了。

东梓关在富春江的东岸，钱塘江到富阳而一折，自此以上，为富春江，已经将东西的江流变成了南北的向道。轮船在途中停了一二处，就到了东梓关的埠头。东梓关虽则去县城只有三四十里路程，但文朴因自小就在外面飘流，所以只在极幼小的时候因上祖坟来过一次之外，自有确实的记忆以后却从还没有到过这一个在他们的故乡也是很有名的村镇。

江上太阳西斜了，轮船在一条石砌的码头上靠了岸，文朴跟着几个似乎是东梓关附近土著的农民上岸之后，第一就问他们，徐竹园先生是住在哪里的。

“徐竹园先生吗？就是那间南面的大房子！”

一个和他一道上岸来的农民在岸边站住了，用了他那只苍老曲屈的手指，向南指点了一下。

文朴以手遮着日光，举头向南一看，只看出了几家疏疏落落的人家，和许多树叶脱尽的树木来。因稻已经收割净了，空地里草场上，只堆着一堆一堆的干稻草在那里反射阳光。一处离埠头不远的池塘里，游泳着几只家畜的鸭，时而一声两声的在叫着。池塘边上，水浅的地方，还浸着一只水牛，在水面上擎起了它那个两角峥嵘的牛头，和一双黑沉沉的大眼，静静儿的在守视着从轮船上走下来的三五个行旅之人。村子里的小路很多，有些是石砌的，有些是黄泥的，只有一条石板砌成的大道，曲折横穿在村里的人家和那池塘的中间，这大约是官道了；文朴跟着了那个刚才教过他以徐先生的住宅的农夫，就朝南顺着了这一条大道走向前去。

东梓关的全村，大约也有百数家人家，但那些乡下的居民似乎个个都很熟识似的；文朴跟了农夫走不上百数步路，却听他把自哪里来为办什么事去的历史述说了一二十次，因为在路上遇见他的人，个个都以同样的话问他一句，而他总也一边前进，一边以同样的话回答他们，直到走上了一处有四五条大小的叉路交接的地方，他的去路似乎和文朴的不同了，高声一喊，他便喊住了一位在一条小路上慢慢向前行走的中老农夫，自己先说了一遍自何处来为办什么事而去的历史，然后才将文朴交托了他，托他领到徐先生的宅里，他自己就顺着大道，向前走了。

徐竹园先生的住宅，果然是近邻中所少见的最大的一所，但墙壁梁栋，也都已旧了，推想起来，大约总也是洪杨战后所筑的旧宅无疑。文朴到了徐家屋里，由那中老农夫进去告诉了一声，等了一会，就走出来了一位面貌清秀，穿长衫作学生装束的青年。听取了文朴的自己介绍和来意以后，他就很客气地领他进了一间光线不十分充足的厢房。这时候的时刻虽则已进了午后，可是门外面的晴冬的空气，干燥得分外鲜明，平西的太阳光线，也还照耀得辉光四溢，而一被领进到了这一间分明是书室兼卧房的厢房的中间，文朴觉得好像已经是寒天日暮的样子了。厢房的三壁，各摆满了许多册籍图画，一面靠壁的床上陈设着有一个长方的紫檀烟托，和一盏小小的油灯。文朴走到了床铺的旁边，躺在床上刚将一筒烟抽完的徐竹园先生也站起来了。

“是朴先生吗？久仰久仰。令堂太太的身体近来怎么样？请躺下去歇息吧，轮船里坐得不疲乏么？彼此都不必客气，就请躺下去歇息，我们可以慢慢的谈天。”

竹园先生总约莫有五十岁左右了，清癯的面貌，雅洁的谈汪，绝不象是一个未见世面的乡下先生。文朴和他夹着烟盘躺下去后，一边在看他烧装捏吸，一边也在他停烧不吸的中间，听取了许多关于他自己当壮年期里所以要去学医的由来。

东梓关的徐家，本来是世代著名的望族，在前清嘉道之际，徐家的一位豪富，也曾在北京任过显职，嗣后就一直没有脱过科甲，竹园先生自己年纪轻的时候，也曾做过救世拯民的大梦，可是正当壮年时期，大约是因为用功过了度，在不知不觉的中间，竟尔染上了吐血的宿疾，于是大梦也醒了，意志也灰颓了，翻然悔悟，改变方针，就于求医采药之余，一味的看看医书，试试药性，象这样的生活，到如今已经过了二十多年了。

“就是这一口烟……”

徐竹园先生继续着说：

“就是这一口烟，也是那时候吸上的。病后上的瘾，真是不容易戒绝，所以我劝你，要根本的治疗，还是非用药石不行。”

世事看来，原是塞翁之马，徐竹园先生因染了疾病，才绝意于仕进，略有余闲，也替人家看看病，自己读读书，经管经管祖上的遗产；每年收入，薄有盈余，就在村里开了一家半施半卖的春和堂药铺。二十年来，大局尽变，徐家其他的客房，都因为宦途艰险，起落无常之故，现在已大半中落了，可是徐竹园先生的一房，男婚女嫁，还在保持着旧日的兴隆，他的长子，已生下了孙儿，三代见面了。

文朴静躺在烟铺的一旁，一边在听着徐竹园先生的述怀，一边也暗自在那里下这样的结论，忽而前番引领他进来的那位青年，手里拿了一盏煤油灯走进了房来，并且报告着说：

“晚饭已经摆上了！”

徐竹园先生从床上立了起来，整整衣冠，陪文朴走上厅去的中间，文朴才感到了乡下生活的悠闲，不知不觉，在烟盘边一躺，却已经有三四个钟头飞驰过去了，丰盛的一餐夜饭吃完之后，自然的就又走回到了烟铺。竹园先生的兴致愈好了，饭后的几筒烟一抽，谈话就转到了书版掌故的一方面去。因为文朴也是喜欢收藏一点古书骨董之类的旧货的，所以一谈到了这一方面，他的精神，也自然而然地振作了一下。

竹园先生便取出了许多收藏的砖砚，明版的书籍，和傅青主手写的道情卷册来给文朴鉴赏，文朴也将十几年来在外面所见过的许多珍彝古器的大概说给了徐先生听。听到了欧战期间，巴黎博物院里保藏古物的苦心的时候，竹园先生竟以很新的见解，发表了一段反对战争的高论，为证明战争的祸患无穷，与只有和平的老百姓受害独烈的实际起见，他最后又说到了这东梓关地方的命名的出处。

东梓关本来是叫作“东指关”的，吴越行军，到此暂驻，顺流直下，东去就是富阳山嘴，是一个天然的关险，是以行人到此，无不东望指关，因而有了这一个名字。但到了明末，倭寇来侵，江浙沿海一带，处处都遭了蹂躏，这儿一隅，虽然处在内地，可是烽烟遍野，自然也民不安居。忽而有一天晚上，大兵过境，将此地土著的一位农民强拉了去。他本来是一个独子，父母都已经去世了，只剩下两位弱妹，全要凭他的力田所入，来养活三人的。哥哥被拉了去后的两位弱妹，当然是没有生路了，于是只有朝着东方她们哥哥被拉去的方向，举手狂叫，痛哭悲号，来减轻她们的忧愁与恐怖。这样的哭了一日一夜，眼睛里哭出血来了，突然间天上就起了狂风，将她们的哭声远送到了她们哥哥的耳里。她们哥哥这时候正被铁链锁着，在军营里服牛马似的苦役。大风吹了一日一夜，他流着眼泪，远听她们的哭声也听了一日一夜，直到第三天的天将亮的时候，他拖着铁链，爬到了富春江下游的钱塘江岸，纵身一跳，竟于狂风大雨之中跳到了正在涨潮的大江心里。同时他的两位弱妹，也因为哭了二日二夜，眼睛里的血也流完了之故，于天将亮的时候在“东指关”的江边，跳到水里去了。第三天天晴风息，“东指关”的住民早晨起来一看，附近地方的树头，竟因大风之故，尽曲向了东方，当时这里所植的都是梓树，所以以后，地名就变作了东梓关。过了几天，潮退了下去，在东梓关西面的江心里，忽然现出了两大块岩石来，在这两大块岩石旁边，他们兄妹三人的尸体却颜色如生地静躺在那里，但是三人的眼睛，都是哭得红肿不堪的。

“那两大块岩石，现在还在那里，可惜天晚了，不能陪你去看。……”

徐竹园先生慢慢地说：

“我们东梓关人，以后就把这一堆岩石称作了‘姊妹山’，现在岁时伏腊，也还有人去顶礼膜拜哩！战争的毒祸，你说厉害不厉害？”

将这一大篇故事述完之后，竹园先生就又大口的抽了两口烟，咕的喝了一口浓茶。点上一支雪茄，放到嘴里衔上了，他坐了起来对文朴说：

“现在让我来替你诊脉吧！看你的脸色，你那病还并没有什么不得了的。”

伏倒了头，屏绝住气息，他轻一下重一下的替文朴按了约莫有三十分钟的脉，又郑重地看了一看文朴的脸色和舌苔，他却好象已经得到了把握似地欢笑了起来：

“不要紧，不要紧，你这病还轻得很着呢！我替你开两个药方，一个现在暂时替你止血，一个你以后可以常服的。”

说了这几句话后，他又凝神展气地向洋灯注视了好几分钟，然后伸手磨墨，预备写下那两张药方来了。

这时候时间似乎已经到了夜半，沉沉的四壁之内，文朴只听见竹园先生磨墨的声音响得很利害。时而窗外面的风声一动，也听得见一丝一丝远处的犬吠之声，但四面却似乎早已经是睡尽了。文朴一个人坐在竹园先生的背后，在这深夜的沉寂里静静的守视着他这种聚精会神的神气，和一边咳嗽一边伸纸吮笔的风情，心里头却自然而然的起了一种畏敬的念头。

“啊啊，这的确是名医的风度！”

文朴在心里想：

“这的确是名医的样子，我的病大约是有救药了。”

竹园先生把两个药方开好了，搁下了笔，他又重将药方仔细检点了一遍。文朴立起来走向了桌前，接过药方，就弓身道了个谢，旋转身又和竹园先生躺下在烟盘的两旁。竹园先生又抽了几口之后，厅上似乎起了一点响动，接着就有人送点心进来了，是热烘烘的一壶酒，四碟菜，两碗面。文朴因为食欲不佳，所以只喝了一杯酒就搁下了筷，在陪着竹园先生进用饮食的当中，他却忍不住地打了两个呵欠。竹园先生看见了，向房外叫了一声，白天的那位青年就走了进来，执着灯陪文朴进了一间小小的客房。

文朴睡不上几个钟头，窗外面已经有早起的农人起来了，一睡醒后，他第二觉是很不容易睡着的，撩起帐子来一看，窗外面似乎依旧是干燥的晴天，他张开眼想了一想，就匆匆地披衣着袜，起身走出了卧床。徐家的上下，除打洗脸水来的佣人之外，当然是全家还在高卧。文朴问佣人要了一副纸笔，向竹园先生留下了一张打扰告罪的字条，便从徐家走了出来。因为下水的早班轮船，是于八点前后经过东梓关埠头的，他就想乘了这班早班，重回到他老母的身边去，在徐家服药久住，究竟觉得有点不便。

屋外面的空气，着实有点尖寒的难受，可是静躺在晴冬的朝日之下的这东梓关的村景，却给与了文朴以不能忘记的印象。

一家一家的瓦上，都盖上了薄薄的晨霜。枯村枝头，也有几处似金刚石般地在返射着刚离地平线不远的朝阳光线。村道上来往的人，并不见多，但四散着的人家烟突里，却已都在放出同天的颜色一样的炊烟来了。隔江的山影，因为日光还没有正射着的缘故，浓黑得可怕，但朝南的一面旷地里，却已经洒满了金黄的日色和长长的树影之类。文朴走到了江边，埠头还不见有一个候船的人在等着，向一位刚自江里挑了一担水起来的工人问了一声，知道轮船的到来，总还有一个钟头的光景。

文朴呆呆地在埠头立了几分钟，举头便向徐竹园先生的那所高大的房屋一望，看见他们的朝东的一道白墙头上，也已经晒上了太阳了。

“大约象他老先生那样舒徐浑厚的人物，现在总也不多了吧？这竹园先生，也许是旧时代的这种人物的最后一个典型！”

心里这样的想着，他脑里忽而想起了昨晚上所谈的一宵闲话。

“象这一种夜谈的情景，却也是不可多得的。龚定庵所说的‘小屏红烛话冬心’，趣味哪里有这样的悠闲隽永。”

“小屏——红烛——话——冬心！”“小屏——红烛——话——冬心！”茫然在口里这样轻轻念了几句，他的面前，却忽而又闪出了一个年纪很轻的挑水的人来。那少年对他望了几眼，他倒觉得有点难为情起来了，踏上了一步，就只好借点因头来遮盖遮盖自己的那一种独立微吟的蠢相。

“小弟弟，要看姊妹山，应该是怎么样的走的？”

“只教沿着岸边，朝上直跑上去就对。”

“谢谢你！”

文朴说了这一句谢词，沿江在走向姊妹山去的中间，那少年还呆立在埠头的朝阳里，在默视着这位疯不象疯，痴不象痴的清瘦的中年人的背景。

一九三二年九月

（原载1932年11月1日《现代》月刊第2卷第1期）

青　烟

寂静的夏夜的空气里闲坐着的我，脑中不知有多少愁思，在这里汹涌。看看这同绿水似的由蓝纱罩里透出来的电灯光，听听窗外从静安寺路上传过来的同倦了似的汽车鸣声，我觉得自家又回到了青年忧郁病时代去的样子，我的比女人还不值钱的眼泪，又映在我的颊上了。

抬头起来，我便能见得那催人老去的日历，时间一天一天的过去了，但是我的事业，我的境遇，我的将来，啊啊，吃尽了千辛万苦，自家以为已有些物事被我把握住了，但是放开紧紧捏住的拳头来一看，我手里只有一溜青烟！

世俗所说的“成功”，于我原似浮云。无聊的时候偶尔写下来的几篇概念式的小说，虽则受人攻击，我心里倒也没有什么难过，物质上的困迫，只教我自家能咬紧牙齿，忍耐一下，也没有些微关系，但是自从我出生之后，直到如今二十余年的中间，我自家播的种，栽的花，哪里有一枝是鲜艳的？哪里一枝曾经结过果来？啊啊，若说人的生活可以涂抹了改作的时候，我的第二次的生涯，决不愿意把它弄得同过去的二十年间的生活一样的！我从小若学作木匠，到今日至少也已有一二间房屋改造成了。无聊的时候，跑到这所我所手造的房屋边上去看看，我的寂寥，一定能够轻减。我从少若学作裁缝，不消说现在定能把轻罗绣缎剪开来缝成好好的衫子了。无聊的时候，把我自家剪裁，自家缝纫的纤丽的衫裙，打开来一看，我的郁闷，也定能消杀下去。但是无一艺之长的我，从前还自家骗自家，老把古今文人所作成的杰作拿出来自慰，现在梦醒之后，看了这些名家的作品，只是愧耐，所以目下连饮鸩也不能止我的渴了，叫我还有什么法子来填补这胸中的空虚呢？

有几个在有钱的人翼下寄生着的新闻记者说：

“你们的忧郁，全是做作，全是无病呻吟，是丑态！”

我只求能够真真的如他们所说，使我的忧郁是假作的，那么就是被他们骂得再厉害一点，或者竟把我所有的几本旧书和几块不知从何处来的每日买面包的钱，给了他们，也是愿意的。

有几个为前面那样的新闻记者作奴仆的人说：

“你们在发牢骚，你们因为没有人来使用你们，在发牢骚！”

我只求我所发的是牢骚，那么我就是连现在正打算点火吸的这枝Felucca，给了他们都可以，因为发牢骚的人，总有一点自负，但是现在觉得自家的精神肉体，委靡得同风的影子一样的我，还有一点什么可以自负呢？

有几个比较了解我性格的朋友说：

“你们所感得的是Toska，是现在中国人人都感得的。”

但是我若有这样的Myriad mind，我早成了Shakespeare了。

我的弟兄说：

“唉，可怜的你，正生在这个时候，正生在中国闹得这样的时候，难怪你每天只是郁郁的；跑上北又弄不好，跑上南又弄不好，你的忧郁是应该的，你早生十年也好，迟生十年也好……”

我无论在什么时候——就假使我正抱了一个肥白的裸体妇女，在酣饮的时候罢——听到这一句话，就会痛哭起来，但是你若再问一声，“你的忧郁的根源是在此了么？”我定要张大了泪眼，对你摇几摇头说：“不是，不是。”国家亡了有什么？亡国诗人Sienkiewicz，不是轰轰烈烈的做了一世人么？流寓在租界上的我的同胞不是个个都很安闲的么？国家亡了有什么？外国人来管理我们，不是更好么？陆剑南的“王师北定中原日，家祭无忘告乃翁”的两句好诗，不是因国亡了才做得出来的么？少年的血气干萎无遗的目下的我，那里还有同从前那么的爱国热忱，我已经不是Chauvinist了。

窗外汽车声音渐渐的稀少下去了，苍茫六合的中间我只听见我的笔尖在纸上划字的声音。探头到窗外去一看，我只看见一弯黝黑的夏夜天空，淡映着几颗残星。我搁下了笔，在我这同火柴箱一样的房间里走了几步，只觉得一味凄凉寂寞的感觉，浸透了我的全身，我也不知道这忧郁究竟是从什么地方来的。

虽是刚过了端午节，但象这样暑热的深夜里，睡也睡不着的。我还是把电灯灭黑了，看窗外的景色罢！

窗外的空间只有错杂的屋脊和尖顶，受了几处瓦斯灯的远光，绝似电影的楼台，把它们的轮廓画在微茫的夜气里。四处都寂静了，我却听见微风吹动窗叶的声音，好象是大自然在那里幽幽叹气的样子。

远处又有汽车的喇叭声响了，这大约是西洋资本家的男女，从淫乐的裸体跳舞场回家去的凯歌罢。啊啊，年纪要轻，颜容要美，更要有钱。

我从窗口回到了坐位里，把电灯拈开对镜子看了几分钟，觉得这清瘦的容貌，终究不是食肉之相。在这样无可奈何的时候，还是吸吸烟，倒可以把自家的思想统一起来，我擦了一枝火柴，把一枝Felucca点上了。深深的吸了一口，我仍复把这口烟完全吐上了电灯的绿纱罩子。绿纱罩的周围，同夏天的深山雨后似的，起了一层淡紫的云雾。呆呆的对这层云雾凝视着，我的身子好象是缩小了投乘在这淡紫的云雾中间。这层轻淡的云雾，一飘一飏的荡了开去，我的身体便化而为二，一个缩小的身子在这层雾里飘荡，一个原身仍坐在电灯的绿光下远远的守望着那青烟里的我。

A Phantom

已经是薄暮的时候了。

天空的周围，承受着落日的余晖，四边有一圈银红的彩带，向天心一步步变成了明蓝的颜色，八分满的明月，悠悠淡淡地挂在东半边的空中。几刻钟过去了，本来是淡白的月亮放起光来。月光下流着一条曲折的大江，江的两岸有郁茂的树林，空旷的沙渚。夹在树林沙渚中间，各自离开一里二里，更有几处疏疏密密的村落。村落的外边环抱着一群层叠的青山。当江流曲处，山岗亦折作弓形，白水的弓弦和青山的弓背中间，聚居了几百家人家，便是F县县治所在之地。与透明的清水相似的月光，平均的洒遍了这县城，江流，青山，树林，和离县城一二里路的村落。黄昏的影子，各处都可以看得出来了。平时非常寂静的这F县城里，今晚上却带着些跃动的生气，家家的灯火点得比平时格外的辉煌，街上来往的行人也比平时格外的嘈杂，今晚的月亮，几乎要被小巧的人工比得羞涩起来了。这一天是旧历的五月初十。正是F县城里每年演戏行元帅会的日子。

一个年纪大约四十左右的清瘦的男子，当这黄昏时候，拖了一双走倦了的足慢慢的进了F县城的东门，踏着自家的影子，一步一步的夹在长街上行人中间向西走来，他的青黄的脸上露着一副惶恐的形容，额上眼下已经有几条皱纹了。嘴边上乱生在那里的一丛芜杂的短胡，和身上穿着的一件龌龊的半旧竹布大衫，证明他是一个落魄的人。他的背脊屈向前面，一双同死鱼似的眼睛，尽在向前面和左旁右旁偷看。好象是怕人认识他的样子，也好象是在那里寻知己的人的样子。他今天早晨从H省城动身，一直走了九十里路，这时候才走到他廿年不见的故乡F城里。

他慢慢的走到了南城街的中心，停住了足向左右看了一看，就从一条被月光照得灰白的巷里走了进去。街上虽则热闹，但这条狭巷里仍是冷冷清清。向南的转了一个弯，走到一家大墙门的前头，他迟疑了一会，便走过去了。走过了两三步，他又回了转来。向门里偷眼一看，他看见正厅中间桌上有一盏洋灯点在那里。明亮的洋灯光射到上首壁上，照出一张钟馗图和几副蜡笺的字对来。此外厅上空空寂寂，没有人影。他在门口走来走去的走了几遍，眼睛里放出了两道晶润的黑光，好象是要哭哭不出来的样子。最后他走转来过这墙门口的时候，里面却走出了一个与他年纪相仿的女人来。因为她走在他与洋灯的中间，所以他只看见她的蓬蓬的头发，映在洋灯的光线里。他急忙走过了三五步，就站住了。那女人走出了墙门，走上和他相反的方向去。他仍复走转来，追到了那女人的背后。那女人听见了他的脚步声忽儿把头朝了转来。他在灰白的月光里对她一看就好象触了电似的呆住了。那女人朝转来对他微微看了一眼，仍复向前的走去。他就赶上一步，轻轻的问那女人说：

"嫂嫂这一家是姓于的人家么？"

那女人听了这句问语，就停住了脚，回答他说：

"嗳！从前是姓于的，现在卖给了陆家了。"

在月光下他虽辨不清她穿的衣服如何，但她脸上的表情是很憔悴，她的话声是很凄楚的，他的问语又轻了一段，带起颤声来了。

"那么于家搬上哪里去了呢？"

"大爷在北京，二爷在天津。"

"他们的老太太呢？"

"婆婆去年故了。"

"你是于家的嫂嫂么？"

"嗳！我是三房里的。"

"那么于家就是你一个人住在这里么？"

"我的男人，出去了二十多年，不知道在什么地方，所以我也不能上北京去，也不能上天津去，现在在这里帮陆家烧饭。"

"噢噢！"

"你问于家干什么？"

"噢噢！谢谢……"

他最后的一句话讲得很幽，并且还没有讲完，就往后的跑了。

那女人在月光里呆看了一会他的背影，眼见得他的影子一步一步的小了下去，同时又远远的听见了一声他的暗泣的声音，她的脸上也滚了两行眼泪出来。

月亮将要下山去了。

江边上除了几声懒懒的犬吠声外，没有半点生物的动静，隔江岸上，有几家人家，和几处树林，静静的躺在同霜华似的月光里。树林外更有一抹青山，如梦如烟的浮在那里。此时F城的南门江边上，人家已经睡尽了。江边一带的房屋，都披了残月，倒影在流动的江波里。虽是首夏的晚上，但到了这深夜，江上也有些微寒意。

停了一会有一群从戏场里回来的人，破了静寂，走过这南门的江上。一个人朝着江面说：

“好冷吓，我的毛发都竦竖起来了，不要有溺死鬼在这里讨替身哩！”

第二个人说：

“溺死鬼不要来寻着我，我家里还有老婆儿子要养的哩！”

第三个第四个人都哈哈的笑了起来。这一群人过去了之后，江边上仍复归还到一刻前的寂静状态去了。

月亮已经下山了，江边上的夜气，忽而变成了灰色。天上的星宿，一颗颗放起光来，反映在江心里。这时候南门的江边上又闪出了一个瘦长的人影，慢慢的在离水不过一二尺的水际徘徊。因为这人影的行动很慢，所以它的出现，并不能破坏江边上的静寂的空气。但是几分钟后这人影忽而投入了江心，江波激动了，江边上的沉寂也被破了。江上的星光摇动了一下，好象似天空掉下来的样子。江波一圆一圆的阔大开来，映在江波里的星光也随而一摇一摇的动了几动。人身入水的声音和江上静夜里生出来的反响与江波的圆圈消灭的时候，灰色的江上仍复有死灭的寂静支配着，去天明的时候，正还远哩！

Epilogue

我呆呆的对着了电灯的绿光，一枝一枝把我今晚刚买的这一包烟卷差不多吸完了。远远的鸡鸣声和不知从何处来的汽笛声，断断续续的传到我的耳膜上来，我的脑筋就联想到天明上去。

可不是么？你看！那窗外的屋瓦，不是一行一行的看得清楚了么？

啊啊，这明蓝的天色！

是黎明期了！

啊呀，但是我又在窗下听见了许多洗便桶的声音。这是一种象征，这是一种象征。我们中国的所谓黎明者，便是秽浊的手势戏的开场呀！

一九二三年旧历五月十日午前四时

（原载1923年6月30日《创造周报》第8号）

春　潮

一

三月中旬一天的午后，和丽的阳光，同爱人的微笑似的，洒满在一处静僻的乡村里，这乡村的前面，流着清沧的钱塘江水，后面有无数的青山，纵横错落的排列在蓝苍的天空里。三五家茅檐泥壁的农家，夹了一条如发的官道，散点在山腰水畔。农家的前后四周，各有几弓空地围着，空地里的杂树，系桑柘之类，地上横着的矮小的树影，有二三尺长。大约已经是午后三点钟了，几声鸡叫的声音，破了静寂的空气，传到江水的边上来。一家农家，靠着江边的高岸。从这农家的门前，穿过一条在花坛里躺着的曲径，就是走下江水边上去的一条有阶段的斜路。这斜路的阶段，并非用石子砌成，不过在泥沙的高岸中，用了铁耙开辟出来的。走下了这泥路的十一二级的阶段，便是贴水的沙滩。沙滩上有许多乱石蚌壳，夹在黄沙青土的中间。日夕的细浪狂潮，把水边的沙石蚌壳，洗涤得明净可爱，一个个在那里反射七色的分光。

在这沙滩的乱石中间，拖着两个小小的影儿，有两个七八岁的小孩，在那里敲磨圆石子。几声鸡叫的声音，传到江水边上的时候，一个蹲近水边的小孩子，仰起头来向高岸上看了一眼。他的小小的头上养着一个罗汉圈，额下的两只眼睛，大得非常，从这两只大眼睛里放出来的黑晶晶的眼光，足可使我们大人惭愧俯首，因为他的这两只眼睛，并不知道社会是怎么的，人与人的纠葛是怎么的，人间的罪恶是怎么的。一个狮子鼻，横在他的红黑的两颊中间。上翻下跷的两条嘴唇的曲线，又添了他一层可爱的样子，一排细密的牙齿，微微的露现在嘴唇中间。他穿的是一件青花布衫。从远处看去他和他旁边蹲着的那女孩子，并无分别；身上穿的青花布衫，身材的长短，全是一样的。但是从他们的前面看来，罗汉圈和丫角不同，红黑的脸色和细白的肉色不同，他的扁圆的面形同她的长方的相貌不同。她虽则也有黑晶晶的两只大眼睛，但她那一副常在微笑的脸色却和他那威猛的面貌大有不同的地方。她比他早生一个月，但是她总叫他“三哥”的，他回头向高岸上一看，看见一只美丽的雄鸡，呆呆的立在桑树的阴影里，他就叫她说：

“秋英！你们的那只雄鸡立在那里。熳母说，这是给我的，真的么！”

“不给你的，我们家里有六只鸡娘，要它生蛋哩！”

“你别太小气了，雄鸡又不会生蛋的，要它做什么？不如给了我的好，年底下就好杀倒来吃。”

“你只想吃的，没有这雄鸡，鸡娘怎么生蛋呢？”

“你怎么会这样的小气，不肯给我就罢了；我们的谷也不粜给你们了。你把圆石子还我，不要你磨了。”

“给你……给你……给你……”

“不要不要。你快把圆石子还我！”

“…………”

他把秋英手里在那里替他磨的圆石子夺了去之后，秋英就伏在他那小小的手臂上哭了起来。他一声也不响，呆呆地把秋英的身体抱住了。秋英的一声一声的悲泣，与悲泣同时起来的一次一次的身体的微颤，都好象是传到他自家的心里去了的样子。他吊了两颗眼泪呆呆的立了一忽，看看秋英的气也过了；便柔柔和和的对她说：

“这几颗圆石子都给了你吧。”

一边这样的说，一边他那粗圆的小手，便捏了一把圆石子递给秋英。秋英还是哭得不已，用了右手揩着眼泪，伸了左手去接他交来的圆石子去。他因为秋英那只小手一时拿不起许多圆石子，所以就用了两手去帮她。秋英揩干了眼泪，向他的捧住的两手看了一眼，就对他笑了起来。太阳斜到西面去了。天空的颜色，又深了一层，变成了一种紫蓝色。清沧的钱塘江水，反映着阳光和天宇，起起深红的微波来，好象在那里笑他们两个似的。

二

秋英的父亲，本是一个读书人。当秋英三岁的时候，他染了急病死了。她的父亲在日，秋英的一家原是住在县城里的，有祖遗的许多市房出租，每月的租钱，足足可以支持一家中流人家的费用，所以秋英家里的收入，常被县城里的贫民所欣羡。他父亲死了之后，他的母亲因为秋英的外祖母孤冷不过，所以就带了秋英迁住到这离县十里的穷僻的乡村里来。秋英并无兄弟，所以她母亲非常疼爱她。她家里除了她和她母亲之外，还有一个忠心的老仆，是她祖父时候的用人，今年已经六十一岁了。秋英和她的母亲，搬到这乡下来的时候，她的外祖母还强健得很，去年的冬天，外祖母由伤风得了重症，竟也死去了。秋英虽则说是八岁，其实还未满七岁，因为她是六月二日生的。她的家便是江边高岸上的那一家农家。门朝着钱塘江，风景好得很。她的母亲最爱种花，所以她们的屋前屋后都编着竹篱，满种了些青红的花。她家里本来是小康度日的，自从搬到乡下来之后，更加觉得收入多开支少了，所以她家里颇有一点积蓄。

和秋英在江边游玩的那男孩，是山脚下陈国梁的三儿。陈家和秋英的外祖母家是一家人，所以诗礼——这就是那男孩的名字——和秋英也可算是远房的表姊弟。乡间的习俗每喜欢向富裕人家攀亲，陈国梁也不能脱离这种习气，所以老上秋英家里去说她外祖母长外祖母短的。诗礼的长兄二兄都是务农的，只有诗礼有些聪明的地方，因此诗礼三岁的时候，国梁特进县城去，请秋英的父亲替他起了一个风雅的名字，名叫诗礼。这是秋英的父亲死的前一个月。

诗礼和秋英又是同年，又是表姊弟。所以天晴的时候，他们两个老在江边沙滩上，高岸的草地上，或花园里游玩；天雨的时候，诗礼每跑到秋英的家里来，和秋英两个开店，画菩萨，做戏的。秋英的亲的表弟兄，都已长大，是以秋英反和诗礼相亲相爱，和自家的亲的表弟兄，却不时常在一处。

秋英的母亲，因为秋英没有同伴，所以诗礼上她们家里去玩的时候，也非常喜欢。有糕饼的时候，秋英的母亲每平分给他们，由他们两个坐在屋角的小椅上不声不响的分食。有一次秋英从她母亲处得了六个蛋糕，因为诗礼不来，所以秋英也不愿一个人吃。用了纸包好，藏在那里。后来诗礼来了，秋英把蛋糕拿了出来与诗礼两个拿到花底下去请菩萨，请了菩萨就分来吃，秋英还没有吃完一个的时候，诗礼却早把三个都吃完了，秋英把剩下的又分一个给他，他却不再吃了，红了脸就跑回家去。

三

烂熟的春光，带着了沉酣的和热，流露在钱塘江的绿波影里，江上两岸的杂树枝头，树下的泥沙地面，都罩着一层嫩绿的绒衣，有一种清新的香味蒸吐出来。四月初的午后的阳光，同疾风雷雨一般，洒遍在钱塘江岸村落的空中。澄明的空气里波动着的远远的蜂声，绝似诱人入睡的慈母的歌唱，这正是村人野老欲伸腰偷懒的时候，这也是青年男女为情舍命的时候。

吃了午饭，看看他的哥哥们都上田里去耕作去了，诗礼就一个人跑上秋英家来。在这似烟似梦的阳春景里，今日诗礼不晓为了什么缘因，他的小小的眉间带着几分隐忧。一路上看看树头的青枝绿叶，听听远近的小鸟歌声，他的小小的胸怀，终觉得不能同平日一样的开畅起来。走到了秋英的家里，他看见秋英正在那里灌庭前园里的草花。帮秋英灌了一忽花，诗礼就叫秋英出来上后面山上去采红果儿去。从绿荫的底下穿绕了一条曲径，走到山腹的一块岩石边上的时候，诗礼回转头来，看见澄清如练的一条春水中间，映着一张同海鸥似的白色的风帆，呆看了一刻，他就叫秋英说：

“你看那张风帆，我不久也要乘了那么大的船上杭州去。”

“杭州？你一个人去么？”

“爸爸同我去的，他说我在家里没用，要送我上杭州纸行里学生意去。”

“你喜欢去么？”

“我很喜欢去，因为我听爸爸说，杭州比这里热闹得多。昨天晚上，我们正在那里讲杭州的时候，奶奶忽然哭了起来，爸爸同她闹了一场。我见妈妈一个人进房去睡，所以也跟了进去，她放下了洋灯，忽然把我紧紧地抱住，说：‘你到外边去可要乖些，不要不听人的话。’我听了她的话，也觉得难过，所以就同她哭了一场。”

秋英听了这话，也觉得有些心酸，她的眼睛，便红了一圈，呆呆的对江心的风帆看了一忽，她就催诗礼回去，说：

“我们回到家里去吧，怕妈妈在那里等我。”

秋英听了诗礼的话，见了江心浮着的那载人离别的飞帆，就也想起她家里的母亲来了。

四

时间不声不响的转换了，原上的青草，渐渐儿郁茂起来，村木的枝叶也从淡淡的新绿变成了苍苍的深色。钱塘江的水量在杀信的时候，一直的减了下去。平时看不见的蛤蚌的躯壳，和贴近江底的玲珑的奇石，都显现出来。晴天一天一天的连续过去，梅雨过后的炎热，渐渐儿增加起来了。

五月将尽的一天早晨，诗礼同太阳同时起了床。他母亲用了细心替他洗了手脸，又将一件半新的竹布长衫替他穿上。他乘他父亲在那里含着了怒气问答的时候，就偷了空闲跑上秋英家里来。

诗礼的家住在后面山脚下，从他家里走上秋英的地方，足有五六分钟的路程，要走过一处草地，一条大路。走过草地的时候，诗礼见有几棵蒲公英，含着了珠露，黄黄的在清新的早晨空气里吐气。他把穿不惯的长衫拖了一把，便伏倒去把那几棵蒲公英连根的掘了起来。走到秋英家里的时候，他见秋英呆呆的立在竹篱边上，看花上的朝阳。他跑上秋英身边去叫了一声，秋英倒惊了一跳，含着微笑对他说：

"你今天起来得这样早?"

"你也早啊。"

"衣兜里捧着的是什么?"

"你猜!"

"花儿。"

"被你猜着了。"

诗礼就把他采来的蒲公英拿出来给她看，这原来是她最喜欢的花儿，所以秋英便跑近他的身来抢着说：

"我们去种它在园里吧。"

两人把花种好之后，诗礼又从他的袋里拿出了几颗圆洁滑润的石子来给她说：

"我要上杭州去，用不着这些圆石子了，你拿着玩吧。"

秋英对他呆看了一眼说：

"你几时上杭州去? 你去了，我要圆石子做什么，和谁去赌输赢呢?"

诗礼把圆石子向地上一丢，也不再讲话，一直的跑回家去了。秋英呆呆的看他跑回去的影子渐渐儿的小了下去，她的眼睛忽而朦胧起来，诗礼刚讲的"我要上杭州去"的那句话同电光似的闪到她那小小的脑里的时候，她只觉得一种凄凉寂寞的感觉，同潮也似的压上她的心来。

呆呆的立了一会，她竟放大了声音，啼哭起来了。

（原载1922年《创造季刊》第1卷第3期，
文末注明"待续"，但作者未曾续写，也未收编入集）

瓢儿和尚

为《咸淳·淳祐临安志》、《梦粱录》、《南宋古迹考》等陈朽得不堪的旧籍迷住了心窍，那时候，我日日只背了几册书，一枝铅笔，半斤面包，在杭州凤凰山、云居山、万松岭、江干的一带采访寻觅，想制出一张较为完整的《南宋大内图》来，藉以消遣消遣我那时的正在病着无聊的空闲岁月。有时候，为了这些旧书中的一言半语，有些蹊跷，我竟有远上四乡、留下，以及余杭等处去察看的事情。

生际了这一个大家都在忙着争权夺利，以人吃人的二十世纪的中国盛世，何以那时候只有我一个人会那么的闲空的呢？这原也有一个可笑得很的理由在那里的。一九二七年的革命成功以后，国共分家，于是本来就系大家一样的黄种中国人中间，却硬的被涂上了许多颜色，而在这些种种不同的颜色里的最不利的一种，却叫作红，或叫作赤。因而近朱者，便都是乱党，不白的，自然也尽成了叛逆，不管你怎么样的一个勤苦的老百姓，只须加上你以“莫须有”的三字罪名，就可以夷你到十七八族之远。我当时所享受的那种被迫上身来的悠闲清福，来源也就在这里了，理由是因为我所参加的一个文学团体的杂志上，时常要议论国事，毁谤朝廷。

禁令下后，几个月中间，我本混迹在上海的洋人治下，是冒充着有钱的资产阶级的。但因为在不意之中，受到了一次实在是奇怪到不可思议的袭击之后，觉得洋大人的保护，也有点不可靠了，因而翻了一个筋斗，就逃到了这山明水秀的杭州城里，日日只翻弄些古书旧籍，扮作了一个既有资产，又有余闲的百分之百的封建遗民。追思凭吊南宋的故宫，在元朝似乎也是一宗可致杀身的大罪，可是在革命成功的当日，却可以当作避去嫌疑的护身神咒看了，所以我当时的访古探幽，想制出一张较为完整的《南宋大内图》来的副作用，一大半也可以说是在这camouflage①的造成。

有一天风和日朗的秋晴的午后，我和前几日一样的在江干鬼混。先在临江的茶馆里吃了一壶茶后，打开带在身边的几册书来一看，知道山川坛就近在咫尺了，再溯上去，就是凤凰山南腋的梵天寺胜果寺等寺院。付过茶钱，向茶馆里的人问了路径，我就从八卦田西南的田塍路上，走向了东北。这一日的天气，实在好不过，已经是阴历的重阳节后了，但在太阳底下背着太阳走着，觉得一件薄薄的衬绒袍子都还嫌太热。我在田塍野路上穿来穿去走了半天，又向山坡低处立着憩息，向东向南的和书对看了半天，但所谓山川坛的那一块遗址，终于指点不出来。同贪鄙的老人，见了钱帛，不忍走开的一样，我在那一段荒田蔓草的中间，徘徊往复，寻到了将晚，才毅然舍去，走上了梵天塔院。但到得山寺门前，正想走进去看看寺里的灵鳗金井和舍利佛身，而冷僻的这古寺山门，却早已关得紧紧的了，不得已就只好摩挲了一回门前的石塔，重复走上山来。正走到了东面山坞中间的路上，恰巧有几个挑柴下来的农夫和我遇着了，我一面侧身让路，一面也顺便问了他们一声："胜果寺是在什么地方的？去此地远不远了？"走在末后的一位将近五十的中老农夫听了我的问话，却息下了柴担指示给我说：

"诺，那面山上的石壁排着的地方，就是胜果寺呀！走上去只有一点点儿路。你是不是去看瓢儿和尚的？"

我含糊答应了一声之后，就反问他："瓢儿和尚是怎么样的一

---

① 英文：伪装。

个人?”

“说起瓢儿和尚，是这四山的居民，没有一个不晓得的。他来这里静修，已经有好几年了。人又来得和气，一天到晚，只在看经念佛。看见我们这些人去，总是施茶给水，对我们笑笑，只说一句两句慰问我们的话，别的事情是不说的。因为他时常背了两个大木瓢到山下来挑水，又因为他下巴中间有一个很深的刀伤疤，笑起来的时候老同卖瓢儿——这是杭州人的俗话，当小孩子扁嘴欲哭的时候的神气，就叫作卖瓢儿——的样子一样，所以大家就自然而然的称他作瓢儿和尚了。”

说着，这中老农夫却也笑了起来。我谢过他的对我说明的好意，和他说了一声“坐坐会”，就顺了那条山路，又向北的走上了山去。

这时候太阳已经被左手的一翼凤凰山的支脉遮住了，山谷里只弥漫着一味日暮的萧条。山草差不多是将枯尽了，看上去只有黄苍苍的一层褐色。沿路的几株散点在那里的树木，树叶也已经凋落到恰好的样子。半谷里有一小村，也不过是三五家竹篱茅舍的人家，并且柴门早就关上了，从弯曲的小小的烟突里面，时时在吐出一丝一丝的并不热闹的烟雾来。这小村子后面的一带桃林，当然只是些光干儿的矮树。沿山路旁边，顺谷而下，本有一条溪径在那里的，但这也只是虚有其名罢了，大约自三春雨润的时候过来，直到那时总还不曾有过沧浪的溪水流过，因为溪里的乱石上的青苔，大半都被太阳晒得焦黄了。看起来觉得还有一点生气的，是山后面盖在那里的一片碧落，太阳似乎还没有完全下去，天边贴近地面之处，倒还在呈现着一圈淡淡的红霞。当我走上了胜果寺的废墟的坡下的时候，连这一圈天边的红晕，都看不出来了，散乱在我的周围的，只是些僧塔，残磉，菜圃，竹园，与许多高高下下的狭路和山坡。我走上了坡去，在乱石和枯树的当中，总算看见了三四间破陋得不堪的庵院。西面山腰里，面朝着东首歪立在那里的，是一排三间宽的小屋，倒还整齐一点，可是两扇寺门，也已经关上了，里面寂静灰黑，连一点儿灯光人影都看不出来。朝东缘山腰又走了三五十步，在那排屏风似的石壁下面，才有一个茅篷，门朝南向着谷外的大江半开在那里。

我走到茅篷门口。往里面探头一看，觉得室内的光线还明亮得很，几乎同屋外的没有什么差别。正在想得奇怪，又仔细向里面深处一望，才知道这光线是从后面的屋檐下射进来的，因为这茅篷的后面，墙已经倒坏了。中间是一个临空的佛座，西面是一张破床，东首靠泥墙有一扇小门，可以通到东首墙外的一间小室里去的。在离这小门不远的靠墙一张半桌边上，却坐着一位和尚，背朝着了大门，在那里看经。

我走到了他那茅篷的门外立住，在那里向里面探看的这事情，和尚是明明知道的，但他非但头也不朝转来看我一下，就连身子都不动一动。我静立着守视了他一回，心里倒有点怕起来了，所以就干咳了一声，是想使他知道门外有人在的意思。听了我的咳声，他终于慢慢的把头朝过来了，先是含了同哭也似的一脸微笑，正是卖瓢儿似的一脸微笑，然后忽而同惊骇了一头的样子，张着眼呆了一分钟后，表情就又复原了，微笑着只对我点了点头，身子马上又朝了转去，去看他的经了。

我因为在山下已经听见过那樵夫所说的关于这瓢儿和尚的奇特的行径了，所以这时候心里倒也并不觉得奇怪，但只有一点，却使我不能自已地起了一种好奇的心思。据那中老农夫之所说，则平时他对过路的人，都是非常和气，每要施茶给水的，何以今天独见了我，就会那么的不客气的呢？难道因为我是穿长袍的有产知识阶级，所以他故意在表示不屑与周旋的么？或者还是他在看的那一本经，实在是有意思得很，故而把他的全部精神都占据了去的缘故呢？从他的不知道有人到门外的那一种失心状态看来，倒还是第二个猜度来得准一点，他一定是将全部精神用到了他所看的那部经里去了无疑。既是这样，我倒也不愿意轻轻的过去，倒要去看一看清楚，能使他那样地入迷的，究竟是一部什么经。我心里头这样决定了主意以后，就也顾不得他人的愿意不愿意了，举起两脚，便走进门去，走上了他的身边，他仍旧是一动也不动地伏倒了头在看经。

我向桌上摊开在那里的经文页缝里一看，知道是一部《楞严义疏》。楞严是大乘的宝典，这瓢儿和尚能耽读此书，真也颇不容易，于是继第一个好奇心而起的第二个好奇心就又来了，我倒很想和他谈谈，好向他请教请教。

“师父，请问府上是什么地方？”

我开口就这样的问了他一声。他的头只从经上举起了一半，又光着两眼，同惊骇似地向我看了一眼，随后又微笑起来了，轻轻地像在逃遁似的回答我说：

“出家人是没有原籍的。”

到了这里，却是我惊骇起来了，惊骇得连底下的谈话都不能继续下去。因为把那下巴上的很深的刀伤疤隐藏过后的他那上半脸的面容，和那虽则是很轻，但中气却很足的一个湖南口音，却同霹雳似地告诉了我以这瓢儿和尚的前身，这不是我留学时代的那个情敌的秦国柱是谁呢？我呆住了，睁大了眼睛，屏住了气息，对他盯视了好几分钟。他当然也晓得是被我看破了，就很从容的含着微笑，从那张板椅上立了起来，一边向我伸出了一只手，一边他就从容不迫的说：

“老朋友，你现在该认识我了吧？我当你走上山来的时候，老远就瞥见你了，心里正在疑惑。直到你到得门外咳了一声之后，才认清楚，的确是你，但又不好开口，因为不知道你对我的感情，经过了这十多年的时日，仍能够复原不能？……”

听了他这一段话，看了他那一副完全成了一个山僧似的神气，又想起了刚才那樵夫所告诉我的瓢儿和尚的这一个称号，我于一番惊骇之后，把注意力一松，神经弛放了一下，就只觉得一股非常好笑的冲动，冲上了心来。所以捏住了他的手，只秦国柱！秦……国……柱的叫了几声，以后竟哈哈哈哈的笑出了眼泪，有好久好久说不出一句有意思的话来。

我大笑了一阵，他立着微笑了一阵，两人才撇开手，回复了平时的状态。心境平复以后，我的性急的故态又露出来了，就同流星似的接连着问了他许多问题：“姜桂英呢？你什么时候上这儿来的？做和尚做得几年了？听说你在当旅长，为什么又不干了呢？"一类的话，我不等他的回答，就急说了一大串。他只是笑着从从容容的让我坐下了，然后慢慢的说：

"这些事情让我慢慢的告诉你，你且坐下，我们先去烧点茶来喝。"

他缓慢地走上了西面角上的一个炉子边上，在折柴起火的中间，我又不耐烦起来了，就从板椅上立起，追了过去。他蹲下身体，在专心致志地生火炉，我立上了他背后，就又追问了他以前一刻他未曾回答我的诸问题。

"我们的那位同乡的佳人姜桂英究竟怎么样了呢？"

第一问我就固执着又问起了这一个那时候为我们所争夺的惹祸的苹果。

姜桂英虽则是我的同乡，但当时和她来往的却尽是些外省的留学生，因此我们有几个同学，有一次竟对她下了一个公开的警告，说她品行不端，若再这样下去，我们要联名向政府去告发，取消她的官费。这一个警告，当然是由我去挑拨出来的妒嫉的变形，而在这警告上著名的，当然也都是几个同我一样的想尝尝这块禁脔的青春鳏汉。而出乎大家的意料之外，这个警告发出后不多几日，她竟和下一学期就要在士官学校毕业的我们的朋友秦国柱订婚了。得到了这一消息之后，我的失意懊丧，正和杜葛纳夫在《一个零余者的日记》里所写的那个主人公一样，有好几个礼拜没有上学校里去上课。后来回国之后，每在报上看见秦国柱的战功，如九年的打安福系，十一年的打奉天，以及十四年的汀泗桥之战等，我对着新闻记事，还在暗暗地痛恨。而这一个恋爱成功者的瓢儿和尚却只是背朝着了我带着笑声在舒徐自在的回答我说：

"佳人么？你那同乡的佳人么？已经……已经属了沙吒利了，……哈哈……哈……这些老远老远的事情，你还问起它作什么？难道你还想来对我报三世之仇么？"

听起他的口吻来，仿佛完全是在说和他绝不相干的第三者的事情的样子。我问来问去的问了半天，关于姜桂英却终于问不出一点眉目来，所以没有办法，就只能推进到以后的几个问题上去了，他一边用蒲扇扇着炉子，一边便慢慢的回答我说：

“到了杭州来也有好几年了……做和尚是自从十四年的那一场战役以后做起的……当旅长真没有做和尚这样的自在……”

等他一壶水烧开，吞吞吐吐地把我的几句问话约略模糊的回答了一番之后，破茅篷里，却完全成了夜的世界了。但从半开的门口，没有窗门的窗口，以及泥墙板壁的破缝缺口里，却一例的射进了许多同水也似的月亮光来，照得这一间破屋，晶莹透彻，像在梦里头做梦一样。

走回到了东墙壁下，泡上了两碗很清很酽的茶后，他就从那扇小门里走了进去，歇了一歇，他又从那间小室里拿了一罐小块的白而且糯的糕走出来了。拿了几块给我，他自己也拿了一块吃着对我说：

“这是我自己用葛粉做的干粮，你且尝尝看，比起奶油饼干来如何？”

我放了一块在嘴里嚼了几嚼，鼻子里满闻到了一阵同安息香似的清香。再喝了一口茶，将糕粉吞下去以后，嘴里头的那一股香味，还仍旧横溢在那里。

“这香味真好，是什么东西合在里头的？会香得这样的清而且久。”

我喝着茶问他。

“那是一种青藤，产在衡山脚下的。我们乡下很多，每年夏天，我总托人去带一批来晒干藏在这里，慢慢的用着，你若要，我可以送你一点。”

两人吃了一阵，又谈了一阵，我起身要走了，他就又走进了那间小室，一只手拿了一包青藤的干末，一只手拿了几张白纸出来。替我将书本铅笔之类，先包了一包，然后又把那包干末搁在上面，用绳子捆作了一捆。

我走出到了他那破茅篷的门口，正立住了脚，朝南在看江干的灯火，和月光底下的钱塘江水，以及西兴的山影的时候，送我出来，在我背后立着的他，却轻轻的告诉我说：

“这地方的风景真好，我觉得西湖全景，决没有一处及得上这里，可惜我在此住不久了，他们似乎有人在外面募捐，要重新造起胜果寺来。或者明天，或者后天，我就要被他们驱逐下山，也都说不定。大约我们以后，总没有在此地再看月亮的机会了吧。今晚上你可以多看一下子去。”

说着，他便高声笑了起来，我也就笑着回答他说：

“这总算也是一段‘西湖佳话’，是不是？我虽则不是宋之问，而你倒真有点像骆宾王哩！……哈哈……哈哈！”

一九三二年十二月

（原载1933年1月10日《新中华》月刊创刊号）

图书在版编目(CIP)数据

郁达夫小说 / 郁达夫著. —杭州：浙江文艺出版社，2017.9(2018.4 重印)

(名家小说典藏)

ISBN 978-7-5339-4953-2

Ⅰ. ①郁… Ⅱ. ①郁… Ⅲ. ①中篇小说—小说集—中国—现代②短篇小说—小说集—中国—现代 Ⅳ.①I246.7

中国版本图书馆 CIP 数据核字(2017)第 180026 号

策划统筹 邹 亮 项 宁 邓东山
责任编辑 陈 潇
装帧设计 私书坊_刘 俊
责任校对 陈 玲
责任印制 朱毅平

郁达夫小说
郁达夫 著

出版 浙江文艺出版社
地址 杭州市体育场路 347 号
邮编 310006
网址 www.zjwycbs.cn
经销 浙江省新华书店集团有限公司
印刷 杭州富春印务刷有限公司
开本 650 毫米×970 毫米 1/16
字数 282 千字
印张 20.25
插页 2
印数 6001–11000
版次 2017 年 9 月第 1 版 2018 年 4 月第 2 次印刷
书号 ISBN 978-7-5339-4953-2
定价 **38.00** 元